Ray Kingfisher

Der lange Schatten der Nacht

TINTE & FEDER

Das Buch

Kann Freundschaft alles verzeihen? Ein epischer Roman über zwei Jungen, Krieg und Verlust.

Ukraine, 1923. Auf einem kleinen Bauernhof werden zwei Jungen geboren: Mikhail und Asher. Wie Brüder wachsen sie auf, doch der Krieg reißt sie auseinander. Asher und seine Familie fliehen nach Warschau, wo ihr Leidensweg beginnt. Mikhail muss sich der Roten Armee anschließen, bevor die Deutschen auf ihn aufmerksam werden. Sie beide erleben entsetzliches Grauen – auf unterschiedlichen Seiten.

Jahrzehnte später sehen Asher und Mikhail sich wieder, immer noch verbunden durch ihre gemeinsame Kindheit. Bis ein schreckliches Geheimnis ans Licht kommt. Kann ihre Freundschaft wirklich alles verzeihen?

Der Autor

Ray Kingfisher ist in Black Country in Großbritannien geboren und aufgewachsen. Inzwischen lebt er in Hampshire. Am bekanntesten ist er für seine historischen Romane »Holocaust Echoes«, »The Sugar Men« und »Rosa's Gold«, allerdings hat er auch unter verschiedenen Pseudonymen veröffentlicht. Für weitere Informationen über den Autor besuchen Sie bitte www.raykingfisher.com.

RAY KINGFISHER

DER LANGE SCHATTEN DER NACHT

ROMAN

Aus dem Englischen von Marina Ignatjuk

TINTE & FEDER

Die englische Ausgabe erschien 2018 unter dem Titel »Beyond the Shadow of Night« bei Lake Union Publishing, Seattle.

Deutsche Erstveröffentlichung bei
Tinte & Feder, Amazon Media EU S.à r.l.
38, avenue John F. Kennedy, L-1855 Luxembourg
Oktober 2019

Die Übersetzung dieses Buches wurde durch Amazon Crossing ermöglicht.

Umschlaggestaltung: semper smile, München, www.sempersmile.de
Originaldesign: Ghost Design
Umschlagmotiv: © Y.Nakajima/un/ANYONE / Getty;
© RichVintage / Getty; © gyn9037 / Shutterstock;
© Peangdao / Shutterstock; © Skylines / Shutterstock;
© Tomsickova Tatyana / Shutterstock; © iavarman / Shutterstock;
© ArchonCodex / Shutterstock
Lektorat: Rotkel Textwerkstatt
Gedruckt durch:
Amazon Distribution GmbH, Amazonstraße 1, 04347 Leipzig /
Canon Deutschland Business Services GmbH, Ferdinand-Jühlke-Str. 7,
99095 Erfurt /
CPI books GmbH, Birkstraße 10, 25917 Leck

ISBN: 978-2-91980-186-2

www.tinte-feder.de

Für Maria

Prolog

Juli 2001 – Hartmann Way, Pittsburgh, USA

Diane Peterson kehrte nach einem großartigen Abend mit Brad nach Hause zurück. Na gut, vielleicht eher durchschnittlich als großartig. Amüsant – viel besser würde es jedoch kaum werden für eine Frau mittleren Alters, die noch bei ihrem Vater lebte. Der Ausdruck »Freund und Freundin« war bei ihr längst überstrapaziert und hätte sich bereits vor langer Zeit zu etwas anderem wandeln sollen. So wie vieles andere auch.

Dessen ungeachtet hatte sie den Abend *tatsächlich* genossen: Bowling gefolgt von einem gemeinsamen Essen mit Em und Dave, die zur Abwechslung einmal nicht ihren bevorstehenden fünfzehnten Hochzeitstag erwähnten und sich nicht endlos darüber ausließen, wie prächtig sich ihre beiden Kinder machten. Das war gut. Sowohl für Diane als auch für Brad. Kinder – und wahrscheinlich auch Ehe – waren Schiffe, die für sie beide schon vor Langem hinterm Horizont entschwunden waren.

Sie zog die Schlüssel aus der Handtasche und öffnete die Haustür der Nummer 38, bevor sie sich umdrehte und Brad zum Abschied zuwinkte, der die Geste vom Fenster des Taxis aus diskret erwiderte.

Sie wartete, bis sie die roten Bremslichter des Taxis am Ende des Hartmann Ways aufleuchten sah, trat durch die Haustür und schloss den Rest der Welt aus.

»Dad?«, rief sie. Nicht aggressiv oder gar schrill. Deswegen war sie vor dreißig Jahren einmal gemaßregelt worden und hatte es niemals vergessen. Er hatte gesagt, barsches Gebrüll mache ihn kopfscheu, was sie damals verwirrt hatte und auch heute noch seltsam klang. Doch sie hatte gelernt, nicht weiter zu fragen.

Da ihrem Ruf jedoch nur Stille folgte, schien ihr ausnahmsweise eine gemäßigte Steigerung der Lautstärke angebracht.

»Dad?«

Trotzdem nichts. Nichts außer kalter Luft.

»Bist du oben?«, brüllte sie ängstlich, weil sie eine ungehaltene und zugleich überhaupt keine Reaktion befürchtete.

Ein Schritt zur Seite. Ein seltsamer, fast metallischer Geruch. Übelkeit im Rachen. Drei schnelle Schritte vorwärts. Ein Blick in die Küche. Und dann sah sie es.

Schlüssel und Handtasche fielen aus schlaffen Händen zu Boden. Beinahe wäre sie selbst gefallen, hielt sich jedoch mit aller Kraft aufrecht.

Sie wusste, sie sollte etwas tun.

Das Telefon.

Ein Anruf.

Ihr Gesicht fühlte sich heiß an, ihr Atem unnatürlich kalt.

Die Zahl 911 blitzte in ihrem Kopf auf und verlosch sofort wieder, als sie sich umdrehte und zur Haustür zurücktaumelte. Sie öffnete sie und da gaben ihre Knie doch nach. Keine Kraft. Keine Beherrschung. Aufrappeln, auf die Beine. Ein Stolpern auf die Straße hinaus. Der Rest war verschwommen. Es war unwirklich. Es konnte nicht sein.

Kapitel 1

1923 – Diowsta, Ukraine, Sowjetunion

Beide Jungen kamen im Abstand weniger Tage in einer warmen und staubtrockenen Juniwoche auf demselben Bauerngut zur Welt.

Genau wie alle anderen Höfe in der Kornkammer des wachsenden sowjetischen Imperiums trug das Gut eine große Verantwortung gegenüber den Bürgern. Vor einigen Jahren hatte eine Missernte zu einer ausgedehnten Hungersnot geführt, weshalb die Arbeit an erster Stelle stand und ihre Väter in den Tagen und Wochen nach der Geburt nicht viel von den Kleinen zu sehen bekamen. Einer der Jungen, der Erstgeborene des Ehepaars Petrenko, erhielt den Namen Mikhail – ein althergebrachter ukrainischer Name. Der andere war der Drittgeborene in seiner Familie, allerdings der erste Junge. Seine Eltern hatten für einen Sohn gebetet – jemanden, der den Hof übernahm, wenn Herr Kogan alt war –, also nannten sie ihn Asher, ein traditioneller jüdischer Name, der für »gesegnet« steht, denn sie hatten das Gefühl, gesegnet zu sein, und er sollte es auch sein.

Ashers Familie besaß und bewirtschaftete den Bauernhof seit Jahrzehnten. Sie hatten den Ersten Weltkrieg, die Oktoberrevolution, den Polnisch-Ukrainischen Krieg und sogar den Bürgerkrieg in der Ukraine überstanden. Das war eine Menge zu überleben. Da der Hof jedoch tief im ländlichen Herzen der Nation eingebettet lag, war das meiste an ihnen vorbeigegangen. Mikhails Eltern waren drei oder vier Jahre zuvor vor diesen Schrecken geflohen und von Ashers Familie aufgenommen worden. Das war alles, was die Jungen über jene Tage wussten. Im Gegenzug für die dringend benötigte Arbeitskraft erhielten Mikhails Eltern das kleinere der beiden Bauernhäuser und einen Teil der Hofprodukte: Eier, Getreide, Milch, Hühner und gelegentlich etwas Ziegenfleisch.

In ihren ersten sieben Lebensjahren wurden Mikhail und Asher unzertrennlich – vertrauter als Brüder. Natürlich hatten sie Aufgaben zu erledigen: Pferde mit Heu versorgen, ausmisten, Essensreste an die Hühner verfüttern, Wasser aus dem Brunnen holen. Aber sie fanden auch Zeit, um miteinander zu spielen, zum Angeln in einem der vielen Flüsse, die sich durch die Landschaft wanden, und ja, um gelegentlich miteinander zu streiten. Außerdem spielten sie mit den Kindern der umliegenden Höfe, meistens Verstecken im Wald und im hohen Gras. Nichtsdestotrotz blieben sie immer beste Freunde. Und wenn sie aufgrund des Wetters im Haus bleiben mussten, wurde ihnen gemeinsam Lesen und Schreiben beigebracht.

Als sie eines Tages auf einen der wenigen Bäume des Gutes kletterten, fiel Mikhail herunter und verlor für ein paar Sekunden das Bewusstsein. Asher half ihm nach Hause, doch die große Platzwunde, die später zu einer Narbe direkt unter dem linken Auge wurde, sollte eine bleibende Erinnerung an die Gefahren des Baumkletterns sein. Das zumindest meinte Ashers Papa. Mikhails Papa wirkte weniger besorgt und gelegentlich kletterten die Jungen weiterhin auf Bäume.

In den Dreißigerjahren begann sich vieles zu verändern – Veränderungen, die Mikhail und Asher nicht verstanden, da sie zu jung waren. Doch sie blieben öfter hungrig und wurden nun ständig dazu ermuntert, angeln zu gehen.

So auch an einem gewöhnlichen Sommertag des Jahres 1932. Mit einer Lederflasche frischer Milch sowie einem kleinen Beutel Kürbiskernen machten sie sich zu dem Fluss auf, wo es die meisten Fische gab.

Der Weg schien sich länger als üblich hinzuziehen. Die Felder wirkten spärlich und ungesund. Beide hatten ihre Eltern über »die Lage« sprechen hören. Wenn sie fragten, was das für eine Lage war, bekamen sie zur Antwort jedoch stets ein gezwungenes Lächeln mit den Worten, es sei nichts, worum sie sich sorgen sollten.

Also sorgten sie sich nicht.

Jeder von ihnen behielt seine drei Angelruten im Auge. Die Fische schienen indes weniger als sonst geneigt anzubeißen und nach einer Stunde hatten sie noch nichts gefangen. Mikhail überließ seine Ruten dem Schicksal und sank rücklings ins Gras, um sich die Sonne ins Gesicht scheinen zu lassen. Daraufhin tat Asher es ihm gleich.

»Mein Papa sagt, die Russen sind schuld«, begann Mikhail.

»Woran?«

»An der Lage. Am Hunger. Papa sagt, die Russen wollen uns alle verhungern lassen.«

»Wieso denn?«

»Ich weiß nicht. Er sagt, sie hassen die Ukrainer. Außerdem sagt er …«

»Was sagt er?«

»Er sagt, die Juden helfen nicht.«

Asher runzelte die Stirn. »Was meint er damit?«

»Oh, nicht ihr. Nicht die Kogans. Ich bin sicher, dass er die anderen meint – die bösen Juden.«

»Gut. Ich weiß nämlich nicht, was ich falsch gemacht haben sollte. Außer dass ich mir von meinen Schwestern nicht vorschreiben lasse, was ich zu tun habe. Und davon abgesehen sind wir jüdisch *und* Ukrainer.«

»Na klar. Vielleicht habe ich es nicht richtig verstanden. Ich glaube, das sollte ich gar nicht hören.«

Asher nickte. »Ich höre es auch manchmal, wenn mein Papa redet. Er sagt, dieses Land wurde schon so oft zerrissen, dass die meisten Ukrainer nicht mehr wissen, gegen wen sie eigentlich kämpfen sollen, also bekämpfen sie sich am Ende selbst.«

»Vielleicht sollten wir nicht darüber reden«, meinte Mikhail. »Ist doch auch gar nicht wichtig.«

Etwas erregte Ashers Aufmerksamkeit: Eine der Leinen zuckte wie wild. »Fische sind wichtig«, erwiderte er und tippte Mikhail an.

Mikhail hob den Kopf, registrierte, dass einer gebissen hatte, und griff nach der Angel. »Da hast du recht. Und eben haben wir einen gefangen.«

* * *

Das Angeln setzten sie den Rest des Sommers mit gemischten Ergebnissen fort. Dann unterhielten sich die Jungen darüber, was sie in letzter Zeit gegessen hatten, welche Streiche Ashers Schwestern ihm spielten und sogar übers Wetter – über alles, nur nicht über »die Lage«.

Bis zum Sommer 1933 war »die Lage« offensichtlich ernster geworden. Wie ein Fluch haftete dem gesamten Hof eine düstere Atmosphäre an und die Eltern der Jungen führten wesentlich öfter geflüsterte Gespräche.

Die Jungen gingen seit einigen Jahren zur Schule. Ihre Angelausflüge machten sie jedoch immer noch. Inzwischen *mussten* sie gehen, länger bleiben und mehr Fisch nach Hause bringen. Besser gesagt, ihre Papas verlangten das; ihre Mamas sagten gewöhnlich nichts.

Und meistens gab es weder Kerne noch Milch, die sie zum Angeln mitnehmen konnten.

Einmal kehrte Mikhails Mama gerade die Küche, als er sich zum Aufbruch bereit machte.

»Es tut mir leid«, sagte sie, »ich kann dir nichts mitgeben. Wir haben einfach so wenig Essen.«

Mikhail wusste das, er hatte es bereits oft gehört. »Ja, Mama«, antwortete er wie quasi das gesamte Jahr über schon.

»Es wird besser werden, hab ein wenig Geduld. Aber vorerst wirst du statt Milch Wasser aus dem Fluss trinken müssen, und bring alles nach Hause, was du fängst.«

»Ja, Mama.«

»Auch kleine Fische. Wirf nichts in den Fluss zurück, hörst du?«

»Ja, Mama.«

Dann sah Mikhael erneut das sorgenvolle Stirnrunzeln im Gesicht seiner Mama – was ihm neuerdings öfter auffiel. Sie stellte den Besen an die Wand, fuhr sich mit dem Handrücken über die Stirn und eilte auf ihn zu, sodass er kurz erschrak.

»Und bitte, lieber Gott, pass auf dich auf«, sagte sie und drückte ihm einen Kuss ins Haar.

Etwas perplex verließ Mikhail das Haus.

»Er ist in der Scheune«, rief Ashers Mama, als er herüberkam, während sie schmutziges Wasser aus einem triefend nassen Hemd schlug. »Er hilft bei der Kornauslese.«

»Danke, Frau Kogan.«

Asher und sein Vater saßen auf dem Boden der Scheune, siebten das Getreide und sortierten die verrotteten Körner aus. Mikhails Papa war ebenfalls dort und striegelte die beiden Pferde. Als Mikhail hereinkam, bedachte er seinen Sohn mit einem Blick, verzog jedoch keine Miene und wandte sich ab.

»Kommst du mit angeln?«, fragte Mikhail Asher.

Asher schaute zu seinem Vater hinüber. Als dieser nickte, stand der Junge auf, wischte sich den Staub von den Händen und ging zur Tür.

»Sie haben sich wieder gestritten«, berichtete Asher, als sie ein gutes Stück von der Scheune entfernt waren.

»Weshalb?«

Asher zuckte die Schultern. »Keine Ahnung. Aber dein Papa ist ein netter Mann.«

»Deiner auch.«

»Warum streiten sie sich dann so oft?«

»Jeder denkt anders über die Russen«, erklärte Mikhail. »Ich weiß nicht, was all das Gerede über den Staat und die Nahrungsmittelproduktion bedeutet. Sie haben gesagt, dass die Behörden sich so viel Essen nehmen, wie sie wollen, und nicht genug zum Aussäen bereitstellen.«

»Was haben die Russen damit zu tun?«

»Keine Ahnung. Aber sie sagen, deshalb haben alle Hunger.«

In letzter Zeit hatten sie nicht viel gefangen, also liefen die Jungen weiter flussaufwärts zu einer Stelle, an der sie noch nie geangelt hatten. Sie fanden einen ruhigen, tiefen Flussabschnitt, den sie mit ihren Angeln erreichen konnten, und setzten sich mit der Sonne im Gesicht ans Flussufer.

Wie üblich dienten lange Stöcke als Ruten. An deren Enden war eine Schnur befestigt. Der Schwimmer war ein grobes Stück Holz. Sie suchten Raupen, spießten sie auf gebogene Nägel, die ans Ende der Schnüre gebunden waren, warfen die Leinen in den Fluss und lehnten sich zurück.

»Ist dein Papa böse mit dir?«, fragte Mikhail nach ein paar Minuten in die Stille.

Asher schüttelte den Kopf. »Nicht böse. Nur sehr ernst. Als hätte ich was falsch gemacht.«

»Mein Papa brüllt viel über Saatgut und Ernten und so was, vor allem, wenn er sich über die Russen beschwert.«

»Mein Papa sagt, dass in den Ortschaften und Städten viele Leute sterben und dass wir dankbar sein sollen.«

Mikhail schüttelte den Kopf. »Mein Papa sagt, dass wir gegen die Russen kämpfen sollen und dass sie unser Land und unser Volk absichtlich zerstören. Er sagt, wir sind Ukrainer und werden niemals Russen sein.«

Darauf erwiderte Asher nichts und die Jungen sahen wieder aufmerksam auf ihre Angeln. Sie beobachteten den langsam fließenden Fluss und zuckten jedes Mal auf, wenn sich etwas an einer Schnur rührte.

Eine Menge Zeit verging – vielleicht drei Stunden, gemessen am Stand der Sonne. Und im Vergleich zu den bisherigen Ausbeuten waren sie gut gewesen: Sieben Fische lagen in eines von Ashers alten fadenscheinigen Hemden eingewickelt im Gras.

»Wollen wir gehen?«, fragte Asher und kam auf die Beine. »Ich habe so großen Hunger.«

Mikhail schüttelte den Kopf. »Wir brauchen noch einen Fisch. Für jeden einen. Papa regt sich auf, wenn wir mit weniger nach Hause kommen.« Er blickte Asher mit zusammengezogenen Augenbrauen ernst an. »Das ist nur gerecht.«

Asher setzte sich wieder.

Wenige Minuten später sahen sie gegen die Sonne ein paar Gestalten näher kommen, dann hörten sie die Stimmen über dem Plätschern des Flusses.

Die Jungen wechselten einen Blick.

Ihre Eltern hatten sie ermahnt, vorsichtig zu sein – und das nicht nur heute. Die Menschen waren verzweifelt in diesen Zeiten.

»Jetzt sollten wir wirklich gehen«, meinte Asher.

Mikhail schnappte sich die Angeln und überließ es Asher, das Hemd mit den darin eingewickelten Fischen aufzuheben.

»Nicht zu hektisch«, warnte Mikhail. »Und hör auf, ständig hinter dich zu sehen.«

Sie liefen lässig los, hörten aber ein paar Minuten später jemanden hinter sich ausrufen: »Hey, ihr da!«

»Nicht beachten«, sagte Mikhail.

Trotz Mikhails Warnung beschleunigten sie ihren Schritt.

»Hey! Ihr zwei Jungs!«

Mikhail fluchte und drehte sich um, Asher ebenfalls.

Es waren drei – alles erwachsene Männer, alle knochendürr und mit eingesunkenen Brustkörben. Einer war wesentlich älter als die beiden anderen. Sie mussten zügig gelaufen sein, um derart schnell zu den Jungen aufzuschließen.

»Sollen wir wegrennen?«, fragte Asher Mikhail flüsternd.

Mikhail musterte die Männer aus zusammengekniffenen Augen. »Dem Älteren könnten wir entwischen, aber …«

Asher schluckte schwer. »Vielleicht haben sie sich einfach verlaufen und wollen nach dem Weg fragen.«

»Ja, wahrscheinlich.«

Sie warteten, während die Männer zu ihnen heranschlenderten. Asher verbarg seine Hände – und den Fang des Tages – hinterm Rücken.

»Wie lange habt ihr denn geangelt?«, fragte der größte der drei Männer.

»Nicht lange«, antwortete Mikhail. »Heute beißen sie nicht.«

»Ihr habt nichts gefangen?«

Mikhail schüttelte den Kopf.

Der Mann trat zu Asher. Es war ein ungleiches Kräftemessen, nichtsdestotrotz richtete sich der Mann zur vollen Größe auf. »Du da«, sagte er mit einem Lächeln auf den Lippen, doch seine Augen starrten zu angestrengt, um mitzulächeln. »Was versteckst du hinter deinem Rücken?«

»Nur mein Hemd.«

»Zeig mal her!«

»Nein!«, rief Mikhail und zog Asher fort. »Verschwinde! Fang dir deinen eigenen Fisch!«

Der Mann lachte und drehte sich zu seinen Gefährten, die selbstgefällig grinsten. Dann schaute er Asher direkt ins Gesicht. Plötzlich nahm seine Miene einen finsteren Ausdruck an. »Na los!«, verlangte er mit einer fordernden Handbewegung. »Zeig her!«

Asher schüttelte den Kopf.

Der Mann kam einen Schritt auf ihn zu. Asher blieb, wo er war. Doch dann sah er einen Blitz und hörte ein Krachen. Die Welt drehte sich um ihn und sein Kopf prallte auf den Boden. Er spürte grobe Erde an seinem Gesicht und es roch metallisch. Er hob den Blick und sah, wie sich der Mann Blut vom Handrücken abwischte. Dann verschwamm alles und danach: nichts.

Als der Mann sich bückte, um das Hemd aufzuheben, nahm Mikhail Anlauf und rammte ihn.

Der Mann wankte, hob aber dennoch das Hemd hoch und warf einen Blick auf die Fische darin.

Mikhail versuchte es erneut, doch der Mann hielt ihn sich mit dem anderen Arm vom Leib und stieß ihn zu Boden. »Und dort bleibst du, du kleines Narbengesicht!«, knurrte er. »Oder ich knipse dir auch das Licht aus!«

Mikhail blieb liegen.

»Ein guter Fang!«, rief der Mann seinen Freunden zu, nahm alle vier Ecken des Bündels in die Hand, damit kein Fisch herausfiel, und gesellte sich zu ihnen. Langsam liefen sie davon und blickten sich dabei gelegentlich nach den Jungen um.

Mikhail grinste verächtlich, während er ihnen hinterhersah. Dann krabbelte er zu seinem Freund hinüber und kniete sich neben ihn.

Asher lag bewegungslos da. Die untere Hälfte seines Gesichts war mit rot verkrusteter Erde bedeckt.

»Asher!« Mikhail rüttelte ihn. »Wach auf, Asher!«

Nichts.

Nach einem weiteren erfolglosen Versuch schaute er in Richtung der Männer und überlegte kurz, ob er sie um Hilfe bitten sollte, Asher nach Hause zu bringen. »Sei kein Idiot!«, murmelte er vor sich hin.

Er hob Ashers Kopf vom Boden und hielt sein Ohr an den Mund seines Freundes.

Ja, da war ein gleichmäßiges Rauschen von Luft.

Er zog Asher an den Armen hoch, umfasste dessen Oberkörper, so gut er konnte, und hievte ihn sich über die Schulter. Erst stemmte er sich auf den einen, dann auf den anderen Fuß und stöhnte jedes Mal angestrengt auf und er dankte Gott, dass er etwas kräftiger gebaut und stärker war als sein Freund.

Kräftiger als Asher oder nicht, er musste dennoch kämpfen: jeder Schritt ein wildes Stampfen, jeder Atemzug ein Keuchen. Aus zehn Metern wurden zwanzig. Aber nach ein paar weiteren stolpernden Schritten taumelte er und blieb erschöpft und mit stierem Blick stehen. Nach wie vor waren sie ziemlich weit von zu Hause entfernt und er würde zusammenbrechen, wenn er den Weg mit einem Mal bewältigen wollte. Er würde sie beide verletzen. Also legte er seinen Freund auf einem Grashügel ab.

»Nur eine Verschnaufpause«, flüsterte er. »Nur kurz verschnaufen.«

Er rieb seine taub gewordene Schulter wach, atmete ein paarmal tief durch und griff erneut nach Ashers Arm.

Diesmal sträubte sich Asher, hustete und wachte blinzelnd auf. Er spuckte Blut, doch seine Lippen waren taub und geschwollen, also tröpfelte es bloß vom Kinn auf seine Kleidung.

Er blickte auf. »Mikhail?«, fragte er. »Wo sind wir? Mein Kopf tut weh.«

»Kannst du laufen?«

Asher kam schwankend wie ein neugeborenes Fohlen auf die Beine. »Was ist passiert?«

»Wir waren angeln. Ein paar Männer kamen.«

Asher warf einen Blick zurück aufs Flussufer.

»Einer von ihnen hat dich geschlagen.«

Asher verzog das Gesicht und hielt sich den Kopf. »Jetzt erinnere ich mich. Haben sie die Fische?«

Mikhail nickte.

»Hast du mich hierhergetragen?«

»Na klar. Ich wollte dich bis nach Hause tragen.«

»Wirklich? Den ganzen Weg?«

Mikhail zuckte die Schultern. »Du bist mein bester Freund. Du hast mich nach Hause gebracht, als ich vom Baum gefallen bin, weißt du noch?«

Asher versuchte zu lächeln, doch nur eine Hälfte seines Gesichts reagierte, die andere war gefühllos. »Zu Hause werden sie Fische erwarten«, sagte er.

»Uns bleibt nichts anderes übrig, als die Wahrheit zu sagen«, antwortete Mikhail. »Papa sagt, ein guter ukrainischer Junge sagt immer die Wahrheit.«

Sie gingen los.

* * *

Als die Ansammlung der strohgedeckten, weiß gekalkten Hütten in Sicht kam, verlangsamten sich die Schritte der Jungen, so als versuchte jeder von ihnen, als Letzter einzutreffen.

Schließlich übernahm Mikhail die Führung und marschierte voran auf den Hof.

Sein Papa war damit beschäftigt, eins der Pferde zu striegeln, hielt jedoch inne und lächelte, als er seinen Sohn erblickte. Er eilte zu ihm, rieb sich die Hände am Overall ab und machte Kaubewegungen, so als wollte er sein Verdauungssystem schon einmal vorwarnen. Seine Augen suchten fiebrig seinen Sohn ab, dann Asher. »Wo sind die Fische?« Er mühte sich, sein Lächeln beizubehalten; es wirkte kränklich, bevor es gänzlich erlosch.

Asher sah Mikhail an, der den Kopf schüttelte.

»Ihr habt nichts gefangen? Nicht einmal einen?«

»Wir wurden ausgeraubt«, erklärte Mikhail.

Sein Papa ließ die Striegelbürste fallen und fasste ihn bei den Schultern. »Ausgeraubt? Geht es euch gut?«

»Sie haben uns den ganzen Fang gestohlen.«

Mikhails Papa fluchte, ohne den Blick von seinem Sohn abzuwenden. »Habt ihr euch gewehrt?«

»Sie waren viel größer als wir.«

»Aber ihr habt euch widersetzt, richtig?«

Mikhail sah Asher an und sein Vater folgte seinem Blick.

Asher strich über das getrocknete Blut am Kinn und der Kleidung. »Wir haben es versucht, Herr Petrenko. Mikhail hat einen von ihnen geschlagen und ich habe den anderen getreten.«

Mikhails Papa musterte Asher genauer. Er starrte ihm ins Gesicht, nahm sein Kinn und drehte es von links nach rechts. »Deine Lippe ist hier geplatzt, Asher. Und du hast eine hässliche Prellung. Sind irgendwelche Zähne locker?«

Asher schüttelte den Kopf.

»Und du …« Jetzt wandte er sich an seinen Sohn. »Hast du auch etwas abbekommen?«

Mikhail wollte antworten, starrte jedoch stattdessen nur seinen Papa an.

»Er kann besser kämpfen als ich«, sprang Asher ein. »Deshalb wurde er nicht verletzt.«

»Aber einem von denen habe ich ein blaues Auge verpasst«, ergänzte Mikhail, ohne mit der Wimper zu zucken.

Der Blick seines Vaters wanderte ein paar Sekunden lang zwischen den beiden hin und her, bevor der Mann sie mit einem wohlüberlegten Nicken bedachte. »Gut«, sagte er und schlug seinem Sohn auf den Rücken. »Ihr habt nicht kampflos aufgegeben. Ihr seid gute ukrainische Jungen.«

* * *

Am Abend desselben Tages fanden sich die beiden Familien zusammen. Wie gewöhnlich gab es mehr zu reden als zu essen.

Alle acht dankten Gott, dass sie überhaupt etwas zu essen hatten, wenn es so vielen daran mangelte. Dann aßen sie einige Minuten lang schweigend. Es gab Kartoffelsuppe mit Mazzen, etwas saure Sahne, ein paar Rosinen und Wasser.

»Es tut mir leid«, sagte Mikhail.

»Was denn?«, fragte Ashers Schwester Rina.

»Na ja, ich ...« Mikhail hielt inne und blickte nach Erlaubnis suchend zu seinem Papa.

»Mikhail und Asher hatten heute ein paar Fische gefangen«, berichtete Mikhails Vater mit verdrießlichem Gesicht. »Aber sie wurden ausgeraubt.«

»Das sind gefährliche Zeiten«, kommentierte Ashers Papa.

Mikhails Papa schnaubte. »Und wir wissen alle, wessen Schuld das ist. Wenn die ...«

»Das ist doch jetzt unwichtig«, unterbrach ihn Ashers Mama. Sie sah ihren Mann an. »Hirsch, sag mir, was da heute vorgefallen ist. Du hast mir erzählt, die Fische hätten nicht gebissen.«

»Entschuldige, Golda. Ich wollte dich nicht beunruhigen.«

»*Mich beunruhigen?*« Sie starrte ihren Sohn an. »Mir war, als sei dein Gesicht etwas geschwollen, und ich hatte recht. Also gut, Schluss damit. Keine Angelausflüge mehr für dich, mein Sohn – nicht ohne einen der Männer.«

Asher und Mikhail vergaßen einen Moment lang zu kauen und schauten einander an.

»Darüber können wir uns später unterhalten«, sagte Ashers Papa zu seiner Frau. »Lasst uns essen, nicht reden.«

Ein paar Minuten lang hörte man nur die in den Schüsseln klingenden Löffel und hin und wieder ein Schlürfen.

Dann legte Ashers Mama ihren Löffel auf der Schüssel ab und wischte sich eine Träne aus dem Gesicht. »Das ist unser einziger Sohn und er soll sein Leben riskieren, um uns zu versorgen?«

»Nicht jetzt, Golda.«

»Nein, darüber werden wir nicht später reden. Ohne einen Erwachsenen geht er nirgendwo mehr hin.«

Mikhails Mama, die bis jetzt geschwiegen hatte, räusperte sich und sagte leise: »Das sehe ich auch so.« Sie schaute ihren Mann an. »Das Gleiche gilt für unseren Sohn. Es ist sinnlos, sich etwas vorzumachen, Dmitro. Wir haben alle die Geschichten gehört.«

»Welche Geschichten?«, fragte Ashers älteste Schwester Keren.

»Bitte nicht, Irina«, warf Ashers Papa ein, bevor die Frage beantwortet werden konnte. »Nicht am Esstisch.«

Sie starrte ihn trotzig an. »Aber Hirsch, das müssen alle wissen. Meine Schwester am anderen Ende des Dorfes hat eine Freundin, die ihre Tochter zum Brunnen geschickt hatte, um Wasser zu holen. Doch auf dem Weg dorthin wurde sie ermordet und … so erzählt man sich … gegessen.«

Ihr Mann bedachte sie mit einem kühlen Blick. »Hirsch hat recht«, sagte Dmitro. »Wir sind beim Essen, Irina. Beim *Essen*! Hör auf, so zu reden.«

»Nun … Ja, du hast recht. Es tut mir leid.«

Ashers Mama nahm ihren Löffel in die Hand und richtete ihn auf ihren Mann. »Ich habe es dir ja gesagt. Wir hätten mit meiner Schwester nach Warschau gehen sollen.«

»Tja, jetzt können wir nicht mehr gehen. Die Grenzen sind geschlossen, und wer versucht, das Land zu verlassen, wird erschossen.«

Mikhails Papa schlug mit der flachen Hand auf den Tisch. »Verfluchte Russen! Sie hindern uns daran, zu gehen, aber wenn wir bleiben, nehmen sie uns ab, was wir produzieren, geben uns im Gegenzug kaum etwas dafür und verhindern, dass wir woanders kaufen und verkaufen können. Wusstet ihr, dass mein Cousin verhaftet wurde, weil er etwas von seinem Heu verkaufen wollte?«

»Das russische Volk leidet auch«, wandte Asher ein.

»Das *erzählt* man uns. Aber von der Ukraine *wissen* wir es. Wir bekommen nur wenig mit, aber alle wissen es. Mit wem wir auch sprechen, alle berichten das Gleiche: In den Straßen der Städte liegen Tausende Tote – wahrscheinlich Hunderttausende.«

»Aber wir nicht. Wir überleben.«

»Und wie lange noch?«, fragte Ashers Mama.

»Nicht sehr lange, wenn wir nicht das essen, was wir haben.« Ashers Papa zeigte auf den Tisch. »Also bitte. Alle Mann: Was gerade geschieht, ist furchtbar. Aber lasst uns essen, nicht reden.«

Sie nickten und kurz darauf aßen sie schweigend.

Mikhail war als Erster fertig und setzte sich mit vor der Brust verschränkten Armen zurück. Er hüstelte. Dann noch einmal.

»Ja, du darfst aufstehen«, sagte seine Mama erschöpft.

Er sprang vom Stuhl und rannte um den Tisch herum. »Papa, darf ich auf dem Traktor sitzen?«

»Natürlich.« Herr Petrenko tätschelte den Kopf seines Sohnes. »Vielleicht kannst du mir eines Tages beibringen, wie man damit umgeht.« Er lachte gezwungen.

Mikhail ging hinaus und Asher aß nun schneller, hin und wieder schweifte sein Blick zur Tür.

»Zumindest ist der Traktor kostenlos«, sagte Mikhails Mama. »Und der Treibstoff auch.«

»Kostenlos?«, entgegnete Mikhails Papa. »*Kostenlos?* Pah! Bei den Russen gibt es nichts umsonst.«

»Wie meinst du das?«

»Er meint damit, dass wir auf andere Weise dafür bezahlen«, erklärte Ashers Papa. »Im Gegenzug für den Traktor müssen wir den Großteil unseres Ertrags an den Staat abgeben.«

»Oh ja«, stimmte Mikhails Papa zu. »Außerdem müssen wir das anbauen, was man uns vorschreibt, und nicht das, was wir brauchen. Und dann haben sie auch noch die Frechheit zu behaupten, das sei alles zum Wohlergehen unserer geliebten sowjetischen Genossen.«

Asher stellte seine leere Schüssel auf den Tisch und machte dabei möglichst viel Lärm.

»Ach, geh schon«, sagte seine Mama, bevor er noch darum bitten konnte, vom Tisch aufstehen zu dürfen.

Er lief hinaus und rannte den ganzen Weg bis zur Scheune, wo der Traktor stand. Mikhail fand er bereits am Lenkrad sitzend vor, wo er seine besten Motorengeräusche machte.

Asher kletterte hinauf und die Jungen saßen Schulter an Schulter.

»Hey, siehst du denn nicht?«, rief Mikhail über den eingebildeten Lärm hinweg. »Ich fahre.«

»Ich fahre mit!«, rief Asher zurück.

* * *

Zehn Minuten später machten sie noch immer Geräusche, glitten mit den Händen über das riesige Lenkrad und lehnten sich nach links und nach rechts, während sie imaginäre Kurven nahmen. Sie hörten auf, als ihre Papas in die Scheune kamen.

»Papa«, fing Mikhail an, »wann werden wir den Traktor benutzen?«

Sein Papa schaute Ashers Papa an. »Es ist dein Hof, Hirsch. Was meinst du?«

Ashers Papa nahm seine Schirmmütze ab und kratzte sich am Kopf. »Dieses neuartige Ding? Ich weiß nicht recht, was ich damit anfangen soll.«

»Weshalb haben wir ihn dann?«, fragte Asher.

»Weil man uns gesagt hat, dass wir ihn einsetzen sollen«, antwortete Mikhails Papa. »Die Russen glauben, wir können keine eigenen Entscheidungen treffen.«

Ashers Papa schlenderte zur Rückseite der neumodischen Maschine und rieb sich nachdenklich das Kinn. »Ich mache mir Sorgen. Unsere Pferde sind untergewichtig. Womöglich würde das Ding helfen. Es braucht kein Futter.«

»Und die Pferde?«, fragte Mikhails Papa. »Lassen wir die einfach sterben?«

Doch Ashers Papa musterte weiterhin den Traktor. »Ich verstehe nach wie vor nicht, wie er funktioniert. Er zieht Geräte hinter sich her, genau wie ein Pferd. Aber was versetzt ihn in Bewegung?«

»Man schüttet Treibstoff hinein«, erklärte Asher.

Mikhail zeigte auf den Tankverschluss. »Hier hinein.«

»Kinder«, sagte Mikhails Papa. »Was wissen die schon?«

»Mehr als wir, will mir scheinen«, erwiderte Ashers Papa. »Pass nur auf, nach einem Jahr in der Schule können sie den Hof besser bewirtschaften als wir.«

»Traktoren«, sinnierte Mikhails Papa. »So ein Unsinn.«

Kapitel 2

1936 – Diowsta, Ukraine

Der Spott der Väter erwies sich als hohl. Kaum im Teenageralter, hatten Asher und Mikhail alles herausgefunden, was es über den Betrieb eines Traktors zu wissen gab. Luftfilter, Vergaser, Ölwechsel – Asher und Mikhail lasen das Bündel Papiere, aus dem das Handbuch bestand, stellten in der Schule Fragen und lasen noch mehr in Büchern. Schließlich gaben es die Männer auf, die Funktionsweise dieses modernen Metallpferds ergründen zu wollen, und ließen einfach ihre Söhne damit weitermachen. Manchmal fuhren die Jungen sogar damit und teilten sich die meisten grundlegenden Wartungsarbeiten. Obendrein suchten die anderen Bauern bei ihnen Rat, da sie ebenfalls vom Staat dazu ermuntert wurden, die neue Technologie einzusetzen.

Die Petrenkos und die Kogans hatten den Hof gemeinsam weiter ausgebaut, neue Nutzpflanzen angebaut und die Erträge verbessert. Jetzt gab es reichlich Essen für die Familien, also quälten sie keine leeren Mägen mehr. Mikhails Papa sorgte allerdings dafür, dass niemand die Zeiten des großen Hungers vergaß oder wie einige verzweifelte Menschen damit umgegangen waren oder – allem voran – wessen Schuld es war.

* * *

Seit über einem Jahr hatte es genug zu essen und kaum einen Streit gegeben, im Gegenteil, es wurde viel gelächelt, doch nun spürten beide Jungen, dass sich etwas anderes zusammenbraute. Die Gesichter ihrer Eltern wurden düster, es gab geflüsterte Unterhaltungen und Mahlzeiten in völliger Stille. Die Jungen unterhielten sich bei ihren Angelausflügen oder wenn sie am Traktor schraubten, aber keiner von beiden hatte Antworten.

Eines Tages schickte Ashers Papa nach dem Frühstück alle aus dem Haus.

Bis auf einen.

»Du nicht, Asher. Komm her.«

Ashers Schwestern Keren und Rina gingen an ihm vorbei, klopften ihm auf die Schulter und lächelten ihn mitfühlend an.

Sein Papa stellte zwei Stühle am Herd auf und sie setzten sich gemeinsam hin.

»Mein Sohn, es gibt da etwas, das ich dir sagen muss.«

Asher war bereits klar gewesen, dass dies keine nichtige Angelegenheit sein würde. Doch sein Vater runzelte die Stirn und seine Stimme klang tief, er sprach getragen und abgehackt, was Asher sogar noch nervöser machte.

»Ich weiß, dass dir das nicht gefallen wird, aber …«

»Was? Was ist passiert, Papa?« Asher wollte lächeln, doch es wollte nicht gelingen.

»Wir werden den Hof verlassen.«

»Wir alle?«

»Nur die Kogans. Die Petrenkos bleiben hier.«

»Mikhail auch?«

»Mikhail muss bei seinen Eltern bleiben. Es tut mir leid, Asher. Wir gehen nach Warschau.«

»Für wie lange?«

Jetzt sah Asher, wie die Augen seines Papas glasig wurden. »Ich weiß es nicht.«

»Aber … was ist mit dem Hof?«

»Herr Petrenko wird sich darum kümmern. Mit der Zeit wird Mikhail ihm immer mehr dabei helfen.«

»Und wir werden zurückkehren, nicht wahr?«

Ashers Papa atmete tief durch und hielt seinen Sohn an den Schultern fest. »Asher, das verspreche ich dir. Ich gebe dir mein Wort. Eines Tages werden wir hierher zurückkehren, wenn die Dinge besserstehen.«

»Besser?«

»Du bist ein kluger Junge, Asher. Du musst mitbekommen haben, dass die Behörden jüdische Schulen schließen und den Gebrauch von Jiddisch zu verhindern suchen. Aber Politiker kommen und gehen wie Gezeiten und eines Tages wird sich die Lage für uns ändern.«

»Ich will nicht weg, Papa.«

»Ich weiß, Asher, aber versuch, das Gute zu sehen. In Warschau kann ich Arbeit in einer Fabrik bekommen. Genau wie Keren und Rina. Du wirst wahrscheinlich auf einer besseren Schule landen.« Ein schiefes Lächeln umspielte seine Lippen. »Vielleicht wirst du Traktoren studieren können – oder gar diese verrückten neuen Motorwagen.«

»Aber ich will hierbleiben.«

»Asher, hör mir zu. Deine Mama vermisst deine Tante Freida. Sie möchte schon seit einer ganzen Weile nach Warschau ziehen, aber wir konnten es uns nicht leisten. Jetzt haben wir etwas Geld zusammengespart, mit dem wir dort hinfahren können, und wir glauben, dass es so am besten ist.«

»Du meinst, es ist am besten *für Mama*.«

»Sei nicht so, Asher. Sie ist …« Sein Vater hatte Mühe fortzufahren. Als er tief einatmete, sprang Asher vom Stuhl auf und rannte zur Tür.

»Nein! Asher! Warte!«

Aber der Junge war fort.

Asher wischte sich die Tränen vom Gesicht. Als er um die Ecke des Bauernhauses lief, sah er Mama und Rina die Wäsche aufhängen.

Seine Mama lächelte traurig. »Also, dann hat dein Papa es dir gesagt.«

»Ich will nicht weg, Mama. Ich werde dort einsam sein und ich will hierbleiben.«

»Oh, Asher. Ich weiß, dass du Mikhail vermissen wirst, aber Warschau ist eine große Stadt mit so vielen Dingen, die man sehen und unternehmen kann. Du wirst neue Freunde finden, genau wie deine Schwestern auch.«

»Aber warum kann Tante Freida nicht stattdessen herkommen? Warum müssen wir dorthin gehen? Warum, Mama, warum?«

»Es ist … sicherer.«

»Sicherer?«

Rina reichte ihrer Mama den Wäschekorb, hockte sich vor Asher hin und schaute ihn aus großen braunen Augen warm an. »Asher, hör mir zu. Ich verspreche dir, dass du nicht einsam sein wirst.«

»Aber warum müssen wir von hier weggehen?«

»Nun …« Sie blickte hinauf in den klaren Himmel und schirmte mit einer Hand die Augen vor der Helligkeit ab. Es dauerte nicht lange und sie zeigte auf etwas in der Ferne. »Schau, da drüben, Asher.«

»Meinst du die Vögel?«

»Ja. Hast du dich je gefragt, weshalb sie in einem Schwarm zusammenkommen – weshalb nicht jeder einfach dorthin fliegt, wohin er gern will?«

Asher starrte die Wolke aus schwarzen Punkten an, die ständig ihre Umrisse änderte.

»Sieh mal, sie tun das, weil sie sich sicherer fühlen, wenn viele von ihnen beisammen sind.«

Asher nickte, obwohl er es nicht wirklich verstand. Aber vielleicht würde das Leben in Warschau am Ende gar nicht so schlimm sein, nicht mit einer Schwester wie Rina.

* * *

Gleichzeitig brachte Herr Petrenko seinem Sohn im kleineren Bauernhaus dieselbe Neuigkeit bei.

»Aber wir bekommen den Hof«, sagte er. »Ist das nicht gut?«

»Ich will keinen Hof«, erwiderte Mikhail. »Ich will die Kogans. Ich will, dass alles so bleibt, wie es ist. Warum kann nicht alles so bleiben, wie es ist?«

Ein gequälter Ausdruck zuckte kurz über das Gesicht seines Papas. »Nichts kann so bleiben, wie es ist, Mikhail. Sie wollen mit ihresgleichen zusammen sein. Du wirst lernen, das zu akzeptieren, und irgendwann andere Freunde finden. Die Ernten werden größer. Und inzwischen haben sich die Gesetze geändert, sodass wir etwas von unserem Ertrag verkaufen können. Dann können wir Arbeiter bezahlen.«

»Aber ich will keine anderen Freunde.«

»Vertrau mir, Mikhail. Sei ein guter ukrainischer Junge und sei stark. Von nun an wird alles besser werden. Das verspreche ich dir.« Seine Faust stupste spielerisch die Brust seines Sohnes an. »Und wenn du neue Freunde findest, kannst du mit ihnen angeln gehen, ja?«

Mikhail senkte den Blick hinab auf seine Füße und nickte langsam.

»Weinst du etwa?«

Mikhail schniefte und schüttelte den Kopf. Einen Augenblick später verspürte er eine seltene Verbundenheit, als sein Papa ihm den Arm um die Schultern legte. Er roch die staubige Erde und den Schweiß, dann vernahm er die mit rauer Leidenschaft gewisperten Worte: »Guter Junge. Du bist fast schon ein Mann. Sei stark. Ein starker ukrainischer Junge weint nicht.«

* * *

Nachdem die Kogans den Hof verlassen hatten, fühlten sich beide Jungen tagelang innerlich taub und jeder hatte seine eigene Methode, damit umzugehen.

Asher fragte seine Eltern beharrlich über Warschau aus: ob es da Motorwagen gab, ob es Flüsse zum Angeln gab, ob er sein eigenes Zimmer haben würde, wie viele Menschen in der Stadt lebten. Schlussendlich sagte seine Mama, er solle abwarten und einfach nur die Zugfahrt genießen.

In Wahrheit wollte er fragen, wann sie zum Hof zurückkehren würden.

Dort half sich Mikhail über den Verlust des besten Freundes hinweg, indem er wann immer möglich angeln ging. Allein.

Es fühlte sich nicht richtig an.

Und die Fische blieben fern.

Seit ihrer Geburt hatten die Jungen Tür an Tür gelebt und einander an jedem Tag ihres Lebens gesehen. Sie waren in jeder Hinsicht Brüder, nur nicht dem Blut nach.

* * *

1936 – Warschau, Polen

Für Asher war die laute und geschäftige Stadt Warschau derart fremd, dass er ebenso gut auf einem anderen Planeten hätte sein können. Er kannte nicht einmal die großen Städte der Ukraine, auch wenn er Geschichten über sie gehört und Fotografien riesiger Gebäude und breiter Straßen gesehen hatte. Doch jetzt befand er sich auf dem Gehweg einer Stadt, die laut seinem Papa größer war als jede in seiner Heimat.

Und obwohl er auf der Fahrt hierher so viele Fragen gehabt hatte, war er nun zu sehr von den Eindrücken und Geräuschen eingenommen, um noch zu reden. Wenn er den Blick hob, sah er nichts als Häuser – einige waren höher als die höchsten, die er je gesehen hatte. Und die Menschenmassen … Er musste quasi von links nach rechts tänzeln, um ihnen aus dem Weg zu gehen.

Dann waren da noch die Geräusche. Leute unterhielten sich und lachten, Schuhe klackerten und schlurften über die Gehwegplatten, Türen öffneten sich quietschend und schlugen zu, Musiker spielten an den Straßenecken. Der Ton einer Hupe erschreckte ihn. Er drehte sich um und erblickte ein Auto. Ja, es war ein Auto – ein echter Motorwagen. Bisher hatte Asher sie nur auf Fotos gesehen. Er wusste, dass sie beinahe wie ein Traktor funktionierten.

Und als sie endlich ihr Ziel erreichten, ließ der Lärm nicht nach. Er war stets da, im Hintergrund, so als bliebe er für immer und ewig.

»Du wirst dich daran gewöhnen«, sagte sein Papa.

Die Wohnung in der ersten Etage war einfach und nicht so geräumig wie das Bauernhaus, dafür wärmer. Das größte Zimmer verfügte über Kochgelegenheit und Küchenmöbel auf der einen Seite und einen Tisch mit Stühlen auf der anderen. Es gab zwei weitere kleine Zimmer, eins für die Eltern, das andere für die Kinder – obwohl sie kaum noch Kinder waren. Das

Fenster des großen Zimmers bot Ausblick auf einen weitläufigen Platz. Anfangs war Asher fasziniert davon. Nie zuvor hatte er dermaßen viele Menschen an einem Ort gesehen, und alle eilten in unterschiedliche Richtungen. *Wo gehen sie alle hin, und wieso?*, wunderte er sich immer.

Ashers Mama stellte einige Fotos und Mitgebrachtes in der Wohnung auf, und Tante Freida kam aus dem Norden der Stadt zu Besuch, um die Familie willkommen zu heißen.

Am darauffolgenden Tag wurde Asher an der Schule eingeschrieben.

Während der ersten Woche verspürte er den Impuls, sich irgendwo zu verstecken, wenn er ein Auto näher kommen hörte. Und ihm war, als würden die hohen Häuser um ihn herum zusammenrücken, seinen Geist zusammenquetschen. Er fragte sich, weshalb es keine Felder oder weite Wiesen gab, sondern nur Häuser und Beton.

Und er vermisste das Angeln.

Dennoch ging er zur Schule und lernte Polnisch, Mathematik und ein wenig Naturwissenschaften. Letzteres stellte sich als sein Lieblingsfach heraus. Jeden Tag brachte er begeistert Neues über Elektrizität oder Magnetismus oder wie Metalle auf Temperaturänderungen reagierten nach Hause.

Gewöhnlich begegnete seine Mama dem mit etwas wie: »Das ist sehr interessant, Asher, aber hast du auch neue Freunde gefunden?«

Die ersten paar Mal ignorierte Asher die Frage einfach, doch dann antwortete er, dass er selbstverständlich neue Freunde gefunden hätte. Ein paar zufällige Namen kamen ihm über die Lippen und damit war der Fall erledigt. Seine Mama lächelte und sagte, sie freue sich für ihn.

* * *

Einige Wochen nach ihrer Ankunft wurden die Worte seines Papas – dass er sich daran gewöhnen würde, in Warschau zu leben – langsam wahr. Ja, er gewöhnte sich daran, allerdings gewöhnte er sich daran, *von zu Hause weg zu sein.*

Eines Tages fragte ihn einer seiner Schulkameraden während des Unterrichts, wo er herkäme.

»Von einem Gutshof«, antwortete er. »In Diowsta.«

Der Junge schüttelte den Kopf. »Noch nie davon gehört. Aber ich bin mal auf einem Gutshof gewesen, das war wie im Paradies. Du vermisst es sicher ganz schön.«

Asher musste einen Moment in seiner Erinnerung kramen, aber ja, er vermisste es. Er fragte sich, ob Mikhail an dem Tag angeln gegangen war, und stellte sich vor, wie der Freund am Flussufer in der ukrainischen Natur saß, wo nichts außer süßem Vogelgesang und murmelndem Wasser den Frieden störte.

Am Abend drückte sich Asher auf der Küchenseite des großen Zimmers herum, während seine Mama kochte, und warf ihr Seitenblicke zu.

»Was ist los?«, fragte sie. »Möchtest du vor allen anderen essen?«

»Wann fahren wir zu Besuch auf den Hof, Mama?«

»Mit der Zeit«, antwortete sie. »Versprochen.«

»Kann Mikhail zu uns zu Besuch kommen?«

Sie wischte sich die Hände ab und zog einen Stuhl vom Tisch zurück. »Wieso schreibst du ihm nicht und fragst ihn?«

»Ihm schreiben?«

»Wir können Papier und Briefumschläge kaufen. Du kannst ihm berichten, wie es hier ist, und ihn bitten, dir zurückzuschreiben und zu erzählen, was auf dem Hof geschieht.«

Asher überlegte einen Moment und seine Lippen formten ein zögerliches Lächeln. »Das wäre schön.«

»Guter Junge.« Sie umarmte ihn und hielt ihn länger fest, als er erwartet hatte.

* * *

In den folgenden Monaten schrieb Asher viele Briefe, fragte jedoch auch seine Eltern immer wieder, wann sie zum Hof zurückkehren würden.

Nie bekam er die gewünschte Antwort, also hörte er irgendwann auf zu fragen.

Er gab es ebenfalls auf, seine Mama zu fragen, ob für ihn Briefe gekommen waren. Vielleicht vermisste Mikhail ihn nicht. Ja, das war es. Vielleicht hatte er in Diowsta neue Freunde gefunden.

Also hörte Asher auf zu schreiben. Mit der Zeit wurden aus Fremden Freunde und aus der Wohnung eine Art Zuhause. Der Lärm, die Geschäftigkeit und der Verkehr in Warschau gehörten genauso zu Asher wie zu allen anderen auch. Sein Papa bekam eine Arbeit in einer Bäckerei vor Ort und fuhr dort Mehlsäcke mit einem Karren umher. Keren und Rina fanden Arbeit in Fabriken, und Asher ging weiterhin zur Schule.

Außerdem gab es jetzt Geld. Für etwas zu bezahlen – vor allem für Nahrungsmittel – kam dem jungen Asher eigenartig vor, doch seine Eltern betonten immer wieder, dass auch nach den Ausgaben fürs Essen noch Geld übrig blieb. Und damit waren Theaterbesuche, Bücher, ab und zu ein Spielzeug möglich – sogar ein Fußball für Asher und seine neuen Freunde.

Vielleicht hatte er letztendlich doch ein neues Zuhause gefunden.

Kapitel 3

August 2001 – Verhörzimmer 2, Polizeirevier Bereich 1, Pittsburgh, USA

Diane Peterson bemühte sich, etwas Wut heraufzubeschwören und sie ihrer Stimme einzuimpfen. Gewöhnlich würde sie so etwas nicht tun, aber das war keine normale Situation. Sie hatte Detective Durwood bereits zweimal darum gebeten, und obwohl er ihr Anliegen nicht abgelehnt hatte, tat er auch nichts, um ihr entgegenzukommen. Diese verschleiernden, verzögernden und verdammt nervtötenden Methoden kannte sie bereits von ihrem Vater – bei Gott, sie war an sie gewöhnt. Doch damit würde jetzt Schluss sein und darum ging es ihr. Also beugte sie sich über den Tisch nach vorn, atmete zittrig durch und sprach die Worte aus.

»Ich muss ihn sehen!« Sie betonte absichtlich jede Silbe.

Detective Durwood schaute von seiner Akte voller Notizen auf und warf einen kurzen Blick auf die Uhr an der Wand. Das bewog Diane dazu nachzuhaken: »Was ist jetzt?«

Er seufzte. »Wir drehen uns im Kreis. Wie ich bereits gesagt habe, kann ich Ihre Reaktion verstehen, wirklich. Das ist ganz normal.«

»Sie haben recht, wir drehen uns im Kreis. Also hören wir doch sofort damit auf. Arrangieren Sie es einfach, okay? Sagen Sie mir einfach, wann ich zu ihm kann.«

»Was genau versprechen Sie sich davon?«

»Nur die Wahrheit.«

»Tja, Diane, wir …«

»Sparen Sie sich das *Diane*. Für Sie heißt es Ma'am – oder besser noch: *Ms Peterson*.«

»In Ordnung. Tut mir leid. Aber die Wahrheit kennen wir bereits.«

»Ach, meinen Sie? Kennen Sie die ganze Wahrheit? Ich kenne beide, vergessen Sie das nicht, und so wie ich das sehe, würde ich sagen: Nein, Sie *glauben* nur, die Wahrheit zu kennen.«

Der Ermittler senkte kurz den Blick auf seine Notizen. »Bei allem Respekt, wir haben einen ganzen Haufen an Beweisen und wir haben ein Geständnis und …«

»Sie wissen, *was* passiert ist. Das ist nicht die ganze Wahrheit. Ich muss wissen *warum*. Hören Sie, ich will Sie damit nicht überfallen, aber ich weiß, dass es zu meinen Rechten gehört. Ich glaube, das Programm heißt ›Restorative Justice‹. Ist es nicht so?«

Er riss sich die Brille von der Nase und starrte sie an. »Nun, natürlich gibt es das, aber Sie dürfen nicht vergessen, dass das Hauptziel der *Restorative Justice* in diesem Bundesstaat weniger darauf abzielt, die Familien der Opfer zufriedenzustellen. Sie dient der Rehabilitation der Täter, indem man ihnen die Konsequenzen ihrer Taten vor Augen führt.«

»Na und?«

Ein Grinsen erschien – vielleicht unbewusst, dachte Diane – in seinem Gesicht. »Der Mann ist achtundsiebzig. In dem Alter *wird es keine Rehabilitation geben*.« Die letzten fünf Worte sprach er mit einer gewissen Endgültigkeit aus.

»Detective, Sie kennen mich nicht und Sie kannten meinen Vater nicht. Lassen Sie mich Ihnen also etwas erklären. Ich bin achtundvierzig. Ich wohnte seit Ewigkeiten mit ihm zusammen, abgesehen von ein paar Monaten, die ich bei meiner Mutter verbrachte. Natürlich gab es Zeiten, in denen ich ihn einfach sich selbst überlassen wollte – fortgehen und heiraten und eine eigene Familie gründen. Aber das habe ich nicht. Ohne mich wäre er einfach ein einsamer alter Mann geworden und ich genoss die kostbare Zeit mit ihm. Ich liebte meinen Vater.«

»Wie gesagt, es ist verständlich, dass es Ihnen nahegeht, was ihm zugestoßen ist. Das ist normal.«

»Was normal ist, kümmert mich einen Dreck, und darum geht's mir hier auch nicht. Und wenn Sie glauben, ich sei normal, haben Sie sich aber ordentlich geirrt. Oh, ich habe die Zeit genossen, die ich mit ihm hatte, aber ich bin nicht gerade zu einer durchschnittlichen und gut angepassten Erwachsenen geworden. Mein Vater kümmerte sich um so gut wie alles, damit ich mich nicht mit den banalen Dingen des Lebens abmühen musste. Doch das hatte seinen Preis und der Preis ist, dass ich den größten Teil meines Erwachsenenlebens verbrachte wie … beinahe wie eine Maus, ohne meine Interessen zu vertreten oder für mich selbst einzustehen.«

Er nickte und versuchte ganz eindeutig, angesichts ihres Ärgers eine ernste Miene zu zeigen. Wahrscheinlich hatte man ihm das beigebracht.

Diane fuhr fort. »Aber ich kann einfach nicht mehr der Mensch sein, der ich war – die Person, wie sie mein Vater haben wollte. Und der Grund dafür ist, dass Sie seinen Leichnam auf dem Tisch liegen haben. Also, ich will wissen, weshalb er dort liegt, anstatt in seinem Sessel zu sitzen und sich die verdammte Musik anzuhören, die er so sehr liebt. Ich will ganz genau wissen, was an diesem Abend geschah – beziehungsweise so viel wie möglich von dem Mann erfahren, der in Ihrer Zelle sitzt. Und wenn ich über Sie hinweggehen und juristische Maßnahmen ergreifen muss, um mein Recht zu bekommen, kann ich Ihnen versprechen, dass ich das auch tun werde. Ich gebe nicht auf, Detective Durwood.«

»In Ordnung.« Der Detective nickte bedächtig. »Okay. Ich wollte nur verhindern, dass es Sie noch mehr aufwühlt, aber wenn Sie es möchten …«

»Da können Sie ganz sicher sein.«

»In diesem Fall werden juristische Maßnahmen nicht nötig sein. Wie Sie schon sagten, das ist Ihr Recht und ich glaube, Sie würden gewinnen, wenn wir es drauf ankommen lassen. Ich weiß ehrlich gesagt nicht, wie Sie das weiterbringen kann, aber wenn es das ist, was Sie wollen, werden wir es arrangieren.«

Diane atmete zur Beruhigung durch. »Das war doch nicht so schwer, oder?«

Er verzog das Gesicht und hob vielsagend eine Augenbraue.

»Was ist?«, fragte sie. »Haben Sie noch was für mich?«

»Genau genommen … Also, er schien zu fantasieren, plapperte ständig was davon, dass Sie beide irgendeine Art Verbindung hätten.«

»Verbindung?«

»Dass Sie etwas gemeinsam haben. Wissen Sie, was er meint?«

Diane war kurz verblüfft. »Ähm, nein. Wir haben überhaupt nichts gemeinsam, außer dass er meinen Vater kannte. Er war sehr oft bei uns zu Besuch, fast so, als wäre er mein Onkel. Aber ich kann Ihnen versichern, dass wir abgesehen davon überhaupt nichts gemeinsam haben.«

»Ist er … wird er senil?«

»Gott, nein. Er ist bei klarem Verstand, glauben Sie mir.«

»Ich muss zugeben, dass unsere Leute das ebenfalls sagen. Wie dem auch sei … wir bleiben in Verbindung, aber es könnte ein paar Tage dauern.«

»Kein Problem. Ich kann warten.«

Sie lächelten sich höflich an und standen auf.

»Es tut mir leid«, sagte Diane. »Ich wollte nicht forsch sein.«

»Oh, natürlich nicht.«

»Nein, wirklich. Das wollte ich nicht. Sie würden sicher genau das Gleiche tun, wenn Ihnen so etwas zugestoßen wäre. Ich muss diesen Mann treffen, der ein Loch in den Kopf meines Vaters geschossen hat, und mit ihm sprechen.«

Kapitel 4

1937 – Warschau, Polen

Die Monate verflogen, doch ein Teil von Asher sehnte sich noch immer nach den offenen Weiten der Ukraine, nach der mühevollen Arbeit auf dem Bauernhof, die so zufrieden machte, und nach dem nachmittäglichen Faulenzen beim Angeln mit Mikhail. Ja, seinen Eltern hatte er gesagt, er freue sich darauf, die Schule zu beenden und vielleicht eine Arbeit Seite an Seite mit seinem Papa zu finden. Aber obwohl Warschau eine Art Zuhause war, fühlte es sich nicht wie *Heimat* an, und er war sich nach wie vor nicht sicher, ob die Freundschaften, die er in der Schule geschlossen hatte, mehr als Bekanntschaften waren.

An einem Sonntagnachmittag im Spätsommer 1937, als die verschleierte Sonne ihr Bestes gab, um die staubbedeckten Straßen zu erhellen, befahl Papa allen, die Jacken anzuziehen.

Asher musterte ihn bedächtig. Papa trug ein breites Lächeln im Gesicht und hielt die Schultern durchgestreckt und stolz, während er die Jacken weiterreichte.

»Es war eine gute Woche«, sagte er. »Heute gönnen wir uns etwas.«

Asher war der Einzige, der sich nicht von seinem Platz erhob.

»Na komm«, sprach sein Papa ihn an. »Wir gehen ins Baran.«

»Ins Baran?«, fragte Keren und ihr Gesicht strahlte beinahe vor Freude. »Wirklich?«

»Ich will nicht mit«, sagte Asher.

»Du weißt aber, was das Baran ist, oder?«, erwiderte Papa.

»Nein, aber ich will nicht hingehen.«

»Du weißt nicht, was es ist, und willst trotzdem nicht hingehen? Das ist doch Unsinn.«

»Lass den Jungen in Ruhe, Hirsch«, sagte Mama.

Während Papa kopfschüttelnd durch die Zähne Luft einsaugte, reichte Mama Asher seine Jacke.

»Asher, bitte«, sagte sie. »Das Café Baran ist eine der besten Konditoreien in ganz Warschau. Dort gibt es köstliche Speisen – Essen, von dem wir noch nicht einmal gehört haben.«

»Was für Essen?«

»Tja, wie …«

»Das weiß sie nicht«, warf Rina ein. »Sie hat ja noch nie davon gehört.«

Verhaltenes Lachen erfüllte den Raum. Rina nahm Asher bei der Hand und zog ihn von seinem Stuhl auf die Beine.

»Komm schon«, sagte sie. »Dieser Ort muss das reinste Paradies sein, und *mich* wirst du nicht davon abhalten hinzugehen.«

»Wir gönnen uns etwas«, sagte Papa zu ihm. »Dort gibt es Kuchen und Süßspeisen, bei denen dir der Mund wässrig wird – das erzählt man sich zumindest. Und ich werde euch nicht oft dorthin mitnehmen, also genieß es, solange du kannst.«

Mama zog Asher an sich und gab ihm einen dicken Kuss auf die Schläfe, der eine feuchte Stelle hinterließ. Er schob sie von sich und beide kicherten.

»Ach, mein kleiner Junge wird erwachsen. Er will keine Zuwendung mehr von seiner Mama.«

Dann kam Keren näher. »Und von seiner Schwester auch nicht«, sagte sie und gab ihm einen übertriebenen Schmatz.

Nun musste er sich beider gleichzeitig erwehren und dazu noch seines Lachens, das gelöst und laut erklang. Er konnte auch Rina sehen, die mit angezogener Jacke an der Wohnungstür wartete und angesichts der Szene mit der Zunge schnalzte. Doch sie leistete sich ein kaum verborgenes Lächeln.

»Es gibt noch mehr Küsse, es sei denn, du kommst mit«, drohte Keren.

»In Ordnung, in Ordnung«, ergab sich Asher. Er nahm die Jacke, die sein Papa ihm hinhielt. »Ich schätze, ich bin *doch* hungrig.«

»Gut«, antwortete Papa. »Und jetzt lasst uns aufhören mit den Albernheiten und losgehen. Das Lokal ist beliebt, und an einem Sonntag füllen sich die Tische schnell.«

* * *

Kaum waren sie in die Straße eingebogen, in der sich das Café befand, vernahm Asher die Klänge und ihm war, als konnte er nichts anderes mehr hören. Vergessen war das legendäre Lokal und dessen Kuchen. *Diese Musik* umschmeichelte seine Ohren, besänftigte seine Seele. Beinahe stolperte er, als sie sich an den vor dem Café sitzenden Menschen vorbeischlängelten, die sich von der Sonne bescheinen ließen. Dann stolperte er tatsächlich, als er feststellte, dass die Musik aus dem *Café* kam.

»Wir sind da«, sagte Papa. Er hob die Hände und lenkte ihre Aufmerksamkeit hinauf zur rot-weiß gestreiften Markise über ihnen. »Das ist es. Café Baran.«

Asher betrachtete die vor dem Café sitzenden Leute. Sie waren still, einige lasen Bücher oder Zeitungen, ein oder zwei schrieben Briefe und andere hielten einfach mit geschlossenen Augen das Gesicht in die Sonne. Alle lauschten der Musik, tranken gelegentlich einen Schluck aus ihren Tassen oder schoben sich mit der Gabel ein Kuchenhäppchen in den Mund. Aber niemand unterhielt sich und es schien, als wüssten alle, warum. Das Café samt Umgebung badete in den harmonischen Tönen einer Violine wie in einer Welle. Sie klangen fröhlich und melodisch und verleiteten Füße zum Tappen und Köpfe zum Wippen im Takt. Dennoch wirkten sie beruhigend.

»Komm, Asher«, sagte Papa. »Sehen wir nach, ob wir einen freien Tisch finden.«

Im Inneren des Cafés wurden trotz allem ein oder zwei Gespräche weitergeführt. Allerdings blickten viele der Gäste einfach zu der Ecke hin, in der ein einsames Mädchen süß lächelte, während sie den Bogen hin und her zog, hin und her. Mit verdrehtem Hals presste sie ihre Violine ans Kinn, als würde sie ihr immens viel bedeuten.

In Diowsta hatte es keine Musik gegeben. Das war eine Sprache, die er schwer zu verstehen fand. Es gab keine Bedeutung, sie bot niemandem einen materiellen Wert, dennoch war sie faszinierend. Also schaute er ebenfalls hin, unfähig, den Blick vom Gesicht des Mädchens loszureißen und der Art, wie sie über die Saiten strich.

»Asher!«, ermahnte ihn sein Papa, anscheinend nicht zum ersten Mal. Er zeigte auf einen Tisch, an dem es sich der Rest der Familie gemütlich machte. »Geh und setz dich. Ich werde bestellen.«

Asher war noch immer sprachlos, nickte jedoch zustimmend und setzte sich langsam auf einen Stuhl, damit er die Violinistin weiterhin beobachten konnte. Als sich sein Papa einige Minuten später neben ihn setzte, bemerkte er das kaum.

Kurz darauf brachte man eine große Kanne Kaffee mit fünf kleinen Tassen gefolgt von einer dreistufigen Etagere an den Tisch. Darauf balancierten sorgfältig arrangierte Kuchenstücke, sodass Asher für ein paar Augenblicke abgelenkt war.

»Dreh dich um«, ermahnte ihn Mama.

Leicht gesagt. Mama, Rina und Keren hatten sich die besten Plätze ausgesucht – die mit direktem Blick auf die Violinistin –, doch wenn er sich zum Tisch drehen sollte, würde er das Mädchen überhaupt nicht mehr sehen können. Also saß er mit dem Bauch zum Tisch und dem Kopf zur Seite gedreht.

»Sieht das nicht köstlich aus, Asher?«, fragte Mama und zwang ihn, sie anzuschauen.

»So etwas gab es in Diowsta nicht«, ergänzte Papa.

Die Erwähnung von Ashers Geburtsort brach den Zauber und er begann, die Kuchenstücke interessierter unter die Lupe zu nehmen.

»Schaut«, sagte Keren und zeigte mit dem Finger abwechselnd auf die Auswahl, während sie sprach. »Mohnkuchen, glasierte Pfannkuchen, Pflaumen-Quarkkuchen, Lebkuchen, Baumkuchen. Und ist das Kaffeecremetorte? Ist das eine Schokoladenwaffeltorte?«

Der dunkle Kaffee wurde in die Tassen gegossen, jeder wählte ein Stück Kuchen und dann lehnten sich die Kogans zurück, um zu essen und zu lauschen. Die Köstlichkeiten verschwanden in atemberaubender Geschwindigkeit und bald fragte Keren ihren Bruder, was er nach dem Abschluss tun wolle. Mama wollte wissen, ob er mit seinen Schulfreunden in Verbindung bleiben würde, und dann erzählten Keren und Rina von ihrer Arbeit. Doch die Schönheit der Musik hielt Asher so sehr im Bann, dass er Mühe hatte, dem Gespräch zu folgen.

»Können wir wieder hierherkommen?«, fragte er seinen Papa, als sie gingen.

Papa stieß geräuschvoll die Luft aus. »Oh … ähm … sehr oft können wir uns das nicht leisten. Das ist nur etwas, das wir uns hin und wieder gönnen.« Dann räusperte er sich und sah Asher aus schmalen Augen an. »Ich dachte, du wolltest nicht herkommen?«

»Also … ich …« Einen Augenblick lang hatte Asher zu kämpfen, fasste sich jedoch wieder und sagte: »Es ist besser, als ich dachte. Schöner Kuchen.«

Papa warf einen Blick hinüber zu dem Mädchen in der Ecke, das nach wie vor mit schwebender Leichtigkeit die Violine spielte, und bedachte dann Asher mit einer hochgezogenen Augenbraue. »M-hm, ja«, erwiderte er mit einem schelmischen Lächeln.

* * *

Die Kogans machten es sich zur Gewohnheit, zu besonderen Anlässen ins Café Baran zu gehen. Asher liebte seine Eltern dafür. Er starrte das Mädchen mit der Violine nicht mehr so sehr an wie beim ersten Mal, dennoch genoss er die Musik. Für einen Jungen, der im Heimwehsumpf feststeckte, war jeder dieser Besuche eine Aufmunterung – eine Erinnerung daran, dass Warschau auch etwas Gutes hatte, etwas, das er vermissen würde, sollte er es je verlassen.

Die Zeit verging und er fing an, seinem Papa in der Bäckerei zu helfen. Genau wie Rina und Keren musste er seinen Lohn an ihn abgeben. Doch kaum hatte er begonnen zu arbeiten, wurden die Arbeitsstunden für die gesamte Familie gesenkt und damit sank auch der Lohn. Asher verstand nicht, weshalb, und fragte Papa immer wieder, ob sie ins Café Baran gehen könnten. Papa antwortete, dass sie es sich nicht länger leisten könnten, also wandte er sich an Mama, die ihm allerdings sagte, er solle Papa fragen.

Stattdessen nahm Asher Zuflucht in langen Spaziergängen zum Café. Er hatte herausgefunden, dass er die schlanke, aber wohlgeformte Figur der Violinistin ausmachen und gerade noch so ihre Musik hören konnte, wenn er sich auf der gegenüberliegenden Straßenseite gleich neben Friedmann, dem Gemüsehändler, und direkt vor dem Café hinstellte.

Gelegentlich forderte ihn der Gemüsehändler auf, nicht herumzulungern, und er lief beschämt nach Hause. Wenn er dort ankam, hatte er sich gewöhnlich wieder gefasst, und wenn er sich anstrengte, konnte er noch immer die Freude spüren, die die Musik in ihm ausgelöst hatte, und sich das Mädchen und ihr Lächeln vorstellen.

* * *

1939 – Diowsta, Ukraine

Inzwischen waren drei Jahre vergangen, seit Asher den Gutshof verlassen hatte, und die Ernte war, wie von Mikhails Papa vorhergesagt, Jahr für Jahr größer ausgefallen.

»Und das verdanken wir alles dir und deiner neuen Traktormaschine«, sagte sein Papa jedes Mal.

Doch Mikhails tagtägliches Leben auf dem Hof hatte sich kaum verändert. Der Kreis der Jahreszeiten blieb beständig und bedurfte Jahr für Jahr mehr oder weniger derselben Aufmerksamkeit. Der Beruf war nicht gerade abwechslungsreich, allerdings bedeutete er einen nie endenden Aufwand an körperlicher Arbeit. Er half seinem Papa beim Pflügen, Säen und Ernten, zusätzlich auch beim Einzäunen von Weiden und der Bekämpfung von Schädlingen. Es war harte Arbeit, und dazu langweilige.

Das größere Bauernhaus vermieteten sie gegen Geld und erledigten die gesamte Hofarbeit selbst. Papa sagte, es sei besser, das Geld zu sparen, als Leute für eine Arbeit zu bezahlen, die die Petrenkos selbst verrichten konnten. Außerdem würde Mikhail so lernen, wie man einen Hof bewirtschafte. Das sei nützlicher als alles, was er an dieser »Schulstätte« lernen könne.

Mittlerweile ließen ihm die Schularbeiten und seine Pflichten auf dem Hof nur wenig Zeit für Angelausflüge. Davon abgesehen war es ganz allein einfach nicht mehr das Gleiche. Mikhail dachte noch immer oft an den Tag vor drei Jahren, als ihm sein Papa eröffnet hatte, dass die Kogans weggingen und die Petrenkos die neuen Besitzer des Hofes waren. Für ihn waren diese drei Jahre eine Zeit, in der Freundschaften in der Schwebe und Loyalitäten alles andere als klar gewesen waren.

Doch nach dem Abschluss der staatlichen Schule, die sein Papa so sehr verspottete, blieben ihm zwei beste Freunde aus diesen Schultagen erhalten. Taras war ein fleißiger, aber humorvoller Mensch, wogegen sich Mikhail bei Boris mehr an seinen Papa erinnert fühlte.

Eines Tages, als er und Papa mit dem Traktor draußen am anderen Ende des Feldes waren, hielten sie fürs Mittagessen an, das Mama ihnen eingepackt hatte. Ganz nebenbei erwähnte Mikhail den Wunsch zu reisen.

»Reisen?«, fragte Papa zwischen zwei Bissen. »Wieso solltest du reisen wollen? Alles, was du brauchst, hast du hier auf dem Hof. Na ja, hier oder im Dorf.«

Mikhail erwiderte nichts darauf.

Sein Papa startete einen neuen Versuch. »Und … was schwebt dir so vor, wo du hinreisen willst?«

»Ich weiß nicht genau. Wahrscheinlich Richtung Westen.«

»Du meinst Deutschland? Österreich?«

Mikhail zuckte die Schultern. »Und Polen.«

Papa kaute eine Weile schweigend und sagte dann: »Du meinst Warschau. Du willst deinen alten Freund Asher sehen, nicht wahr?«

»Ich will nur wissen, was aus ihm geworden ist. Was ist falsch daran?«

»Oh, überhaupt nichts. Aber *Warschau*? Ich meine … du hast es doch sicher gehört.«

»Was gehört?«

»Die Stadt ist wie eine Jauchegrube. Zu viele *Unerwünschte* an einem Ort.«

»Das ist wohl kaum Ashers Schuld. Er war mein bester Freund. Und ich möchte auch in andere Länder reisen, ganz ehrlich.«

Papa schnalzte mit der Zunge. »Diese Schulbücher haben dir ein paar seltsame Ideen in den Kopf gesetzt, Mikhail. Was ist falsch daran hierzubleiben?«

Der Junge zuckte die Schultern, die sich durch die harte Arbeit sichtbar gerundet hatten. »Ich sage ja nicht, dass es falsch ist, sondern vielleicht einfach nur …«

»Einfach nur was?«

»Vielleicht möchte ich das einfach nicht. Vielleicht habe ich Ehrgeiz.«

Sein Papa lachte. »Ehrgeiz? Was für *Ehrgeiz*?«

»Papa, ich bin mir nicht sicher, ob ich mein Leben hier auf diesem Hof verbringen will; säen, pflügen und ernten – jahrein, jahraus immer nur das Gleiche tun.«

»Und wer soll diese Dinge dann tun, wenn nicht du?«

»Wenn nicht ich?«, wiederholte Mikhail vorsichtig und lehnte sich ein wenig weg von seinem Papa. »Tja, wenn ich Brüder oder Schwestern hätte …«

»Nun, die hast du aber nicht. Wir … ähm … wir müssen das einfach akzeptieren.«

»Ich kann mich erinnern, dass ich dich vor ein paar Jahren gefragt habe, weshalb ich keine Geschwister habe. Du hast nur geantwortet, dass ich mir darüber keine Gedanken machen solle.«

»Richtig.«

»Aber jetzt bin ich ein Mann, oder?«

Papa musterte ihn von Kopf bis Fuß. »Vielleicht musst du noch ein wenig wachsen, hier und da noch ein bisschen was ausfüllen, aber im Großen und Ganzen – ein prächtiger junger Mann.«

»Dann sag es mir jetzt, Papa. Weshalb bin ich ein Einzelkind?«

Der lange Seufzer mischte sich mit den starken Strahlen der Mittagssonne. Selbst dann dauerte es eine Weile, bis sein Vater antwortete. »Das ist jetzt nicht mehr wichtig. Es ist nicht der Rede wert.«

Mikhail war anderer Meinung und öffnete gerade den Mund, um zu widersprechen, nahm jedoch stattdessen einen großen Bissen von seinem gefüllten Eierkuchen.

* * *

Im August wurden Mikhails Reisepläne über den Haufen geworfen.

Die Vorgänge im Westen waren ihm nur vage bewusst. Deutschland hatte einigen seiner Nachbarländer ungefragt bei der Wiederherstellung von Recht und Ordnung »geholfen« und sie sich dabei einverleibt. Doch alle, mit denen er sprach, meinten, das sei nichts als Unsinn und würde sich nicht auf die Ukraine auswirken.

Eines Tages hatten sie sich eben erst zum Abendbrot an den Tisch gesetzt, als Papa anfing zu sprechen.

»Heute gab es interessante Nachrichten.«

»Interessant im guten oder schlechten Sinne?«, fragte Mama.

Papa überlegte eine Weile und murmelte: »Ich weiß nicht, ob es überhaupt jemanden gibt, der diese Frage bereits beantworten kann. Aber ihr wisst ja, dass wir uns in letzter Zeit Sorgen wegen Deutschland gemacht haben, oder?«

Mikhail und Mama nickten.

»Tja, unsere russischen Herren haben Frieden mit ihnen geschlossen.«

»Aber ist das nicht etwas Gutes?«, fragte Mikhail.

»Ich weiß es nicht. Sie nennen es einen Nichtangriffspakt.«

»Was stimmt damit nicht? Hält das Deutschland nicht davon ab, bei uns einzumarschieren?«

»Wer weiß?«, erwiderte Papa.

»Was willst du damit sagen?«

Papa wedelte mit dem Finger vor Mikhails Nase. »Ich habe es dir oft genug gesagt: Trau niemals den Russen. Erst vor ein paar Monaten verhandelte Stalin mit den Briten und den Franzosen darüber, Polens Unabhängigkeit zu garantieren, falls Deutschland der Sinn danach stehen sollte, ins Land einzumarschieren. Jetzt weht der Wind aus der anderen Richtung. Ha!«

»Dmitro«, sagte Mama. »Bitte. Keine Politik am Esstisch.«

»Entschuldige«, sagte Papa.

Mikhail dachte an seine Reisepläne und dass diese Neuigkeiten es unwahrscheinlich – oder gar unmöglich – machten, sie zu verwirklichen. Eben wollte er das laut aussprechen, als seine Mama das Wort ergriff.

»Wer weiß schon, was im Kopf eines Politikers vorgeht?«, begann sie. »Wir können nichts weiter tun, als abzuwarten.« Sie deutete auf die dampfenden Schüsseln mit Borschtsch und Pelmeni. »Abwarten, und essen.«

Also aßen sie.

* * *

1939 – Warschau, Polen

Asher hatte nun sein Leben auf dem Hof endgültig hinter sich gelassen und sich verändert – war gereift, meinte er gern. Wahrscheinlich wusste er deshalb, dass etwas ernsthaft im Argen lag. Wie in jeder anderen Familie hatte es auch früher bereits Zankereien gegeben, aber diesmal war es anders. Die Art, wie seine Eltern und Schwestern sprachen: einsilbige Antworten. Kein Humor. Kein Spaß. Die einzige Freude, die er dieser Tage empfand, kam von seinen geheimen Besuchen im Café Baran, wo aus dem Mädchen mit der Violine inzwischen beinahe eine Frau geworden war. Ihm war ebenfalls aufgefallen, dass das Café nicht mehr so gut besucht war wie früher. Doch die Musik war genauso wundervoll.

Und es gab noch mehr Veränderungen.

Warschau selbst veränderte sich. Genauer gesagt, viele der *Menschen* in Warschau veränderten sich.

Es ging langsam und schrittweise vonstatten, aber viele von denen, die Ashers Familie bei ihrer Ankunft in der Stadt willkommen geheißen hatten, wechselten nun lieber die Straßenseite, als sich mit ihnen zu unterhalten. Asher wechselte mit diesen Menschen gewöhnlich nicht mehr als ein »Guten Morgen« oder »Hallo«, doch die Antwort war oft nur noch ein flüchtiges Lächeln oder überhaupt nichts. Etwas war nicht in Ordnung, doch Asher wollte seine Eltern nicht damit belasten. Mit sechzehn Jahren war er kein kleiner Junge mehr und konnte sich um etwaige Probleme selbst kümmern.

Doch dann, an einem Tag im August, taumelte sein Papa anscheinend benommen zur Wohnungstür herein.

Alle Kinder bemerkten es, wandten den Blick jedoch zu ihrer Mama, um ihre Besorgnis auszudrücken.

»Hirsch, was ist los?« Sie ging zu ihm, während er sich auf einen Stuhl setzte. »Stimmt etwas nicht? Sag schon!«

Er starrte geradeaus. »Mein alter Freund Herr Petrenko hatte die ganze Zeit recht.«

»Recht?« Sie blinzelte verwirrt. »Recht womit?«

»Er hat immer gesagt, dass wir den Russen niemals vertrauen sollten.«

Alle scharten sich um ihn, während er weitersprach.

»Die Polizei hat der Bäckerei heute einen Besuch abgestattet. Sie haben dem Geschäftsführer gesagt, er solle … Vorkehrungen treffen.«

»Was für Vorkehrungen?«

»Seine Angelegenheiten in Ordnung bringen für die bevorstehenden Ereignisse.« Er sah jedem von ihnen ins Gesicht, bevor er fortfuhr. »Die Sowjetunion und Deutschland sind jetzt Verbündete.«

Mama runzelte die Stirn. »Na und?«

»Nun, die Deutschen sind in letzter Zeit recht wanderlustig. Die Hoffnung war, dass Russlands Schatten sie davon abhalten wird, auch nach Polen zu wandern. Jetzt ist es wahrscheinlicher, dass sich die beiden Länder gegenseitig helfen werden.« Er schaute erneut seine Kinder an und Asher erblickte Falten im Gesicht seines Papas, die vorher nicht da gewesen waren.

»Aber hast du nicht die Nachrichten gehört, Papa?«, warf Rina ein. »Es kam im Radio. Großbritannien und Frankreich haben Polens Unabhängigkeit garantiert.«

Er lachte schnaubend auf. »Ich weiß. Das ist ja das Beunruhigende.«

»Das verstehe ich nicht«, sagte Mama.

»Herr Hitler hat es tatsächlich auf Polen abgesehen. Zumindest glauben das die Großen und Guten des Landes. Weshalb sollten die Briten und Frankreich sonst auf den Plan treten, wenn die Bedrohung unrealistisch wäre? Nein, das bedeutet, dass es wahrscheinlicher ist.«

Mama überlegte einen Moment. »Und was unternehmen die Großen und Guten des Landes gegen diese Bedrohung?«

Er zuckte die Schultern. »Eine Armee aufstellen, um uns zu verteidigen, schätze ich.«

»Nun, das ist doch gut, oder?«

»Hm … ich bin nicht so überzeugt. Wir haben zwar eine Kavallerie, aber sie haben Panzer. Von Muskelkraft angetriebene Pferdehufe werden gegen stählerne Laufketten antreten, die von Unbarmherzigkeit angetrieben werden.«

Das brachte alle zum Schweigen.

Kapitel 5

1939 – Warschau, Polen

Die Neuigkeit vom Pakt zwischen Deutschland und der Sowjetunion hing wie eine graue Wolke über dem Haushalt der Kogans und verdarb den Appetit auf Gespräche. Am ersten Tag im September hob sich die Stimmung auf einmal.

»Vielleicht wird es nicht passieren«, sagte Mama, als sie alle gemeinsam beim Frühstück saßen. »Ihr wisst ja, wie diese Dinge sind: Große Männer mit großem Stolz rasseln voreinander mit ihren großen Säbeln.«

»Andauernd wiederholst du das«, erwiderte Papa. »Und das solltest du nicht.«

»Warum nicht?«

»Weil es das Schicksal herausfordert.«

»Aber wenn etwas hätte passieren sollen, wäre es doch sicher bereits …«

»Essen wir einfach.«

»Entschuldige. Ja. Lass uns essen.«

Sie aßen.

»Erzählt doch einmal, wie es euch bei der Arbeit ergeht«, bat Papa seine Töchter.

Bevor sie antworten konnten, klopfte es an der Tür.

Papa schnalzte mit der Zunge und erhob sich. »Zu so früher Stunde?« Er öffnete die Tür, trat hinaus und zog sie hinter sich ins Schloss.

»Lassen wir uns nicht stören«, sagte Mama. »Na, was gibt es von der Arbeit zu erzählen?«

Doch niemand antwortete, um die Stimmen draußen besser zu verstehen.

»Na kommt«, mahnte Mama. »Andere zu belauschen ist unhöflich.«

»Bekommt Asher bald eine richtige Stelle in der Bäckerei?«, fragte Rina.

Mama nickte. »Euer Papa versucht, sie ihm zu verschaffen. Aber es ist noch nicht sicher. Wir wissen nicht …«

Sie hielt inne, als sich die Tür öffnete, und alle sahen Papa zu, wie er zum Tisch zurückkehrte – schlurfend, den Kopf gesenkt, wie ein Mann, der zehn Jahre älter ist. Er setzte sich mit einem für alle gut sichtbaren blassen Gesicht – bis er es in seine Hände stützte.

»Was ist los?«, fragte Mama.

Er antwortete schleppend und niedergeschlagen: »Das war ein Kollege aus der Bäckerei. Es gibt Gerüchte.«

»Gerüchte?«

»Mehr als nur Gerüchte. Vor einigen Stunden überquerten deutsche Streitkräfte die polnische Grenze.«

Mama legte ihrem Mann eine Hand auf die Schulter. Stillschweigend versuchte sie, die Kinder hinauszukomplimentieren, doch sie blieben, wo sie waren.

»Ich werde mich nicht rühren«, sagte Rina. »Ich will wissen, was passiert.«

»Und ich bin fast zwanzig«, sagte Keren. »Ich sollte auch Bescheid wissen.«

Asher blieb still und hoffte, seine Anwesenheit würde niemandem auffallen.

Papa sah abwechselnd alle an. »Es tut mir leid«, sagte er und schien sich die Worte abzuzwingen. »Da gibt es nicht viel zu sagen.«

»Unsere Truppen schlagen sie doch sicher zurück, oder?«, meinte Mama.

Er schüttelte den Kopf. »Es sind Unmengen an deutschen Soldaten – viel zu viele für die polnische Armee. Sie haben Panzer und dazu noch viel bessere Munition. Das ist alles, was ich weiß.«

»Was werden wir jetzt tun?«, fragte Rina.

Papa zuckte die Schultern und schüttelte den Kopf.

»Wir können abwarten und sehen, was passiert«, schlug Mama vor. »Womöglich ist es nicht ganz so schlimm. Ihr kennt ja diese Politiker. Immer voller Überraschungen. Vielleicht können sie zu einer Art Übereinkunft finden.«

Papa stieß Luft zwischen den fest zusammengebissenen Zähnen hindurch. »Also das wäre wirklich eine Überraschung.«

»Was sollen wir also tun?«, fragte Asher.

Sein Papa überlegte einige Sekunden lang. »Vorerst machen wir weiter wie gehabt. Mama kümmert sich um uns und den Haushalt. Wir gehen arbeiten, solange wir Arbeit haben.« Er hielt den Kopf erhoben. »Davon abgesehen essen wir, reden wir, und wenn wir Zeit haben, hören wir Radio. Aber vor allem beten wir.«

Sie setzten das Frühstück fort, doch nach einer Weile war nur noch gelegentliches Hüsteln, Murmeln und das Klimpern von Besteck auf Tellern zu hören. Als Papa, Keren und Rina in ihre Zimmer gingen, um sich für die Arbeit fertig zu machen, schwiegen sie noch immer. Zum Abschied gab es Küsse und Umarmungen, doch abgesehen von Höflichkeiten fielen nach wie vor nur sehr wenige Worte.

Mama räumte den Tisch ab und wusch schweigend das Geschirr, während Asher eins seiner Bücher holte, um zu lesen.

Dann setzte sie sich mit einem Glas Wasser neben ihn, sagte jedoch nichts und starrte zum Fenster hinaus. Das war nicht die Mama, wie Asher sie kannte.

»Wie weit ist die Grenze von hier entfernt?«, fragte er.

Keine Antwort.

»Mama?«

Sie schüttelte ihre Gedanken ab. »Entschuldige, mein Sohn. Hast du etwas gesagt?«

»Wie weit ist die Grenze entfernt? Und wie lange werden die Deutschen bis nach Warschau brauchen?«

Sie bedachte ihn mit einem wehmütigen, fast schon mitleidigen Blick, bevor sie antwortete: »Oh, wir sollten allermindestens noch ein paar Tage Frieden haben.« Ihre Augen schienen plötzlich müde zu werden. Genau wie Papa wirkte sie älter als noch am Tag zuvor. »Es tut mir so leid«, sagte sie.

»Weswegen?«, fragte Asher und runzelte verwundert die Stirn. »Du kannst nichts dafür.«

»M-hm …« Sie verzog das Gesicht und wiegte den Kopf von einer Seite zur anderen.

»Sei nicht traurig, Mama.« Asher legte ihr den Arm um die Schultern.

Das zauberte ihr ein seltenes Lächeln auf die Lippen. »Ach, ich weiß, dass es immer Hoffnung gibt.« Sie hob ihr Wasserglas. »Lass uns nicht pessimistisch sein, es könnte …«

Sie hielt inne und starrte Asher mit kreidebleichem Gesicht an. Als das entfernte Dröhnen lauter wurde, hob sie den Blick zur Decke. Asher wollte ebenfalls aufblicken, konnte seine Augen jedoch nicht vom Gesicht seiner Mama losreißen.

Dann ertönte ein Pfeifen. Und noch eins.

Für Asher schien die Zeit stehen zu bleiben, bis sich ein ohrenbetäubender Lärm über ihm entlud und die Panik ausbrach. Plötzlich war er hellwach.

Mama keuchte und ließ das Glas fallen. Es zerschlug am Boden, doch das war unwichtig. Beide spürten, wie der Boden erbebte. Das ganze Haus rumpelte, als hätte ihm die Faust des Teufels einen Schlag verpasst. Asher hörte seine Mama schreien und fühlte, wie sie ihn an sich zog, ihn in verzweifelter Angst festhielt.

Die Tür sprang auf und die Klinke krachte achtlos gegen die Wand dahinter. Asher hörte weitere Schreie. Keren und Rina rannten gefolgt von Papa herein.

»Sie haben allen gesagt, dass sie nach Hause gehen sollen«, erklärte Papa. »Wir sollen anfangen …«

Erneut erbebte das ganze Haus. Eine Sekunde lang starrten alle fünf mit offenen Mündern zum Fenster hinaus, wo aus einem Gebäude nach dem anderen Staubwolken in die Luft stoben. Die wenigen Menschen, die noch auf den Straßen waren, liefen wie aufgeschreckte Mäuse umher und die Szene erinnerte Asher daran, wie seine Mama beim Backen Rosinen ins Mehl fallen ließ und dabei jede einzelne mit einem weißen Mehlbausch explodierte. Was er dort draußen sah, schien kaum real zu sein. Nein, es konnte nicht real sein. Wie konnten starke, solide Gebäude so leicht zerfetzt werden?

Er schaute zu den fliegenden Traktoren am Himmel, von denen er gehört, jedoch nie einen zu Gesicht bekommen hatte, zu den Maschinen, die Vernichtung verbreiteten anstatt Samen.

Dann hörte er Rufe und wusste, dass es keine Sinnestäuschung war.

»Unter den Tisch!«, rief Papa. »Alle sofort unter den Tisch!«

Alle gingen zu Boden.

»Dann hat es also begonnen«, sagte Mama keuchend.

Papa nickte, Kopf und Arme zitterten.

Mama weinte und Papa hielt sie fest, drückte ihr Küsse ins Haar. Asher sah den verzweifelten Blick in den Augen seines Papas und bemerkte seine Hände, die in die Luft griffen, um seine Familie enger an sich zu ziehen. Innerhalb von Sekunden waren alle ineinander verschlungen.

Asher schloss die Augen, kniff sie fest zusammen und betete darum, dass dieser Höllenlärm aufhörte, betete einfach darum, dass alles wegging. Er konzentrierte sich so sehr, dass ihm schwindelig wurde.

Über das Pfeifen und Krachen hinweg hörte er jemanden rufen.

»Asher! Asher!«

Es war sein Papa.

»Es ist in Ordnung, Junge. Wir beschützen dich. Versprochen.«

Erst da wurde Asher klar, dass er brabbelte. Bei jeder Explosion, die die Häuser in der Nähe erschütterte, kam Unsinn aus seinem Mund.

Er war sechzehn, körperlich fast ein Mann, doch er musste den Kopf an der Brust seiner Mama vergraben, um den Verstand nicht zu verlieren.

Das Bombardement dauerte über eine halbe Stunde, dann verhallte das Dröhnen zu nichts. Einige Minuten lang währte der angespannte Frieden. Dann kamen Papa und Asher auf die Beine und gingen zum Fenster. Draußen herrschte eine unheimliche Stille. Kein Mensch ging vorbei, keine spielenden Kinder, keine schwatzenden Leute an den Straßenecken – es war niemand zu sehen. Alles war ruhig, und trotzdem schien es, als hätte ihnen Satan persönlich einen Besuch abgestattet.

»Kommt zurück«, forderte Mama. »Vielleicht ist es nicht vorbei.«

»Sie hat recht«, sagte Papa und die Familie kam erneut unterm Tisch zusammen.

Es dauerte eine Weile – eine sprachlose halbe Stunde für die Kogans –, dann hörten sie draußen Stimmen. Es war vorbei. Asher stand auf und ging zum Fenster zurück. Langsam und ängstlich kamen die Menschen wieder aus ihren Verstecken heraus.

Asher verspürte den Drang hinauszugehen, sich die Zerstörung mit eigenen Augen anzusehen. Doch das behielt er für sich. Das würde seine Mama bloß aufregen. Sie suchten die Wohnung nach Schäden ab. Sie hatten Glück. Zwei gesprungene Teller. Das war alles.

* * *

Am nächsten Tag ging Papa zu einer Versammlung, die die Stadtbehörde einberufen hatte. Man sprach von »Blitzkrieg« und davon, schnellstmöglich Warnsirenen und Schutzräume einzurichten.

In der Zwischenzeit gab es klare Anweisungen. Man solle seinen Angelegenheiten wie gewohnt nachgehen und wie gewohnt schlafen, doch wenn die Sirenen erklangen, nicht nach draußen gehen und einen sicheren Ort aufsuchen, bevorzugt unter einem Tisch oder einem Bett.

Papa kam nach Hause und gab die Botschaft an seine Familie weiter. Sie legten ungenutzte Decken und Kissen unter den Tisch, um im Falle eines Angriffs Zeit zu sparen.

Und die Angriffe kamen tatsächlich. Wo immer die Bomben fielen, verursachten sie Chaos, und fielen sie nicht, blieb eine kaum verhüllte, ungute Vorahnung zurück.

Wie bei den meisten Familien wurde der Ort unterm Esstisch auch bei den Kogans zu einer Art Treffpunkt. Ein Ort, der Sicherheit spendete – und wenn nicht das, dann das *Gefühl* von Sicherheit. Tagelang dauerten die Bombardements nun schon an, doch ihre Wohnung war noch immer unversehrt. Allerdings wurde herzlich wenig geredet. Die Angriffe wurden derart häufig, dass sich die Familie meistens unterm Tisch schlafen legte. Doch auch, wenn kein Angriff kam, blieb Asher in der stillen Dunkelheit wach, da er sich nicht entspannen konnte. Und er war sich sicher, dass das auch für den Rest seiner Familie galt. Dass sie der Müdigkeit während der Tagesstunden nicht nachgaben und einschliefen, verdankten sie einzig der Angst.

Inmitten des Chaos verspürte Asher einen geheimen Drang. Auch eine Woche nach Beginn des Bombardements war er noch da, nagte an ihm. Er versuchte, das Gefühl zu verleugnen, es zu überwinden, aber es war überwältigend. Nach einem besonders heftigen Bombenangriff kleidete er diesen Drang bei einem in respektvoller Stille abgehaltenen Frühstück in Worte.

»Ich muss zum Café gehen«, sagte er.

»Warum?«, fragte Papa.

»Ich will nachsehen, ob es beschädigt wurde.«

»Nein, Asher«, sagte Mama. »Das ist zu gefährlich. Geh nur raus, wenn es nötig ist.«

»Ich werde aufpassen, Mama. Es wird nicht lange dauern.«

»Bitte, Asher.«

Das Frühstück wurde in angespannter Stille beendet. Dann stand Asher vom Tisch auf und hielt inne, als er den flehenden Ausdruck im Gesicht seiner Mutter bemerkte.

»Ich gehe mit ihm«, sagte Papa und griff nach ihren Jacken. Er küsste Mama und sagte: »Nichts wird passieren. Das verspreche ich dir.« Rina kam auf ihn zu und holte Luft. »Nein!«, schnitt er ihr das Wort ab. »Noch nicht. Nur ich und Asher. Wenn wir zurück sind, erzählen wir euch, was wir gesehen haben.«

Als sie zur Haustür hinausgingen, trafen sie auf sandige Luft; ein dicker Dunst hing in der Straße und sie husteten.

»Halt dir das Taschentuch vor den Mund«, sagte Papa und zog Asher an der Schulter.

Die Häuser, an denen sie vorbeigingen, waren alle mehr oder weniger beschädigt. Asher hatte ein Gefühl der Ungerechtigkeit. Einige waren nur von einer dicken Schicht Ziegelstaub bedeckt.

Viele hatten tiefe Löcher. Bei anderen sahen sie lediglich zerbrochene Fensterscheiben, während wenige Meter entfernt nur noch Schutthaufen lagen.

Es gab auch Leichen. Und Leichenteile. Asher starrte darauf.

Papa zerrte ihn weiter und drehte seinen Kopf weg, damit er nicht mehr hinsah. »Ich weiß, das ist furchtbar«, sagte er. »Aber wir müssen den Toten ein wenig Respekt erweisen. Überlass es den Behörden, sich um die Opfer zu kümmern.«

Sie gingen weiter und standen bald vor Friedmanns Gemüseladen gegenüber vom Café Baran. Das heißt, sie standen vor dem, was einmal Friedmanns Gemüseladen gewesen war.

Die Barans hatten mehr Glück gehabt als viele andere. Jede Fensterscheibe ihres Cafés war zerschmettert und der Boden davor eine schimmernde Masse kristallener Fragmente, die wie Zuckerware unter den Füßen der Passanten knirschte. Sogar die Fensterrahmen hatte es aus den Einfassungen gerissen und sie hingen herab. Die Ziegelmauer direkt darüber zeigte offene Wunden und Risse bis hinauf zu den klaffenden Löchern, wo früher weitere Fenster gewesen waren.

»Das da drüben könnte Herr Baran sein«, sagte Papa und zeigte zur anderen Straßenseite. »Komm.«

Asher folgte ihm, und als sie auf ihn zugingen, wandte sich der Mann zu ihnen um.

»Ich bin Herr Kogan und das ist Asher, mein Sohn. Wir wollten Ihnen unser Beileid aussprechen.«

»Vielen Dank.« Herr Baran nahm sich ein paar Sekunden Zeit, musterte die Zerstörung und sagte dann mit einer nickenden Kopfbewegung über die Straße hinweg zum Gemüsehändler: »Es hätte schlimmer sein können.«

Sie folgten seinem Blick, dann sagte Ashers Papa: »Wurde jemand verletzt?«

»Die Friedmanns?« Er schüttelte traurig den Kopf.

Papa schluckte schwer. »Sind sie alle …?«

»Alle fünf. Herr Friedmann überlebte einige Stunden, lang genug, um zu erfahren, was dem Rest der Familie zugestoßen war. Ich habe um ihn geweint.«

»Das ist entsetzlich.« Papa beäugte die Löcher in der Mauer. »Und wo sind Sie jetzt untergekommen?«

»Bei meiner Schwägerin. Das heißt, meine Frau, ich und meine Älteste, Izabella. Meine anderen drei … wir haben sie letztes Jahr aus dem Land gebracht. Sie leben bei meinem Bruder und seiner Frau in den Niederlanden. Was ist mit Ihnen?«

Papa legte einen Arm um Asher, obwohl sie inzwischen etwa gleich groß waren. »Wir hatten Glück. Sehr großes Glück. Meine Frau, mein Sohn hier und meine beiden Töchter sind alle in Sicherheit.«

»Gut. Das freut mich für Sie. Und Ihr Eigentum?«

»Wir haben lediglich zwei Teller eingebüßt, ist das zu glauben?«

Herr Baran lächelte schwach, rieb sich das Kinn und zupfte an etwas zwischen Stoppeln und einem Bart, als er sagte: »Ich glaube, nicht einmal die sind im Café übrig.«

»Das muss furchtbar sein. Es tut mir leid.«

Herr Baran machte eine abwehrende Handbewegung. »Die meisten unserer Habseligkeiten im Obergeschoss blieben heil. Izabella war besorgt, dass ihre geliebte Violine beschädigt sein würde. Sie lag beim Fenster, jedoch in ihrer Kiste.«

»Gut, gut. Hören Sie, bitte entschuldigen Sie die Störung, wir … wir lassen Sie jetzt Ihrer Wege gehen.«

»Danke. Und mögen Sie lange Glück haben.«

»Das ist unter den Umständen äußerst freundlich von Ihnen.« Asher und sein Papa machten sich auf den Heimweg.

Asher hatte kein Wort mit Herrn Baran gewechselt und seinem Papa diese Unterhaltung zwischen Männern überlassen, während er in Gedanken immerzu den Namen *Izabella* wiederholte. Doch nun fragte er: »Können wir ihnen nicht auf irgendeine Weise helfen?«

Papa starrte ihn ein paar Sekunden lang nachdenklich an. Dann drehte er sich um und rief Herrn Barans Namen. »Was werden Sie jetzt tun?«, fragte er den Cafébesitzer.

»Tun?«, wiederholte Herr Baran.

»Ja, tun.« Papa deutete mit einer Handbewegung auf das zerstörte Gebäude. »Damit.«

»Nun ... das ist mein Lebensunterhalt. Ich werde abwarten und sehen, wie es in den nächsten paar Wochen weitergeht, ob unsere Truppen neue Attacken abwehren können. Es ist sinnlos, es instand zu setzen, nur damit letztlich das hier passiert.« Er zeigte auf die Trümmer auf der anderen Straßenseite. »Aber wenn es Zeit ist, werde ich das Café selbstverständlich wieder aufbauen und eröffnen. Es hängt nur davon ab, ob ich Leute finden kann, die helfen.«

Papa nickte. Er legte erneut den Arm um seinen Sohn und zog ihn an seine Seite. »Ohne Ihre Kuchen wäre Warschau nicht Warschau. Sie haben soeben zwei starke und willige Helfer rekrutiert.« Asher spürte, wie sein Papa groß und stolz dastand, und bemerkte sein Lächeln, das so breit wie lange nicht mehr war. Er konnte nicht anders, als es ihm in beiden Dingen gleichzutun.

Herrn Barans gerunzelte Stirn senkte sich tief. Er kam zu ihnen herüber, schluckte schwer und schüttelte sowohl Asher als auch seinem Papa fest die Hand. »Vielen Dank. Ich danke Ihnen so sehr. Mit Ihrer Hilfe wird das Café Baran aus der Asche wiederauferstehen.«

»Das hoffe ich doch sehr.«

»Und für einige wenige Auserwählte wird es zur Wiedereröffnung gratis Kuchen geben.«

Papa war beeindruckt. »Die Kuchen sind ausgezeichnet. Abgemacht!«

Herr Baran dankte ihnen aufs Neue. »Ich melde mich, sobald die Bombardements sicher aufgehört haben.«

Nachdem sie ihm noch ihre Adresse gegeben hatten, brachen sie auf und Asher kehrte in Gedanken zu ihrem Namen zurück: *Izabella, Izabella, Izabella*. Ihr Gesicht war wunderschön. Wie sie Violine spielte, war wunderschön. Und nun wusste er, dass sogar ihr Name wunderschön war.

Kapitel 6

1939 – Warschau, Polen

Es war Mitte September und Warschau wurde keine Gnade gezeigt. Nach wie vor erschütterten Bombenangriffe in unregelmäßigen Abständen die Stadt. Dies sowie Berichte von Luftkämpfen zwischen den Streitkräften beider Länder waren zu einem selbstverständlichen Bestandteil des täglichen Lebens geworden. Die Familie war wieder dazu übergegangen, in den Zimmern zu schlafen. Ein- oder zweimal hatte Asher wach gelegen und an Diowsta und Mikhail gedacht. Er wusste, dass das Hier und Jetzt – deutsche Truppen, die auf die Außenbezirke Warschaus vorrückten – wichtiger war, doch er konnte nicht anders, als sich zu wünschen, er hätte Diowsta nie verlassen. Und dann waren da noch die Bilder und Töne von Izabella, die sich nur allzu oft in seine traumartigen Gedanken von einem besseren Leben schlichen, was ihn sogar noch mehr verwirrte.

In einer dieser schlaflosen Nächte bekam Asher Durst, stieg aus dem Bett und schlich auf Zehenspitzen durchs Familienzimmer auf den Wasserhahn zu. Er blieb stehen, als er eine gebeugte Gestalt am Esstisch erblickte.

»Mama?«

»Lass das Licht aus, Asher.«

Er brauchte keins. Etwas Mondlicht fiel durchs Fenster, als sie sich umdrehte. Asher sah, dass sie in eine Decke eingewickelt war, und bemerkte das Glitzern unter ihren Augen.

»Ich habe einen Fehler gemacht, nicht wahr?«, sagte sie.

Asher erwiderte nichts, sondern setzte sich einfach neben sie, sodass sich ihre Schultern berührten. Dann spürte er die Wärme der Decke, die sich um ihn legte. Eine Hand rieb ihm zwischen den Schulterblättern über den Rücken.

»Freida lag mir ständig in den Ohren, wie gut das Leben hier sei – die Menschen, das Essen, die Freiheit. Nun entschuldigt sie sich bei mir. Sie sagt, es hätte bereits 1936 mit dem neuen Regime angefangen, alles veränderte sich, ein neuer Besen, der die Stadt sauber fegen würde, sagte man. Das alles hatte sie mir damals verschwiegen, weil sie wollte, dass ich herkomme, und weil sie annahm, dass es nur vorübergehend sei.«

»Ich wohne gerne hier«, sagte Asher. »Es fühlt sich gut an, ein Teil der Gemeinde zu sein.« Er atmete tief ein, bevor er hinzufügte: »Das heißt, so war es bis zum September.«

Sie schniefte und wischte sich mit einem Deckenzipfel die Augen trocken. Asher legte den Arm um sie und wiegte sie hin und her.

»Ich bin jetzt sechzehn, Mama.«

»Größer als ich.«

»Und viel stärker. Ich kann für dich sorgen. Und ich kann kämpfen, wenn es sein muss.«

»Bitte, sag das nicht, Asher.«

Ein paar Minuten lang saßen sie nur schweigend da, dann griff Mama nach einer Tasse heißer Milch, die vor ihnen auf dem Tisch stand. »Hier«, sagte sie. »Ich nehme an, dass du hergekommen bist, weil du etwas trinken möchtest.«

Während er an der Milch nippte, hörte er sie sagen: »Es tut mir leid.«

Sie wiederholte die Worte immer wieder.

* * *

1939 – Diowsta, Ukraine

Die Ereignisse in Polen brauchten einige Tage, um die ukrainische Prärie zu erreichen, und bereiteten einer etwa verbliebenen Hoffnung, dass Mikhail dorthin reisen könnte, den Garaus.

Mikhail befand sich im Dorfzentrum und hörte Radio – noch eine dieser neumodischen Maschinen, die sein Vater nicht guthieß – und rannte den ganzen Weg zurück nach Hause, sobald die Nachrichten ausgelesen waren.

Er fand seine Eltern vor dem Haus sitzend. Sie ruhten sich in den letzten nachmittäglichen Sonnenstrahlen des Jahres aus.

»Sie haben es getan!«, rief er ihnen zu und versuchte, zwischen den Worten keuchend wieder zu Atem zu kommen.

Sie erwiderten nichts und schauten ihn nur mit verwirrtem Ausdruck an.

»Die Deutschen und die Sowjets sind in Polen einmarschiert.«

»Ach, *das.*« Sein Papa stand auf. »Das kommt ja wohl kaum überraschend.« Er klopfte sich getrocknete Erde von der Hose. »Hilfst du mir, den Rest der Ernte einzubringen? Ich habe darauf gewartet, dass du aus dem Dorf zurück …«

»Habt ihr mich nicht verstanden? *Beide* sind in Polen eingefallen. Die Deutschen bombardieren Warschau!«

»Ja. Wir haben schon verstanden.« Papas Blick war stechend, fast bedrohlich.

»Aber …«

»Aha!« Papa nickte. »Ich weiß, worum es hier geht. Unsere Freunde, die Kogans. Sie sind wahrscheinlich nach wie vor in

Warschau, Gott sei mit ihnen. Aber das ist nicht das einzige Land, das überfallen wurde. So etwas passiert nun mal. Und dagegen können wir nichts tun, oder?«

Mikhails Gedanken rasten, suchten nach Gegenargumenten. Sein Papa fuhr fort, bevor er sie in Worte kleiden konnte.

»Aber was wir tun *können*, ist, uns selbst zu helfen. Wir müssen die Ernte einbringen. Wir haben es fast geschafft, aber womöglich wird der Winter hart werden, deshalb müssen wir alles bis aufs letzte Korn einsammeln. Ich habe damit angefangen und du kannst mir heute Nachmittag helfen. In Ordnung?«

Mikhail konnte nichts weiter tun, als zu nicken.

Sein Papa erwähnte die Invasion Polens so gut wie gar nicht mehr und Mikhail dachte, dass er damit vielleicht recht hatte. Hier draußen schien lediglich das Wetter von Bedeutung zu sein. Und irgendetwas an der Situation ändern konnten sie tatsächlich nicht. Aber die Feldfrüchte mussten geerntet werden. Sobald das erledigt war, konnten sie sich ausruhen.

Einige Tage später gingen sie zu dritt ins Dorf. Auf dem Marktplatz und in den Straßen wurde geredet. Mikhail hörte den aufgeregten Stimmen zu. Einige fürchteten die Deutschen, einige hielten es für gut, dass sie und die Sowjetunion auf derselben Seite standen, und einige meinten, die Deutschen könnten wohl kaum schlimmer sein als die Russen.

Jemand erwähnte die Drohungen aus Großbritannien und Frankreich, einzugreifen und Polen zu verteidigen. Über diese Vorstellung wurde gelacht.

»Leere Drohungen«, sagte einer von ihnen.

»Das trauen sie sich nicht«, meinte ein anderer.

»Dafür haben sie gar nicht die Reserven«, legte ein Dritter nach. »Das ist alles nur Ablenkungstaktik.«

»Es ist besser, wenn wir uns aus der Diskussion heraushalten«, sagte Papa. »Wir sind Ukrainer und weder Russen noch Polen. Wir haben uns von unseren eigenen Problemen erholt – diese Hungersnot, die Genosse Stalin für uns eingefädelt hat. Wir wollen nicht noch mehr Ärger bekommen.«

»Sei nicht so hart«, erwiderte Mama. »Für diese armen Menschen muss es furchtbar sein.«

Doch Papa schüttelte den Kopf. »Ich sage dir, nach dieser großen Hungersnot ist es die erste Pflicht jedes wahren Ukrainers, für gute Ernten zu sorgen. Das ist weit wichtiger für uns als irgendeine Invasion Hunderte von Kilometern weit weg. Und wen kümmert es, was andere Länder deswegen unternehmen?«

Mikhail nickte, als stimmte er zu, obwohl es sich nicht richtig anfühlte.

Mama kaufte etwas Stoff und sie gingen nach Hause zurück.

* * *

1939 – Warschau, Polen

Ab Mitte September nahm die Häufigkeit und Heftigkeit der Bombenangriffe dramatisch zu. Sie erschütterten die Bereiche der Stadt, die sie nicht pulverisierten. Schlaflose Nächte und beißender Hunger wurden Teil des Lebens. Doch für Asher gab es keine Tränen mehr. Mit jedem Krachen fühlte er sich mehr wie ein Erwachsener. Der Widerstand gegen die deutsche Invasion war tapfer, die polnische Warschauarmee bildete ein Bollwerk. Von der relativen Sicherheit ihrer Wohnung aus sah Asher Soldaten durch die Straßen eilen. Es waren dermaßen viele, dass sie unmöglich verlieren konnten, dachte er. Aber die Luftbombardements kamen unaufhörlich. Die Neuigkeit verbreitete sich, dass Schulen, medizinische Einrichtungen und Wasserwerke bombardiert worden waren, genau wie die Flugzeugfabrik und die Armeekasernen.

An einem Tag gegen Ende September hörte die Bombardierung auf. Die Kogans fragten bei den Nachbarn; Gerüchte kamen in Umlauf und bald gab es offizielle Verlautbarungen.

Innerhalb weniger Tage verschwanden die an den Straßenecken stationierten polnischen Soldaten und wurden durch deutsche ersetzt.

Die Gerüchte stimmten. Warschau war gefallen.

Die Bombenangriffe hatten aufgehört, doch die Anspannung blieb. Es herrschte eine Art Frieden, doch nicht weniger Angst. Die Menschen beobachteten jede Bewegung der deutschen Truppen und schliefen mit einem offenen Auge. Die offizielle Nachricht derjenigen, die die Stadt übernommen hatten, besagte, alles ginge wie gewohnt weiter und die Stadt würde von nun an effizienter geleitet werden.

Für Ashers Papa und die Schwestern war es seltsam, zur Arbeit zu gehen – dass alles normal sein sollte. Man unterhielt sich nur wenig, doch einmal hörte Asher einen Nachbarn sagen, er warte darauf, dass der Hammer fällt.

Alle akzeptierten, dass sie nichts weiter tun konnten als abzuwarten.

* * *

Was Asher betraf, gab es durchaus etwas, das er gern tun wollte. Etwas, das er seit Beginn der Luftangriffe nie ganz vergessen hatte, auch wenn Papa es mit keinem Wort mehr erwähnt hatte seit jenem Tag, als sie das Chaos besucht hatten, das früher einmal das Café Baran gewesen war.

»Vielleicht wird Herr Baran jetzt das Café wieder aufbauen wollen«, sagte er eines Morgens beiläufig, als die Familie frühstückte.

»Lohnt sich das?«, fragte Mama mit gerunzelter Stirn.

»Selbstverständlich«, antwortete Asher. »Und Papa und ich werden helfen.«

»Ihr werdet … *was*?« Mamas Blick huschte zwischen Asher und Papa hin und her und blieb auf Letzterem ruhen.

Papa hielt die Augen auf seinen Haferbrei gerichtet, was allen am Tisch bestätigte, dass er sich des vorwurfsvollen Starrens seiner Frau bewusst war. Schließlich schaute er zu ihr hinüber und lächelte.

Sie lächelte nicht zurück.

»Hatte ich das nicht erwähnt, Golda? Du hättest das Haus sehen müssen. Die Wände standen noch, doch alles andere ist zerstört und es ist sehr gefährlich, also haben wir versprochen, bei der Instandsetzung zu helfen.«

»Ich möchte auch helfen«, sagte Rina.

Die anderen musterten ihre zarte Statur.

»Ich kann etwas tun, ganz sicher«, fuhr sie fort. »Ich bin stärker, als ich aussehe, und wir müssen den Deutschen zeigen, dass sie uns nicht vollständig eingenommen haben.«

Plötzlich und überraschend in der Unterzahl öffnete Mama den Mund, um etwas zu sagen, doch nichts kam heraus.

»Herr Baran wird uns mit Kuchen bezahlen«, ergänzte Papa.

Mama zuckte die Schultern und murmelte: »Wie ihr wollt.«

Den folgenden Winter hindurch arbeiteten Asher, Rina und ihr Papa an zwei Abenden in der Woche und entweder samstags oder sonntags an der Instandsetzung des Cafés. Es gab die eine oder andere Lieferverzögerung und Asher hatte das Gefühl, dass sein Papa sie begrüßte, so erschöpft, wie er hin und wieder aussah. Was Rina an Kraft mangelte, machte sie mit Entschlossenheit wett. Sie war immer voller Energie und schien nie zu ermüden. Und Asher genoss die Arbeit geradezu. Sein Körper sei in einem Alter, in dem sich die Muskeln über harte Arbeit freuten, meinte sein Papa. Und während 1939 zu 1940 wurde, schienen seine Muskeln aufgrund der Arbeit gewachsen zu sein. Das einzige Manko war, dass er während all der Zeit niemals Izabella zu Gesicht bekam. Herr Baran hatte von ihr gesprochen, also wusste Asher, dass sie in Warschau war. In seinem Inneren war er fest entschlossen, so lange auf sie zu warten, wie es eben dauerte.

An einem trüben Tag im Frühling versammelte Herr Baran die Handvoll Arbeiter und dankte ihnen. Das Café würde nun sauberer und stilvoller aussehen als am Eröffnungstag vor fünfzehn Jahren. Er verteilte Flaschen mit Bier und Limonade und verkündete, dass er einen Tag für die große Wiedereröffnung festgelegt habe. Es würde eine doppelte Feier werden, da es auch der sechzehnte Geburtstag seiner Tochter Izabella war. Alle Arbeiter waren mitsamt ihren Familien eingeladen und sollten kein Geld mitbringen.

Und so legten die Kogans am ersten Samstag im April ihre beste Kleidung an. Sie aßen so viel Kuchen, wie sie nur konnten, spülten ihn mit Bier für Asher und seinen Papa und Limonade oder Kaffee für seine Mama und Schwestern hinunter. Und endlich bekam Asher Izabella wieder zu Gesicht und konnte der Musik lauschen, die er so sehr vermisst hatte und die ihn in einer Art hypnotischem Bann zu halten schien.

Gegen Ende der Feierlichkeiten kam Izabella an jeden Tisch und bedankte sich persönlich bei allen für ihre Hilfe beim Wiederaufbau des Cafés. Zum ersten Mal war Asher ihr derart nah und konnte nichts weiter tun, als ihrer Stimme zuzuhören, die kein bisschen weniger verzaubernd war als ihr Violinspiel, und er bewunderte … nun, er bewunderte alles an ihr. Warme braune Augen saßen über einer klassisch starken Nase, darunter der zierliche, aber volle Erdbeermund, eingerahmt von rabenschwarzem Haar – auf ihrer reinweißen Haut wie auf einer Leinwand versammelt. Sie war köstlicher als all das Gebäck, das die Kogans soeben verspeist hatten. Alles an ihr schien aufzuleuchten, wenn sie sprach, und erhellte ihre Umgebung, als brenne eine Art magisches Kerzenlicht. Asher bewunderte sie stumm, denn auch nur ein Wort an sie zu richten kam nicht infrage. Doch diese Schüchternheit störte ihn nicht. Hauptsache es gab das Café Baran und Izabella wieder.

Endlich fühlte sich Warschau wie eine echte Heimat für Asher an – mit Menschen und Erfahrungen und Möglichkeiten, die er vermissen würde, falls die Kogans je nach Diowsta zurückkehren sollten.

* * *

Der Sommer 1940 brach an, und was die Bürger von Warschau betraf, hatten die deutschen Machthaber alle Erwartungen übertroffen. Ja, es gab Beschränkungen, wenn es ums Reisen und ums Gebet ging, und die Kogans mussten die Armbinde mit dem Davidstern tragen, wenn sie das Haus verließen. Doch die Behörden hatten im Großen und Ganzen Wort gehalten, dass alles »wie gewohnt weitergeht«. Der Hammer, den Ashers Nachbar befürchtet hatte, war nicht gefallen. Alles schien zu gut, um wahr zu sein.

Asher wurde siebzehn und sein starker, jugendlicher Körper schaffte es inzwischen, in der Bäckerei fast genauso viel Arbeit zu erledigen wie sein Papa. Er schleppte Mehlsäcke umher und alles, was sonst benötigt wurde. Zu Hause war die Familie Kogan gesprächiger denn je und lächelte öfter – man lachte sogar.

An einem Abend im Oktober, mitten im Kartenspiel am Esstisch, klopfte es an der Tür. Papa ging hinaus und schloss die Tür hinter sich. Alle hörten erhobene Stimmen. Diesmal ermahnte Mama niemanden, dass es unhöflich sei zu lauschen. Das wäre auch egal gewesen. Keiner sprach oder regte sich, alle konzentrierten sich auf die Diskussion und versuchten vergeblich herauszufinden, worum es ging.

Papa kam zurück. Schlug die Tür zu. Ging direkt ins Schlafzimmer. Schlug diese Tür ebenfalls zu.

»Bleibt hier«, sagte Mama und folgte Papa ins Schlafzimmer.

Jetzt drangen angespannte Stimmen aus dem Zimmer und kurz darauf kehrten ihre Eltern zurück.

»Ich muss euch etwas sagen«, begann Papa und Besorgnis verdüsterte sein Gesicht. Mama und Papa wechselten verstohlen einen Blick, dann fuhr er fort: »Wir … wir müssen umziehen.«

Alle starrten Papa mit offenem Mund an.

»Wohin?«, fragte Rina.

»In einen anderen Teil der Stadt. Warschau wird segregiert.«

»Segregiert?«, wiederholte sie.

»Sie schaffen einen jüdischen Wohnbezirk. Wir haben alle von den Mauern gehört, die man errichtet hat.«

»Aber wieso müssen wir fort?«, fragte Asher.

Papa rieb sich nervös den Nacken. »Darauf habe ich keine Antwort«, sagte er. »So ist es nun einmal.«

Was genau Asher erwartet hatte, wusste er nicht, doch die knappe Äußerung seines Vaters erstaunte ihn. Aber keines der anderen Familienmitglieder stellte sie infrage und innerhalb weniger Tage hatten die Kogans all ihr Hab und Gut auf einen Karren gestapelt und zogen zum Zentrum der Stadt.

Sie kamen an Wachposten und zerstörten Häusern vorbei, auf denen Ashers Blick verweilte, sowie an rot befleckten Trümmern, die er geflissentlich zu ignorieren versuchte. Bald reihten sie sich vor einer Lücke in einer großen Mauer ein. Als Asher zum ersten Mal davon gehört hatte, dass Mauern gebaut würden, hatte er angenommen, dass sie die von Bomben zerstörten ersetzen sollten. Doch während der langen Wartezeit in der Schlange hatte er mehr als genug Zeit, sie unter die Lupe zu nehmen. Das war kein Bestandteil eines Gebäudes: Es war eine

Mauer und weiter nichts – eine lange, sich windende Mauer mit Rollen aus Stacheldraht entlang der Krone. Sie erinnerte ihn an die Mauern, über die er in der Schule etwas gelernt hatte – die Mauern, die antike Städte umgaben. Natürlich waren die gebaut worden, damit andere nicht hereinkamen. Asher konnte den Zweck dieser Mauern nur erraten, tat seine Befürchtung jedoch ab und hoffte, dass er sich ganz furchtbar irrte.

Man prüfte ihre Papiere, und sobald sie im ummauerten Bereich waren, gab man ihnen die Wegbeschreibung zu ihrem neuen Wohnquartier.

Als sie dort eintrafen, war Asher beinahe erleichtert. Es schien nicht allzu schlecht zu sein. Na gut, dann war es diesmal eben nur ein einziges Zimmer, aber es war groß. Nachdem sich alle umgesehen hatten, was nicht lange dauerte, rief Papa sie am Esstisch zusammen, der die eine Seite des Raumes dominierte.

Er brauchte eine Weile, bis er zu sprechen anfing, und legte zwei Fehlstarts hin, bevor die ersten Worte herauskamen.

»Es gibt noch etwas zu sagen.«

»Was kann denn schlimmer sein als das hier?«, fragte Mama.

»Es tut mir leid«, sagte er, »aber … Asher und ich können nicht länger in der Bäckerei arbeiten.« Er wandte den Blick seinen beiden Töchtern zu. »Ihr zwei könnt ebenfalls nicht mehr in der Fabrik arbeiten.«

»Wieso nicht?«, fragte Rina. »Wer sagt das?«

Erneut kamen Papas Worte nur schleppend. »Weil wir dafür dieses Gebiet verlassen müssten – den jüdischen Wohnbezirk.« Nacheinander schaute er nun jeden Einzelnen an. »Es ist uns nicht erlaubt, durch die Mauer in den Rest der Stadt zu gehen.«

»Was, wenn wir etwas kaufen müssen?«, fragte Mama.

Papa zuckte die Schultern. »Das tun wir innerhalb des eingemauerten Bezirks. Vielleicht wird es hier Arbeit für uns geben, wer weiß?«

»Wir werden überleben«, sagte Keren. »Auf dem Weg hierher haben wir Läden und Geschäfte gesehen, nicht wahr? Dort wird man doch sicher überall Arbeiter brauchen, oder?«

»Wir werden sehen«, erwiderte Papa. »Wir werden sehen.«

* * *

Trotz des Aufruhrs, der beunruhigten Gesichter seiner Familie und der Unsicherheit, wie das Leben hinter den Mauern werden sollte, hatte Asher etwas anderes beschäftigt. Nach ein paar Tagen in ihrem neuen Heim wartete er, bis er mit seinem Papa allein war. Gemeinsam liefen sie auf der Suche nach Arbeit die Straßen ab.

»Papa?«, begann er. »Was ist mit der Familie Baran? Werden sie diese Armbinden auch tragen und hierher umziehen müssen?«

»Sie sind Juden. Ich denke schon.«

»Aber was ist mit dem Café?«

»Asher, ich habe genügend Probleme damit, mich um unsere eigene Familie zu kümmern.«

»Aber glaubst du, sie werden hier ein Café eröffnen?«

»Genug davon, Asher.«

»Entschuldige, Papa.«

Asher erkundigte sich nicht noch mal nach den Barans, unsicher, ob er die Antwort überhaupt wissen wollte, während sein Verstand davon unbeeindruckt weiter über die Möglichkeiten nachgrübelte. Einerseits wollte er, dass die Barans ihr Café wie bisher betrieben. Das wäre weit besser für sie, als innerhalb dieses eingemauerten, ziemlich heruntergekommenen Bezirks neu anfangen zu müssen. Andererseits würde er Izabella dann erst wiedersehen, wenn die Deutschen die Stadt verlassen und alles wieder zur Normalität zurückgekehrt war, was er nach reiflicher Überlegung als noch quälender empfand.

Monate vergingen, ohne dass er etwas von den Barans hörte, also nahm er an, die deutschen Behörden hatten sie verschont. Ja, das war es. Die köstlichen Kuchen hatten sie verführt und Izabellas wunderschöne Musik bezaubert, weshalb man den Barans eine Art Sondergenehmigung erteilt hatte, das berühmte Café Baran weiter zu betreiben.

Der Gedanke war bittersüß, doch mit der Gewissheit, dass es ihnen gut ging, schlief Asher ein wenig besser. Er würde Izabella wiedersehen und ihre süße Violinenmusik hören, sobald die Mauern fielen. Davon war er überzeugt.

Kapitel 7

August 2001 – Parkplatz des Polizeireviers Bereich 1, Pittsburgh

Die Tür des Polizeireviers flog auf. Diane Peterson kam mit einem Gefühl des stillen Triumphs herausmarschiert, aber irgendwie fühlte es sich unangemessen an.

Detective Durwood würde die Formulare ausfüllen und eine Zeit für sie ausmachen, wann sie den Mann treffen konnte, der – wie sie es formuliert hatte – ein Loch in den Kopf ihres Vaters geschossen hatte. Das waren ungeschminkte Worte, sinnierte sie auf dem Weg zu Brads Auto, beschrieben die Szene jedoch genau, die sie an jenem Abend vorgefunden hatte.

Jener Abend.

Ein Gedanke huschte ihr durch den Kopf. Er brauchte nicht länger als das Grollen eines bedrohlichen Donners, das von hoch oben weitere Unannehmlichkeiten ankündigte. Abrupt blieb sie stehen.

Okay, damit hatte sie also den Kampf darum gewonnen, den Mörder ihres Vaters zu treffen. Aber was genau würde sie sagen? Sie war dermaßen damit beschäftigt gewesen, die Schlacht für sich zu entscheiden, dass sie nicht weiter überlegt hatte, was sie mit dem Sieg anfangen würde.

Im Grunde wollte sie nur eines wissen. Sie wollte wissen, wieso zum Teufel er es getan hatte. Sinnlos, sich x-verschiedene Versionen zurechtzulegen, wie man diese Frage stellen sollte. Also ging sie weiter zum Auto.

»Wie ist es gelaufen?«, fragte Brad, als sie sich auf den Beifahrersitz setzte.

»Sie werden mich mit ihm reden lassen.«

»Gut.« Er beugte sich zu ihr, um sie zu küssen, wich jedoch zurück, als er ihre Anspannung bemerkte.

»Das heißt natürlich nicht, dass *er* mit mir reden wird.«

»Nein, aber es ist ein erster Schritt. Musstest du das Programm zur *Restorative Justice* und deine Rechte daraus anbringen?«

»Ja. Können wir bitte losfahren?«

»Sicher.« Er startete den Motor.

»Und danke, dass du mich in den vergangenen Tagen umhergekarrt hast.«

»Du brauchst mir nicht zu danken. Wir wissen beide, dass du noch nicht so weit bist, wieder hinterm Steuer zu sitzen.«

»Nein. Ich bin nur für eine Sache bereit.«

»Eine Sache?«

»Herauszufinden, warum.«

»Oh ja. Stimmt. Tut mir leid.«

Sie fuhren schweigend weiter. Auf dem Weg zu Brads Wohnung zog es ihre Gedanken zu jenem Abend zurück.

Sie versuchte, im Kopf vorzuspulen, sodass, woran auch immer sie dachte, schneller wiedergegeben würde, wie bei den altmodischen Tonbandkassetten, die ihr Vater gern abspielte. Na bitte – sogar wenn sie versuchte, nicht an ihn zu denken, fand sie einen Umweg, es dennoch zu tun.

Jener Abend.

»Mir ist ein bisschen übel«, sagte sie.

»Fenster aufmachen?«, fragte er. Der Ton entsprach einem zwanglosen Vorschlag und in keiner Weise einer Anordnung. Das hatte er schmerzhaft gelernt.

Wortlos drückte sie den Knopf und die Scheibe senkte sich. Die Luft war nicht gerade eine frische Meeresbrise, aber sie war kalt und feucht. Dann blitzten weitere Bilder jenes Abends in ihrem Kopf auf. Als der Wagen beschleunigte, fegte der anbrandende Luftzug auf ihrem Gesicht ihr inneres Gleichgewicht beiseite – und sie war wieder dort, kehrte an einem Abend der letzten Woche gerade nach Hause zurück.

* * *

Der Abend war zwar sehr durchschnittlich, aber nichtsdestotrotz angenehm gewesen. Sie waren ausgegangen. Überhaupt nichts Besonderes. Bowlingspielen mit Brad und zwei alten Freunden, gefolgt von Tacos und Gesprächen. Das Taxi hatte vor dem Haus Nummer 38 im Hartmann Way gehalten, dem Zuhause, das sie nach wie vor mit ihrem Vater teilte. Brad beugte sich zu ihr und sie küssten sich.

»Möchtest du, dass ich mit reinkomme?«, fragte er.

»Du musst doch morgen früh aufstehen, oder?«

»Na ja …«

Sie lachte warm. Es war die Wärme einer langen Beziehung, die in allen Aspekten erfüllt war, bis auf einen: Auch nach all dieser Zeit wohnten sie nicht zusammen. Sie hatte fünf Jahre lang mit Brad zusammengearbeitet, dann waren sie vier Jahre lang gute Freunde gewesen und weitere sechs ein Liebespaar. Das war in jeglicher Hinsicht eine lange Zeit, um sich gegenseitig den Hof zu machen – länger als so manche Ehe überhaupt hielt, witzelte sie oft vor sich hin.

»Eigentlich ja«, antwortete er. »Wir haben ziemlich früh eine Besprechung, wo ich einfach nicht fehlen kann. Wäre das okay?«

»Aber ja, natürlich.« Sie küsste ihn erneut, diesmal inniger und länger – ein ordentlicher »Tschüss bis morgen«-Kuss. »Wir sehen uns zum Mittagessen.«

»Sicher. Und danke.« Er nickte zur Haustür hin. »Aber ich warte hier, bis du wohlbehalten drin bist.«

Nicht dass diese Ankündigung nötig gewesen wäre. Er wartete stets. So war Brad – eine große weiche Decke aus Sicherheit.

Wenige Sekunden später winkte sie ihm zu, sah dem Taxi hinterher, bis es das Ende der Straße erreichte, und ging hinein. Augenblicklich hatte sie das Gefühl, dass etwas nicht stimmte. Nachdem ihre Rufe nach ihrem Vater unbeantwortet verhallten, vervielfachte sich ihre Furcht. Oben war kein Licht an, in der Küche brannte es jedoch. Sie spürte kalte Luft in ihrem Nacken. Auch nachdem sie die Haustür geschlossen hatte, konnte sie das Brummen des Verkehrs auf der etwa hundert Meter entfernten Autobahn hören. Das war ebenfalls nicht so, wie es sein sollte, kein bisschen. Vor allem zuckten ihre Nasenflügel aufgrund der grässlichen metallischen Note in der kalten Luft.

Nach wenigen Schritten befand sie sich am Kücheneingang und ihr Gesicht stand in Flammen. Ihr Vater saß am Tisch, sein Oberkörper lag jedoch darüber zusammengesackt. Überall Blut.

Die Hintertür schwang in der Brise lässig hin und her, als hätte sie ein Kind bei einem Fangspiel achtlos offen gelassen.

Ihr Vater, der sie eine Woche lang jeden Abend in ihr Bett hinaufgetragen hatte, als sie sich den Knöchel verletzt hatte, lag zusammengesackt über dem Küchentisch mit dem Kopf in einer glänzenden Blutlache.

Die Türklinke war blutbeschmiert. Darüber war eine Scheibe zerbrochen und mehr Blut tropfte von den Glaszacken.

Ihr Vater, der Mann, der sie einmal mit halsbrecherischem Tempo zur Schule gefahren hatte, damit sie den Bus zum Skiausflug nicht verpasste, sein Oberkörper reglos auf dem Tisch ausgebreitet, Blut überall auf einer Seite des Raumes.

Blut überall.

Eine Pistole auf dem Boden im Garten hinter dem Haus, gleich nach der Tür, als wollte auch sie fliehen. Doch das aus der Küche fallende Licht hatte sie erwischt. Daneben eine verschüttete Farbdose, offensichtlich von jemandem in großer Eile umgestoßen.

Ihr Vater. Ihr Vater. Ihr Vater. Der Mann, der sie immer in den Park um die Ecke mitnahm und ihre Schaukel so lange anstieß, bis sie vor freudigem Schreck aufjauchzte.

Jetzt blieben nur noch Schrecken.

Das war nicht länger ihr Vater. Das war ein Leichnam mit einem großen schwarzen Loch in einer Seite des Kopfes. Von dort aus hatte eine Blutfontäne den Weg auf jede Oberfläche und jeden Gegenstand gefunden.

Jener Abend war lediglich fünf Tage her, doch Diane konnte sich nach wie vor nicht daran erinnern, was geschehen war, nachdem sie den Toten entdeckt hatte. Ein Nachbar hatte sie unfähig zu sprechen auf der Straße angetroffen, nur in der Lage, auf das Haus zu zeigen. Selbiger Nachbar war hineingegangen, um nachzusehen, und hatte daraufhin die Polizei gerufen.

* * *

Brad fuhr weiter. Diane schloss das Fenster. Schaltete das Radio ein. Lauschte ein paar Sekunden lang. Stellte das Radio aus. Sagte nichts. Brad fuhr weiter. Brad sagte nichts. Das war gut.

Kapitel 8

1941 – Diowsta, Ukraine

Seit der sowjetisch-deutschen Invasion in Polen waren inzwischen fast zwei Jahre vergangen. Für die Petrenkos hatte diese Zeit nur wenig Aufregendes gebracht.

Es gab viele Nachrichtensendungen über die Vorgänge im Rest Europas, doch für die meisten war der Nichtangriffspakt mit Deutschland alles, was sie zu wissen brauchten.

Und obwohl Mikhail gelegentlich daran dachte, wie es den Kogans wohl in Warschau ging, redete er sich ein, dass es Dringenderes für ihn gab. Immerhin war das sein altes Leben; Asher würde er wahrscheinlich nie wiedersehen. Mit siebzehn hatte er begonnen, Freunde im Dorf zu treffen und über Mädchen und zunehmend auch über Politik zu sprechen. Gleichzeitig hatte sein Papa begonnen, jedes Mal zu stöhnen, wenn er dort hinging.

»Du glaubst, du kannst das System verändern«, sagte er dann immer, »aber du bist zu jung, um das System überhaupt erst zu *verstehen.*« Oder er sagte: »Übers Kämpfen zu reden ist leicht.« Oder gar: »Halbstarke! Alles nur, um sich vor harter Arbeit zu drücken.« Jedoch stets begleitet von einem schiefen

Grinsen und einem Funkeln in den Augen. Mikhail wusste, dass sich hinter seinen Worten ein neidvoller Respekt verbarg.

Anfang Juni 1941 war die Nachricht über die Invasion in Polen ein alter Hut, und die Halbstarken hatten ihren Fokus auf den Kampf um die Unabhängigkeit der Ukraine gerichtet.

An einem gemächlichen Nachmittag saßen Mikhail, Boris und Taras am Uhrenturm des Dorfes.

Taras schüttelte den Kopf. »Diese russische Kollaboration mit den Deutschen ist furchtbar für uns«, sagte er. »Das heißt, wir müssen gegen zwei Armeen kämpfen, wenn wir unabhängig werden wollen.«

Mikhail hob einen Finger. »Sei dir da nicht so sicher. Die Russen sind gut beschäftigt. Mehr Truppen, die die Polen unter Kontrolle halten müssen, bedeutet weniger Truppen, die für einen Kampf gegen uns zur Verfügung stehen.«

»Uns?«, fragte Taras.

»Ich meine, die *Nationalisten.*«

»Dann trittst du also den *Nationalisten* bei?«

Mikhail hielt den Kopf hoch erhoben. »Wieso nicht? Ich bin ein stolzer Ukrainer. Würdest du nicht für dein Land kämpfen?«

»Du, Mikhail?«, fragte Boris. »Du willst gegen die Rote Armee kämpfen?«

Mikhail zuckte die Schultern. »Ich habe mich noch nicht entschieden. Weißt du, es gibt so einige Organisationen, die geschworen haben, für die Ukraine zu kämpfen, und zwar ausschließlich. Und die haben Leute mit Munition und der Ausbildung, wie man sie einsetzt.«

»Das habe ich gehört. Aber die meisten, die kämpfen würden, sind im Gefängnis, weißt du? Sieh dir meinen Onkel Viktor an. Er sitzt hinter Gittern, nur weil er Vorträge über die Geschichte der Ukraine organisieren wollte.«

Mikhail spuckte auf den Boden. »Was verrät dir das über die Russen?«

»Dass sie das Sagen haben?«, erwiderte Taras lachend.

Mikhail griff ihn beim Hemd. »Lach nicht! Es ist nicht nur sein Onkel Viktor. Viele Menschen wurden weggebracht oder sogar …«

»Was?«

»Ermordet. Hingerichtet, weil sie es wagten, etwas gegen Russland zu sagen.«

Taras entschuldigte sich und Mikhail ließ ihn los.

»Mikhail hat recht«, sagte Boris. »Die Russen bezeichnen stolze Ukrainer als Volksfeinde. Das können wir nicht hinnehmen.«

»Feinde des *russischen* Volkes vielleicht«, kommentierte Mikhail. »Aber eines Tages wird die Ukraine eine freie Nation sein – eine stolze und unabhängige Nation.«

Taras feixte. »Dann würdest du also zur Waffe greifen? Sogar töten?«

»Wenn es dazu kommen sollte, ja. Ich bin mit Sicherheit ein starker, mutiger Ukrainer. Du nicht?«

Taras schrumpfte bei der Frage leicht zusammen.

Mikhail drehte sich zu Boris. »Und du?«

Boris nickte energisch. »Selbstverständlich. Wir sollten zusammen für die Ukraine kämpfen. Wenn du dich den Untergrundkämpfern anschließt, dann mache ich das auch.«

Einen Moment lang schaute Mikhail Boris in die Augen. Dann spuckte Boris in die Hand und streckte sie aus. Mikhail spuckte in seine und sie schüttelten sich die Hände.

»Siehst du?«, sagte Mikhail zu Taras. »Wir kämpfen für unser Land.«

Taras nickte zum Uhrenturm und lachte. »Aber nicht jetzt. Erst musst du den Acker pflügen.«

Mikhail lächelte. »Oh, sehr witzig. Zumindest habe ich Ehrgeiz und Mut. Und zumindest sind meine Absichten gut.«

Die drei Freunde verabredeten sich für den kommenden Tag und Mikhail ging.

* * *

Als Mikhail nach Hause kam und die Tür hinter sich schloss, störte das Geräusch seinen Papa, der vorgebeugt am Tisch saß, als wäre er weggedöst.

»Dein Papa hat auf dich gewartet«, sagte Mama.

»Und er wartet schon eine ganze Weile«, ergänzte Papa und streckte sich, als er sich erhob. »Wir haben Felder zu pflügen und Saat auszusäen. Wo warst du?«

»Ach, nur mit meinen Freunden im Dorf.«

Sein Papa stöhnte.

»Wir haben über die *Nationalisten* gesprochen«, berichtete Mikhail.

»Was ist mit ihnen?«, fragte Papa.

Bevor Mikhail antworten konnte, drückte ihm seine Mama ein Stück Brot mit saurer Sahne in die Hand und befahl: »Iss!« Sie drehte sich zu ihrem Mann. »Er hat dir gesagt, wo er war, Dmitro. Im Dorf. Und jetzt hör auf, an ihm herumzunörgeln.«

Papa schnalzte mit der Zunge. »Er hat ganz zweifellos alle Probleme des Landes gelöst.«

»Ist es nicht gut, dass er sich für Politik interessiert?«

»Pah! Ich wünschte, er würde sich mehr für den Hof interessieren. Der Traktor hat immer wieder Fehlzündungen. Er muss ihn sich einmal ansehen.«

»Nur, weil du ihn nicht reparieren kannst.«

»Aber er verschwendet seine Zeit mit reden, wenn er doch arbeiten könnte.« Er stieß mit einem schmutzigen Finger nach seinem Sohn. »Nicht einmal achtzehn und glaubt, er wüsste alles. Dabei weiß er weniger als mein kleiner Zeh.«

»Er weiß, wie man deinen Traktor repariert«, murmelte Mama.

Mit weit offenem Mund stand Papa eine Sekunde lang völlig entgeistert da. Mikhail lachte und erstickte beinahe an seinem Brot.

Papa versuchte vergeblich, ein Kichern zu unterdrücken. »Da hast du nicht unrecht, Irina. Ein Pferd kann man mir jederzeit vorsetzen. Pferde verstehe ich. Man füttert sie mit Heu, sie ziehen den Pflug. Mehr braucht man nicht zu wissen. Nichts geht schief.«

Mama trat zu Mikhail und legte ihm den Arm um die Taille. »Du schlägst nach deinem Papa – leidenschaftlich für das, woran du glaubst, ein stolzer Ukrainer. Mit der Zeit wirst du zur Ruhe kommen, ganz sicher. Du wirst lernen, welche Dinge wirklich wichtig sind.«

»Das hoffe ich auf jeden Fall«, spöttelte Papa. »Und Mikhail, der Gerechtigkeit halber muss ich sagen, dass ich deine politischen Ansichten zufällig teile. Nur brauchen wir dich nicht im Dorf, wo du darüber redest, wir brauchen dich hier auf dem Hof, wo du den Traktor reparierst und fährst.«

»In Ordnung, in Ordnung«, antwortete Mikhail. Er küsste seine Mama auf den Kopf und wandte sich zur Tür. »Ich gehe und bringe meine magischen Finger am Motor zum Tanzen.«

»Guter Junge«, sagte seine Mama, als er hinausging.

* * *

Es vergingen noch beinahe zwei Wochen, bis Mikhail bei seiner Arbeit auf dem Feld eine Pause einlegen konnte, um seinen achtzehnten Geburtstag zu feiern. An einem Abend traf er sich mit Taras und Boris im Dorf.

Mikhail und Boris schüttelten einander fest die Hände, und als Mikhail Taras die Hand zur Begrüßung hinhielt, zögerte der ein wenig, bevor er einschlug. Mikhail behielt ihn im Auge, während sie sich im Schneidersitz auf den trockenen Boden setzten.

»Stimmt etwas nicht?«, fragte Mikhail ihn.

»Er macht sich Sorgen«, antwortete Boris lachend. »Er macht sich um alles Sorgen. Und eben hat er mir von seiner neuesten Sorge erzählt.«

»Das meine ich ernst«, sagte Taras. »All das Reden darüber, wer auf wessen Seite kämpfen wird, ist nicht gut. Und mit dem Aufmarsch des deutschen Militärs an der Grenze, wer wäre da nicht besorgt?«

»Vergiss die Deutschen!«, erwiderte Mikhail. »Das ist nur ein Übungsmanöver, das weiß jeder.«

»Eben«, bekräftigte Boris. »Das habe ich ihm auch gesagt. Die Deutschen sind unsere Verbündeten. So steht es im Pakt.«

Mikhail nickte. »Wenn überhaupt, dann können sie uns helfen.«

»Schlimmer als die Russen können sie nicht sein«, meinte Boris.

Taras verzog das Gesicht und hatte einen Moment lang Mühe, seine Gedanken zu formulieren. »Es ist nur … Ich mag das Gerede über Krieg nicht, das ist alles. Ich will nichts weiter als in Ruhe gelassen werden, eine Frau finden, den Hof meiner Familie führen und das Leben genießen.«

»Und du findest, dass du das mit den Russen im Nacken tun kannst?«, fragte Mikhail ihn.

Taras schüttelte den Kopf. »Ich … ich weiß nicht. Ich weiß nur, dass es mir nicht gefällt, wie sich die Dinge entwickeln. Und …« Er seufzte. »Hört mal, wir sollten eigentlich deinen Geburtstag feiern. Können wir Kriege und Gefechte vergessen und über etwas anderes reden?«

Mikhail und Boris wechselten Blicke und zuckten die Schultern. »Worüber?«

»Zum Beispiel darüber, wie gut der Wodka meiner Tante Natalia ist.«

Die beiden anderen standen sofort auf und zogen ihn auf die Beine.

»Gut genug für mich«, sagte Mikhail. »Geh voran.«

Taras lächelte und sie machten sich auf den Weg.

* * *

Das Bauernhaus sah mehr oder weniger genau wie alle anderen aus, die die drei jungen Männer kannten: Ein solider Bau mit weiß gekalkten Wänden und einem Strohdach, das nur gerade so wasserdicht zu sein schien.

»Ist es das?«, fragte Mikhail.

»Sieht nicht nach viel aus, was?«, erwiderte Taras. »Niemand würde vermuten, dass es ein kleines verborgenes Zimmer gibt, das in eine Brennerei umgewandelt wurde.«

»Ich bin beeindruckt«, sagte Boris.

Mikhail schlug den anderen beiden auf die Rücken. »Und ich freue mich! Ich habe schon seit Ewigkeiten keinen guten Wodka getrunken … seit gestern!« Er lachte prustend los.

Taras klopfte an die Tür, während seine beiden Freunde lässig von einem Bein aufs andere schaukelten und verstohlen nach links und rechts blickten.

Die Tür wurde von einer in Tränen aufgelösten Frau geöffnet.

Taras fiel die Kinnlade herunter. »Tante Natalia? Was ist passiert? Was ist los?«

»Du hast es nicht gehört?« Nacheinander schaute sie alle drei an. »Keiner von euch hat es gehört?«

»Was denn?«, fragte Boris.

»Die Neuigkeiten«, antwortete sie. »Was für ein Elend! Oh, es ist grauenvoll.«

»Reden Sie schon!«, rief Mikhail aus.

Taras warf ihm einen strafenden Blick zu.

»Entschuldigung«, lenkte Mikhail ein. »Bitte, sagen Sie uns, was geschehen ist.«

»Die … die Deutschen haben uns überfallen.«

Mikhail beugte sich näher zu ihr. »Was haben Sie gesagt?«

»Die Deutschen sind heute früh am Morgen in die Ukraine einmarschiert.«

Taras hielt sich mit offenem Mund die Hand an die Stirn. Die beiden anderen fluchten leise vor sich hin.

»Scheinbar verbreitet sich die Neuigkeit nur langsam«, sagte die Frau. »Aber es ist wahr. Sie haben Städte und Dörfer entlang der Grenze eingenommen, sowohl in Weißrussland als auch in der Ukraine. Nach allem, was man hört, rücken sie schnell vor und überrollen jeden Widerstand.«

»Jetzt brauche ich auf *jeden* Fall einen Schnaps«, sagte Mikhail.

Die Frau ging ins Haus, kehrte innerhalb von Sekunden zurück und drückte Mikhail ein paar Flaschen in die Arme.

»Hier«, sagte sie. »Es tut mir besonders leid für euch. Genießt ihn. Es könnte das letzte Mal sein, dass ihr Freiheit schmeckt.« Sie schloss die Tür.

Perplex warf Mikhail seinen Freunden einen Blick zu. »Was meint sie damit?«

»Was denkst du denn?«, erwiderte Boris. »Man erwartet von uns, dass wir der Armee beitreten. Vielleicht müssen unsere Familien fliehen, wenn die Deutschen auch dieses Dorf überrennen.«

Taras schob seine Mütze nach oben und kratzte sich am Kopf. »Wir sollten nach Hause gehen und uns auf Krieg einstellen. Ich muss es meinen Eltern erzählen. Wir müssen bereit sein, Diowsta von einem Tag auf den anderen zu verlassen.«

Mikhail sah Boris an. Der zuckte die Schultern und sagte: »Ich glaube, wir sollten einen trinken. Was können wir sonst tun?«

»Boris hat recht«, sagte Mikhail. »Wer weiß, wann wir wieder an Wodka riechen, geschweige denn uns damit betrinken können.« Er wandte sich zu Taras. »Sieh mal, wenn deine Eltern nichts davon wissen, wird es sie nur aufregen, wenn du es ihnen sagst. Und wenn sie es wissen, ist es sinnlos, sie daran zu erinnern.«

»Na komm«, sagte Boris zu Taras. »Eine letzte Nacht im Rausch, was sagst du?«

Taras senkte einige Sekunden lang den Kopf, blickte dann auf und nickte. »Meine Tante hat es auch gesagt. Das könnte für lange Zeit die letzte Gelegenheit sein.«

»Gut«, sagte Mikhail. »Und während wir uns betrinken, können wir besprechen, gegen wen wir kämpfen werden.«

Sie machten sich in Richtung eines Blechschuppens kaum fünfzig Meter weit entfernt aus dem Staub. Er hatte den ganzen Tag in der Sonne gebrutzelt und zusammen lehnten sie sich an das noch warme Metall.

Sie tranken, beobachteten, wie die Sonne unter den Horizont sank, und tranken noch etwas mehr. Doch trotz des Wodkas unterhielten sie sich nur wenig. Schließlich wurde es kalt. Taras verabschiedete sich und ging.

»Wirst du auf jeden Fall den *Nationalisten* beitreten?«, fragte Mikhail Boris nach ein paar stillen Minuten.

Boris trank noch einen Schluck Wodka und reichte die Flasche weiter. »Selbstverständlich. Ich kämpfe gleichzeitig gegen Hitler und Stalin.«

»Wenn das so ist, mache ich auch mit.«

»Die alte Frau irrt sich, weißt du? Ich habe mit einigen der *Nationalisten* gesprochen.«

»Die Freunde deines Onkels Viktor?«

Boris nickte. »Sie sagen schon länger, dass die Deutschen gut für uns sein können. Genau wie du gesagt hast, könnte es der Ukraine helfen, wenn sie die Russen aus dem Weg räumen.«

Mikhail nickte langsam, erwiderte jedoch nichts.

Sie unterhielten sich noch ein wenig und stießen auf die Unabhängigkeit der Ukraine an. Doch wenig später verabschiedete sich auch Boris. Mikhail blieb, um die letzten paar Tropfen Wodka auszutrinken und nachzudenken.

Als die Sonne endgültig verlosch, bekam er eine Gänsehaut. Hier war es so friedvoll, und doch richteten deutsche Waffen und Panzer an den zerbrechlichen Grenzen seiner Heimat Chaos und Verwüstung an. Mikhail war gerade mal achtzehn, doch er wusste, dass die guten Zeiten zu Ende gingen.

Und Papa hatte recht. Es war leicht, über feste Überzeugungen zu reden. Aber nun verschworen sich die Ereignisse dazu, seine Standhaftigkeit zu prüfen. Also, wie viel waren diese Überzeugungen wert? Mit achtzehn konnte er sich nicht länger hinter dem Schutzvorhang der Kindheit verstecken. Bald würde er nicht mehr übers Kämpfen reden und wieder fortgehen können, er würde es vielleicht *tun* müssen.

Vor wenigen Wochen hatte er sich wie ein Junge gefühlt. Nun kam er schwankend auf die Beine und ging als verwirrter und beklommener junger Mann nach Hause.

Kapitel 9

1941 – Diowsta, Ukraine

Am nächsten Morgen wurde Mikhail von seinem Papa wachgerüttelt und registrierte, dass er unzusammenhängendes Zeug brabbelte.

»Geht es dir gut?«, fragte Papa.

Mikhail rieb sich die Augen, schaute sich um und seufzte erleichtert. »Ich hatte nur einen … einen Traum.« Vage Fantasien von einem Kampf Seite an Seite mit Boris und anderen ukrainischen Nationalisten blieben in seinem Bewusstsein hängen.

»Es klang eher nach einem Albtraum«, sagte Papa. »Wahrscheinlich dank all des Wodkas, den du gestern getrunken hast.«

Mikhail schüttelte die Gedanken aus seinem Kopf. »Warum hast du mich so früh geweckt?«

»Du hast Besuch. Und ich glaube, du weißt weshalb.«

»Wie meinst du das?«

»Ein Mann an der Tür. Er fragt nach dir.«

Mikhail schaute zu Papa hinauf. *Weshalb müht er sich mit einem tapferen Lächeln ab? Und weshalb wirkt sein Blick so glasig?*

Dann erinnerte sich Mikhail an die Neuigkeiten vom Vortag und seine Kopfschmerzen verschlimmerten sich ein wenig. »Sag ihm, ich komme gleich.«

Mikhail schlurfte zur Tür und knöpfte sich dabei das Hemd zu. Der Mann schnaubte bereits ungeduldig. Doch er riss sich schnell zusammen und sein Gesichtsausdruck wurde beinahe so ausdruckslos wie die weiß gekalkten Wände.

Mikhail schwieg und hörte nur zu. Es dauerte nur eine Minute, bis der Mann die Worte heruntergeleiert hatte, so als würde er sie nicht wirklich meinen. Doch Mikhail kannte deren Bedeutung sehr wohl. Erst am Ende, als der Mann ihm das Stück Papier reichte und fragte, ob er verstanden habe, reagierte Mikhail und nickte schweigend.

Der Mann ging und Mikhail drehte sich zu seinen Eltern. Papa hatte den Arm um Mama gelegt, die ihre Augen mit einem Tuch abtupfte.

»Hm«, sagte Papa. »Die Rote Armee.«

Mikhail starrte auf das Stück Papier. »Ich muss morgen antreten. Sie holen mich am Uhrenturm im Dorf ab.«

Papa nickte. »Zuerst holen sie sich die einfachen Ziele. Im Moment brauchen sie mich zur Nahrungsmittelproduktion, aber ich bin sicher, dass auch meine Zeit früh genug kommen wird.«

»Aber … es ist die Rote Armee. Die Russen. Ich kann nicht mit *denen* kämpfen. Ich kann einfach nicht.«

»Du solltest überhaupt nicht kämpfen«, sagte Mama. »Du bist zu jung.«

Papa zog sie enger an sich, hielt den Blick jedoch auf Mikhail gerichtet. »Ich weiß, wie du dich fühlst. In einer idealen Welt würdest du für die Ukraine gegen die Russen und die Deutschen kämpfen. Aber das hier ist die reale Welt – die meisten Anführer der *Nationalisten* sind eingesperrt.«

»Aber ich weiß nicht, was ich tun soll. Ich meine, sind die Deutschen gut für uns oder nicht? Ich … ich weiß es einfach nicht.«

»Ich muss zugeben, ich auch nicht. Während du dich letzte Nacht betrunken hast, habe ich mich mit einigen der Bauern unterhalten. Was ich aus dem Westen gehört habe, ist, dass man die Deutschen willkommen heißt. Und warum auch nicht? Sie können wohl kaum schlimmer sein als die Russen. Aber für dich, in deiner Situation? Ich weiß es einfach nicht.«

Mikhail schrie wütend auf, zerknüllte das Papier und warf es gegen die Wand. »Es ist unerträglich! Ich meine, wer sind wir? Sind wir Ukrainer? Und wenn ja, weshalb muss ich dann für die Russen kämpfen?«

Papa löste seinen Arm von Mama. Sie nickte schniefend und sagte ihm, es ginge ihr gut. Dann trat er zu Mikhail, und die beiden Männer standen sich direkt gegenüber.

»Sohn, ich weiß, wie du dich fühlst.« Er legte Mikhail eine fleischige Hand auf die Schulter und tätschelte sie.

»Ich weiß es, weil es mir auch so geht. Ich bin ein stolzer Ukrainer und genau dazu habe ich dich auch erzogen. Aber es ist Zeit, ein Mann zu sein und kein Junge. Manchmal muss man Kompromisse eingehen. Das, was möglich ist, zählt mehr als das Ideal.«

»Willst du damit sagen, dass ich in die Rote Armee eintreten soll?«

Papa überlegte einen Moment lang. »Ich will damit sagen, dass du deine Möglichkeiten realistisch einschätzen solltest.«

»Ich kann weglaufen.«

»Und dann gefangen und erschossen werden?«

»Ich könnte mich den *Nationalisten* anschließen.«

»Und unter rauen Bedingungen auf dem Land leben, oder in einem stinkenden Gefängnis inmitten eines Krieges?«

»Zumindest hätte ich meine Prinzipien.«

»Kannst du von Prinzipien leben? Kannst du sie essen? Werden sie dich vor Wind und Regen schützen?«

Mikhail schluckte schwer. »Es ist alles so verwirrend.«

»In der Roten Armee wirst du zumindest ausgebildet und du wirst ein Gewehr haben. Und auch ein Dach über dem Kopf und etwas zu essen.«

»Aber … ich bin Ukrainer, kein Russe. Ich will für die Ukraine kämpfen.«

»Vergiss nicht, Mikhail«, sagte sein Papa und legte ihm die Hand an die Wange, »Selbsterhaltung ist immer ein würdiges Ziel. Manchmal ist es das einzig Wichtige. Deine Mama und ich wollen dich wiedersehen. Wenn die Zeit kommt, möchten wir dich heiraten und Kinder bekommen sehen.«

»Aber das ist nicht das, was ich will.«

Sein Papa schenkte ihm ein schiefes Lächeln. »Manchmal ist das, was man will, nicht das Beste für einen. Und wer weiß, der Kampf für die Ukraine könnte weitergehen, nachdem du der Roten Armee geholfen hast, die Deutschen abzuwehren.«

»Ich schätze, das könnte er.«

»Du hast nur einen Tag lang Zeit, um dich zu entscheiden. Aber was auch immer du beschließt, deine Mama und ich werden immer für dich da sein.«

Mikhail nickte. Dann erlebte er zum ersten Mal, seit er ein kleiner Junge gewesen war, die volle Umarmung seines Papas. Sie fühlte sich stark an und Mikhail spürte, wie ein wenig dieser Stärke auf ihn überging.

* * *

Nach dem Frühstück nahm Mikhails Papa die Mütze vom Haken und ging zur Tür. Dort blieb er stehen und wartete, bis Mikhail aufgegessen hatte und ihm folgte.

»Warte«, sagte seine Mama. »Ich komme mit.«

»Aber du musst dich nur um die Hühner und die Ziegen kümmern«, sagte Mikhail.

Sie lächelte ihn resigniert an. »Wenn du fort bist, werde ich mehr erledigen müssen. Da kann ich es genauso gut auch jetzt lernen.« Sie zog die Schuhe an, schlang sich ein Tuch um die Schultern und die drei machten sich zu den Feldern auf.

Mikhail tat sein Bestes, um seiner Mama zu zeigen, wie der Traktor funktionierte. Sie verbrachten den Vormittag damit, die Gerstenernte vom nächstgelegenen Feld einzubringen und das entfernteste zu pflügen.

Als sie mit allem fertig waren, brach der Nachmittag an und sie gingen zum Haus zurück, um zu essen. Danach lief er ins Dorf, während seine Eltern ein Nickerchen machten.

Dort hatte sich ganz eindeutig etwas verändert. Nur wenige unterhielten sich oder lächelten gar, als sie ihrer Wege gingen.

Die Einberufungsmänner waren offensichtlich fleißig gewesen.

Statt der üblichen Begrüßungen wurde nur verhalten genickt. Nachdem Mikhail das ein paarmal mitgemacht hatte, erreichte er den Uhrenturm.

Dort wartete er eine Weile lang, doch weder Taras noch Boris tauchten auf. Taras' Hof lag am nächsten, also ging Mikhail in diese Richtung. Der Weg führte einen schmalen Pfad entlang und über einen kleinen Bach. Schließlich erreichte er den Rand eines hell bernsteinfarbenen Feldes, auf dem ein paar Leute Weizen zu Ballen schnürten. Mit zugekniffenen Augen versuchte er, jemanden auszumachen, was ihm jedoch nicht ganz gelang. Also steckte er zwei Finger in den Mund und stieß einen gellenden Pfiff aus. Die Arbeiter hielten alle inne und drehten sich um. Einer von ihnen trottete auf ihn zu.

Mikhail ging Taras auf halbem Weg entgegen und bemerkte sofort dessen Gesichtsausdruck, eine Ernsthaftigkeit, die ihm gar nicht gefiel.

»Du auch?«, fragte Mikhail. »Die Rote Armee?«

»Alle jüngeren Männer im Dorf.«

»Und was wirst du tun? Wirst du eintreten?«

Taras zuckte die Schultern. Dann senkte er den Blick hinab zu seinen schmutzigen Stiefeln und nickte widerstrebend ein paarmal. Er deutete auf einen Holzklotz und sie setzten sich.

»Was kann ich sonst tun?«, fragte Taras. »Ich bin kein Revolutionär. Ich will nichts weiter als säen und ernten. Vielleicht kann ich mich von Schwierigkeiten fernhalten, wenn ich eintrete. Vielleicht geht der Krieg schnell vorbei und ich kehre zurück.« Er zog ein Tuch aus der Hosentasche und wischte sich den Schweiß von der Stirn. »Und du?«

»Oh, ich denke schon den ganzen Tag nach.«

»Und?«

Mikhail zuckte die Schultern. »Ich bin immer noch unschlüssig.«

»Dann bist du Boris also nicht über den Weg gelaufen?«

»Boris? Wurde er auch einberufen?«

Taras nickte. »Er ist vorhin hier gewesen und hat gesagt, er sei zu dir gegangen, um mit dir zu sprechen, aber niemand war zu Hause.«

»Wir waren alle auf dem hintersten Feld.«

»Er hat erzählt, er habe den Einberufungsbefehl vor den Augen des Beamten zerrissen.«

»Mein Gott! Wirklich?«

»Du weißt, was er von den Russen hält. Als ich ihn getroffen habe, war er immer noch wütend. Er meinte, er würde lieber sterben, als in der Roten Armee zu kämpfen. Das hat er auch dem Beamten gesagt.«

»Dann wird er sich also den *Nationalisten* anschließen?«

»Er sagt, es sei seine Bestimmung, für seine Heimat zu kämpfen – die Ukraine. Deswegen wollte er mit dir sprechen. Und er hat mir eine Nachricht für dich gegeben, falls ich dich zuerst sehe. Du musst ihn eine Stunde vor Sonnenuntergang am Uhrenturm treffen, wenn du dich gemeinsam mit ihm den *Nationalisten* anschließen willst.«

»Hat er dich auch gefragt?«

»Boris kennt meine Meinung. Er akzeptiert sie. Wir haben uns die Hand gegeben.« Taras runzelte die Stirn. »Du weißt, wie lange Boris und ich bereits gute Freunde sind. Und bald könnte es sein, dass wir aufeinander schießen und versuchen, einander zu töten. Und da haben wir uns noch nicht um die Deutschen gekümmert. Das ist verrückt. Aber Krieg ist immer verrückt.«

Beide standen auf und Mikhail hielt ihm die Hand entgegen. »Ich kann nur das Gleiche tun«, sagte er. »Was auch immer geschieht, wir sind Freunde. Und nach dem Krieg werden wir immer noch Freunde sein.«

Sie schüttelten sich die Hände und Mikhail bemerkte die Angst, die rund um das Auge seines Freundes aufzuckte. »Wir werden überleben und wieder gemeinsam trinken«, sagte er. »Da bin ich mir sicher.«

Beide versuchten zu lachen. Dann verabschiedeten sie sich und Mikhail kehrte nach Hause zurück.

* * *

Später am Tag, gerade als Mikhail die Tür zum Bauernhaus öffnete und hinausgehen wollte, tauchte sein Papa hinter ihm auf.

»Was wirst du tun?«, fragte er.

Mikhail schwieg, warf nur einen Blick auf die Sonne, die tief am Himmel stand.

»Du hast dich noch nicht entschieden, nicht wahr?«

Er schüttelte den Kopf. Er erzählte seinen Eltern, was Taras und Boris tun wollten. Beide bestärkten ihn darin, seine eigene Entscheidung zu treffen und sich nicht von seinen Freunden beeinflussen zu lassen. »Ich entscheide mich auf dem Weg«, erwiderte er. »Versprochen.«

»Entweder kämpfst du an Taras' Seite oder an Boris'. So oder so wirst du am Ende gegen den jeweils anderen kämpfen. Das ist schwer.«

»Ich weiß. Aber was auch immer geschieht, sie sind beide meine Freunde und meine Landsleute. Und ich sollte mich von Boris verabschieden.«

»Natürlich solltest du das. Dann geh also.«

Mikhails Mama tauchte auf und umarmte ihn. »Bleib nicht zu lange. Ich möchte einen letzten Abend mit meinem einzigen Sohn verbringen.«

»Selbstverständlich, Mama. Ich bin bei Sonnenuntergang zurück.«

* * *

Er musste kaum anderthalb Kilometer weit gehen, doch es erschien ihm wesentlich weiter. Als er um die Ecke kam, erblickte er Boris, der am Uhrenturm auf ihn wartete.

Außerdem bemerkte er ein halbes Dutzend Soldaten oder bewaffnete Wachen – er war sich nicht sicher, was von beidem. Anscheinend gingen sie von Mann zu Mann und von Tür zu Tür und stellten Fragen.

Sie haben nicht lange gebraucht, dachte Mikhail. *Die Macht ist ihnen zu Kopf gestiegen.*

Er lief auf Boris zu und das Erste, was die beiden Männer taten – bevor ein Wort gesprochen wurde –, war, sich die Hände zu schütteln.

»Wie ich höre, hattest du Besuch«, sagte Boris.

Mikhail nickte. »Und wie ich höre, hast du … die Einladung abgelehnt?«

Boris lachte. »Du hättest das Gesicht des Mannes sehen sollen. Ich sage dir, der war vielleicht wütend. Gott, er bebte so sehr, dass ich schon dachte, sein blöder Stalinschnurrbart würde gleich explodieren.« Er wurde wieder ernst. »Aber genug davon. Hast du entschieden, was du tun wirst – auf wessen Seite du stehst?«

Mikhail fiel die Kinnlade herunter und blieb dort. Er sah in Boris' erstarrtes Gesicht, in dem nur die Nasenflügel erwartungsvoll zuckten.

Bevor Mikhail antworten konnte, hörte er Rufe hinter sich. Gerade wollte er sich umdrehen, wurde jedoch zur Seite gestoßen.

Vor ihm erschienen drei Männer – drei von denen, die zuvor die Leute befragt hatten. Jetzt erkannte er, dass es Soldaten waren, und alle drei hielten ihre Gewehre auf Boris gerichtet.

»Hände hoch!«, rief einer.

Boris wartete, bis der Mann es ein zweites Mal ausrief, und tat dann, wie ihm geheißen, jedoch betont langsam und mit finsterem Blick.

Mikhail trat einen Schritt vor, doch der Schaft eines Gewehrs in seinem Bauch nahm ihm den Atem. Er zog sich keuchend zurück und der Mann wandte seine Aufmerksamkeit erneut Boris zu.

»Bist du Boris Popovitsch aus Diowsta?«

Aufs Neue ließ sich Boris Zeit damit zu reagieren. »Und … wen kümmert das?«

»Hiermit bist du der Entstellung von offiziellen Regierungsdokumenten angeklagt.«

Boris sah sie aus zusammengekniffenen Augen an. »Meine Einberufungspapiere? Wenn ihr die meint, dann sind das keine offiziellen Dokumente. Das hier ist die Ukraine, nicht Russland.«

Einer der Soldaten nickte den anderen beiden zu, die auf Boris zugingen. Einer zog ihn am Arm, der andere richtete das Gewehr auf seinen Rücken.

Mikhail drehte sich der Magen um, als sie Boris davonzerrten und auf die Ladefläche eines Lastwagens warfen. Er setzte sich in Bewegung, rannte ihnen erst hinterher, verfiel dann in einen zögernden Schritt und hielt die Hände hoch, als ein Gewehr in seine Richtung zielte.

»Wo fahrt ihr hin?«, rief er. »Wohin bringt ihr ihn?«

Der Soldat ignorierte ihn, senkte jedoch das Gewehr und ging zum Fahrerhaus des Lasters.

»Bitte!« Mikhail beschleunigte den Schritt mit erhobenen Händen. »Wohin bringt ihr ihn?«

Der Soldat kurbelte das Fenster runter und legte den Arm ab. »Wir bringen ihn dorthin, wo alle antisowjetischen Aufständischen hinkommen: ins Gefängnis.«

»Weil er Papiere zerrissen hat? Er hat niemandem etwas getan. Das ist doch alles nur so daher gesagt.«

»Oh, er hat tatsächlich viel gesagt – zu den anderen Agitatoren. Er ist ein Feind des Volkes.«

»Aber …«

Der Soldat zeigte auf die Ladefläche. »Willst du auch mitkommen? Wir haben Platz.«

»Sagt mir nur, in welches Gefängnis ihr ihn bringt.«

»Er kommt nach Kiew.«

Mikhail hielt entsetzt die Hände an den Kopf gehoben und schaute dem davonfahrenden Lastwagen hinterher.

* * *

Mikhail erreichte sein Elternhaus, als der goldene Kreis der Sonne gerade unterm Horizont verschwand.

Seine Eltern drehten sich um und starrten ihn an, als er in der Tür stand.

»Ich habe mich entschieden«, sagte er. »Ich gehe zur Roten Armee.«

Mama keuchte vernehmlich und legte sich die Hand aufs Gesicht.

»Bitte weine nicht«, sagte Mikhail zu ihr. »So ist es am besten.«

»Ich weiß«, murmelte sie und wischte sich ein paar Tränen weg.

»Und was ist mit Boris und Taras?«, fragte Papa.

Mikhail war eine Sekunde lang verlegen und sagte dann: »Du hattest recht, was die Selbsterhaltung betrifft.«

Papa nickte nachdenklich. »Das ist eine pragmatische Entscheidung.«

»Ich habe trotzdem Angst«, sagte Mama. »Versprich mir, dass du dich aus Schwierigkeiten heraushältst.«

»Mama, das kann ich dir nicht versprechen.« Er sah, wie ihr Gesicht zusammenfiel, und ergänzte: »Aber ich werde mir Mühe geben.«

»Also komm, setz dich«, sagte Papa. »Das ist dein letzter Abend zu Hause. Wir können …«

»Sein letzter Abend, *bis er auf Urlaub zurückkehrt*«, unterbrach Mama ihn.

»Das meinte ich natürlich. Wir holen den Wodka heraus und spielen Karten.«

* * *

Mikhail durchlebte eine ruhelose Nacht, aufgewühlt durch Gedanken an Boris – und an seine eigene Zukunft. Er gab auf und ging noch vor Sonnenaufgang hinaus. Während seine

Eltern noch schliefen, schaute er ein letztes Mal auf die Felder und das Vieh.

Erinnerungen wirbelten in seinem Kopf herum, die sonnigen, mit Landarbeit verbrachten Tage, aber auch die verregneten, wenn seine Stiefel von Schlamm umhüllt waren, die Versteckspiele mit den Kindern der Nachbarhöfe und die Wettläufe durchs hohe Wiesengras. Sogar die qualvolle Hitze erschien ihm nun magisch.

Er bürstete ein letztes Mal ein Pferd ab und konnte nicht widerstehen, dem Traktor zum Abschied über den Sitz zu streichen. Als er das tat, lächelte er vor sich hin und sprang dann hinauf. Ein letztes Mal, um der alten Zeiten willen.

Ein paar Sekunden lang war er wieder ein kleines Kind mit der Lust, alles über dieses neue Metallbiest zu lernen – ein Enthusiasmus, den er mit seinem alten Freund Asher teilte.

Nein, nicht mehr dem *besten* Freund Asher.

Asher war lange fort, aber nicht vergessen. Die Spiele, das Streiten, die Angelausflüge und ja, sogar der Tag, an dem man sie beraubt hatte und sie einander zu decken versucht hatten.

»Guten Morgen.«

Mikhail drehte sich um und erblickte Papa, der in der Tür zum Traktorschuppen stand.

»Meldest du dich etwa freiwillig für eine schnelle Frühschicht, bevor du gehst?«

Mikhail nickte. »Merk mich für eine später im Jahr vor – bis dahin werde ich zurück sein.«

»Da bin ich mir sicher.«

»Ich dachte gerade an die alten Zeiten.« Mikhail strich über das Lenkrad, genau wie damals, als es noch brandneu gewesen war. »Und an Asher.«

Papas Lächeln verlosch und er wandte sich einen Moment lang ab. Als er sich wieder umdrehte, bemerkte Mikhail, wie er blinzelte und dass sein Gesicht ein wenig gerötet war.

»Papa? Geht es dir gut?«

Sein Papa nickte, allerdings wenig überzeugend.

»Bist du verärgert, weil ich zur Armee gehe oder weil ich mich mit den Russen zusammentue?«

Papa stieß ein Lachen aus und ein schiefes Grinsen blieb auf seinem Gesicht zurück.

»Ich weiß, wie sehr du sie hasst«, ergänzte Mikhail.

»Mikhail, setz dich einen Moment lang zu mir.«

Sie setzten sich Seite an Seite auf eine grobe Holzbank. Papa tätschelte das Knie seines Sohnes. »Vielleicht sollte ich dir etwas erklären, bevor du gehst. Es ist etwas, das du wissen solltest.«

Mikhail blieb stumm, um zuzuhören.

»Du hast mich gefragt, weshalb du ein Einzelkind bist. Sieh mal, nachdem deine Mama dich bekommen hatte, warteten wir einige Jahre, bevor wir probierten, dir einen kleinen Bruder oder eine kleine Schwester zu schenken. Doch inzwischen lebten wir im Schatten der Russen und die Zeiten waren schwer. Wir warteten so lange wir konnten und versuchten es erneut. Aber dann kam der Holodomor. Dank den Russen hungerten wir, so wie alle anderen in der Ukraine, und sie … sie hatte eine Fehlgeburt.«

Mikhail sah die Röte in Papas Augen. Dann blinzelte er und eine Träne fiel in den Staub.

»Im darauffolgenden Jahr probierten wir es erneut, aber der große Hunger hielt an, also hatten wir dasselbe Ergebnis. Und danach … danach hatte sie nicht mehr das Herz, es noch mal zu versuchen. Viele Jahre lang hasste ich die Russen – dafür und für vieles andere, aber hauptsächlich dafür.«

»Und jetzt?«

»Das Alter dämpft den Hass. Man sieht die Dinge anders. Und ich nehme an, ein gewisses Maß an Akzeptanz stellt sich ein.«

»Dann bin ich also wegen der Russen Einzelkind?«

Papa stand auf und bedeutete seinem Sohn, es ihm gleichzutun.

Doch Mikhail blieb sitzen. »Jetzt hast du mich noch mehr durcheinandergebracht«, murmelte er und schüttelte den gebeugten Kopf. »Du erzählst mir das über die Russen und jetzt kämpfe ich auf deren Seite?«

»Nichts hat sich geändert«, sagte Papa. »Die Argumente bleiben gleich. Was ist deine Wahl?«

»*Meine Wahl?*«

»Du hast die Wahl zwischen Selbsterhalt und Selbstzerstörung. Ich weiß, was deine Mama und ich wollen.«

Mikhail atmete tief durch, um sein Herz zu beruhigen, das davongaloppierte. »Aber ich fühle mich, als würde ich euch betrügen.«

»Unsinn. Vielleicht hätte ich es dir nicht erzählen sollen. Aber nun komm. Ein letztes Frühstück. Deine Mama wartet. Es gibt arme Ritter und Fleischwurst.«

Es dauerte eine Weile und Papa wartete schweigend, doch schließlich erhob sich Mikhail und zwang sich zu lächeln. »Ein letztes Frühstück«, wiederholte er. »Gehen wir.«

* * *

Nach dem Essen holte Mikhail seinen Kleidersack und ließ ihn bei der Tür fallen. Er drehte sich zu Mama und wurde sofort in den Arm genommen.

Sie schluckte ihren Kummer hinunter und sagte ihm, er solle auf sich aufpassen.

»Mach dir keine Sorgen«, antwortete er. »Ich bin vor Jahresende wieder da.«

Mama nickte, hielt den Mund allerdings fest verschlossen.

»Im Ernst«, sagte er. »Wir sehen uns in ein paar Monaten, auf jeden Fall.«

»Auf jeden Fall«, wiederholte sie und ihr Gesicht legte sich in Falten.

Dann öffnete Papa die Tür und komplimentierte ihn hinaus. Er folgte seinem Sohn und schloss die Tür hinter sich. Mikhail blieb verwundert stehen.

»Deine Mama sagt, dass sie nicht zusehen kann, wie du davongehst«, erklärte Papa.

Sie schüttelten sich die Hände und umarmten sich.

»Da gibt es noch etwas«, sagte Papa, als er sich von ihm löste. »Noch etwas, das ich dir sagen muss. Eine Art Geständnis, schätze ich.«

»In Ordnung«, sagte Mikhail und beäugte ihn misstrauisch.

Papa rieb sich über die silbrigen Stoppeln und senkte den Kopf. »Es … es geht um deinen alten Freund Asher.«

»Was ist mit ihm?«

»Ich habe es zu deinem Besten getan, Mikhail. Ich habe nur an dich gedacht.«

Mikhail zuckte die Schultern und war zu durcheinander, um zu sprechen.

»Nachdem er nach Warschau gezogen war, hat er … er hat dir einige Briefe geschickt.«

»Briefe?«

»Ich habe sie verbrannt.«

Mikhail hielt inne, um die Worte sacken zu lassen. »Du hast sie verbrannt? Du hast *meine Briefe verbrannt*?«

»Ich weiß, dass es falsch war. Und es tut mir leid.«

»Aber … warum?«

»Ich dachte, es wäre am besten, wenn du sie nicht liest. Ich wollte, dass du ihn vergisst, Mikhail. Ich wollte nicht, dass du falsche Hoffnungen hegst.«

Die Männer standen sich einige Momente lang von Angesicht zu Angesicht gegenüber.

»Das ist etwas, was ich bereue«, sagte Papa. »Aber es ist etwas, das du wissen solltest.«

Mikhail sah ihm in die Augen. Er erblickte Traurigkeit und ein wenig Scham.

»Und jetzt gibt es Wichtigeres, um das du dich sorgen musst.«

Mikhail kickte ziellos getrockneten Schlamm mit der Stiefelspitze weg und sah dann in Richtung des Dorfes. Er nickte. Dann noch einmal fester. »Du hast recht. Das ist jetzt unwichtig.«

Sie schüttelten sich ein letztes Mal die Hände und Papa verpasste ihm einen Schlag auf die Schulter. Mikhail drehte sich um und zog los.

Kapitel 10

1941 – Warschau, Polen

Die Bedingungen im jüdischen Wohnbezirk Warschaus waren von Anbeginn schlecht und verschlimmerten sich noch.

Fast ein Jahr war vergangen, seit man die Kogans gezwungen hatte umzuziehen. Inzwischen waren Lebensmittel rar und die hygienischen Bedingungen dürftig, was Krankheiten gestattete, wie eine eisige Sturmbö durch den Bezirk zu fegen. Sogar die Kräftigen brauchten Glück; die Schwachen hatten keine Chance.

Seitdem sie keine Arbeit mehr hatten, waren Asher und sein Papa in eine Art Routine verfallen. Gedanken an Theater und ans Sporttreiben waren längst vergessen. Sie nahmen jede Arbeit an, die mit Lebensmitteln oder irgendetwas entgolten wurde, das gegen Lebensmittel eintauschbar war. Sie hoben Gräben aus, beluden Karren und Lastwagen, brachten was auch immer wo auch immer hin. Sie waren sich für nichts zu schade – einschließlich der Aufgabe, zu der sich nur wenige bereitfanden: die steigende Zahl der Toten zu begraben. Doch sogar das neigte sich dem Ende zu, also bettelten sie. Manchmal ging die gesamte Familie betteln, aber die Hälfte der Zeit bettelten sie bei Menschen, die selbst nichts zu entbehren hatten.

Nichtsdestotrotz war dies der einzige Weg zu überleben. Sie begannen den Tag, indem sie ein Gebiet des Bezirks aussuchten, und stellten sich dann auf den gegenüberliegenden Seiten einer Kreuzung auf. So konnten sie einander im Auge behalten, wenn sie Passanten mit den Mützen in den Händen um Kleingeld baten. Lief der Tag gut, blieben sie an der Stelle. Wenn nicht, trennten sie sich und jeder entschied selbst, wo er hinging.

An einem nieseligen Tag im Sommer lief es schlecht. Asher hatte eine Münze in seiner Mütze, Papa gar nichts. Also gingen sie südwärts und nordöstlich in Richtung Fluss. Asher hoffte, dass ihn die Brise dort etwas beleben würde – vielleicht sogar, dass die Bedingungen besser waren.

Sie waren es nicht.

Er trottete eine Straße nach der anderen entlang und der Anblick war überall gleich. Ja, es gab Läden, aber die meisten hatten kaum Ware – ein altbackenes Brot hier, eine Handvoll austreibender Kartoffeln dort, alte Kleidung dubioser Herkunft, durch häufigen Gebrauch vergilbte Milchflaschen. Und obwohl viele Menschen hin und her eilten, hatten nur sehr wenige Kleingeld übrig, das sie in die dargebotenen Mützen der vielen Bettler warfen. Folglich verbrachte Asher die meiste Zeit vor regenbenetzten Schaufenstern, in die er mit leerem Blick hineinstarrte. Zu betteln schien kaum der Mühe wert zu sein.

Nur wenige Straßen von der östlichen Mauer entfernt hörte er es zum ersten Mal. Er ging darauf zu und konnte es nicht glauben. Dennoch war er voller Hoffnung, sogar als die Rufe eines Bettlers an der Straßenecke die Laute übertönten. Er lief weiter, und da war es wieder. Er kam dem Geräusch immer näher, beschleunigte den Schritt und ja, das war fraglos eine Violine, und sie klang nicht einfach wie *irgendeine* Violine. Das war kein kummervolles, trauriges Lied, das als Wehklage gespielt wurde, sondern fröhliche, beinahe komische Musik.

Komisch zumindest in der Wahrnehmung eines jeden, der an den ukrainischen schwarzen Humor gewöhnt war.

Unsicher, woher genau die Musik kam, umrundete Asher eine Ecke nach der anderen und machte einmal sogar kehrt.

Und dann fand er sie unter einem Vordach neben der Mauer. Sie war noch schlanker, als sie damals im Café Baran gewesen war. Ihr Haar war verfilzt und grau von Staub und Schmutz, ihr Kleid befleckt und mit Dreck beschmiert. Aber es *war* Izabella. In einer derart grimmigen Umgebung wirkte ihr halbes Lächeln unglaublich fehl am Platz und dennoch stark und widerstandsfähig in seiner Fröhlichkeit. Und dies war ihre Musik, nicht weniger schön als damals, fast rebellisch in ihrer Botschaft an die Besatzer. Es war, als buchstabierte sie den Deutschen aus, dass zumindest sie sich nicht geschlagen gab.

Anfangs konnte Asher nichts anderes tun, als dazustehen und ihr zuzusehen. Doch nach ein paar Minuten ging er hinüber. Sie blickte auf und ihr Lächeln erblühte vollends.

Lächelte sie ihn an? Er schaute sich verstohlen um, während sein Gesicht rot wurde. Er wollte weglaufen, gleichzeitig aber auch für immer dort stehen bleiben. Ein paar Sekunden lang war er wie erstarrt. Dann griff er in seine Tasche und holte die Münze heraus, die er an diesem Tag verdient hatte. Er trat vor und ließ sie auf das kleine viereckige Tuch zu ihren Füßen fallen.

»Danke«, sagte sie.

Asher nickte lediglich, war unfähig, seine Gedanken zu Worten zu formen.

Die Musik verstummte. Sie nahm die Violine vom Kinn und streckte ihre Arme ein paarmal aus, um verspannte Muskeln zu lockern.

»Kenne ich dich nicht?«, fragte sie.

Ashers Hals wurde augenblicklich trocken, als hätte ein Windstoß eine Handvoll Sand hineingeweht. Er versuchte zu schlucken, doch seine Muskeln wollten nicht gehorchen.

Also drehte er sich um und floh, verlangsamte sein Tempo erst zu Schrittgeschwindigkeit, als er ein paar Straßen weit weg war. Als er zu Hause ankam, verfluchte er sich selbst dafür, dass er so schwach war. Izabella hatte mit ihm geredet, und zwar ausschließlich mit ihm. Das Sinnbild von Schönheit hatte gesprochen – nicht mit einer Gruppe, unter der er sich irgendwo befand, sondern mit *ihm*. Er hatte die Gelegenheit gehabt, sich mit ihr zu unterhalten, und war weggelaufen.

»Ist alles in Ordnung, Asher?«, fragte sein Papa, als er sich an den Tisch setzte.

»Ja. Wieso?«

»Oh, du wirkst ein wenig aufgewühlt. Dir ist doch nichts geschehen da draußen, oder?«

Asher senkte den Blick und schüttelte den Kopf. Es war ihm zu peinlich, die Wahrheit zu sagen.

»Und hast du die Münze?«

»Welche Münze?«, war alles, was er erwidern konnte. Vor Angst, entlarvt zu werden, drehte sich ihm der Magen um.

»Als wir uns getrennt haben, hattest du eine Münze. Wo ist sie?«

»Ich … ich weiß nicht, was du meinst, Papa.«

»Aber sie war doch in deiner Mütze. Ich habe sie gesehen.«

»Also … ich glaube, ich habe sie verloren. Der Regen wurde stärker und ich wollte meine Mütze wieder aufsetzen. Sie muss runtergefallen sein oder ich habe sie fortgeschleudert. Es tut mir leid, Papa.«

Sein Papa brauchte etwa zehn Sekunden, um darauf zu reagieren. Asher erwartete eine ernsthafte Abreibung. Stattdessen blickte ihm sein Papa in die Augen und sagte: »Nicht so wichtig.

Geld ist sowieso von keinem großen Nutzen. Es gibt nichts zu kaufen.«

Asher spürte, wie er sich bei diesen Worten entspannte. Sein Papa wurde langsam gleichgültig. Das war an sich enttäuschend, aber in diesem Moment ein Glücksfall. Irgendwie machte das Asher stärker, so als bereite er sich darauf vor, der Mann im Haus zu werden. Und diese Stärke ließ ihn schwören, dass er Izabella am nächsten Tag wiedersehen würde. Und diesmal mit ihr sprechen würde.

* * *

Am folgenden Morgen ging Asher mit frischer Entschlossenheit in die Straßen hinaus. Das Betteln war zweitrangig. All seine Bemühungen zielten darauf ab, irgendwann zur östlichsten Ecke des eingemauerten Bezirks zu gelangen. Dreimal schlug er seinem Papa vor, dass sie sich trennen sollten. Beim dritten Mal stimmte dieser zu und Asher lief mit kaum mehr als einem »Bis später!« auf und davon.

An diesem Tag war es etwas heller, die Wärme entsprach eher dem Sommermorgen, der es eigentlich war. Die Musik schien sich diesmal schneller auszubreiten und Asher konnte sie weit früher hören als am Vortag. Er eilte voran und fand Izabella an der gleichen Stelle wieder.

Diesmal hörte sie auf zu spielen, sobald sie ihn sah. »Hallo«, sagte sie und nutzte die Gelegenheit, ihre Arme auszuruhen.

Asher schluckte schwer. Sein Kopf war ebenso leer wie die Betonwand hinter Izabella. Ihr breites, sinnliches Lächeln war wie die Musik eines Schlangenbeschwörers; es betäubte Verstand und Körper.

»Gestern Abend ist mir eingefallen, woher ich dich kenne«, sagte sie. »Du bist ins Café gekommen, nicht wahr? Du hast Papa geholfen, es nach dem Bombenangriff wiederaufzubauen.«

Asher nickte und machte einen Schritt auf sie zu, obwohl er immer noch nicht wusste, was er sagen sollte. Gleichzeitig lastete ein Kopf voller Fragen auf ihm, die zu stellen wohl unhöflich war.

»Ich muss weiterspielen«, sagte sie, hob die Violine an ihren Platz auf der Schulter und zog den Bogen über die Saiten.

Und wieder hatte Asher den Moment verstreichen lassen, den Gott ihm zum Sprechen geschenkt hatte. Während sie spielte, konnte er sie unmöglich stören. Also lauschte er der Musik und verfluchte sich insgeheim, was jedoch Izabellas Zauber keinen Abbruch tat.

Dann quietschte die Violine. Der Bogen fiel, sprang über den Boden und kam bei Ashers Füßen zu liegen. Izabella krümmte sich zusammen und hustete heftig.

Asher hob den Bogen auf und legte ihr einen Arm um die Schultern. »Geht es dir gut?«, fragte er. »Es tut mir leid. War ich das? Habe ich dich abgelenkt?«

Sie schüttelte noch immer hustend den Kopf und ein tiefer, einem Bellen ähnlicher Laut erklang, als sie sich erneut verkrampfte.

»Lass mich die hier nehmen«, sagte er und griff nach dem Hals der Violine.

Sie ließ nicht los, hielt das Instrument eisern fest, obwohl sie nach Atem rang.

Asher hielt es ebenfalls fest. »Im Ernst«, sagte er. »Du kannst mir vertrauen. Ich bin seit Jahren in dich verliebt, seit ich dich zum ersten Mal im Café gesehen habe, und in deine Musik auch. Ich weiß ganz genau, wie viel dir diese Violine bedeutet, und ich könnte dir den ganzen Tag lang beim Spielen zuhören.«

Sie hustete erneut, diesmal weniger krampfhaft. Dann erstarrte sie und schaute auf eine Art zu ihm auf, die etwas Mysteriöses und dennoch Mächtiges in ihm weckte.

Sie ließ die Violine los. »Was hast du gesagt?«, fragte sie.

»Ich … ich sagte, ich kann mich noch an deine Musik im Café erinnern. Sie ist wundervoll. Ich nahm an, du seist noch dort.«

»Wie kommst du darauf?«

»Weil … das Café … und die Kuchen … ich dachte, vielleicht haben die Deutschen …«

Asher bemerkte, dass seine Worte, einmal ausgesprochen, unsinnig klangen.

»Du meinst, ich sei weniger jüdisch als du? Ist es das?«

Das war eine unbekannte Seite an ihr. Ihr freundliches Lächeln und der warme Blick verloschen und hinterließen etwas Kämpferisches, das Asher verwirrend, jedoch nicht weniger verführerisch fand.

»Es tut mir leid«, sagte er. »Ich wusste nicht, was ich denken sollte. Ich war dumm. Bitte entschuldige.«

Sie lenkte ein. Der Ärger verschwand genauso schnell aus ihrem Gesicht, wie er aufgetaucht war.

»Aber das war nur Wunschdenken. Was ist aus dem Café geworden, wenn ihr drei, du und deine Eltern, hier seid?«

Izabella rang ein paar Sekunden lang um Fassung. Asher sah, wie sie tief und langsam ein- und ausatmete, versuchte, sich zu beruhigen, sich wieder in den Griff zu bekommen. Und dann versteinerte ihr Gesicht. Sie hob eine Hand, um die Augen zu bedecken, und Asher sah die Feuchtigkeit auf ihren Wangen. Kurz darauf schnappte sie sich das Tuch vom Boden sowie ihre Violine samt Bogen und huschte sich die Tränen wegwischend davon. Bevor Asher wusste, was er sagen oder tun konnte, war sie außer Sichtweite.

* * *

An diesem Abend war Asher nicht sehr gesprächig. Beim Essen fragte ihn Mama, was los sei. Er zögerte und Papa sprang ein.

Es ginge ihm gut, das Betteln auf der Straße sei harte Arbeit und sie solle sich nicht sorgen.

Doch am nächsten Tag, kurz nachdem sie das Haus verlassen hatten, blieb sein Papa am Rand eines kleinen Parkes stehen und bedeutete Asher, sich auf eine Bank zu setzen.

»Was ist los, Asher? Was ist passiert? Du kannst es mir sagen.« Er machte eine Pause, damit Asher etwas erwidern konnte, doch der nutzte sie nicht. »Ich weiß, dass gestern etwas vorgefallen ist. Du hast den ganzen Abend lang kein einziges Wort gesagt.«

Asher schüttelte den Kopf.

Papas müde Augen ruhten weiterhin auf Ashers Gesicht. »Ich kann dir nicht helfen, wenn du es mir nicht sagst.«

»Es ist nichts passiert. Es ist nur …« Asher stieß ein langes Seufzen aus. »Du kannst nichts tun, um zu helfen, Papa.«

»Dann ist also *doch* etwas passiert.«

»Ich … ich habe gestern Izabella gesehen.«

»Oh.«

Eine Weile lang herrschte Stille und beide Männer starrten geradeaus, beobachteten die Menschen, die links und rechts an der Straße entlangtrotteten.

»Dann weißt du also Bescheid über die Barans?«, fragte Papa tieftraurig.

Asher riss den Kopf herum. »Was?«, blaffte er und verspürte augenblicklich ein wenig Angst und Traurigkeit. Noch nie hatte er seinen Papa mit solch einer Heftigkeit angesprochen.

Papa verengte die Augen. »Was hat sie dir erzählt?«

»Nichts über ihre Familie. Wieso? Was weißt du?«

»M-hm …« Er seufzte und musterte Asher nachdenklich. »Ich wollte es dir nicht sagen, ich habe es auch deiner Mama oder den Mädchen nicht erzählt. Anfang des Jahres redeten ein paar Nachbarn darüber, was passiert ist. Ich kannte einen von der Bäckerei, also fragte ich nach. Es sind keine guten Neuigkeiten, Asher.«

»Bitte. Sag es mir.«

Papa nickte. »Genau wie wir wurden auch die Barans aufgefordert zu gehen. Doch Frau Baran erwiderte, dass sie das Café erst vor Kurzem instandgesetzt und wiedereröffnet hatten, dass sie einen Teil ihres Lebens dort hineingesteckt hatten und ihr Mann monatelang geschuftet hatte, den Schaden wiedergutzumachen, den die deutschen Bomben verursacht hatten. Sie beharrte darauf, nirgendwohin zu gehen.«

»Und?«

»Es kam zu einer kurzen Diskussion. Herr Baran flehte sie an einzulenken, doch sie tat es nicht. Vielleicht dachte sie, die Soldaten würden eine Frau verschonen. Doch einer wollte sie hinauszerren und sie … sie schlug ihn.«

»O lieber Gott! Wurde sie …?«

Papa nickte. »Es war gnadenlos, aber anscheinend schnell und schmerzlos.«

»Also lebt Izabella jetzt alleine mit ihrem Papa?«

»Ja, sie zogen beide hierher. Aber zu Jahresbeginn fing sich Herr Baran eine schlimme Entzündung im Brustkorb ein. Ich glaube, sein Herz war bereits von der Belastung geschwächt gewesen, mit anzusehen, wie seine Frau erschossen wurde. Er und Izabella schliefen im selben Bett, um einander warm zu halten. Eines Morgens wachte sie auf und er war tot. Die Arme hielt er immer noch um sie gelegt.«

Asher starrte ihn entsetzt an.

»Du begreifst, weshalb ich es dir vorenthalten habe, Asher, nicht wahr? Es ist … nicht sehr gut für die Moral, von solchen Dingen zu wissen.«

Asher nickte. »Ja. Das verstehe ich. Aber was ist mit der armen Izabella? Wo wohnt sie?«

»Ich weiß es nicht. Möglicherweise alleine, möglicherweise bei einer anderen Familie.«

»Könnte sie bei uns wohnen?«

Asher sah Mitleid in den Augen seines Vaters. »Wir sind bereits zu fünft in einem Zimmer. Wir … Das schaffen wir nicht. Es tut mir leid.«

* * *

Am Abend desselben Tages blieb Mama still und reserviert, als sie sich wie gewöhnlich um die Zubereitung des Essens kümmerte. Nachdem sich die Familie am Tisch versammelt hatte, begannen alle zu essen – alle außer Mama.

»Stopp!«, sagte sie plötzlich mit gequälter Miene. Sie ließ den Blick über ihre Kinder schweifen und sah dann ihren Mann an. »Du musst mir sagen, was los ist. Ich weiß, dass ihr zwei, Asher und du, etwas ausheckt.«

Er zuckte die Schultern. »Etwas aushecken? Was aushecken? Wie gesagt, es war einfach nur …«

»Hirsch!«, rief sie. »Raus damit!«

Asher wechselte einen Blick mit seinem Papa. Er beschloss, still zu bleiben und ihn entscheiden zu lassen, wie viel er erzählen wollte.

»Also gut«, begann Papa schließlich und berichtete ihnen alles über die Familie Baran, was Asher zuvor im Park erfahren hatte.

Die Nachricht wurde von den Frauen mit dem gleichen Entsetzen aufgenommen, das Asher erfüllt hatte. Jetzt war ihm klar, weshalb sein Papa die Neuigkeit für sich behalten hatte. Mama, Keren und Rina konnten nichts essen. Es lag an Papa, sie dazu zu überreden und sie daran zu erinnern, dass sie nichts tun konnten, um zu helfen. Also aßen sie widerstrebend und schweigend.

»Gut gemacht«, lobte Papa, als sie fertig waren. »Ich weiß, dass es nicht leicht ist, tatenlos zusehen zu müssen. Aber wir müssen an unsere Familie denken. Wir müssen uns fünf über alle anderen Überlegungen stellen.«

»Müssen wir das?«, fragte Rina. »Müssen wir uns tatsächlich über alle anderen stellen?«

»Das müssen wir«, antwortete Papa, bevor jemand anders das Wort ergreifen konnte. »Asher hat sogar gefragt, ob sie zu uns kommen und bei uns wohnen kann.« Er warf Asher einen Blick zu, doch dessen Miene blieb ausdruckslos. »Ich musste Nein sagen. Wir haben kaum genug Platz für uns fünf und stolpern ständig übereinander.«

»Wir könnten sie zum Essen einladen«, schlug Rina vor.

Papa schüttelte den Kopf. »Wir haben nicht genug für noch einen.«

»Ich hätte nichts dagegen zu teilen«, sagte Asher.

»Das geht nicht«, beharrte Papa. »Wir müssen an uns selbst denken – an *unsere* Familie.«

»Nein, müssen wir nicht«, entgegnete Rina. »Und ich gehe sogar weiter. Ich gelobe, einen Teil meines nächsten Essens an Izabella abzutreten. Falls sonst niemand teilen will, trete ich die gesamte Mahlzeit an sie ab. Wir können nicht nur an uns selbst denken. Das *dürfen* wir einfach nicht.«

Mama schlug kraftvoll mit dem Griff ihres Messers auf den Holztisch, und alle schreckten auf. »Aufhören!«, sagte sie. »Am Esstisch wird nicht gezankt. Asher, bitte lade Izabella bei der nächsten Gelegenheit dazu ein, mit uns das Brot zu brechen. Rina, es wird nicht nötig sein, dass du dein Essen abtrittst. Das bekommen wir irgendwie hin. Hirsch, hast du etwas hinzuzufügen?«

Papa hielt den Mund und schüttelte den Kopf. Er bemerkte nicht, dass Asher Mühe hatte, seine Freude zu zügeln.

Kapitel 11

August 2001 – Verhörraum 3, Allegheny Bezirksgefängnis, Pittsburgh

Diane nahm an dem nackten Tisch in dem nackten Raum Platz.

»Ist alles okay?«, fragte sie leise.

Er zuckte mit den knochigen Schultern. »Es ist ein Gefängnis. Es gibt Schlimmeres.«

»Aber ich meine … geht es dir gut? Wirst du gut behandelt – deine Mahlzeiten und so weiter?«

»Alles ist angemessen.«

»Gut.« Sie nickte und ihr war klar, dass es überhaupt nicht so lief, wie sie es gewollt hatte. Sie hatte quasi einstudiert, was sie sagen würde – was sie von ihm *verlangen* würde. Doch nun, da sie in sein altes, vertrautes Gesicht schaute, war alles anders. »Und passt du auf dich auf?«, fragte sie.

Er antwortete nicht. Blinzelte nur ein wenig mit seinen wässrigen Augen und senkte den Blick.

»Das hier fällt mir wirklich sehr schwer«, sagte Diane und offenbarte ein Lächeln, obwohl sie sich geschworen hatte, es zu verbergen.

»Ich weiß.« Nun schaute er sie direkt an. Er erwiderte ihr Lächeln nicht. »Diane, bitte fühl dich keinesfalls dazu verpflichtet, freundlich zu mir zu sein.«

Dianes Lächeln erstarb, ihre Miene wurde düster. Sie versuchte, die Tränen wegzublinzeln. Ein paar zwängten sich durch die Straßensperre hindurch und sie wischte sie hastig mit dem Handrücken weg.

»Okay«, erwiderte sie, nun mit festerer Stimme. »Dann sag mir, was zum Teufel zwischen dir und meinem Vater vorgefallen ist!«

Er warf einen kurzen Blick auf den Wärter, der aufrecht wie ein großes A vor der Tür stand, und senkte die Stimme. »Diane, ich wollte dir niemals Kummer bereiten. Das verstehst du, nicht wahr?«

Ihre Augen brauchten eine Weile, als sie sein Antlitz musterte, angefangen bei seinem glänzenden Kopf bis zum weißen Bart. Sie zögerte – die Macht der Gewohnheit –, aber das hier war anders. Ein Scheidungsanwalt würde wohl sagen, der Charakter ihrer Beziehung hatte sich maßgeblich verändert. Sie gab sich Mühe, den unsentimentalen und schonungslosen Ton beizubehalten. »Da du danach fragst, nein, das verstehe ich nicht. Ich verstehe kein bisschen.«

»Ich weiß. Ich nehme an, du möchtest eine Erklärung haben.«

»Du und mein Vater wart jahrelang beste Freunde, und dann ermordest du ihn. Also ja, bitte, ich glaube, ich habe eine Erklärung verdient.«

Sein Mund öffnete und schloss sich ein paarmal und schließlich kamen die Worte: »Ich weiß nicht, wo ich anfangen soll, aber am allerwichtigsten ist, dass du weißt, nichts davon ist deine Schuld.«

Diane fluchte leise vor sich hin und fuhr sich grob mit der Hand durchs Haar.

»Geht's dir gut, Diane?«

»Natürlich geht's mir nicht gut. Du hast meinen Vater umgebracht. Du hast den Mann getötet, der …« Sie brach ab und schluckte schwer, bemühte sich, die Tränen in den Griff zu bekommen. Erneut wischte sie ihr Gesicht trocken und atmete tief durch. »Also, wenn Freundlichkeit nicht nötig ist, dann kannst du es dir auch sparen, mich zu bevormunden.«

Er nickte langsam und die Spitze seines weißen Bartes strich über den orangefarbenen Häftlingsoverall. »Ich werde mich bemühen.«

»Ich muss wissen, weshalb du es getan hast. Ich meine, was zum Teufel ist nur passiert? Du und Vater wart Brüder in allem, außer im Blut, habt ihr stets gewitzelt.« Sie konzentrierte sich auf seine Augen und war sich nicht sicher, ob sie aufgrund des Alters oder vor Kummer wässrig waren. Aber sie ermahnte sich, es zu ignorieren. »Ich kann mich nicht an ein einziges Wort im Zorn erinnern. Nicht eines.«

»Das stimmt«, antwortete er schniefend. »Das hat es nie gegeben. Bis zur letzten Woche.«

»Ich kann einfach nicht … ich begreife es nicht. Ich *will* es gern, aber ich kann nicht. Ich schätze, aus diesem Grund bin ich hier. Du musst es mir erklären. Ich muss es um meinetwillen verstehen. Worum zum Teufel ging es überhaupt? Was war so furchtbar, dass du deinem besten Freund so etwas antun musstest?«

»Du verdienst eine Erklärung, Diane. Aber ich bin mir nicht sicher, wie viel ich dir erzählen soll.«

»Himmelherrgott noch mal!«, zischte sie. »Die Antwort lautet: *alles*! Ich will *alles* wissen.«

»Ich glaube, dann könntest du es tatsächlich verstehen, aber ich müsste dir von Dingen erzählen, die du lieber nicht erfahren willst.«

»Hey, darüber solltest du mich entscheiden lassen.«

»Und ich bin mir nicht sicher, dass dein Vater wollen würde, dass du Bescheid weißt.«

»Das ist mir egal. Sag mir alles!«

»Alles …? Das ist eine lange Geschichte. Dein Vater hat dir nie davon erzählt, wie wir als Kinder in der Ukraine aufgewachsen sind, oder?«

»Nein, hat er nicht.«

»Hast du dich je gefragt, warum?«

»Ich schätze, das frage ich mich jetzt. Mein Vater ist tot und ich will hören, was du über ihn zu erzählen hast.«

»Nun …« Erneut warf er einen Blick auf den Wärter. »Ich werde es dir so gut erklären, wie ich kann. Aber nur dir, unter vier Augen. Und du musst schwören, dass du nichts davon den Behörden meldest. Ich werde alles abstreiten, solltest du es dennoch tun.«

Diane blinzelte, diesmal aus Verwirrung. »Was zum Teufel soll das heißen? Was interessiert es dich, was die Behörden wissen? Du gehst ins Gefängnis und du wirst … du wirst …«

»Sprich es nur aus. Ich werde im Gefängnis sterben.«

»Okay. Du wirst im Gefängnis sterben. Bitte schön. Zufrieden? Ich bin es nämlich auf jeden Fall. Du hast einen Mann getötet, den ich geliebt habe. Und dafür wirst du im Gefängnis sterben.«

»Es ist schön, dass du das über deinen Vater sagen kannst. Wir wissen beide, dass er nicht perfekt war.«

»*Wie bitte?*«, fauchte Diane.

»Entschuldige. Das hätte ich nicht sagen sollen. Was ich meinte, war … Ach, ich weiß nicht.«

»Und bevor ich es vergesse: Was soll dieser ganze Quatsch über irgendeine Art Verbindung zwischen dir und mir?«

»Oh, du weißt davon.«

»Was zum Teufel hast du damit gemeint?«

»Na ja …« Er überlegte einen Moment lang. »Es ist schwer in Worte zu fassen. Etwas Gemeinsames in unserer Vergangenheit, würde ich sagen.«

»Ich habe keine Ahnung, wovon du sprichst.«

»Vielleicht bin ich vermessen.«

»Ja vielleicht, und ein wenig arrogant noch dazu.«

»Also, es tut mir leid, dass du das denkst.«

»Okay, Schluss mit dem Mist. Sag mir einfach, weshalb du meinen Vater umgebracht hast.«

Er schaute zum Wärter an der Tür.

Diane tat es ihm gleich und sagte dann zu dem Mann: »Können Sie uns bitte alleine lassen?«

Der Wachmann hielt den Kopf hoch erhoben und blickte entlang seiner Nase zu ihr hinab. »Ihnen muss doch klar sein, dass ich das nicht tun kann, Ma'am.«

»Warum nicht?«

»Warum ich Sie nicht alleine mit einem Mann im Raum lasse, der den Mord an Ihrem Vater gestanden hat? Meinen Sie das ernst?«

»Er ist achtundsiebzig. Er trägt Handschellen. Und wir sind alte Freun…« Sie schnaufte. »Wir *waren mal* alte Freunde. Vielleicht sind wir das nicht mehr, aber trotzdem halte ich es für unwahrscheinlich, dass wir einander verletzen werden.«

»Es tut mir leid. Ich kann mich nicht einfach auf Ihr Wort verlassen.«

Sie wandte sich ab. »Also?«

Er schüttelte den Kopf. »Ich kann es nur dir allein verraten, Diane. Niemandem sonst. Es tut mir leid, aber da sind gewisse Dinge … und ich habe deinem Vater versprochen, dass die Behörden nie davon erfahren.«

»Du hast es ihm *versprochen*? Hast du eine Vorstellung davon, wie leer dieses Versprechen jetzt klingt? Du hast ihn ermordet und nun willst du ihm … irgendwie *die Treue halten*?«

Er verengte die Augen, sah erst die Wache und dann Diane an. Er öffnete den Mund, als wolle er sprechen, doch dann schüttelte er den gesenkten Kopf. »Es tut mir leid. Ich kann es einfach nicht.«

»Wieso nicht? Er ist ein Wachmann, kein Polizist.«

»Entschuldige, Diane. Diese Sache geht ausschließlich dich und mich etwas an.«

Sie starrte ihn ganze zehn Sekunden lang an. »Also gut«, sagte sie. »Leg dir besser schon mal deine Ausreden parat. Ich versuche, eine Unterredung unter vier Augen zu organisieren, und wenn ich einen Nervenzusammenbruch kriege.« Sie stand derart abrupt auf, dass ihre Beine den Stuhl fortstießen.

Kapitel 12

1941 – Kiew, Ukraine

Mikhail hatte sich tatsächlich um wichtigere Dinge zu sorgen als um Ashers Briefe. Die deutsche Blitzkriegmaschine rückte mit einem derartigen Tempo vor, dass man die Truppen zur Verteidigung der westlichen Ukraine entsenden musste, bevor sie vollständig ausgebildet waren. Und trotzdem nutzte es nichts.

Mikhail und Taras fanden sich im selben Regiment wieder und wurden gemeinsam Zeugen davon, wie ihre Heimat mit furchterregender Leichtigkeit überrannt wurde. Sie gruben sich an einer Verteidigungslinie ein, durchlebten Tage aus Kugelhagel und Blut und erhielten dann den Befehl, alles zu zerstören, was den Deutschen nutzen könnte – machten oft ganze Dörfer dem Erdboden gleich –, bevor sie sich zur nächsten Verteidigungslinie zurückzogen, wo der Kreislauf aufs Neue begann. Es war wie ein sich wiederholender Albtraum. Der Gestank von Schießpulver und verrottendem Fleisch wechselte sich mit dem brennender Gebäude ab.

Nach Monaten erbarmungsloser Verluste und Niederlagen war die Rote Armee im September ein paar Tagesmärsche vor die ukrainische Hauptstadt Kiew zurückgedrängt worden.

Auch an dieser Stellung erlitten sie große Verluste. Taras und Mikhail mussten helfen, ein halbes Dutzend Leichen aus dem engen Schützengraben zu zerren, in dem sie saßen. Inzwischen waren sie an solche Aufgaben gewöhnt.

Während einer Kampfpause zündete Mikhail eine Zigarette an, nahm einen tiefen Zug und schloss ein paar Sekunden lang die Augen. Er spürte einen ekstatischen Rausch, der ihn für kurze Zeit aus dieser blutigen Realität herausholte.

Er hockte sich neben Taras, der auf dem Boden im Schlamm saß. Gerade wollte er die Zigarette an seinen Freund weiterreichen, gönnte sich stattdessen aber selbst noch eine Dosis Erleichterung. Er atmete langsam aus, bevor er sie Taras anbot.

Doch Taras reagierte nicht.

»Hier.« Mikhail stupste das Gesicht seines Freundes mit dem Handrücken an und setzte ihm die Zigarette an die Lippen. »Taras«, sagte er. »Zieh mal dran. Dann fühlst du dich besser.«

Trotzdem rührte Taras sich nicht. Mikhail griff seinen Freund beim Kinn und zog es zu sich herum, damit er ihn ansah. »Taras. Reiß dich zusammen. Du musst einfach.«

Doch Mikhail blickte in glasige Augen, die durch ihn hindurchsahen.

»Ich kann nicht«, erwiderte Taras. »Ich habe es satt.«

Mikhail packte ihn bei den Schultern und schüttelte ihn. »Ach, komm schon! Das hast du schon ein paarmal gesagt.«

Und dann zuckten beide zusammen, als wenige Meter entfernt von ihnen eine Gewehrgranate explodierte. Geschützfeuer und weitere Granaten folgten.

Mikhail hob den Kopf aus dem Graben und feuerte wahllos sein Gewehr ab. Die Zigarette hing ihm noch im Mundwinkel. Er machte eine Pause, um das Gewehr nachzuladen, und schaute hinab. Taras saß wie erstarrt da und starrte ins Leere.

»Taras! Steh auf und …«

Eine Explosion unterbrach ihn. Es folgten einige Minuten Bombardement, und als Mikhail wieder hinsah, saß Taras immer noch unbeweglich da.

Eine Kugel prallte von Mikhails Helm ab, wodurch er stolperte und auf die Knie fiel. Er konnte hören, wie Taras etwas vor sich hinmurmelte. Mikhail zog ihn an sich, Stirn an Stirn. »Was ist los?«

»Ich will säen und ernten«, sagte Taras. »Ich bin kein Kämpfer.«

Eine weitere Gewehrgranate explodierte in der Nähe und die Druckwelle warf Mikhail auf seinen Freund.

»Sag so was nicht, Taras! Du wirst wegen Feigheit erschossen.« Er griff ihn beim Kragen. »Los, komm! Vielleicht können wir Kiew halten. Aber du musst kämpfen!«

Dann hörten sie, wie über das Geschützfeuer hinweg Befehle gekreischt wurden. Es war die Stimme ihres Korporals und er ordnete den Rückzug an.

Mikhail griff fester zu und versuchte, Taras auf die Beine zu ziehen. Die beiden Männer fielen in den Schlamm.

»Lass mich hier«, sagte Taras atemlos. »Ich kann nicht weitermachen.«

Mikhail versuchte nochmals, ihn auf die Beine zu hieven, stellte jedoch fest, dass er genauso schwach und erschöpft war wie Taras. Dafür hatten kleine Rationen und herzlich wenig Schlaf gesorgt.

Er versuchte es wieder und wurde dabei von derselben herrischen Stimme gestört.

»Ist er verwundet?«, fragte der Korporal hinter ihm.

»Nur schwach und müde«, antwortete Mikhail und zerrte erneut an Taras' Arm.

»Geh!«, befahl der Korporal Mikhail. »Du gehst, und ich kümmere mich darum.«

»Aber …«

»Das ist ein Befehl! Rückzug!« Er nahm die Pistole aus dem Halfter und wedelte damit in Richtung der Stadt hinter ihnen.

Mikhail kam auf die Beine, griff nach seinem Gewehr und begann, aus dem Graben zu klettern. Er blieb auf allen vieren und kroch einige Meter weiter. Dann warf er einen Blick zurück und sah, wie der Korporal die Pistole auf Taras' Schläfe richtete. Taras hielt die Augen geschlossen. Trotz des Geschützfeuers und des Gebrülls wirkte sein Gesicht friedvoll. Augenblicke später übertönte ein Schuss alles andere und Mikhael wurde schlecht.

Der Korporal kroch auf ihn zu und Mikhail hob das Gewehr, dachte eine Sekunde lang das Undenkbare. Doch der Korporal brüllte: »Los! Bewegung!« Mikhail kam wieder zu Sinnen und senkte das Gewehr.

»Das hätten Sie nicht tun müssen«, sagte er.

Der Korporal warf einen Blick zurück auf Taras' Leichnam. »Er hat sich so gut wie selbst umgebracht. Wir hätten ihn nicht hierlassen können, damit die Deutschen ihn gefangen nehmen und verhören. Wir wissen beide, dass sie ihm weit Schlimmeres antun würden.«

Bei der Explosion einer weiteren Granate duckten sich beide.

»Wir hätten ihn tragen können«, brüllte Mikhail, da ihm vom Lärm der Granate noch die Ohren klingelten.

»Wir können niemanden tragen. Und jetzt beweg dich, Petrenko. Wir müssen in die Stadt und dort unsere Verteidigung aufbauen.«

Der Korporal kroch weiter. Mikhail jaulte auf, als ihn eine Kugel im Oberarm traf. Sofort zuckte sein Blick zum Korporal. Kehrte er zurück, um sich auch um ihn zu kümmern?

»Petrenko!«, rief dieser. »Brauchst du Hilfe?«

Mikhail schüttelte den Kopf und folgte ihm, so gut er konnte. Während er weiterkroch, wiederholte er ständig die Worte seines Papas: *Selbsterhaltung. Das einzig Wichtige. Selbsterhaltung. Das einzig Wichtige.*

* * *

Innerhalb eines Tages hatte man die Kugel aus Mikhails Arm entfernt und die Wunde verbunden. Das einzige Betäubungsmittel war Wodka gewesen, zusammen mit einem Lumpen zum Draufbeißen. Aber zumindest hatte er danach gut geschlafen.

Jetzt war er zurück in der Realität. Und da war für einige sogar Reden gefährlich. »Das war's«, sagten sie. »Wenn Kiew fällt, ergebe ich mich.«

Die Feldwebel und Korporale drohten für diesen Fall mit sofortiger Erschießung und all jenen, die offen darüber sprachen, mit Bestrafung. Also nahm man sich in Acht, doch man blieb nicht vollkommen still.

Mikhails Arm wurde für kampffähig erklärt, doch in den folgenden Tagen gab es keine Gefechte. Stattdessen zogen sie sich sogar noch weiter zurück. Sie liefen davon wie getretene Hunde.

Als sie die Außenbezirke der Stadt erreichten, beherrschte ein hässliches graues Gebäude die Umgebung. Es war von zwei Zaunringen umgeben, jeder von ihnen gekrönt mit Stacheldraht.

»Weiß jemand, was das ist?«, hörte Mikhail einen Soldaten fragen.

»Wir sind in Kiew«, antwortete jemand. »Ich war mal vor vielen Jahren zu Besuch hier. Das ist das Gefängnis. Hier halten sie alle Aufständischen, die Dissidenten und die Hetzer fest.«

Mikhail drehte sich zu dem Mann um. »Ist das wirklich wahr?«

Er nickte. »Und die Poeten und *Nationalisten* – die Träumer.«

Sie marschierten daran vorbei und hielten etwa hundert Meter davon entfernt an einer verlassenen Kreuzung an, auf der sie stehen gelassene Karren und Schutt von den Bombenangriffen zu Behelfsbarrikaden aufstapelten.

Immer wieder glitt Mikhails Blick hinüber zum Gefängnis und er dachte an Boris.

Als die Barrikaden errichtet waren, sprach Mikhail seinen Korporal an.

»Wissen Sie über das Gefängnis Bescheid?«, fragte er.

»In Bezug auf was?«

»Na ja, was mit den Insassen geschehen ist.«

Der Mann schien verwirrt. »Sie sind noch drinnen.«

Mikhail sah auf die verlassenen Straßen und Häuser.

»Dann lassen wir sie also einfach hier?«

Der Mann nickte beiläufig und zündete eine Zigarette an.

»Ich kenne jemanden, der dort einsitzt«, sagte Mikhail.

»Na und?«

»Kann ich nach ihm suchen?«

Eine kleine Rauchwolke entwich dem Mund des Mannes. Er holte noch einmal Luft, bevor er den Kopf schüttelte und mit seinem Zeigefinger langsam quer über seinen Hals strich.

»Ich verstehe nicht«, sagte Mikhail.

Der Korporal zeigte aufs Gebäude. »Sieh einfach hin.«

Noch bevor der Korporal seine Zigarette aufrauchen konnte, hatte man die Schlösser aufgesprengt und ein paar Hundert Soldaten waren hineingerannt.

»Was passiert da?«, fragte Mikhail. »Holt man die Leute heraus?«

Der Mann lachte. »All die Feinde des Volkes? Die Aufständischen, die Hetzer, die ukrainischen Nationalisten? Was glaubst du denn?«

Dann erklang Gewehrfeuer und Mikhail begann zu zittern.

»Aber … ich verstehe nicht. Man kann sie doch nicht einfach umbringen!«

»Wir sind im Krieg, junger Petrenko. Menschen sterben. Wir können sie nicht da drinnen lassen und rauslassen können wir sie auch nicht.«

»Wieso nicht?«

»Bist du verrückt? Diese Gefangenen sind Feinde des Volkes. Wenn wir sie hierlassen, werden die Deutschen sie befreien. Willst du etwa gegen die Deutschen *und* diese Leute kämpfen?«

Einige Minuten lang schwiegen beide Männer. Als Soldaten mit Flammenwerfern herauskamen und das gesamte Gebäude lichterloh brannte, wandte Mikhail sich ab und zwang sich davonzugehen.

Sein Korporal folgte ihm und klopfte ihm auf den Rücken.

»Es tut mir leid um deinen Freund«, sagte er. »Aber diese Befehle kommen von ganz oben. Wir sind hier, um sie zu befolgen. Und vergiss eines nicht, befreundet oder nicht, diese Leute sind alle Unruhestifter. Sie haben den Tod verdient.«

Mikhail blieb stehen und schüttelte die Hand des Mannes von sich ab. »Was haben Sie gesagt?«

»Hör zu, die Rote Armee hat keine Zeit für diese Leute, und du dienst als Soldat in der Roten Armee, also solltest du dich entsprechend verhalten. Wusstest du, dass viele Städte und Dörfer in der Ukraine die Deutschen tatsächlich *willkommen* geheißen haben? Sie sehen sie als Befreier. Ist das zu glauben?«

Mikhail stieß den Mann beiseite und ging fort.

* * *

Mikhail hatte zugesehen, wie die Flammen aus dem Gefängnis an den Wolken geleckt hatten, und beobachtete nun, wie der Rauch hoch über den verkohlten Resten aufwirbelte.

Und während die Ruine vor sich hin schwelte, schwelte auch seine Wut. Taras war tot und Boris nun auch. Beide getötet von Menschen, an deren Seite Mikhail kämpfte.

Er saß auf dem Boden mit dem Rücken an einer niedrigen Wand, als ein Soldat zu ihm kam und sich neben ihn stellte.

»Petrenko«, sagte der Mann, »du tust dir selbst keinen Gefallen.«

Mikhail schaute nur grimmig zu ihm auf.

»Ich habe dich mit dem Korporal über das Gefängnis diskutieren hören.«

»Na und?«

»Uns geht's allen so. Ständig in der Defensive. In der Unterzahl, nicht genug Waffen und ausmanövriert. Und dann tun sie so was.« Er nickte zur ausgebrannten Ruine. »Das widert mich auch an.«

»Kanntest du jemanden da drin?«

»Es ist egal, ob ich jemanden kannte oder nicht. Der Korporal hat recht. Wir sind eine Armee, und so lauten die Befehle.«

»Tja, ich empfinde keine Zugehörigkeit zu dieser Armee«, erwiderte Mikhail mit deutlicher Abscheu.

»Psst!« Der Mann blickte sich um. »Willst du sehen, was sie mit Feiglingen machen?«

Mikhail stand hastig auf und stellte sich ganz nah vor den Mann hin. »Ich bin kein Feigling!«

Der Mann war größer als Mikhail, zuckte jedoch trotzdem mit dem Kopf zurück und machte einen Schritt nach hinten. »Tut mir leid«, wiegelte er ab. »Ich sage nur, wie es ist.«

Mikhail öffnete den Mund für eine Erwiderung, doch plötzlich wechselte die Miene des Mannes zu einem Ausdruck des Schockes. Seine Augen traten hervor und er begann zu zittern. Es dauerte noch eine weitere Sekunde, bis Mikhail das

Rattern eines Flugzeuggeschützes registrierte, und dann sackte der Mann zusammen und Blut lief ihm aus dem Mund.

Soldaten rannten wild durcheinander, alle suchten nach Deckung. Über den brüllenden Motoren des Jägers waren Rufe zu hören.

Mikhail rannte im Zickzack. Das Gefängnis war nun unwichtig. Alles, was zählte, war zu überleben. Er warf sich hinter einen Panzer und betete, dass sich das Ding nicht in Bewegung setzen würde.

Der Luftangriff dauerte lange genug an, dass Mikhails Beine taub wurden. Als das Flugzeug aufgab und mit leer geschossenen Magazinen davonflog, war der Boden mit Rot überzogen.

Er kroch hinter dem Panzer hervor, sah erneut zum Gefängnis hin und versuchte, nicht an Boris und Taras zu denken. Was ihnen zugestoßen war, war jetzt unbedeutend. Er hatte einen weiteren Angriff überlebt. *Das* war von Bedeutung.

Er zündete eine Zigarette an und verabschiedete sich wieder einmal von der Realität. Er schloss die Augen und hielt sein Gesicht in die Sonne. Bald würden sie den Rückzug antreten – schon wieder, dachte er –, aber das hatte keine Eile. Zumindest nicht, bis das Flugzeug zurückkehrte.

Der Panzermotor sprang an und das Geräusch ließ Mikhail aufschrecken. Doch der Motor gab auf, kaum dass er gezündet wurde. Er wurde nochmals gestartet, brummte ein paar Sekunden lang und gab wieder den Geist auf.

Ein Korporal in der Nähe fluchte. »Was habt ihr damit angestellt?«, rief er dem Soldaten zu, dessen Kopf aus der Fahrerluke ragte.

»Ich verstehe das auch nicht«, antwortete der Mann. »Aber wir können es noch mal probieren.« Was er auch tat. Und trotzdem stotterte der Motor und ging aus.

»Vielleicht muss er betankt werden. Prüf die Tankanzeige!«

»Der Spritstand ist gut.«

Während sie diskutierten, schlenderte Mikhail zu ihnen hinüber.

»Du da!«, herrschte der Korporal ihn an. »Mach die Zigarette aus! Wir betanken gleich den Panzer.«

Mikhail zog an der Zigarette. »Da muss Diesel rein, kein Benzin.« Er bemerkte den finsteren Blick des Korporals, entschuldigte sich und trat die Zigarette aus. »Und am Treibstoff wird es nicht liegen. Er startet ja.« Mikhail ging um den Panzer herum. »Ich schätze, es ist entweder die Luftansaugung oder der Auspuff.«

»Bist du Mechaniker?«

Er schüttelte den Kopf. »Ich kenne mich nur mit Motoren aus. Habe schon einige repariert.«

»Und glaubst du, du kannst hier helfen?« Der Korporal zeigte mit dem Daumen auf den Panzer. »Wir brauchen jeden Panzer, den wir retten können.«

Mikhail ging zum Motor gleich hinterm Drehturm und nahm sich ein paar Sekunden, um die Luftansaugung zu überprüfen. »Sieht in Ordnung aus«, sagte er. Dann ging er zum Auspuff am hinteren Ende des Panzers.

»Ah«, sagte er und zeigte auf die Unterseite des Rohres. »Er ist beschädigt.«

Der Korporal stellte sich dazu.

»Sehen Sie? Die Öffnung ist in Ordnung, aber weiter hinten wurde das Auspuffrohr von etwas eingedrückt und hat den Durchlass verschlossen. Wahrscheinlich ein Mauerrest, auf den er aufgesetzt ist.«

»Und nun?«

Mikhail schaute sich um, bis er einen Zaunpfosten aus Metall entdeckte – ein armseliges Opfer der Fliegerbomben. Er zerrte ihn heran. Der Korporal half, und gemeinsam steckten sie den Pfosten in die hintere Öffnung des Auspuffs.

»Vorsichtig«, sagte Mikhail. »Wir benutzen ihn nur, um das Rohr auszudellen.«

Einige Minuten später war das Auspuffrohr zwar noch verbogen, aber frei.

»Versuch es jetzt mal«, rief Mikhail zum Fahrer hinauf.

Der Panzer startete und tuckerte im Leerlauf. Wenige Sekunden später fuhr er los.

»Ich bin beeindruckt«, lobte der Korporal. »Willst du dich von jetzt an um Panzer kümmern?«

Mikhail warf dem Mann einen misstrauischen Blick aus dem Augenwinkel zu und nickte dann.

»Dir ist aber klar, dass das keine sichere Option ist, oder?«

»Was ist denn hier schon eine sichere Option?«

Der Korporal nickte. »Gut. Sieh dich als Teil des Tanker-Instandhaltungskommandos an.«

* * *

Mikhail verbrachte den größten Teil der folgenden Wochen damit, sich um Panzer und andere Armeefahrzeuge zu kümmern. Der Krieg war für ihn deshalb nicht vorbei, und wenn er nicht als Mechaniker arbeitete, half er beim Rückzug. Aber es hielt ihn aus den ärgsten Gefechten heraus. Panzer und Motoren waren mechanische Biester. Sie zeigten weder Angst noch Wut, hatten keine Verbündeten oder Feinde. Sie würden sich nicht unerwartet gegen einen wenden.

Ein wenig dieser roboterhaften Einstellung färbte auf Mikhail ab. Die Ermordung seiner beiden Freunde schmerzte noch immer, und die Arbeit half ihm, für sich zu bleiben und den Zorn zu bezwingen, der ihm mit Sicherheit eine Strafe einbringen würde, wenn er sich Luft machen würde.

Er redete nicht mit den anderen Soldaten, aber er hörte zu. Die Worte wurden stets nach einem Blick über jede Schulter ausgesprochen, um sicherzugehen, dass keine Ranghöheren in Hörweite waren.

»Ich wollte dieser verdammten Armee von Anfang an nicht beitreten.«

»Monatelang ein blutiger Rückzug nach dem anderen. Mir reicht's.«

»Ich wurde sowieso gegen meinen Willen eingezogen.«

»Wissen die Generäle eigentlich, was zum Teufel sie hier tun?«

»Es ist beschämend, eine Woche nach der anderen verlieren wir eine Schlacht nach der anderen.«

Und es gab Gemunkel darüber, was die Kameraden bei den anderen Einheiten der Roten Armee den gefangenen deutschen Soldaten antaten – derart furchtbare Dinge, dass Mikhails Übelkeit nur noch zunahm.

Inzwischen wurde auch täglich von Meuterei gesprochen, aber nichts geschah.

Letzten Endes wurde das vom Feind und seiner Wehrmacht für sie erledigt. Ende September 1941 hatte die deutsche Blitzkriegmaschinerie die letzten Überreste der Roten Armee in der Stadt eingekesselt. Sie konnten sich nirgendwohin mehr zurückziehen und wurden schließlich bis zur Kapitulation zermürbt.

Die Soldaten wurden versammelt. Man teilte ihnen mit, dass man sich dem Verband aus deutschen, ungarischen und rumänischen Truppen ergab.

Die Befehlshaber sagten: »Ihr solltet stolz auf euch sein«, und: »Eines Tages wird die tapfere Rote Armee wieder aufleben«, und: »Ihr werdet den guten sowjetischen Kampf für euer Volk fortsetzen.«

Die einfachen Soldaten murmelten: »Gott sei Dank«, und: »Alles, nur keine Gefechte mehr«, und: »Verdammte Russen!«

Ob nun peinliche Kapitulation oder segenvolle Erleichterung, Tatsache war, dass die Deutschen Kiew eingenommen und damit auch eine halbe Million Soldaten der Roten Armee festgesetzt hatten.

* * *

Ein merkwürdiges, beinahe ätherisches Gefühl der Erleichterung überkam Mikhail. Es explodierten keine Bomben mehr, egal, wo er hinsah. Kein Flugzeuggeschütz zersiebte den Boden vor seinen Augen, keine Kameraden klammerten sich im Fallen an ihn, deren Blut seine Uniform bespritzte. Das Kämpfen hatte aufgehört.

Die Bewohner Kiews kamen langsam aus ihren Häusern wie benebelte Grubenponys, die man an die Oberfläche brachte. Etwas wie Normalität entstand – eine Art Frieden. Zum ersten Mal seit Monaten konnte Mikhail sich entspannen. Ja, dafür würde ein Preis zu zahlen sein. Aber dann war das eben so.

Doch niemand schien die pragmatische Seite der Unterbringung und Verpflegung so vieler Kriegsgefangener zu bedenken. Stattdessen herrschte ausschließlich Erleichterung und kaum ein anderes Gefühl.

Die deutschen Truppen näherten sich misstrauisch. Waffen wurden unter vorgehaltenen Gewehren ausgehändigt. Nun fühlte sich Mikhail nackt. Erhobene deutsche Stimmen erklangen. Ein Dolmetscher rief die deutschen Befehle auf Russisch und Ukrainisch aus: Alle sollten losmarschieren.

Mikhail hatte Glück, er besaß noch seine Stiefel. Einige seiner Kameraden mussten in blutdurchtränkten Lumpen durch die mit Schutt überzogenen Straßen laufen, einige gar barfuß. Deren Füße waren bald völlig zerschnitten.

Nach etwa einem halben Kilometer begannen die Kameraden zu tuscheln und man zeigte hinauf in die Bäume, die die Straße weiter vorne säumten. Einige Äste schienen bis auf die Straße herabgebogen zu sein. Mikhail war verwirrt.

Dann begriff er. Das waren nicht die Äste, sondern etwas, das an den Ästen dranhing. Und je näher die Gefangenen und ihre Bewacher kamen, desto klarer wurde, was es war: Überreste von Soldaten – deutschen Soldaten –, die an ihren Händen aufgeknüpft worden waren und gelegentlich leblos in der Brise hin und her schwangen oder sich drehten. Ihre unteren Körperhälften verkohlt und geschrumpft.

Der Tross wurde langsamer und kam zum Stehen. Die Deutschen schauten hinauf, zuerst wie vom Donner gerührt und dann mit vor Zorn knirschenden Zähnen.

»Was ist hier geschehen?«, fragte Mikhail flüsternd den Soldaten neben sich.

»Hast du noch nie von Stalins Socken gehört?«, erwiderte der Mann.

Mikhail musterte ihn fragend und schaute dann wieder hinauf in die Bäume.

»Man bindet den Soldaten die Hände über dem Ast zusammen, tränkt ihre Füße in Benzin und …«

Mikhail drehte sich der Magen um, als er wieder hinsah. Sein geschwächtes Herz hatte Mühe, seine Erregung zu verarbeiten. Er zwang sich, den Blick von den verschrumpelten Gestalten am Baum abzuwenden, und schaute zu Boden. Ein Schauer kalter Angst lief ihm über den Rücken.

Dann setzte Gebrüll ein. Die gefangenen Soldaten der Roten Armee drehten sich um und erlebten, wie sich die sonst nicht aus der Ruhe zu bringenden deutschen Soldaten untereinander stritten und dabei hinauf in die Bäume deuteten. Handgemenge brachen aus, einige von ihnen richteten sogar die Gewehre aufeinander.

Dann drehten sich die Gewehrmündungen und reiner Instinkt übernahm die Kontrolle über Mikhail. Als ihm bewusst wurde, was gerade geschah, hatte er sich bereits zu Boden geworfen. Maschinenpistolen waren entfesselt worden und feuerten Rache auf die Rote Armee ab. Ein Toter fiel Mikhail auf die Beine und stieß seine Knie auf den Stein darunter. Ein anderer fiel auf seinen rechten Arm und die Schulter. Er drehte den Kopf und starrte unmittelbar in ein Gesicht. Es gehörte zu einem leblosen Körper. Die Augen quollen entsetzt hervor und Blut lief aus einer Wunde am Hals.

Und das Gebrüll hielt an.

Ein Satz stach heraus: »Für Stalins Socken!«

Mikhail schloss die Augen und fing an zu weinen. Die Gewehre feuerten weiter. Einige Sekunden lang zog er in Betracht, sich hinzustellen – die deutschen Truppen sogar anzugreifen. Zumindest würde es dann vorbei sein. Aber auch, wenn er das gewollt hätte, er konnte es gar nicht – er lag eingekeilt am Boden.

Und dann ertönten Rufe auf Deutsch, dringlich und unnachgiebig. Stimmen kämpften gegen Kugeln. Sogar Mikhail verstand, dass sie ihren Truppen befahlen, das Feuer einzustellen. Und innerhalb von dreißig Sekunden hatte das Brüllen die Gewehrschüsse besiegt.

Marschstiefel kamen auf Mikhail zu.

»Die dazu in der Lage sind, sollen aufstehen.«

Mikhail rührte sich nicht.

Lauter: »Steht auf, wenn ihr könnt. Es ist sicher.«

Erst hatte Mikhail große Mühe, zog seine Beine unter der einen Leiche hervor und schob die andere beiseite. Ein deutscher Soldat krallte sich seinen Arm und half ihm auf, doch Mikhail trat zurück – zurück zu der größeren Menge Roter-Armee-Gefangener, die der Welle aus Gewehrfeuer entkommen waren.

Die Deutschen diskutierten nach wie vor untereinander, streckten Finger aus und brüllten. Die Gefangenen wappneten sich gegen erneutes Gewehrfeuer. Aber nein. Sogar die wütendsten deutschen Soldaten holten schließlich tief Luft, nickten zustimmend und senkten die Waffen.

Einige von ihnen kamen auf die Gefangenen zu.

»Verwundete dorthin!«, riefen sie.

Männer mit bluttriefenden Armen oder mit Schusswunden im Bein bewegten sich in die Richtung, die die Deutschen anzeigten. Sie trotteten zu einem Stück Wiese am Straßenrand. »Hinlegen!«, wurde ihnen befohlen. »Gesicht nach unten!«

Die Deutschen flüsterten weiter untereinander. Einige stellten sich vor den unverletzten Gefangenen auf und hielten sie mit ihren Gewehren in Schach. Andere gingen zu den Verwundeten.

Mit einer kurzen Salve wurden alle verwundeten Soldaten erschossen. Die Grashalme unter ihnen ragten bald darauf aus Blutlachen heraus.

»Wir können keine Verwundeten tragen«, erklärten die Deutschen. Dann durchkämmten sie die Leichen auf dem Boden und schossen jedem, der Anzeichen von Leben zeigte, eine Kugel in den Kopf.

Einen Moment lang beneidete Mikhail diese Kameraden. Vielleicht hätte er am Boden liegen bleiben sollen.

* * *

Einige Tage später befanden sich die Männer hinter Stacheldraht.

Das improvisierte Kriegsgefangenenlager befand sich auf einem eingezäunten Stück Feld, von bewaffneten Soldaten bewacht. Keine Gebäude. Kein Unterschlupf. Keine sanitären Anlagen. Essen gab es nur jeden zweiten Tag, Wasser nur, wenn es vom Himmel fiel.

Das Meer aus Körpern bot zumindest ein wenig Wärme, dringend nötig im kühlen Oktober. Wenn aus den Gefangenen Leichname wurden, beraubte man sie ihrer Kleidung, hin und wieder auch diejenigen, die zu schwach waren, um sich zu wehren.

Mikhail hatte Glück. Ein Mann neben ihm hatte einen dicken Armeemantel, aber keine Stiefel. In der nassen Kälte erkrankten seine Füße, verfaulten und rafften ihn kurze Zeit später dahin.

Mikhail nahm sich den Mantel des Mannes, der ihm in den zunehmend kälteren Nächten als Decke diente. Als Jugendlicher von achtzehn Jahren schien sein Körper widerstandsfähiger zu sein als die der meisten. Wann auch immer Essen ans Tor gebracht wurde, reagierte er als einer der Ersten. Er war wie der robusteste Welpe im Wurf: besser aufs Überleben eingestellt, demzufolge kräftiger und daher mit besseren Chancen, kräftiger zu bleiben. Selbsterhalt war alles.

Ja, er war schwach, fror ständig bis auf die Knochen, litt unter Krätze und Gott weiß was sonst noch, aber in einem Meer aus verfaulendem Fleisch war er stark – stark wie ein Ackergaul.

Kapitel 13

1941 – Warschau, Polen

In der Nacht, nachdem ihm Mama die Erlaubnis gegeben hatte, Izabella zum Essen einzuladen, hatte Asher vor Aufregung kaum schlafen können. Dennoch schaffte er es am nächsten Morgen, sie nach nur einer halben Stunde ausfindig zu machen. Sie stand ein paar Straßen entfernt von der Stelle, an der sie zuvor gewesen war. Als sie sich diesmal begegneten, verließ ihn die schüchterne Benommenheit zugunsten eines Selbstbewusstseins, das sogar ihn überraschte.

Zuerst hielt er sich einige Minuten lang im Hintergrund und beobachtete sie dabei, wie sie ihre Melodie spielte. Diesmal trug er kein hohles Grinsen. Sein Gesicht zierte das Lächeln eines jungen Mannes, der den Augenblick genoss.

Als sie eine Pause machte, ging er zu ihr und klatschte anerkennend in die Hände. Sie errötete, setzte allerdings auch in gespielter Ablehnung des Applauses einen grimmigen Blick auf.

»Hallo«, grüßte sie.

Asher streckte die Hand aus. »Möchtest du, dass ich dir etwas abnehme?«

Sie hielt ihm die Violine samt Bogen hin. Er nahm beides mit großer Umsicht.

»Es ist noch sehr früh«, fuhr er fort »Wann hast du mit Spielen angefangen?«

»Im Morgengrauen – sobald Leute auf der Straße auftauchen. Und ich gehe bei Sonnenuntergang nach Hause.«

»Entschuldige, dass ich dich gestern verstört habe«, sagte Asher. »Aber ich wollte mehr über dich erfahren.«

Sie warf ihm einen schüchternen Seitenblick zu. »Was möchtest du wissen?«

»Zum Beispiel, wo du jetzt wohnst?«

»Bei meiner Tante im nördlichen Teil des Bezirks.«

Asher nickte. »Die Tante, bei der du während der Reparaturen am Café gewohnt hast?«

»Woher weißt du das?«

»Ich war bei den Reparaturen dabei, erinnerst du dich? Ich hörte deinen Papa über dich sprechen.« Er merkte, wie ihr Lächeln erlosch. »Tut mir leid, tut mir leid. Vergiss, dass ich ihn erwähnt …«

»Ist schon in Ordnung. Du hast ihm geholfen. Ich sollte mich bei dir bedanken.«

»Oh, ich habe dafür gesorgt, dass sich dein Papa bei mir bedankt hat. Ich glaube, ich habe am Eröffnungstag mehr Kuchen gegessen, als ich auf die Waage bringe.«

Sie lachten beide, obwohl ein verstohlener Blick auf ihre schlanken Gestalten mit monatlich schrumpfendem Taillenumfang ihrem Lachen eine bittersüße Spitze verlieh, was keiner von beiden aussprechen wollte.

»Lebst du gern bei deiner Tante?«

Izabella verzog das Gesicht. »Hm … alle sind nett, aber meine Tante, ihr Mann und vier Söhne in einem Zimmer? Sagen wir einfach, ich habe nichts dagegen, den ganzen Tag draußen zu verbringen. Davon abgesehen bekomme ich kein Essen, wenn ich nicht betteln gehe.«

»Bekommt deine Tante keine Rationen?«

»Nicht für mich.«

»Tatsächlich? Du musst sehr oft Hunger leiden.«

Sie nickte.

»Wenn das so ist, was hältst du davon, zum Essen zu uns zu kommen?«

»Wann?«

»Wann immer du willst. Wie wär's mit heute?« Asher sah ihr forschend in die Augen und versuchte herauszulesen, was sie von ihm hielt, ob das Essen die Verlockung war oder die Aussicht, Zeit mit ihm zu verbringen. Wahrscheinlich war es das Essen, aber das war nachvollziehbar. »Wenn es nach mir ginge, würdest du jeden Tag zum Essen zu uns in die Wohnung kommen.«

»Ihr habt eine Wohnung?«

»Entschuldige, ich habe mich versprochen. Wir hatten eine Wohnung, bevor wir in den jüdischen Bezirk gekommen sind. Jetzt haben wir ein Zimmer und es ist sehr eng. Wir teilen es uns zu fünft und fallen uns ständig über die Füße.« Er hielt kurz inne. »Natürlich wäre es viel enger, wenn wir zu siebent wären.«

Sie zuckte die Schultern. »Es ist ein Dach über dem Kopf. Inzwischen bin ich daran gewöhnt.«

»Dann kommst du also zum Essen vorbei?«, fragte Asher.

»Auf jeden Fall.« Sie griff nach ihrer Violine und dem Bogen. »Um wie viel Uhr?«

»Heute Abend um sechs. Soll ich dich hier abholen?«

»Gern«, sagte sie und zog den Bogen über die Saiten, so als wollte sie sie aufwärmen.

Asher merkte, wie er errötete, und trat von einem Fuß auf den anderen, um seine Nervosität zu bezwingen. »Prima. Ich komme dich holen.« Er machte einen Schritt zurück.

»Noch etwas«, setzte sie nach.

»Ja?«

»Dein Name?«, antwortete sie. »Du hast mir deinen Namen nicht gesagt.«

Asher verfluchte sich. Jetzt konnte er fühlen, wie seine Haut vor Scham erglühte. »Tut mir leid, ich hätte mich vorstellen sollen. Ich heiße Asher Kogan.«

»Wir sehen uns kurz vor sechs, Asher. Jetzt muss ich arbeiten.«

Sie fing an zu spielen und Asher sah ein paar Minuten lang zu, wobei er ein-, zweimal die Augen schloss, damit ihn die Musik tiefer durchdringen konnte. Dann drehte er sich um und rannte los. Er hatte selbst noch sein Tagwerk zu erledigen.

* * *

Als Asher am frühen Abend noch vor der verabredeten Zeit auftauchte, fand er Izabella wie gewöhnlich geflissentlich über die Saiten ihrer Violine streichend vor. Sie warf ihm ein scheues Lächeln zu, hörte jedoch nicht auf zu spielen, und Asher verlor jegliches Zeitgefühl, als er zuhörte. Er konnte den Blick nicht von ihr abwenden. So versunken war er, dass er leicht erschrak, als sie aufhörte und mit drei Schritten direkt vor ihm stand. Sie sagte Hallo und er brauchte einen Moment, um den Gruß zu erwidern, als müsste er sich erst aus einer Trance reißen.

Izabella fand diese Reaktion eindeutig verwirrend. »Entschuldige, Asher, ich dachte, du nimmst mich heute zum Abendessen mit zu dir nach Hause. Bin ich zu dreist? Sag mir, wenn …«

»Nein, nein. Du hast recht, natürlich. Alles ist vorbereitet. Komm bitte mit.«

Izabella legte ihre Violine in den Koffer und Asher bestand darauf, ihn für sie zu tragen. Sie gingen Seite an Seite. Asher erzählte von dem Zimmer, in dem seine Familie wohnte, und Izabella nickte einvernehmlich. Immer wenn er ihren Arm streifte, hielt er inne und sein Puls beschleunigte sich. Ein- oder zweimal berührten sich ihre Hände und Asher fühlte für ein paar Sekunden ihre warme Haut. Als sie sich der Wohnung näherten, verspürte er das Bedürfnis, seine Hand sacht auf ihre zu legen. Doch er widerstand, obwohl er beim bloßen Gedanken daran den Faden verlor und nicht mehr wusste, was er sagen wollte.

Sie traten ein, als gerade die Schüsseln auf den Tisch gestellt wurden, und es blieb genügend Zeit, um sich kurz bekannt zu machen, bevor die Suppe serviert wurde.

»Sie haben ein wunderschönes Zimmer«, sagte Izabella, als sie zu essen begannen.

»Oh, es ist nicht sehr viel«, antwortete Asher. »Früher hatten wir eine Wohnung mit drei Zimmern.«

»*Früher* hatten wir ein Haus«, ergänzte Rina ungefragt.

»Asher hat mir davon erzählt«, sagte Izabella und lächelte süß. »Aber das hier ist trotzdem ein schöner Raum. Sie haben Licht, einen Tisch, es ist sauber. Hier ist es so viel besser als …« Ihr Satz verlor sich in einem Seufzen.

»Besser als was?«, fragte Asher.

Rina zischte seinen Namen über den Tisch hinweg.

»Was?«, zischte er zurück.

»Sei nicht unhöflich zu unserem Gast!«

Asher wollte seiner Schwester sagen, dass Izabella nicht *ihr* Gast war, sie war *sein* Gast. Doch er bemerkte, wie Rina und Izabella einen Blick wechselten. Rina sandte ein kaum merkliches Kopfschütteln in Ashers Richtung, was Izabella zum Lächeln brachte.

»Es stimmt, Asher«, sagte Izabella. »Hier ist es besser als dort, wo ich wohne.«

»Und, wo wohnst du?«, fragte Keren.

»Auf der anderen Seite des Bezirks«, antwortete sie.

»Wo dort?«, fragte Papa. »Vielleicht kenne ich es.«

»Das glaube ich nicht.« Izabella aß einen Löffel Suppe und nahm sich ein Stück Brot. »Sie haben auch besseres Essen als ich. Die Suppe ist köstlich, Frau Kogan. Hier sind Kartoffeln, Möhren und sogar etwas Zwiebel drin. Und das Brot – oh, ich kann mich nicht erinnern, wann ich das letzte Mal frisches Brot in den Händen hatte. Wo haben Sie es her?«

»Das ist eine gute Frage«, hakte Papa nach und drehte sich zu seiner Frau. »Golda, wo hast du das her?«

»Aus dem Ofen«, antwortete sie.

»Nein, ich meine …«

»Izabella«, unterbrach Rina scharf, »erzähl uns von deiner Familie. Sie lebt in den Niederlanden, nicht wahr?«

Izabella berichtete ihnen alles, was sie wusste, was nicht sehr viel war, da sie bereits sehr lange nichts mehr von den Ihren gehört hatte. Aber sie sagte, sie vermisse sie schrecklich und hoffe, dass sie eines Tages, wenn das Land endlich frei war, alle wieder zusammenleben und die verlorene Zeit nachholen konnten.

Die Anmerkung eines freien Landes setzte eine hitzige Diskussion zwischen Papa, Rina und Keren in Gang. Während Asher und Izabella kaum mehr taten, als zuzuhören und sich gelegentlich Blicke zuzuwerfen, blieb es an Mama hängen, die leeren Schüsseln abzuräumen.

Kurz darauf erhob sich Izabella und griff nach dem Violinkoffer.

»Du gehst schon so früh?«, fragte Mama.

»Ich fürchte, ja«, antwortete sie. »Aber ich kann Ihnen nicht genug danken für das Abendessen und Ihre Gastfreundschaft. Ich habe mich lange nicht mehr so aufgehoben gefühlt.«

»Du hast es verdient«, antwortete Rina, bevor jemand etwas sagen konnte. »Niemand sollte hungern oder betteln müssen.«

»Nichtsdestotrotz«, beharrte Izabella, »ich bin Ihnen sehr dankbar. Sie sind eine gütige Familie.«

»Asher«, sagte Rina, »bringst du Izabella nicht nach Hause?«

»Das ist nicht nötig«, wehrte Izabella ab.

»Es wäre mir eine Freude«, sagte Asher, »Bitte.«

Izabella hielt inne, als zöge sie das Angebot sorgfältig in Betracht, bevor sie es annahm.

»Allerdings nur den halben Weg«, sagte sie ein paar Minuten nachdem sie das Haus verlassen hatten zu Asher.

»Möchtest du mir nicht zeigen, wo du wohnst?«

Sie blieb stehen, drehte sich zu ihm und nahm seine Hände in ihre. »Es ist ein furchtbarer Ort«, antwortete sie und drückte seine Hände. »Also bitte, kehr um, wenn ich dich darum bitte.«

Asher nickte. In Gedanken war er mit der Frage beschäftigt, ob sie tatsächlich seine Hände hielt oder ob er sich das einbildete. Ein leises Ja war alles, was er herausbekam.

»Deine Schwester Rina ist eine sehr selbstbewusste Frau, oder?«, fragte Izabella, als sie ihren Weg fortsetzten.

Asher dachte einen Moment nach, bevor er antwortete. »Manchmal ist es schwierig, sie zur Schwester zu haben«, sagte er dann. »Nicht dass ich sie nicht mag, aber ich verbringe lieber Zeit mit Keren. Mit ihr kommt man leichter aus.«

»Das kann ich verstehen, aber ich mag sie beide. Ich mag deine ganze Familie.«

Beinahe hätte Asher erwidert, dass er Izabellas Familie eines Tages gern kennenlernen würde, besann sich aber eines Besseren. Bald darauf blieb Izabella an einer Straßenecke stehen. Noch einmal versicherte sie Asher, wie sehr sie das Essen genossen hatte. Dann stellte sie sich auf die Zehenspitzen und gab ihm einen Kuss auf die Wange.

Er stand mit offenem Mund da, berührte mit den Fingerspitzen die Stelle, an der ihre zierlichen, erdbeerroten Lippen gelandet waren und spürte dem Geist ihres warmen Kusses nach. Diesmal gab es keinen Zweifel: Sie hatte ihn definitiv geküsst.

»Und jetzt geh«, sagte sie.

»Bist du sicher, dass du wohlbehalten nach Hause kommst?«

»Asher, ich bin den ganzen Tag über in diesen Straßen unterwegs. Geh einfach, und wir sehen uns bald. Versprochen.« Das Lächeln auf ihrem Gesicht war das glücklichste, das er seit den Tagen im Café Baran bei ihr gesehen hatte. Dann winkte sie ihn mit einer Hand davon. »Geh!«, zischte sie und kicherte.

Asher machte einen Schritt zurück, dann noch einen. Dann drehte er sich um und rannte los. Erst als er zu Hause ankam, blieb er stehen. Dort fragte er als Erstes Mama, ob er Izabella erneut zum Essen einladen durfte. Sie hob eine Augenbraue, willigte aber ein.

* * *

Asher sah Izabella in der folgenden Woche wieder, traute sich allerdings nicht, sie zu berühren, und zog es einmal mehr vor, ihr einfach zuzuhören. Immer wenn sie eine Pause vom Violine Spielen machte, saßen sie beisammen und unterhielten sich. Sie sprachen über die Zeit der Freiheit – die glorreichen Tage des Café Baran. Asher erzählte Izabella mehr über sein Leben vor Warschau, von den Tagen auf dem Gutshof in Diowsta mit seinem alten Freund Mikhail, von der harten Plackerei in der Sonne an den Vormittagen und vom Angeln in nahe gelegenen Flüssen an den Nachmittagen. Im Gegenzug erzählte sie ihm von ihrer Kindheit in Warschau, als ihre beiden Brüder und ihre Schwester bei ihnen gewohnt hatten – bevor das Schreckgespenst einer deutschen Invasion zur echten Gefahr wurde und sie in die Niederlande geflohen waren.

In derselben Woche nahmen Rina und Keren Asher in die Zange, während Mama und Papa nicht zu Hause waren, und fragten ihn, ob Izabella nur eine Freundin war oder mehr. Er versuchte, seine Wünsche herunterzuspielen, aber es nutzte nichts. Irgendwie wussten sie es, wahrscheinlich weil sie Frauen waren.

»Du musst den ersten Schritt machen«, sagte Keren. »Du magst Izabella, also zeig es ihr, indem du sie küsst.«

»Ich weiß nicht …«, antwortete er.

»Was soll das heißen?«, fragte Keren.

»Du weißt nicht, wie man das macht, oder?«, fragte Rina.

Da er nicht antwortete, war ihnen alles klar. Sie lachten. Asher wurde rot.

»Das ist ganz einfach«, erklärte Keren. »Zuallererst hältst du ihre Hand. Wenn ihr das gefällt, nimmst du auch die andere Hand.«

»Und wenn ihr das auch gefällt«, fuhr Rina fort, »ziehst du sie an dich – aber sanft –, sodass dein Gesicht nah an ihrem ist.«

»Dann lehnst du dich vor«, endete Keren händereibend, »und berührst ihre Lippen mit deinen Lippen.«

Asher spürte, wie sein Gesicht rot wurde. »Aber … woher weiß ich, ob sie das auch tun möchte?«

Rina kicherte. »Das merkst du schon«, sagte sie. »Das merkst du.«

* * *

Das nächste Abendessen mit Izabella verlief entspannter. Den größten Raum nahm das Schwelgen in Erinnerungen an bessere Zeiten ein.

Auch dieses Mal begleitete Asher Izabella den halben Weg nach Hause. An der Ecke, an der sie sich beim letzten Mal verabschiedet hatten, nahm er ihre Hand. Anscheinend fand sie das angenehm, denn er spürte einen sanften Druck. Das verstand er als ein ermutigendes Zeichen.

Er erinnerte sich an die Anleitung, die Rina und Keren ihm vor einigen Tagen gegeben hatten, und wiederholte ihre

Worte in Gedanken. Er brachte Izabella dazu, den Violinkoffer abzustellen, und hielt nun ihre beiden Hände. Ihr wunderschönes Gesicht war direkt vor seinem. Sein Blick streifte über das lange, rabenschwarze Haar, ihre Haut – vielleicht zu schmutzig, um schneeweiß genannt zu werden, aber für Asher nichtsdestotrotz rein –, diese Augen, jetzt mit einem wärmeren Ausdruck als je zuvor und nur ein wenig traurig, und dieser süße Erdbeerkussmund. Er wollte es genau so machen, wie seine Schwestern es gesagt hatten, wollte ihr einen selbstbewussten und zugleich sanften Kuss auf die Lippen geben, doch im letzten Moment verließ ihn der Mut. Sein Kuss war tatsächlich selbstbewusst und sanft, allerdings landete er auf ihrer Wange. Trotzdem war das ein Fortschritt. Und trotzdem fühlte es sich wunderbar an.

Was dann folgte, damit hatte Asher nicht gerechnet. Sie befreite ihre Hände aus seinen, dann spürte Asher, wie sich eine unter seinem Arm hindurch auf den Rücken schlängelte. Die andere legte sich fest in seinen Nacken und zog ganz leicht an seinen Haaren.

Und dann erlebte er das auserlesenste Gefühl seines bisherigen Lebens: ihre warmen Lippen auf seinen. Gerade fest genug, dass er ihre Zähne dahinter spüren konnte, und es raubte ihm eine Weile lang den Atem.

Als sich ihre Lippen von ihm lösten, musste er erst einmal Luft holen. Ihre Finger lagen noch immer in seinen Haaren. Ihr Gesicht – errötet und ernst – war wieder ganz nah vor ihm. Sie biss sich auf die Unterlippe, die Nasenflügel blähten sich und dann sagte sie, er müsse gehen, er müsse einfach *sofort* gehen. Er nickte, brauchte jedoch ein paar Sekunden, um seine Beine in Bewegung zu setzen. Sie fühlten sich schwach und bleischwer an. Aber nicht lange und er rannte nach Hause, diesmal mit einem starken Gefühl im Herzen und einem breiten Lächeln im Gesicht. Vor der Tür blieb er ein paar Minuten stehen, um sich wieder zu beruhigen. Er wollte nicht, dass ihm seine Schwestern unangenehme Fragen stellten.

* * *

Regelmäßig kam Izabella nun zum Abendessen, und Asher traf sie fast jeden Tag. Dann sprachen sie über die vergangenen Zeiten und immer mehr auch über ihre Hoffnungen für die Zukunft. Es war nach dem vierten Abendessen, als Asher Izabella nach Hause begleitete, da hatte sie ihn mit solch einer Leidenschaft geküsst, dass ihm schwindelig geworden war, und ihm gesagt, dass sie ihn liebe. Er setzte zur Erwiderung an, bekam aber erst die Worte nicht heraus. Also schluckte er schwer, holte tief Luft, damit seine Stimme auch wirklich männlich klingen würde, und sagte ihr, dass er sie auch liebte – dass er sie schon immer geliebt habe, seit er sie im Café Baran das erste Mal gesehen hatte.

Für Asher waren diese Wochen eine Zeit der Extreme. Das alltägliche Grauen, die Sorgen, das Streiten – diese Dinge verschwanden nicht. Zugleich waren das die glücklichsten Wochen seines Lebens. Er sah Izabella jeden Tag. Manchmal vergoss sie Tränen um ihre Familie und gestand Asher, dass sie Angst hatte. Dann legte er den Arm um sie und tröstete sie. Er würde sich um sie kümmern. Und beide versprachen einander, sich für immer und ewig zu lieben. Asher glaubte daran.

* * *

Die zweite Hälfte des Jahres 1941 war ein in einem Sturm verborgener Karneval für Asher. Trotz der sich verschärfenden Bedingungen im jüdischen Wohnbezirk Warschaus entführte ihn die Freude über die mit Izabella verbrachte Zeit an einen besseren Ort und machte es leichter, die Entbehrungen zu ertragen.

Doch schon bald, als der nahende Winter die Tage verkürzte, schien es Izabella immer weniger nach dieser Intimität zu verlangen. Oft entzog sie sich Asher, wenn er sie küsste. Asher akzeptierte diese Unlust. Vielleicht war es etwas, wovon er einen von Papas Freunden hatte reden hören: »weibliche Zurückhaltung«. Also ja, er akzeptierte ihre Zurückhaltung und nahm an, dass sie mit der Zeit und genügend Geduld seiner Zuwendung mehr abgewinnen würde.

Doch als der Jahreswechsel nahte, wuchs Ashers Frustration. Izabella war wortwörtlich sein Freudenfest in einer miserablen Welt. Hunger und Krankheit durchdrangen jeden wachen Moment – ausgenommen in der kostbaren Zeit, die er in Izabellas Gesellschaft verbrachte, wenn Izabella lachte, wenn Izabella sprach, wenn Izabella Violine spielte. Einfach nur bei ihr zu sein war wie eine Befreiung von der Wirklichkeit rings um ihn. Also stellte er keine Fragen, warum sie so zurückhaltend war. Aber er sagte ihr, dass er sie liebte und so oft wie möglich mit ihr zusammen sein wollte. In ihren Antworten hallten seine Worte wider, doch genau wie ein Echo schienen sie mit der Zeit zu verklingen.

Schließlich widersetzte sie sich regelrecht seinen gestohlenen Küssen und stieß ihn fort.

»Was ist los?«, fragte Asher an einem kühlen Tag Anfang 1942. »Magst du mich nicht mehr?«

Ein gequälter Ausdruck gab ihm zwar eine Antwort, doch die stand im Gegensatz zu ihren Handlungen.

»Sag so was nicht, Asher«, antwortete sie. »Bitte, es ist … das ist es nicht. Du bist ein guter und starker Mann. Ich bin gern mit dir zusammen. Du und deine Familie, ihr seid wundervolle Menschen. Aber wenn wir darüber sprechen, dass wir uns lieben …« Ein langsames Kopfschütteln beendete den Satz.

»Was ist dann?«, hakte Asher nach. Insgeheim verstand er, stemmte sich jedoch gegen die Erkenntnis.

»Ich erinnere mich noch daran, als du mich zum ersten Mal angesprochen hast. Sogar damals hast du schon von Liebe geredet. Das werde ich niemals vergessen.«

»Das habe ich gesagt, weil es die Wahrheit war. Und heute ist es ebenso wahr. Ich liebe dich, Izabella. Bitte schön, ich hab's noch mal gesagt. Diesmal platze ich mit den Worten nicht heraus wie ein … wie ein Dummkopf unter einem schlechten Stern. Ich sage es, weil ich dich gut kenne, und ich sage es von ganzem Herzen, aber auch mit Verstand. Ich liebe dich.«

»Und was, wenn ich dasselbe sage, wenn ich dir sage, ich liebe dich, und ich verspreche dir für immer und ewig meine unsterbliche Liebe? Was dann?«

»Ich verstehe nicht, was du meinst.«

»Oh, Asher. Sieh dich um. Menschen hungern, viele sterben sogar. Wir sitzen beide in einem Gefängnis ohne Entlassungsdatum fest. Dann haben wir also unsere Liebe. Aber was machen wir damit?«

Asher überlegte ein paar Sekunden lang, war jedoch trotzdem verwirrt. »*Damit machen?*«

»Ja. Werden wir heiraten? Gründen wir eine Familie? Asher, ich kann dir gar nicht sagen, wie dankbar ich dir für deine Gesellschaft und deine Freundschaft bin, und für die Gastfreundschaft deiner Familie. Du hast in so viele Tage Licht gebracht, die sonst meine dunkelsten gewesen wären. Aber dies ist kein Ort für Liebe.«

»Aber … aber ich liebe dich.«

»Und an einem besseren Ort würde ich dich auch lieben. Ganz ehrlich. Und wenn all das hier vorbei ist und wir unsere Freiheit haben, werde ich es vielleicht auch tatsächlich. Aber nicht jetzt, nicht mit so viel Leid um uns herum. Verzeih mir,

Asher, aber wir würden uns nur quälen, wenn wir unseren Gefühlen die Zügel überließen.«

Asher stand eine Weile schweigend mit gesenktem Kopf da. Dann blickte er auf und sagte: »Kann ich dich trotzdem noch sehen?«

Sie nickte und runzelte die Stirn, was ihr einen beinahe verletzten Ausdruck verlieh. »Nichts lieber als das. Du weißt, was ich für dich empfinde. Das hat sich nicht geändert.«

»Und die Abendessen?«

»Ich bin deiner Familie unglaublich dankbar. Ich weiß, wie schwer es ist, Essen zu teilen, für das man hart gekämpft hat. Aber ich glaube, es ist besser, wenn ich nicht mehr komme. Es fühlt sich falsch an, nachdem ich all diese Dinge zu dir gesagt habe.«

»Oh.« Asher lächelte bedrückt.

»Asher, ich weise dich nicht zurück. Bitte denk so etwas nicht. Wie gesagt, vielleicht können wir in einer besseren Zeit, an einem besseren Ort vertrauter miteinander werden. Du wirst mich nicht vergessen, nicht wahr? Bitte versprich mir zumindest das.«

Ihre Worte hoben Ashers Stimmung, und er spürte, wie sich seine Mundwinkel automatisch nach oben verzogen. »Natürlich werde ich dich nicht vergessen, Izabella. Wie du gesagt hast, zu einer anderen Zeit. Ich gebe dir mein Wort, dass ich dich nicht vergessen werde, und wenn diese andere Zeit kommt, werde ich dir wieder sagen, dass ich dich liebe.«

»Dann bist du also nicht verbittert? Ich würde es furchtbar finden, wenn du verbittert wärst.«

»Nein, nein.« Nun lächelte er. Es war ein Lächeln mit einem Schuss Traurigkeit, aber dennoch ein richtiges Lächeln. Außerdem war es eine Lüge. Er *war* verbittert. Allerdings nicht wegen Izabella. »Ich bin zufrieden, wenn ich dir einfach nur beim Violine Spielen auf der Straße zuhören kann. Ich will nichts weiter, als dass diese grauenhaften Mauern fallen und Warschau wieder normal wird.«

»Und eines Tages wird das auch geschehen, Asher. Doch bis dahin hör einfach zu, wenn du in der Nähe bist. Wenn du die Violine hörst, bin ich hier.«

Asher verabschiedete sich von Izabella und sagte ihr, er müsse gehen und seinen Papa treffen. Als er außer Sichtweite war, blieb er stehen und wischte ein paar Tränen weg. Ein Weilchen lauschte er der Violine. Ihm war bewusst, dass er sie angelogen hatte. Aber mit einem hatte sie vollkommen recht gehabt: Ihr beim Spielen zuzusehen, den Worten von ihren prallen Erdbeerlippen zu lauschen oder in ihre warmen braunen Augen zu schauen – jedes für sich wäre wie Folter. Nein, das konnte er nicht. Es würde ihn nur in Versuchung führen, eine Unterhaltung mit ihr anzufangen, was ihn nur in Versuchung führen würde, sie in die Arme zu nehmen und noch einmal zu küssen. Und das alles – womöglich sogar allein seine Anwesenheit – würde ihr unangenehm sein, und das wollte er ebenfalls nicht.

Aber vergessen würde er sie nicht, und eines Tages, wenn diese grauenvollen Zeiten vorbei waren, würde er sie wiederfinden. Dann würden sie ihre Liebe miteinander teilen.

Er riss sich zusammen und kehrte nach Hause zurück.

Dort fand er seinen Vater im Gespräch mit einem Nachbarn vor. Als der Nachbar ging, erzählte Asher seinem Papa, was geschehen war, dass Izabella nicht länger eine Belastung für die Kogans sein wollte. Außerdem bat er sich aus, dass er mit niemandem sonst aus der Familie darüber reden wollte.

Sein Wunsch wurde respektiert, obwohl keiner die mitfühlenden Blicke zurückhalten konnte. Und so kehrte das Leben der Familie Kogan zum Alltag zurück, zumindest so alltäglich, wie es in einer besetzten Stadt sein konnte.

* * *

Asher hielt die selbst auferlegte Abstinenz kaum eine Woche lang durch, trotz all der Befürchtungen, dass er leiden würde, wenn er Izabella wiedersah. Die Bedingungen im Bezirk verschlechterten sich Monat für Monat. Und wie jeder andere mit einem Funken Hoffnung, hörte Asher eine Stimme, die sagte, dass dieser Funke zu einem Glimmen genährt und dann zu einem warmen Feuer beschwört werden musste.

Nach einer schlaflosen Nacht stand er in den frühen Morgenstunden auf, trank leise eine Tasse Milch und schlich sich hinaus. Als er die andere Seite des Bezirks erreichte, war die Morgendämmerung bereits angebrochen, und er hielt an jeder Straßenecke inne, um nach jedem Laut zu lauschen, der wie Musik klang. Er suchte eine Straße nach der anderen ab, und ja, er hörte Musik – von einem Banjospieler, von einem Flötenspieler, der dieser Bezeichnung kaum gerecht wurde –, aber keine von einer Violine. Keine Izabella. Zur Mittagszeit war Asher jede Straße abgelaufen und hatte jede Kreuzung im jüdischen Bezirk überquert. Er kehrte nach Hause zurück, wo ihn ein unwillkommenes Verhör erwartete.

»Dein Papa hat den ganzen Vormittag nach dir gesucht«, sagte Mama. »Wo in Gottes Namen bist du gewesen?«

»Ich konnte nicht schlafen.«

»Und hast dich draußen herumgetrieben für … wie lange, fünf Stunden oder mehr?«

»Bitte, Mama. Ich kann jetzt nicht reden. Ich muss mich ausruhen.«

»Das kann ich mir vorstellen.« Sie trat zu ihm, nahm seinen Kopf in die Hände und musterte sein Gesicht. »Du bist *tatsächlich* müde, nicht wahr?«

Er befreite sich von ihren Händen. »Bin ich und ich will nicht reden. Ich bin hier und in Sicherheit.«

»Und ein wenig schlecht gelaunt bist du auch«, murmelte sie.

»Entschuldige, Mama. Ich muss mich einfach nur hinlegen.«

Sie nickte. »In Ordnung. Es ist gut. Ich sollte dankbar sein, dass du unverletzt bist. Ich mache mir Sorgen, wenn ich höre, was seit Kurzem mit den Leuten passiert.«

Angst durchzuckte Asher. »Was soll das heißen?«

»Ich dachte, du möchtest nicht reden?«

Er griff nach ihrem Arm. »Sag es mir, Mama. Sag es mir!«

Sie sah auf seine Hand und er ließ los.

»Es tut mir leid«, sagte er ruhiger. »Aber sag mir, was das heißt. Bitte. Dann lege ich mich hin.«

»Dein Papa sagt, es gibt Gerüchte, dass Menschen verschwinden.«

»Verschwinden?«

»Den einen Tag noch hier, den anderen nicht mehr. Niemand weiß, was mit ihnen passiert. Oder falls es jemand weiß, verrät er es nicht.«

Ashers Gedanken arbeiteten sich an den Möglichkeiten ab.

»Wie auch immer. Du brauchst Ruhe. Ich muss mit der Rationskarte los. Mal sehen, was ich Magisches damit herzaubern kann. Ich lasse dich also alleine. Aber bitte bleib hier und ruh dich aus, ja?«

»Ja, Mama. Ich bin hier, wenn du zurückkommst, versprochen.«

Asher blieb im Haus, schlief jedoch nicht.

* * *

Als sein Papa etwa eine Stunde später zur Tür hereinkam, fragte Asher ihn zu den Gerüchten aus.

»Welche Gerüchte?«, erwiderte er und hängte seine Jacke auf.

»Die Gerüchte über die verschwundenen Menschen.«

Papa zuckte die Schultern. »Das war's. Mehr weiß ich auch nicht. Hat Mama dir erzählt, dass wir heute Morgen beinahe um den Verstand gekommen sind vor Sorgen um dich?«

»Das tut mir leid. Ich musste nur wo hingehen.«

Papa überlegte einen Moment lang und kratzte mit den Fingernägeln über seine Bartstoppeln. Dann zog er die Jacke, die er soeben aufgehängt hatte, wieder an und nahm Ashers ebenfalls ab. »Komm, wir machen einen Spaziergang«, sagte er und reichte Asher die Jacke. »Und reden von Mann zu Mann.«

»Du musst mir Bescheid sagen, wenn du irgendwohin gehst«, sagte Papa einige Minuten später, als sie die Straße entlang spazierten.

»Ist es wichtig, wohin ich gehe?«

Papa hielt Asher die Hand vor die Brust und sie blieben stehen. »Das ist nicht die Zeit für Spielchen, Asher. Wenn du alleine hinausgehst, muss ich wissen, wo du bist, vor allem so früh am Morgen wie heute. Ich will nicht, dass du einer der Menschen bist, die verschwinden.«

Asher nickte und entschuldigte sich. Sie spazierten weiter.

»Also dann, wo bist du heute Morgen hingegangen?«, fragte Papa.

»Nun gut, ich habe nach Izabella gesucht und konnte sie nirgendwo finden. Ich habe den gesamten Bezirk abgesucht.«

»Was ist mit ihrer Wohnung?«

»Ich weiß nicht, wo sie wohnt. Sie wollte nicht, dass ich es weiß.«

»Ich dachte, du hast sie nach Hause gebracht?«

»Nur den halben Weg. Ich glaube, es ist ihr peinlich, wo sie wohnt.«

»Oh, verstehe. Sie könnte krank sein.«

»Sie würde trotzdem Violine spielen. Sie braucht das Geld für Essen.«

»Könnte sie eine Arbeit gefunden haben?«

»*Eine Arbeit?*« Asher schaute seinen Papa skeptisch aus schmalen Augen an.

»Hm … Nein. Ich sehe ein, dass das eine dumme Idee ist. Hör mal, ich schlage dir etwas vor und werde dir dabei den Rücken freihalten. Ich helfe dir, nach ihr zu suchen, und erzähle weder Mama noch deinen Schwestern etwas, wenn du mir versprichst, nicht mehr alleine rauszugehen, ohne jemandem zu sagen, wo du bist.«

Asher schlug in den Handel ein, was er jedoch bereuen sollte.

* * *

Am nächsten Tag verbrachten sein Papa und er Stunden mit der Suche nach Izabella. Und am darauffolgenden ebenfalls.

Auf dem Heimweg brachte es Asher nicht über sich, mit seinem Papa zu sprechen. Es blieb dem Älteren überlassen, ihn auf eine Bank in der Nähe ihres Hauses zu setzen und ihm zu verstehen zu geben, dass sie Izabella womöglich nicht finden würden.

»Nein!«, rief Asher. »Wir werden sie finden. Sie muss irgendwo in diesem Bezirk sein. Sie *muss* einfach!«

Sein Papa nickte mitfühlend. »Asher, ich weiß, dass dir dieses Mädchen noch viel bedeutet, aber irgendwann …«

»Ich werde nicht aufhören, nach ihr zu suchen. *Niemals.*«

Papa seufzte. »Du bist in sie verliebt, nicht wahr?«

Zum ersten Mal hörte Asher, wie jemand anders seine Gefühle in Worte kleidete. Er war durcheinander, unfähig zu antworten.

»Damit will ich sagen«, fuhr sein Papa fort, »denkst du noch Tag und Nacht an sie? Verschlägt es dir bei ihrem Anblick den Atem, genauso wie bei dem Gedanken, sie nie wiederzusehen?«

»Ich glaube nicht, dass sie mich wiedersehen will«, antwortete Asher nach einer Weile. »Aber ich glaube auch nicht, dass ich einfach weiterleben kann, bis ich weiß, dass es ihr gut geht. Das ist alles, was ich will.«

Papa erhob sich. »Wenn das so ist, suchen wir morgen weiter. Komm jetzt, wir müssen etwas essen.«

Also suchten sie am nächsten Tag und am darauffolgenden weiter. Jede vergeudete Stunde rieb Asher zunehmend auf, und die Verzweiflung wuchs. Wochen vergingen und irgendwann entschied Papa, dass sie es sich einfach nicht leisten konnten, noch mehr Zeit mit der Suche nach Izabella zu verbringen. Sie mussten für ihren Lebensunterhalt sorgen.

Asher stimmte widerstrebend zu. Wenn Gott sie füreinander vorgesehen hatte, sagte sein Vater, würden sie sich eines Tages wieder begegnen. Bis dahin war es wichtiger zu überleben. Eine Verabredung mit dem Schicksal ist nutzlos, wenn man nicht am Leben war, um sie einzuhalten.

Letztlich verbannte Asher die Gedanken an Izabella und ihre mystische Violinmusik tief in den Hinterkopf und konzentrierte sich darauf zu überleben.

Kapitel 14

1942 – Warschau, Polen

Auf den Straßen des jüdischen Wohnbezirks in Warschau wirkten einige Menschen besser in Form und gesünder als andere. Asher hatte sich ausgerechnet, dass dies die Neuen waren.

Es war schwer zu glauben, aber jeden Tag kamen mehr Menschen ins Getto und drängten sich in denselben anderthalb Quadratkilometern zusammen. Wenn er fragte, woher sie kamen, nannten sie zur Antwort stets irgendeine andere polnische Stadt oder ein Dorf. Im gesamten Land warf man die Netze nach Juden aus und lud den Fang innerhalb der Mauern dieses Stadtgefängnisses ab.

Früh im Jahr gab es allerdings Grund für einen Funken Optimismus.

Alle in der Familie hatten die Gerüchte gehört, dass es Arbeit geben sollte. Dennoch traute sich niemand, das Thema überhaupt anzusprechen. Doch eines Tages kehrte Ashers Papa nach Hause zurück, als Mama gerade kochte. Sein Gesichtsausdruck kam einem Lächeln näher als alles, was Asher seit langer Zeit an ihm gesehen hatte.

»Es gibt Arbeit«, sagte er, nahm die Mütze ab und wirbelte sie um den Zeigefinger. »Schwere Arbeit, aber jede Arbeit ist gute Arbeit.«

»Ist es gefährlich?«, fragte Mama. »Ich muss es wissen.«

»Eigentlich nicht«, antwortete er. »Komm, wir setzen uns und essen.« Er schnüffelte in die Luft. »Was kochst du heute, Golda?«

»Kascha und einige Stücke Challa.«

»Mit Bratensoße?«

Mama schüttelte den Kopf.

»Na, macht nichts«, sagte er.

Sie setzten sich alle an den Tisch, und zum ersten Mal seit vielen Monaten sprach Papa mit Hoffnung in der Stimme.

»Ich habe Asher und mich dafür angemeldet. Es ist gute, ehrliche, körperliche Arbeit. Und nein …«, er senkte die Stimme, »… keine Toten.«

Ein warmes Gefühl durchflutete Asher. Er würde seinem Papa helfen, für die Familie zu sorgen. Endlich würde er ein echter Mann sein.

»Asher ebenfalls?«, hakte Mama mit gerunzelter Stirn nach. »Hirsch, du weißt, dass er für schwere körperliche Arbeit noch nicht alt genug ist.«

»Pah!«, entgegnete Papa mit einem Lachen. »Der Junge schafft das schon. Er ist fast so stark wie ich.« Er klopfte Asher auf die Schulter. »Willige Muskeln. Junge Knochen. Er wird klarkommen.«

»Meinst du nicht, du solltest ihn erst fragen?«, warf Rina ein.

»Rina«, sagte Mama. »Sprich nicht so mit deinem Papa!«

Asher bemerkte, dass Rina den starren Blick nicht von ihm abwandte.

»Ich habe nichts dagegen«, erklärte er seiner Schwester. »Wir können alles brauchen, was wir kriegen können, oder?«

»Aber du weißt nicht, was das für eine Arbeit ist«, erwiderte sie.

Asher zuckte die Schultern. »Ist mir egal. Es ist Arbeit und Arbeit bedeutet etwas zu essen.«

»Dann erzähl es uns«, forderte Mama Papa auf. »Wo ist diese Arbeit?«

»In der Ziegelfabrik. Sie müssen die Produktion erhöhen.«

Rina lachte. »Sie bauen riesige Mauern um diesen Bezirk und wundern sich, dass es einen Engpass bei Ziegelsteinen gibt?«

»Sie haben soeben einen großen Auftrag von den Behörden erhalten«, fuhr Papa fort. »Man gestattet die Einfuhr von zusätzlicher Kohle, um den Brennofen zu befeuern, und außerdem auch von mehr Lebensmitteln für die Arbeiter.«

»Der Brennofen?«, wiederholte Mama und schlug mit der flachen Hand auf den Tisch. »Für mich hört sich das nicht gut an.«

»Beruhige dich, beruhige dich. Asher und ich werden nicht einmal in der Nähe des Ofens sein. Wir werden helfen, die Ziegelsteine auf Lastwagen zu laden.«

»Bist du sicher, dass das alles ist? Heutzutage kann man niemandem trauen. Weißt du es mit Sicherheit?«

»Mit *Sicherheit*?«, wiederholte er. »Was kann man in diesen Zeiten schon mit Sicherheit sagen? Es ist eine Arbeit. Auch nur die Chance auf eine Arbeit ist eine gute Neuigkeit.«

»Das wird sich noch zeigen.«

Papa schnalzte mit der Zunge.

»Hat man euch gesagt, wofür die Ziegel sind?«, fragte Rina.

»Das ist mir wirklich egal«, antwortete Papa. »Aber anscheinend ist es ein wichtiges Bauvorhaben im Osten, für das eine Menge Ziegelsteine gebraucht werden. Das Ganze ist dringend, also wird jeden Tag rund um die Uhr gearbeitet.«

»Aber das wird dich umbringen!«, wandte Mama ein. »Euch beide.«

Papa wischte die Bedenken mit dem Handrücken fort. »Ach, und was geschieht momentan mit uns? Sieh uns an, wir werden alle immer dünner. Ohne Essen sind wir sowieso in sechs Monaten tot.«

Asher aß die Kascha, doch in seinem Mund schmeckte sie nach mehr. Er stellte sich Früchte vor, vielleicht sogar Fleisch.

»Na kommt«, sagte Papa. »Wir sollten dankbar sein für den Tropfen guter Nachrichten in einem Ozean aus schlechten.«

* * *

Anfangs erwies sich Papas Optimismus als berechtigt. Er und Asher schufteten in der Ziegelbrennerei wie Tiere und waren am Ende jeden Tages erschöpft. Aber sie hatten Essen auf dem Tisch. Verglichen mit vielen ihrer Nachbarn speisten sie wie Könige.

Dennoch waren sie zu Beginn des Frühlings 1942 alle noch immer untergewichtig. Papa hatte einen schlimmen Husten entwickelt, der sich hartnäckig hielt. Doch wie er nicht müde wurde zu sagen: Sie waren alle noch am Leben, obwohl so viele umgekommen waren. Gewicht konnte man wieder zunehmen und ein Husten konnte besser werden.

Eines Tages kehrten Papa und Asher von der Arbeit zurück und wuschen sich, während Mama das Essen zubereitete. Mit nur einem Waschbecken war das ziemlich umständlich, aber sie arrangierten sich.

Keren las ein Buch.

»Na, Liebes, komm schon«, sagte Mama zu ihr. »Hilf mir. Du kannst den Tisch decken.«

Keren klappte das Buch zu und legte es hin. Dann hielt sie inne. Ein Blick zum Fenster hinaus auf die Straße wurde zu einem Starren voller Abscheu.

»Keren?«, fragte Mama. »Was ist los?«

Keren zeigte einfach nur auf die Straße.

Mama kam zu ihr und sah nach.

Asher kam ebenfalls herbei und trocknete sich noch die Hände. Dann folgte auch Rina.

»Nein, nein«, sagte Mama. »Seht nicht hin.«

Aber es war zu spät. Draußen auf der Straße lag eine Frau. Ihre Beine waren verdreht, ihr Kopf lag in einem unnatürlichen Winkel und ihr Mantel saugte sich mit Wasser aus einer Pfütze voll.

»Ist sie tot?«, fragte Rina.

Alle kannten die Antwort darauf.

»Kommt vom Fenster weg, ihr alle«, sagte Mama. »Asher, setz dich. Rina, Keren, helft mir, das Abendessen zuzubereiten.«

Niemand rührte sich, und kurz darauf hatte Papa sich das Gesicht abgetrocknet und fragte: »Was starrt ihr so nach draußen?« Er schlenderte zu ihnen herüber. »Was ist los?«

Als er die traurige Szene erblickte, wurde sein Gesicht fahl. »Lasst uns alle vom Fenster weggehen«, sagte er sanft und geleitete sie zum Tisch. »Das ist furchtbar, ich weiß, aber was sollen wir machen? Überall sterben die Menschen, in den Häusern und auf jeder Straße. Asher und ich sind heute auf dem Heimweg sicher an einem Dutzend Toter vorbeigekommen.«

»Heute waren es sechzehn«, ergänzte Asher.

Mama drehte sich zu Papa. »Kannst du sie nicht wegbringen?«

»Wer, ich?«

»Na ja, du und die Behörden. Kannst du sie nicht irgendwohin schaffen und begraben?«

»Wo soll ich sie hinschaffen? Wo begraben?«

»Schaff sie von der Straße.«

»Aber wohin?«

»Egal wohin. Sie ist ein Mensch. Sie verdient ein richtiges Begräbnis.«

»Aber es gibt keinen Platz. Kein Stück Land.«

»Ja, aber …«

»Davon abgesehen müssen wir an die Lebenden denken. Die letzte Getreidelieferung ist drei Tage her und man sagt, die Hälfte davon waren Kornkäfer und anderes Ungeziefer. Geld hin oder her, bald wird es kein Essen mehr zu kaufen geben.«

»Das ist jetzt unwichtig. Sie ist ein Mensch, und wenn du sie nicht …«

»Mama!«

Alle drehten sich zu Keren, die sich zurück ans Fenster geschlichen hatte und hinausschaute.

»Unterbrich deine Mama nicht«, rügte Papa.

»Aber seht nur!«

Sie standen auf. Neben dem Leichnam knieten ein Mann und eine Frau. Sie durchsuchten die Taschen der Toten. Dann sprachen sie miteinander und versuchten, die Leiche anzuheben.

»Nun«, sagte Mama. »Gott sei Dank sind in dieser Nachbarschaft noch ein paar anständige Menschen übrig.«

Asher bemerkte, wie Papa und Rina wissende Blicke wechselten. Sie sagten nichts, sahen Mama allerdings mitfühlend an.

»Was denn?«, fragte Mama. »Was ist los?«

Zuerst verstand Asher es ebenfalls nicht. Alle fünf beobachteten weiterhin die Szene auf der Straße. Die beiden Fremden neben der Toten hoben sie an, um ihr den Mantel auszuziehen, und verrenkten sie grob, um ihr auch den Rest der Kleidung abzunehmen. Dann kamen sie auf die Beine, ließen den nackten Leichnam mit abgespreizten Gliedmaßen liegen und huschten davon.

Mama starrte weiter zum Fenster hinaus. Sogar als Papa die Vorhänge zuzog, starrte sie noch.

Einige Minuten später begann Papa, gekochte Kartoffeln auf die Teller zu verteilen.

»Ich kann nicht«, sagte Mama. »Ich habe keinen Hunger.«

»Und mir ist schlecht«, sagte Keren.

»Hört mal, ihr beiden«, sagte Papa. »Setzt euch. Setzt euch und esst.«

»Er hat recht«, sagte Rina. »Ihr braucht es nicht zu genießen, aber ihr müsst essen.«

Keren schüttelte den Kopf. »Ich kann wirklich nicht.«

»Setz dich hin!« Papa zeigte auf einen Platz am Tisch. »Hier geht's nicht darum, ob du essen willst.« Er zeigte zum Fenster. »Sondern darum, ob du auch so enden willst.«

Mama schüttelte den Kopf und bedeckte das Gesicht mit der Hand.

»Hast du die Hungersnot vor zehn Jahren in der Ukraine vergessen?«, fuhr Papa fort. »Denk einfach an all jene, die damals gestorben sind. Wenn du nicht für dich selbst essen willst, dann denk an *sie*.«

Mama seufzte und führte Keren zum Tisch.

»Iss einfach, so viel du kannst«, sagte Papa. »Das ist eine Pflicht, kein Vergnügen.«

* * *

Asher und sein Papa arbeiteten weiter in der Ziegelbrennerei, obwohl die Entlohnung zunehmend wertlos wurde.

Ja, sie beluden weiterhin Lastwagen mit Ziegelsteinen, und ja, sie brachten Geld mit nach Hause. Doch damit konnten sie auch bloß kaufen, was die Leute bereit waren zu verkaufen, und das war nicht viel. Die Bäckereien, Gemüsehändler und Fleischerläden, die früher einmal gut bestückt gewesen waren, hatten nun wenig oder gar nichts zu verkaufen. Und das, was sie hatten, war oft kaum genießbar.

Immer mehr Tote lagen in der Gosse. Immer mehr Menschen waren krank. Papas Husten hatte sich nicht gebessert und inzwischen hatte Mama ihn auch bekommen.

Während Asher und Papa für wertloses Geld arbeiteten, gingen Mama und die Mädchen los und bettelten um Essen. Aber es schien, als begegneten sie ständig mehr Bettlern.

»Weshalb arbeitest du noch?«, fragte Mama oft. »Niemand besitzt etwas, das er dir verkaufen könnte.«

Anfangs lautete Papas Antwort, dass er davon Essen kaufte. Nicht viel, aber immerhin etwas. Und etwas war mehr als nichts. Dann beschwerte er sich über den Zustrom an Menschen. Mehr und mehr trafen ein und wurden in dieses kleine Areal von Warschau gequetscht. »Für jeden Toten, den man rausträgt, treffen zwei Lebende neu ein«, sagte er oft. »Unterm Strich muss ein hungriger Mund mehr versorgt werden.«

Eines Abends ruhte er auf dem Bett, als es an der Tür klopfte. Asher öffnete sie und ein Mann fragte nach Papa. Der stöhnte, erhob sich jedoch, trat mit dem Mann vor die Tür und schloss sie hinter sich.

Asher lauschte. Die beiden Männer stritten sich einige Minuten lang. Dann kam Papa wieder herein und schlug die Tür hinter sich zu. Er seufzte und zögerte, bevor er sprach.

»Lasst liegen, was ihr gerade tut, und setzt euch.« Er wartete, bis alle Blicke auf ihm ruhten, bevor er fortfuhr. »Sie sagen … das heißt, die Behörden sagen …«

»Was?«, fragte Mama ungeduldig. »Was ist los?«

»Tja, also, die Rede ist von einem Mangel an Unterkünften.«

Sie schaute sich im Zimmer um, vom Waschbecken an einem Ende zum Bett mitsamt Matratzen auf dem Boden am anderen und dem Tisch in der Mitte. »Und das sind deine Neuigkeiten?«

Papa senkte den Blick zu Boden. »Wir werden uns dieses Zimmer mit einem jungen polnischen Paar teilen.«

Mama lachte, aber Asher erkannte, dass es ein leeres, verzweifeltes Lachen war.

»Das geht nicht«, sagte sie. »Sag ihnen Nein. Das werden wir nicht akzeptieren.«

Papa hob die Hand. »Daran ist nicht zu rütteln.«

»Du meinst, wir sollen mit *Fremden* im Raum essen, schlafen und uns waschen? Ganz sicher nicht!«

»*Bitte!*«, dröhnte Papas Stimme durchs Zimmer.

Mamas Unterlippe bebte. Sie schüttelte entsetzt den Kopf.

»Entschuldige, Golda«, sagte Papa. »Es tut mir leid, dass ich laut geworden bin. Aber … wir haben keine Wahl.«

Sie nickte langsam. Papa legte den Arm um sie und winkte ihre drei Kinder herbei.

»Wir haben keine Wahl«, wiederholte er, »und unsere neuen Gäste auch nicht. Wir müssen sie willkommen heißen.«

»Schon gut«, sagte Mama leise schluchzend. »Ich schätze, du hast recht. Wir können uns nicht bei ihnen beschweren oder ihnen die Schuld geben.«

»Und das werden wir auch nicht«, bekräftige Rina. »Wir wissen alle, wessen Schuld das ist.«

* * *

Oskar und Sala Slominski trafen spät am selben Abend ein. Sie waren ganz offensichtlich geschwächt und sehr verängstigt. Sie entschuldigten sich gehetzt und nervös für die Unannehmlichkeiten, nickten jedem grüßend zu und schauten sich verstohlen im Zimmer um.

Asher überlegte, dass sie wahrscheinlich nicht viel älter waren als er, vielleicht Anfang zwanzig. Sala war eine zierliche Frau, Oskar groß und dünn. Er ragte über den Kogans auf und drohte beinahe umzufallen wie ein instabiler Turm. Die Tatsache, dass er ein rotes Geburtsmal im Gesicht trug, das eine Wange und eine Seite des Halses bedeckte, ließ ihn sogar noch zerbrechlicher wirken, und anfangs fand es Asher schwer, nicht auf das Mal zu schauen.

»Setzen Sie sich«, lud Papa sie ein. »Entspannen Sie sich. Und Sie brauchen sich nicht zu entschuldigen.«

Trotzdem wirkten sie verunsichert, klammerten sich an ihre Koffer.

»Ich hole Ihnen etwas gesüßte Milch«, sagte Mama. »Ich fürchte, sie wird nicht heiß sein. Heizmaterial ist sehr knapp.«

Die Slominskis dankten ihr, stellten in einer Ecke des Zimmers ihre Koffer ab, als beinhalteten sie Zerbrechliches, und setzten sich mit den Kogans an den Tisch.

Es stellte sich heraus, dass sie ausschließlich Polnisch sprachen, was die Kogans unterschiedlich gut beherrschten, ein Ausgangspunkt, um sich zu verständigen.

»Kommen Sie von weit her?«, fragte Papa.

»Ich weiß nicht genau«, antwortete Oskar, nach wie vor etwas desorientiert.

»Wir kommen aus einer kleinen Stadt im Norden, nicht weit von Danzig«, fuhr Sala fort. »Wir wurden erst heute Morgen informiert und mussten alles in je zwei Koffer pro Person packen.«

»Unter vorgehaltenen Gewehren, nehme ich an«, warf Mama vom Küchentresen her ein.

Sala nickte mit gequälter Miene.

Oskar hielt ihre Hand. »Es war eher mitten in der Nacht, als sie uns holen kamen. Sala hatte große Angst.« Er hielt einen Moment lang inne. »Ich auch. Ich kann Waffen nicht ausstehen.«

»Uns wurde nicht gesagt, wohin wir fuhren«, erzählte Sala weiter. »Wir hatten alle die Gerüchte über Lager gehört, in denen die Lebensbedingungen unerträglich sind.« Sie blickte zu Oskar auf und drückte seine Hand. »Aber jetzt fühle ich mich besser. Das ist eine schöne Wohnung. Sie sind gute Menschen.«

Papa blickte mit gehobener Augenbraue zu seinen Kindern. »Sie haben uns an einem guten Tag erwischt.«

Mama brachte zwei Tassen Milch an den Tisch. »Es tut mir leid, wir haben nur wenig zu essen. Wir können Ihnen nur jedem ein kleines Stück Challa anbieten.«

Oskar schaute zu Sala und sie schüttelte leicht den Kopf.

»Vielen Dank«, erwiderte Oskar. »Aber im Moment brauchen wir Ruhe dringender als Essen.« Er warf einen Blick hinter sich. »Werden wir ein eigenes Zimmer haben?«

Mama und Papa wechselten Blicke. »Das, was Sie hier sehen«, antwortete Papa. »Dieses eine Zimmer. Das ist alles.«

Es dauerte ein Weilchen, bis ihnen das Arrangement bewusst wurde, und dann senkten Oskar und Sala den Blick auf ihre Milchtassen. Oskar trank einen Schluck und seufzte. »Köstlich«, sagte er. »Vielen Dank.«

»Und, wie verdienen Sie sich Ihren Lebensunterhalt?«, fragte Keren nach einer langen Pause.

»Oh, ja«, antwortete Oskar nun ein wenig lebendiger. »Sala ist Schneiderin und ich bin Chemieingenieur beim örtlichen …« Er stoppte und sein Enthusiasmus verlosch zügig. »Ich meine, ich *war* Chemieingenieur.«

»Das ist schon in Ordnung«, sagte Rina. »Papa besaß früher mal einen Gutshof. Jetzt ist er ein einfacher Arbeiter und darf sich den Rücken beim Aufladen von Ziegelsteinen auf Lastwagen brechen.«

»Rina!«, knurrte Papa. »Ich kann für mich selbst sprechen, und es ist eine gute Arbeit, eine wichtige Stelle in der Ziegelbrennerei. Ich helfe …« Seine Worte verloren sich in einem gutturalen Brummen. »Ach, sie hat recht. Es gefällt mir nicht, aber sie hat recht. Ich bin ein Arbeiter.«

»Aber der Krieg wird enden«, sagte Sala und zwang sich ein Lächeln ab. »Denn jeder Krieg geht einmal zu Ende. Und wenn es so weit ist, kehrt wieder Normalität ins Leben ein.«

»Natürlich«, antwortete Papa. Er nickte ihr bekräftigend zu, und das Gespräch ging zur Straßenführung im jüdischen Bezirk sowie der mageren Lebensmittelversorgung über. Danach legten sie sich alle zum Schlafen hin. Die Slominskis benutzten die Polster der beiden Sessel als Matratzen.

* * *

In nächster Nähe mit Fremden zu leben würde sich stets unangenehm anfühlen, aber nach den ersten paar Tagen war es schon nicht mehr ganz so schlimm. Mama borgte sich nebenan Nadel und Faden und nähte gemeinsam mit Sala einen Behelfsvorhang damit. Mit einem Stück Strick trennten sie eine Zimmerecke ab. Dahinter schliefen Sala und Oskar und dort bewahrten sie ihre Habseligkeiten auf.

Keren erklärte den Bereich zum »Slominski-Haus« und entwarf ebenfalls einen Zeitplan für die »Familienstunde«, innerhalb derer entweder die Kogans oder die Slominskis die Wohnung täglich für eine Stunde verließen, um den anderen etwas Raum zu geben und die Privatsphäre, sich am Waschbecken waschen zu können.

In den darauffolgenden Wochen lernten die fünf Kogans und zwei Slominskis nach und nach, beim Gang um den Tisch oder zum Waschbecken nicht mehr ineinander zu laufen. Außerdem gaben sie sich große Mühe, etwaiges Jammern auf die »Familienstunde« zu beschränken. Das heißt, die Kogans hielten es so. Asher hatte keine Ahnung, was die Slominskis während ihrer Familienstunde taten – allerdings wirkten sie das ein oder andere Mal errötet und perplex, wenn die Kogans heimkehrten.

Eines Tages bei der Arbeit in der Ziegelbrennerei wurde Papa von einem Wachposten beiseitegerufen. Asher fuhr fort damit, die Ziegel auf einen Lastwagen zu hieven, hörte jedoch auf, als er seinen Papa aus dem Augenwinkel wild gestikulieren sah. Es fielen wütende Worte. Einen Moment lang hob der Wachmann sein Gewehr. Papa kehrte an seinen Posten zurück und lud wieder Ziegelsteine auf, aber er würdigte Asher weder eines Blickes noch eines Wortes.

Auf dem Heimweg schwieg Papa noch immer – bis sie vor ihrem Haus ankamen. Dort blieb er stehen und drehte sich zu Asher.

»Ich habe schlechte Nachrichten«, begann er. »Und ich denke, du solltest sie als Erster hören.«

Asher schnürte es die Kehle zu. »Geht es um Izabella?«

Papas Stirn legte sich in tiefe Falten. »Nein. Von ihr gibt es nichts Neues, fürchte ich. Aber wir werden in der Ziegelbrennerei keine Arbeit mehr haben.«

Hunderte Worte der Angst und der Sorge tummelten sich auf Ashers Zunge, doch er konnte nichts sagen, konnte nichts tun, außer seinem Papa ins Haus zu folgen.

Papa versammelte die Familie. Die Produktion in der Ziegelfabrik würde demnächst eingestellt. Der eine große Auftrag für Baumaterial war erfüllt worden. Es gab keine Arbeit mehr für Asher und ihn.

Die folgende Diskussion brach Papa ab: »Was soll ich eurer Meinung nach machen?«, fragte er in die Runde. »Ich habe keine Lösung.«

Während der langen, elenden Tage danach blieben Asher und Papa zusammen und trotteten auf der Suche nach Essen oder Arbeit jeglicher Art durch das eingemauerte Gebiet der Stadt. »Überlass das Reden mir«, sagte Papa stets zu ihm.

Asher folgte diesem Wunsch. Aber allen, denen man begegnete, zu sagen, dass man absolut alles im Austausch gegen Essen für die Familie tun würde, erschien ihm gar nicht so schwierig.

Allerdings erkannte er schnell, dass es für seinen Papa sehr schwer war, diese Worte auszusprechen.

* * *

Kurz nachdem die Ziegelbrennerei im Sommer 1942 geschlossen wurde, schien etwas Hoffnung aufzukeimen. Viele Juden wurden aus der eingemauerten Stadt inmitten einer Stadt weggebracht. Die offizielle Erklärung lautete, dass man den Menschen an einem anderen Ort in Polen mit mehr Platz bessere Unterkünfte gab – eine Art Himmel.

Asher hörte die Gerüchte darüber, was tatsächlich geschah – wie alle anderen auch. Doch über solche Dinge sprach die Familie nicht offen. Optimismus mochte der Grund sein.

Mama fand, das seien gute Neuigkeiten für diejenigen, die in Warschau blieben, da es für sie mehr Platz und vielleicht mehr Essen bedeutete.

Innerhalb weniger Monate zerschlugen sich ihre Hoffnungen. Weil die Behörden zügeweise Menschen in diesen »Himmel« gebracht hatten, verkleinerten sie das eingemauerte Areal noch weiter. Sie waren zurück am Anfang, schrumpfende Körper in einem schrumpfenden Gefängnis. Bis dahin hatte es sich angefühlt, als wäre man in einer eingemauerten Stadt gefangen. Jetzt fühlte es sich wie ein echtes Gefängnis an.

Arbeit fand nur noch, wer Besorgungen für die Soldaten erledigte, die im Getto patrouillierten, oder Leichname umherkarrte. Damit ließen sich die absoluten Notrationen etwas aufbessern. Trotzdem schnürten sie die Kordeln, die ihre Hosen und Röcke hielten, stetig enger. Seltsamerweise schien Sala um den Bauch herum zugenommen zu haben, obwohl ihr Gesicht schmaler wurde. Ashers Mama und Papa hatten zwar schon lange die Lust an bereichernden Gesprächen verloren, doch nun blieben ihre Gesichter ausdruckslos und gewechselte Worte endeten rasch in kleinlichem Zank.

Für Asher war der einzige Hoffnungsschimmer seine Schwester Rina. Sie meisterte die aussichtslose Lage auf irgendeine Weise und brachte so viel Essen nach Hause, wie alle anderen zusammengenommen. Sie sprach nicht darüber, sondern legte die Sachen einfach flink in den Schrank. Doch Asher bemerkte es.

Und Papa ebenfalls.

An einem dunklen Abend des zu Ende gehenden Jahres setzten sie sich alle für eine Mahlzeit aus Kartoffelsuppe und Klößchen zusammen. Einer Menge Klößchen.

»Wieso haben wir so viele Klößchen?«, fragte Papa Mama.

»Beschwerst du dich etwa?«, erwiderte sie.

»Nein, aber …«

Asher fiel auf, dass Rina geradeaus starrte, und Keren warf ihr einen misstrauischen Blick zu.

»Ich habe mich nur gefragt, wieso«, beharrte Papa.

»Weil ich viel Mehl hatte«, antwortete Mama.

Papa überlegte einen Moment lang und nickte dann vor sich hin. Er nahm den Löffel, hielt ihn über die neblig dampfende Flüssigkeit und senkte ihn langsam. Kaum berührte der Löffel die Suppe, ließ er ihn fallen und stöhnte frustriert. Erst starrte er Rina an, dann Oskar und Sala, als forderte er jeden Einzelnen von ihnen heraus, den Mund aufzumachen.

»Ich halte das nicht mehr aus«, sagte er zu niemand Bestimmtem. »Das war Rina, oder?«

Es herrschte Stille.

»Sie hat das Mehl organisiert, nicht wahr?«, fügte er hinzu, als niemand Anstalten machte, seine Frage zu beantworten. Er drehte sich zu seiner Frau. »Golda, woher hast du das zusätzliche Mehl?«

»Ich habe es gefunden.«

»Gefunden?«

»Im Küchenschrank.«

»Aber …« Papa drehte sich zu Rina. »Sieh mich an, Rina.«

Sie schaffte es gerade so, ihm einen flüchtigen Blick zuzuwerfen.

»*Rina?*«

Jetzt sah sie ihn direkt an. »Du ziehst es vor zu hungern, ist es das?«

»Nein, aber …«

Die beiden benahmen sich wie zwei Hirsche, die einander mit ihren Geweihen niederringen wollten.

»Papa, frag mich nicht, ich werde es dir nicht verraten.«

Seine Stimme wurde weicher, brach beinahe. »Aber ich habe Angst um dich. Ist das so verkehrt?« Er wandte sich an Mama: »Weißt du, was sie tut, um an dieses Essen zu kommen?«

»Niemand weiß es«, antwortete Rina. »Und so muss es auch bleiben. Aber bitte, glaub mir, Papa, es ist nicht das, was du denkst.«

»Ich bin mir nicht sicher, was ich denke«, murmelte er und zuckte die Schultern. Dann fragte er: »Oskar, wenn das Ihre Tochter wäre, was würden Sie denken?«

Oskar blinzelte ein paarmal und suchte bei Sala nach Bestärkung. Sie nickte ihm zu. »Wir sind einfach nur dankbar für alles zusätzliche Essen, das wir bekommen können«, sagte er. »Wir brauchen es … ich meine, *Sala* braucht es mehr denn je.«

Papa warf Sala einen Blick zu. »Wirklich? Wieso?«

Oskar legte den Arm um seine Frau. »Sie … erwartet ein Kind.«

Alle hörten auf zu essen und starrten Sala an.

»Oh«, sagte Papa. Er öffnete den Mund, als wollte er etwas ergänzen. Doch dann kreuzte sich sein Blick mit Oskars und er aß stattdessen einen Löffel Suppe.

Es folgte ein langes Schweigen. Niemand traute sich, auch nur zu essen, weil das ein Geräusch machen könnte.

Papa seufzte. »Und, ähm …« Er schaute kurz Sala an und danach Oskar. »… haben Sie sich überlegt, wo das zusätzliche Essen herkommen soll?«

»Hirsch!«, zischte seine Frau. »Sei nicht so ungehobelt.«

»Aber es ist doch wahr. Ich habe mich bloß gefragt, ob sie darüber nachgedacht …«

»Herr Kogan«, fiel Oskar ihm ins Wort, »ich weiß Ihre Sorge zu schätzen, aber was sollen wir denn tun?«

Seine Frau lehnte sich vor. »Und der Krieg könnte vorbei sein, wenn mein Kind geboren wird.«

Papa brummte missbilligend. »Glauben Sie das wirklich? Ich glaube, Sie machen sich etwas vor.«

»Aufhören!«, rief Rina und schlug mit der flachen Hand auf den Tisch, was ihren Papa sichtlich zurückschrecken ließ. »Hört sofort auf! Seht ihr denn nicht, dass ihr sie gewinnen lasst, wenn ihr euch streitet? Lasst uns unser Bestes versuchen, ein normales Leben zu führen. Wie würdet ihr euch in einer idealen Welt verhalten? Wenn ihr könnt, dann macht es. Gebt nicht auf.«

»Solche hehren Worte sind schön und gut«, entgegnete Papa. »Aber wir bekommen jetzt schon kaum genug Essen zusammen.«

»Es wird alles gut gehen«, erwiderte Rina.

»Aber wie?«

»Wir werden zurechtkommen. Sorge dich nicht und frag nicht. Iss einfach.«

»Jetzt muss ich mich von meiner eigenen Tochter herumkommandieren lassen?«

»Dir zu sagen, dass du dich nicht sorgen sollst, ist kein Befehl, Papa.«

Papa schüttelte verwirrt den Kopf, fing aber an zu essen, und alle taten es ihm gleich. Erst lange nachdem die leeren Schüsseln samt Löffeln weggeräumt worden waren, kam erneut ein Gespräch in Gang. In jener Nacht dachte Asher über Rina nach. Wie alle anderen auch wusste er nicht genau, was sie tat, um zusätzliches Essen zu besorgen, aber er wusste, dass sie mutig war.

Dass sie dieses Jahr überlebt hatten, war größtenteils ihren Anstrengungen zu verdanken, wie auch immer sie geartet waren.

Kapitel 15

August 2001 – Parkplatz am Allegheny Bezirksgefängnis, Pittsburgh

Diane warf sich mehr oder weniger in den Beifahrersitz und schlug die Tür zu. »Lass uns fahren.«

Brad war bereits drei Häuserblocks weit gefahren, bevor sie ein Wort sprach. »Verfluchte Bürokraten!«, murrte sie.

Er wartete auf eine Erklärung, die nicht kam, und gab dann seine Vermutung ab. »Du hast also kein grünes Licht bekommen?«

Zwei weitere Häuserblocks lang, einschließlich dreißig Sekunden Wartezeit an einer Ampel, schwieg sie.

»Jetzt sagt er, er will reden, aber nur mit mir.«

»Ist das ein Problem?«

»Er meint unter vier Augen, ohne Rechtsbeistand, und nicht einmal Wachpersonal darf zuhören.«

»Oh.«

Weitere zwei Blocks zogen vorbei.

»Und hast du den Leiter oder wen auch immer gefragt?«

»Den Deputy und ein paar andere Leute. Sie sagen, es sei indiskutabel.«

»Was dachten die sich wohl? Dass du dich an dem alten Mann rächst?«

»Ganz eindeutig bin ich nicht vertrauenswürdig. Ich habe den Mistkerlen gesagt, dass sie mich nach Waffen durchsuchen, mir die Hände ans Tischbein fesseln und tun können, was auch immer sie verdammt noch mal wollen, außer mir die Ohren abzudecken.«

»Dann war's das also?«

Brad schaute kurz zu ihr hinüber und sah, wie sie den Kopf schüttelte.

»Das war's *für heute.* Ich habe quasi ewig diskutiert und denen gesagt, dass das mein Vater war, der ermordet wurde, und dass ich das hier brauche, um mit der Sache irgendwie abzuschließen.«

»Ich begreife das nicht. Was passiert denn nun jetzt?«

»Sie überlegen, ob sie eine Überwachungskamera installieren, um uns im Auge zu behalten und sicherzustellen, dass ich nichts Dummes mache. Wenn das nicht gegen ihre Bestimmungen verstößt, erledigen sie das morgen.«

»Klingt gut.«

»Abgesehen von einer weiteren schlaflosen Nacht, in der ich mich frage, was zum Teufel zwischen ihm und meinem Vater vorgefallen ist. Und die Antwort darauf erfahre ich nur, wenn ich Glück habe. Das ist alles so verdammt nervig.«

Sie bogen in Brads Auffahrt.

»Entspann dich ein wenig«, sagte er. »Wir kochen etwas, sehen fern, ich könnte Emma und David anrufen, vielleicht haben sie Lust auf einen Drink – alles, was dich ablenkt.«

Doch Diane schüttelte bereits den Kopf. »Ich möchte allein sein«, sagte sie.

Sie stiegen aus dem Auto.

»Allein sein?«, fragte Brad.

Sie verdrehte leicht die Augen. »Allein sein *mit dir.*«

Brad legte ihr den Arm um die Schultern und küsste sie. »Hör mal, nach dem, was du durchgemacht hast, darfst du alles haben, was du willst.«

»Ach ja, weil wir gerade davon reden … ähm … kannst du mich morgen wieder dorthin fahren?«

»Hey, das brauchst du gar nicht zu fragen.«

* * *

Am nächsten Morgen lagen Diane und Brad zusammen im Bett und hörten die Nachrichten im Radiowecker. Sie lag auf der Seite, zusammengekugelt wie ein Knäuel, als wäre ihr kalt. Er lag hinter ihr, kuschelte sein Gesicht in ihr Haar und streichelte ihren Arm, seine nackte Brust eng an ihren nackten Rücken gepresst.

»Hast du dir überlegt, was du tun wirst?«, fragte er und drückte ihr einen Kuss auf den Scheitel.

»Weswegen?«

»Ich meine, na ja, du willst doch nicht in das Haus deines Vaters zurück, oder?«

Diane spürte, wie sie bei dem Gedanken erschauerte. »Ich kann nicht einmal zu Besuch dorthin, geschweige denn dort leben.«

»Und wo wirst du dann wohnen?«

»Sobald ich herausgefunden habe, warum dieser Mistkerl meinen Vater ermordet hat, fahre ich zu meiner Mutter nach Baltimore.«

»Für immer?«

»Ich kann sonst nirgendwohin.«

Ein Werbespot erklang, den Diane derart nervtötend fand, dass sie fluchte. Brad griff über sie hinweg, stellte das Radio aus und drehte sich auf den Rücken.

»Hey, was wird denn das?«, fragte Diane.

»Tut mir leid.«

Eine Sekunde später spürte Diane erneut seine warme Brust an ihrem Rücken. »Nein, mir tut es leid«, sagte sie.

»Was denn?«

»Dass ich gesagt habe, ich könnte sonst nirgendwohin.«

»Ist schon okay.«

Sie meinte, einen beleidigten Unterton zu hören, drehte den Kopf und suchte dieses resignierte Halblächeln in seinem Gesicht, das stets auftauchte, wenn er keine Lust hatte zu diskutieren. Und ja, da war es.

»Ist das tatsächlich okay?«, fragte sie.

Er küsste sie und sie kuschelten sich wieder aneinander. Sie schloss die Augen, als er erneut sprach.

»Ich nehme an, dass du nur vorübergehend bei deiner Mutter bleiben wirst.«

»Nach dem, was passiert ist, bin ich völlig durch den Wind. Ich bin mir nicht sicher, was vorübergehend ist und was nicht.«

»Ich habe bereits gesagt, dass du gern hier einziehen kannst.«

»Ja, hast du.«

»Also … vielleicht kannst du mir zu gegebener Zeit sagen, wo ich stehe?«

»Im Augenblick bist du das Bollwerk, das mich bei Verstand hält und verhindert, dass sich mein Gehirn in Matsch verwandelt.«

Er stieß ein halb verkniffenes Lachen aus. »Ich sollte mir einen dieser ›Hier, um zu helfen‹-Anstecker besorgen.«

»Du darfst keinesfalls glauben, dass ich nicht zu schätzen weiß, was du für mich tust, Brad.«

»Ich weiß. Aber ich denke einfach …«

»Was?«

»Na ja, zu mir sagst du immer, dass du mit deiner Mutter nie so richtig klargekommen bist, also verstehe ich nicht, wie es dir helfen soll, wenn du bei ihr bist – wie lang auch immer.«

»Es ist nicht ganz so einfach.«

»Inwiefern?«

Diane schwieg.

»Komm schon, du kannst es mir sagen. Wirklich.«

»Nein, nein. Ich versuche nur gerade selbst, eine Antwort zu finden. Wenn ich ehrlich bin, war mir nie erlaubt, mit meiner Mutter klarzukommen. Nach der Trennung versuchte ich wie jedes gute Kind, den Frieden zwischen meinen Eltern zu bewahren, aber das war ein hoffnungsloses Unterfangen. Sie fragten mich, was ich wollte. Ich wollte bei meiner Mutter leben, also blieb ich bei ihr, und Vater rief mich regelmäßig an und besuchte uns gelegentlich. Dann zog ich zu ihm und er erzählte allen immer, ich hätte es mir anders überlegt und mich dafür entschieden, bei ihm zu leben.«

»Ich erinnere mich, dass er das gesagt hat. Du hast allerdings auch nicht widersprochen, oder?«

»Das war die offizielle Version, schätze ich. Und ich habe mir gern etwas vorgemacht, weil ich mich dann besser gefühlt habe.«

»Und was ist die Wahrheit?«

»Wenn er mich damals anrief, fragte er immer, wie es mir ginge und was die Schule mache. Später erzählte er mir Sachen, derentwegen ich mich schrecklich fühlte. Dass er von der Arbeit abgesehen seit zwei Wochen mit niemandem geredet habe, dass ihm seine eigene Gesellschaft genüge. Er trug wirklich dick auf – ganz zweckmäßig. Manchmal wenn er zu Besuch war und wieder gehen musste, nahm ihn das so mit, dass er beinahe weinte. Ich weiß nicht, ob es Tränen der Traurigkeit, der Wut oder der Täuschung waren. Ich weiß nur, dass es funktioniert hat.«

»Du bist zu ihm zurückgekehrt?«

»Ja. Und danach fand ich es wohl schwer, wieder zu entkommen.«

»Was hatte deine Mutter zu all dem zu sagen?«

»Ich glaube, sie war noch ein bisschen in ihn verliebt oder wollte zumindest nicht, dass er einsam und unglücklich war. Du hast sie kennengelernt. Sie ist ein geselliger Typ. Aber er war das Gegenteil. Er machte sich nicht sonderlich viel aus anderen Menschen.«

»Es ist ein bisschen barsch, das über deinen Vater zu sagen.«

Diane zuckte die Schultern. »Es ist die Wahrheit – oder meine Sicht darauf. Du warst nicht dabei, wenn ich einen neuen Freund nach Hause brachte und er ihn quasi verhörte, um mir danach zu sagen, was mit ihm nicht stimmt. Als ich zwanzig wurde, habe ich ihm deswegen die Stirn geboten. Darauf erwiderte er, dass er nur ein stolzer Vater sei und versuche, mich zu beschützen. Ich nahm ihm das nicht ab. Da wurde er tränenselig und lamentierte, seine einzige Sünde sei, dass er niemals einen Mann als gut genug für mich akzeptieren könne. Das habe ich geschluckt. Erst mit fast dreißig wurde mir klar, dass das eine Art Masche von ihm war. Der Gedanke, dass ich ausziehe, war für ihn schier unerträglich.«

»Ich begreife das nicht, Diane. Ich weiß, dass du nicht ganz so selbstbewusst bist, wie du nach außen hin wirkst. Aber wenn dir das aufging, als du dreißig warst, warum hast du damals keinen Schnitt gemacht, dir eine eigene Wohnung in der Nähe gemietet und dich langsam von ihm abgenabelt?«

»Ich schätze, nach all der Zeit war ich genauso schwach geworden wie er. Und er war mein Vater. Dass er besitzergreifend war, heißt ja nicht, dass er mich nicht liebte.«

»Heißt es das nicht?«

Beide schwiegen entspannt. Diane spürte, wie Brad den Kopf hob. Sie wusste, was er tat: auf die Uhr am Wecker schauen.

»Nein, heißt es nicht«, griff Diane den Faden wieder auf. »Einmal erwähnte ich ihm gegenüber, dass ich mehr unter

Menschen gehen wollte – mehr Leute kennenlernen wollte. Was für ein Zufall, meinte er, weil er genau dasselbe dachte. Also gaben wir ein paar Partys bei uns, luden einige seiner, einige meiner Kollegen ein und die Nachbarn. Irgendwie wusste ich, dass er nicht mit ganzem Herzen dabei war, trotzdem hielt er durch. Nachdem alle gegangen waren, zog er immer über sie her, und während der dritten Party begann er, gegenüber den Leuten ausfällig zu werden. Nicht aggressiv oder so, bloß übellaunig. Ich wollte wissen, wo das Problem lag, vor allem, weil er sich die Partys ja auch gewünscht hatte. Er sah aus, als würde es gleich ein Donnerwetter geben, und da wusste ich, dass er diese Partys in Wahrheit nie gewollt hatte. Es ging nur darum, mir eine Freude zu machen, damit ich gern dort wohne. Also, auch wenn seine Beweggründe egoistisch waren, hat er dennoch *versucht*, mich glücklich zu machen.«

»Du glaubst nicht, dass er dich einfach nur für sich haben wollte?«

»Ich schätze, wir alle handeln öfter im eigenen Interesse, als wir zugeben wollen. Jeder von uns hat ein schwächeres Selbst.«

»Hatte er dich vielleicht irgendwie in der Hand?«

»Selbstverständlich nicht. Sieh mal, ich wollte einfach nicht, dass er einsam ist. Ist das so verkehrt?«

Brad öffnete den Mund, um zu antworten, schien ein Nicken dann aber ausreichend zu finden.

»Wir hatten unsere Höhen und Tiefen, aber wir sind gut miteinander ausgekommen. Ich vermisse ihn. Ich vermisse ihn *wirklich*. Wir hatten den gleichen Geschmack beim Essen und bei Fernsehsendungen – zumindest hat er mich das glauben lassen. Und deshalb fiel es mir sogar noch schwerer auszuziehen.«

»Das ist alles? War das der Grund für all die Jahre? Du wolltest einfach nicht, dass er einsam war?«

»Darüber möchte ich nicht reden. Nicht jetzt.«

»Okay, aber apropos Ausziehen, hast du gesehen, wie spät es ist? Wir müssen frühstücken, und dann müssen wir im Gefängnis anrufen und herausfinden, ob dein Videoshooting stattfindet.«

Diane drehte sich zu ihm. Sie umarmten sich. Sie bedankte sich bei ihm.

Kapitel 16

1942 – Kiew, Ukraine

Vom Wechsel der Jahreszeiten wusste Mikhail, dass er inzwischen seit etwa einem Jahr im Kriegsgefangenenlager war. Ein Meer aus Männern dehnte sich über den Horizont aus. Hunger und Krankheiten waren überall, Schläge und Erschießungen so häufig, wie Essen, Obdach und Kleidung rar waren.

Mikhail aß nur aus animalischer Gewohnheit. Wenn das Essen am Tor eintraf, kämpfte er sich ganz nach vorne, stieß Männer beiseite, die er wohlwissend als Kameraden oder Landsmänner – oder zumindest als menschliche Wesen – ansehen sollte. Doch er schlug sich mit ihnen um das wenige Essen, das es gab.

Davon abgesehen hatte er jede Menge Zeit zum Nachdenken, und viele von Papas Worten wirbelten ihm immer wieder durch den Kopf – darüber, ein stolzer Ukrainer zu sein, über Selbsterhaltung, und darüber, das zu tun, was zum Überleben nötig war. Immerhin hatten ihn diese Ideale bis hierher gebracht, während Boris und Taras zusammen mit Millionen anderen umgekommen waren.

Doch auch mit diesen Worten seines Vaters im Kopf begann Mikhails Geist, wenn nicht gar sein bewusstes Ich, aufzugeben.

Wie viel länger konnte er überleben? Ein weiteres Jahr? Weitere fünf Jahre? Und was kam danach – ein Land, das statt von Sowjets von Nazis kontrolliert wurde? Er hatte viele Gefangene gesehen, die die Wachen angriffen, um allem ein Ende zu setzen und erschossen zu werden. Sie wollten lieber wie kranke und nutzlose Hoftiere abgeschlachtet werden.

Die Wachen hatten offensichtlich ein paar ukrainische und russische Worte gelernt und nutzten sie, um die Gefangenen pausenlos zu verhöhnen: *nutzlos*, *dreckig*, *widerlich*, *Untermensch*, *wertlos*, *gottlos* – die Liste ließ sich problemlos fortsetzen. Das einzig Barmherzige war, dass darüber hinaus fast alles, was sie sagten, auf Deutsch war.

Heute brachte ihnen ein Soldat das Essen, der zufällig gut Russisch sprach. »Zeit fürs Abendessen, ihr russischen Bauerntölpel«, sagte er, während er Speisereste auf den Boden schüttete.

Mikhails verkümmerter Verstand brauchte eine Weile, bis er das mitbekam. Doch dann lauschte er umso aufmerksamer.

»Wie's aussieht, haben wir eine neue Schweinerasse entdeckt. Das russische Schlappschwanz-Schwein.«

Mikhail schnappte sich ein Stück schimmliges Brot vom Boden und begann, daran zu nagen, ohne jedoch den Blick von dem Wachmann abzuwenden.

»Wieso seid ihr Russen dermaßen verdreckt?«, rief er aus und lächelte breit. »Habt ihr das im Blut oder lernt ihr das von euren russischen Schweinevätern?«

Mikhail konnte nicht anders. Er entgegnete: »Ich bin kein Russe!«, und schnappte sich ein zweites Stück Brot vom Boden.

Der Soldat lachte. »Was hast du gesagt, du dreckiges Russenungeziefer?«

»Ich bin kein Russe!«, wiederholte Mikhail fester. »Und mein Name ist Mikhail Petrenko.«

Das Lächeln des Wachsoldaten erlosch. Er streckte die Hand aus, griff Mikhail beim Mantelkragen und zog ihn vorwärts. Mikhail war derart geschwächt, dass ihm dabei schwindelig wurde, und er fiel auf die Knie.

Der Soldat verdrehte Mikhails Mantelaufschläge in seinen Fäusten nach oben. »Rede noch mal so mit mir, *Herr Petrenko*, und ich mach dich kalt, du dreckiges Stück Russenscheiße!«

Mikhail dachte eine Sekunde lang an Selbsterhaltung und kam zu dem Schluss, dass sie zum Himmel stank. Oder vielleicht war sie ihm nicht länger wichtig. Es war nicht mehr viel von ihm übrig, das erhalten werden konnte. »Ich bin Ukrainer«, sagte er. »Und wenn du noch mal Russe zu mir sagst, *bringe* ich dich dazu, dass du mich kaltmachst.«

Damit erlosch jede Spur von Belustigung aus dem Gesicht des Soldaten. Er zerrte Mikhail auf den Knien mit sich fort. Das war nicht schwer; der Wachsoldat war zwar ein paar Zentimeter kleiner als Mikhail, aber gut in Form und gut genährt. Im nächsten Moment schlug er mit dem Gewehr gegen Mikhails Hand, und das schimmlige Brot fiel in den Schlamm.

Direkt am Zaun blieben sie stehen, und als hätte jemand einen Schalter umgelegt, sprach der Soldat jetzt auf Ukrainisch. »Du bist Russe!«, zischte er. »Du bist Russe und du bist ein Schwein. Du bist ein dreckiges, verseuchtes Schwein.« Er hob das Gewehr an Mikhails Hals. »Na los, du Russenschwein. Bring mich dazu, dich kaltzumachen!«

Mikhail war wie erstarrt, schwieg und sah dem Mann in die Augen.

Nach einer Weile senkte der Soldat das Gewehr, grinste hämisch und ging davon.

»Ukrainer!«, rief Mikhail ihm hinterher. Es gab keinen Grund dafür, keine Logik, kein Körnchen Selbsterhaltung. Es grenzte an Selbstmord. Vielleicht war das der Gedanke dahinter.

Innerhalb von Sekunden stand der Mann wieder über ihm. Diesmal hob er nicht das Gewehr, also wiederholte Mikhail das Wort, spürte das Ende kommen – das Ende seines Leidens. Sein Herz klopfte nicht schneller, dafür hatte es keine Kraft.

Der Soldat brach in spöttisches Gelächter aus. »Du bist ein mutiger Mann«, sagte er. Er zeigte auf Mikhails Gesicht. »Kommt daher die Narbe? Vom Kämpfen?«

»Ich bin nicht mutig«, erwiderte Mikhail. »Sieh dich um. Was hab ich zu verlieren?«

Der Soldat ließ den Blick über die Massen an Körpern streifen – lebendig, tot und in hundert Zwischenstufen. »Ich bin auch Ukrainer«, sagte er. »Sag, woher kommst du?«

»Diowsta«, antwortete Mikhail.

»Davon habe ich schon gehört.« Der Mann zeigte mit dem Daumen auf seine Brust. »Ich komme aus einem winzigen Dorf bei Tarnopol in Galizien.«

Es hatte Gerüchte gegeben, dass ukrainische Männer der SS beitraten – dass es genau genommen ein ukrainisches SS-Regiment gab –, aber so richtig hatte Mikhail das nie glauben können. Hier stand der Beweis.

»Du musst die Russen wirklich hassen«, sagte der Soldat.

»Ich habe nicht vergessen, was sie meinem Volk angetan haben«, antwortete Mikhail. »Anfang der Dreißiger.«

»Ich auch nicht. Stalins Hungerzeit. Trotzdem hast du auf deren Seite gekämpft?«

Mikhail zuckte die Schultern und wimmerte kurz, weil ihm das in den ausgemergelten Gelenken schmerzte. Wie konnte er dieses Argument entkräften? Er konnte sagen, dass die Russen quasi verhindert hatten, dass seine Mama mehr Kinder bekam. Doch seit er diesbezüglich mit seinen Prinzipien gerungen hatte, war so viel vorgefallen.

Dann fragte der Wachmann: »Hasst du die Deutschen auch?«

Mikhail hob schwerfällig den Arm zu den Gefangenen hinter sich. »Die Deutschen, derentwegen ich in dieser Hölle lebe? Deutsche, die uns schlechter als Tiere behandeln?«

»Aber was wäre, wenn du aus dem Lager raus dürftest?«

Mikhail zögerte verdutzt. »Und wohin?«, fragte er. »Zu welchem Zweck?«

»In Deutschland und anderswo braucht man Arbeitskräfte. Leute, denen wir vertrauen können. Sag mir nur, dass du kein Jude bist.«

»Bin ich nicht.«

»Wenn du mich anlügst, finde ich das heraus, und dann mache ich dich wirklich kalt, weißt du?«

»Tu, was du nicht lassen kannst. Ich bin kein Jude.«

»Wenn das so ist, kann ich dich empfehlen und du könntest weg von hier.«

»Was willst du als Gegenleistung?«

Der Mann lachte knurrend. »Mach dir nichts vor, du hast nichts, was ich je haben wollen würde.«

Mikhail, der seit Wochen dachte, er könnte sich unmöglich noch jämmerlicher fühlen, kam sich jetzt kaum einen Zentimeter groß vor. Doch der Wachsoldat brauchte nicht zweimal zu fragen und Mikhail brauchte keinen zweiten Blick auf das Kriegsgefangenenlager zu werfen.

* * *

Bereits am folgenden Tag wurde Mikhail aus dem Lager gezerrt – ohne jede Erklärung wurde ihm einfach mit vorgehaltener Waffe befohlen, in einen Lastwagen zu steigen. Man brachte ihn nach Polen, zu etwas, das sie Trawniki-Lager nannten. Das war ein seltsamer Ort, eine Art Ausbildungsstätte für Menschen, die eigentlich Feinde der Deutschen sein sollten, aber von ihnen »überzeugt« worden waren, für sie zu arbeiten.

Mikhail war verwirrt. Aber er hatte immerhin schon herausgefunden, weshalb ihn der Wachmann bei Kiew gerettet hatte: Er bekam quasi Provision dafür, verlässliche Arbeitskräfte für die deutsche Kriegsmaschinerie ausfindig zu machen.

Die ersten paar Wochen im Lager verbrachte Mikhail damit, wieder gesund zu werden – und sich wieder ans Bett zu gewöhnen, nachdem er so lange auf schlammigen Wiesen geschlafen hatte. Er hatte keine Ahnung, wofür sie ihn brauchten, aber im Laufe der Zeit beurteilte man jeden Aspekt seiner Fähigkeiten, dazu gehörten auch Prüfungen und Befragungen.

Kurz darauf wurde er aus seiner Baracke zitiert und marschierte zu einem besorgniserregend offiziell aussehenden Gebäude, wo er in einem Zimmer erwartet wurde, das von drei hinter einem großen Schreibtisch sitzenden Männern dominiert wurde.

Die Männer sprachen deutsch miteinander. Dann vernahm Mikhail seinen Namen, und alle blätterten vor ihnen liegende Unterlagen durch, bevor einer von ihnen zu ihm aufschaute und ihn auf passablem Ukrainisch ansprach.

»Sie kennen sich angeblich gut mit Motoren aus, Petrenko?«

»Ich habe Traktoren repariert und …«

»Reden Sie lauter!«, unterbrach ihn einer der anderen Männer.

Mikhail räusperte sich und beschloss, mit einer gewissen Selbstsicherheit zu sprechen. Er hoffte, man würde das nicht als ein Zeichen von Anmaßung und Arroganz interpretieren.

»Ich bin auf einem Bauernhof aufgewachsen, und als der Hof den ersten Traktor bekam, eignete ich mir die Grundlagen an, also wie er funktioniert und wie er gewartet werden musste. In den umliegenden Dörfern hatte ich den Ruf, dass ich die meisten mechanischen Probleme finden und beheben kann. Davon ausgehend lernte ich mehr über Zivilfahrzeuge – sowohl Benziner als auch Diesel –, und während der letzten paar

Wochen der Gefechte in und um Kiew war ich für die Wartung der Panzer zuständig.«

Die drei Männer wirkten leicht schockiert und Mikhails Puls raste. Er fragte sich, ob er zu viel gesagt hatte. Doch schließlich begannen sie, sich murmelnd zu unterhalten. Daraufhin wurde Mikhail um keinen Deut klüger zu den Baracken zurückgeleitet.

Am nächsten Tag brachte man ihn in eine Werkstatt, fast vollkommen ausgefüllt von einem großen Panzer. Davor standen die drei Männer vom Vortag, die ihn fragten, was er über das Fahrzeug wusste.

Nach wie vor nicht sicher, um was zum Teufel es bei der Sache ging, entschied Mikhail, dass er kaum etwas zu verlieren und jede Menge zu gewinnen hatte. Also sprach er erneut selbstsicher und laut.

»Das ist ein deutsches Modell«, sagte er, »obwohl ich mich mit sowjetischen Panzern besser auskenne.« Er schlenderte um das Gefährt herum, warf dabei einen Blick auf die Luftansaugung, prüfte die Aufhänger am Auspuff, öffnete die Motorhaube und tastete mit den Fingern einige der Komponenten darin ab. »Aber vom Prinzip her sind sie quasi gleich«, fuhr er fort und erklärte unter dem zustimmenden Nicken der Zuschauer im Detail, wie der Motor funktionierte – vom Einspritzen von Treibstoff und Luft, über die Kompression bis hin zum Ausstoß der Abgase.

Sie waren eindeutig beeindruckt, verrieten Mikhail jedoch trotzdem nicht, was sie im Sinn hatten. Und er wagte es nicht, sie zu fragen.

Wenig später verlegte man ihn aus der Ausbildungsstätte, ohne dass er eine Ahnung hatte, wohin es für ihn ging und weshalb.

Als sie am Bestimmungsort eintrafen, schien das eine angenehme Umgebung zu sein – eine kleine Siedlung aus Hütten und Gebäuden mitten auf dem Land. Es gab sogar eine eigene

Bahnstation mit dem Namen »Treblinka« auf dem Bahnsteig. Ein Zug mit Waggons fuhr vor. Darin befanden sich mehr Menschen als möglich schien. Sie wirkten sehr krank und wurden von Soldaten mit ziemlich gemein aussehenden Hunden von einer Seite zur anderen geschubst. Mikhail wurde aufgefordert, sie nicht anzusehen – was angesichts der schieren Anzahl der Menschen schwierig war –, und man zeigte ihm sein Quartier. Das Gebäude ähnelte einer Armeekaserne, war kaum mehr als eine Scheune, aber verglichen mit der Hölle des Kriegsgefangenenlagers war es ein Palast.

Man sagte ihm, er würde innerhalb der nächsten Stunde zur Arbeit geholt. Er beschloss, sich bis dahin auf seiner Pritsche auszuruhen, die trotz allem eine Art Paradies war und ausgekostet werden musste.

Neben den Gerüchten über ukrainische SS-Divisionen hatte es auch immer Gerüchte über geheime Lager gegeben, die verteilt über ganz Deutschland und die Länder unter deutscher Herrschaft existierten. Die Bedingungen für die Gefangenen – zumeist Juden – waren bitterschlecht.

Mikhail fragte sich, ob dies solch ein Lager war. Er war sich aus zwei Gründen nicht sicher. Zum einen gab es nicht viele Wachen oder anderes Personal. Zum anderen war es einfach nicht groß genug – es gab vielleicht zwanzig oder dreißig Gebäude, die zudem nicht besonders groß waren. Und Mikhail fühlte sich nicht wie ein Gefangener, obwohl er sich ermahnte, keinem sein volles Vertrauen zu schenken.

Nach einer Weile hörte er draußen Stimmen und setzte sich hin. Die Tür ging auf und eine Handvoll Männer kam herein. Sie sprachen Ukrainisch. Mikhail fühlte sich sofort besser: So weit entfernt von zu Hause waren diese Männer so gut wie Brüder. Er stand auf und stellte sich vor. Sie sprachen offen über die Routineabläufe wie Anwesenheitsappell, Mahlzeiten und dergleichen. Sie wirkten nicht unbedingt glücklich, schienen aber bei relativ guter Gesundheit zu sein.

Dann fragte Mikhail: »Und, was wird in diesem Lager gemacht?«

Alle hielten eine Sekunde lang in ihren Tätigkeiten inne und warfen einander Blicke zu. Einer schaute Mikhail äußerst besorgt an.

»Ich meine, was habt ihr gerade getan?«

Noch immer sagte keiner ein Wort.

»Wenn es so weit ist, wird man dir schon sagen, welche Rolle du spielst«, antwortete einer.

Mikhail war verwirrt. Diese Männer waren alle diensttüchtig, und obwohl sie schlank waren, wirkten sie nicht gefährlich krank. Also, was auch immer sie taten, es schadete ihnen nicht.

Mit dem Gedanken, dass er sie vielleicht irgendwie beleidigt hatte, legte sich Mikhail zurück auf seine Pritsche und blieb still.

Einige Minuten später trat jemand anders ein – ein Wachmann in Uniform – und befahl Mikhail, ihm zu folgen. Er sprach ebenfalls Ukrainisch. Erst als sie einen engen Pfad erreichten, der von beiden Seiten her vor Blicken sicher war, sprach er wieder ein Wort. Man nenne diesen Pfad »Himmelsstraße«. Mikhail wiederholte das fremde Wort unbeholfen, und dann erklärte ihm der Wachmann, was es auf Ukrainisch bedeutete. Ein höfliches Lächeln umspielte Mikhails Lippen. Machte der Mann Witze? Das schien ihm ein seltsamer Name für einen Pfad zu sein.

In diesem Moment vernahm Mikhail das Geräusch – ein pulsierendes Brummen in der Ferne. Je weiter sie dem Pfad folgten, desto lauter wurde es. Am Ende der Himmelsstraße erreichten sie einen weiteren Teil des Lagers, der vom Rest verborgen lag. Mikhail wurde zu einem großen Ziegelsteingebäude geführt. Vor der nächstgelegenen Tür – die verschlossen war – saßen einige Menschen. Zwei waren deutsche Wachen, die anderen schienen Zivilisten zu sein.

Die Zivilisten waren nackt. Mikhail spürte, wie sein Körper zu beben begann, als seine Fantasie mit ihm durchging.

Das Brummen kam aus dem Inneren des Gebäudes. Jetzt erkannte es Mikhail: Es war eine große Maschine. Um zu bestimmen, ob es ein Diesel- oder Benzinmotor war, fühlte er sich zu dumpf. Er wurde ans andere Ende der Anlage gebracht, wo der SS-Mann eine Tür öffnete und Mikhail sagte, er solle hineingehen.

Es war eine Art Pumpenraum, ziemlich warm und dunkel, mit einem öligen Geruch. Doch dominiert wurde der Raum vom Lärm und dem Anblick von etwas, das Mikhail gut kannte: ein Motor aus den Panzern, an denen er gearbeitet hatte.

»Du bist der Mechaniker«, sagte der Wachmann. »Du hast die Aufgabe, die Maschine am Laufen zu halten.«

»Den ganzen Tag lang?«, fragte Mikhail.

»Den Großteil des Tages, den Großteil der Nacht. Jeden Tag, jede Woche. Du hältst die Maschine auf Befehl an. Du startest sie auf Befehl. Sie darf unter keinen Umständen kaputtgehen. Dein Leben hängt davon ab.«

Mikhail warf einen Blick auf zwei Rohre mittlerer Weite, die er ausgehend von der Position zum Motor als Ansaugung und Auspuff identifizierte. Beide gingen durch die Wand in einen anderen Raum desselben Gebäudes.

»Wofür ist das?«, fragte er.

»Wenn der Treibstoff niedrig steht, musst du das mir oder einer anderen Wache mitteilen. Wenn du sie zur Wartung ausschalten musst, musst du das mir oder einer anderen Wache mitteilen. Wenn es am Auspuff undichte Stellen gibt, musst du sie abdichten und es mir oder einer anderen Wache mitteilen. Du musst den Ausstoß von Kohlenmonoxid so hoch wie möglich halten. Hast du das alles verstanden?«

Viele Fragen ratterten Mikhail durch den Kopf. Aber die Antworten darauf wollte er nicht wissen. Er nickte und der Wachmann ging.

Es dauerte nicht lange, bis Mikhail herausfand, weshalb er hier war.

Anfangs kannte er nicht alle Details, aber er hörte die Schreie und Rufe auf der anderen Seite der Mauer und wünschte, der Motor wäre sogar noch lauter, damit er die Geräusche dieses Ortes übertönte, der schlimmer war als die Hölle – ihn vielleicht sogar taub machte.

Und später, schlimmer noch, gab es eine verschwommene Mischung der schwärzesten Empfindungen, als er das gesamte Ausmaß herausfand. Er hatte den übermächtigen Drang, woanders sein zu wollen, weil das unmöglich wahr sein konnte. Es gab einen Tumult, Gewehre wurden abgefeuert. Mikhail wurde nach draußen gerufen. Man sagte ihm, dass andere diese Aufgabe hätten erfüllen sollen, dass sie sich jedoch geweigert hatten und dafür erschossen worden waren. Also musste Mikhail einspringen und die noch warmen Toten aus der Kammer räumen, sie fortzerren und in eine nicht weit entfernte Grube werfen, die man ausgehoben hatte.

Im Kriegsgefangenenlager hatte er unentwegt körperliche Qualen erlitten.

Mikhail fragte sich, ob das hier viel besser war.

Kapitel 17

1943 – Warschau, Polen

Das Essen, mit dem Rina den Haushalt der Familie Kogan versorgte, wurde nicht wieder erwähnt. Es tauchte in der Küche auf, Mama bereitete es zu und alle aßen es. Es war hauptsächlich diesen Lebensmitteln zu verdanken, dass die Kogans und die Slominskis bis ins frühe Jahr 1943 bei akzeptabler Gesundheit waren. Papa zwang dieses Etikett beinahe allem auf, so war das Essen *akzeptabel* oder im Zimmer war die Temperatur *akzeptabel.* Nur bei den sich häufenden Streitereien verrutschte die optimistische Fassade, wenn er wütend sagte, dass unter diesen Umständen nicht einmal *am Leben zu sein* akzeptabel war. Das waren zwar bloß Worte, aber Asher wusste, dass es schlecht um Papas Gesundheit stand. Der Husten hatte sich nun dauerhaft in seiner Brust eingenistet.

Während eines schweigsamen Frühstücks klopfte es eines Tages wieder einmal an der Tür. Alle schauten zu Mama, die sich Papa zuwandte. Für ein paar Sekunden blieb er reglos sitzen. Alle erkannten inzwischen ein »offizielles Klopfen«. Mama bot an, zur Tür zu gehen, doch Papa erhob sich langsam vom Tisch und schlenderte hinüber.

Draußen stand ein Mann. Und außerdem Soldaten. Ein paar Worte wurden gewechselt, dann drehte sich Papa um und rief nach Oskar. Die Tür schloss sich hinter ihnen, und die anderen warteten schweigend.

Als sie ins Zimmer zurückkehrten, senkte Papa den Kopf, als wollte er seinen Gesichtsausdruck verbergen. Oskar jedoch starrte in die gaffenden Gesichter der anderen.

»Was ist passiert?«, fragte Mama. »Was ist los?«

»Wir müssen gehen«, antwortete Oskar. »Sie sagen, wir sind an der Reihe.«

Mama schaute entsetzt ihren Mann an. »Ist das wahr, Hirsch?«

Er nickte feierlich. »Das könnte … eine gute Sache sein.«

»Was soll das heißen?«, fragte Rina. »Was denkst du, wo sie uns hinbringen wollen?«

»An einen besseren Ort als hier«, antwortete er tonlos.

»Das denke ich auch«, sagte Mama. »Das wollen wir hoffen. Man weiß ja nie, vielleicht haben wir dort mehr Platz und können wieder unser eigenes Gemüse anbauen und sogar ein paar Hühner halten.«

»Was redest du denn da?«, fragte Rina. »Hast du nicht gehört …«

»Rina!«, sagte Papa. »Sprich nicht so mit deiner Mutter!«

»Aber …«

Rina schrie erschrocken, als seine Faust auf den Tisch schlug.

»Hör auf!« Er holte Luft, hustete ein wenig und hatte Mühe, die Stimme zu senken. »Die Wachen treiben die gesamte Straße zusammen. Wir haben keine Wahl. In den vergangenen Tagen wurden Tausende fortgebracht und Hunderte, die diskutiert haben, sofort erschossen. Willst du das?«

Rina schwieg.

»Und schau dich doch einmal um. Wir kommen besser zurecht als viele andere, aber trotzdem haben wir das ganze letzte Jahr größtenteils Reste gegessen, die kaum gut genug für Tiere sind. Wir verlieren alle ständig weiter an Gewicht. Kann es noch schlimmer kommen als das hier?«

»Wann sollen wir aufbrechen?«, fragte Keren.

Er seufzte. »Jetzt. Wir müssen *sofort* gehen.«

»In diesem Augenblick?«, fragte Mama. »Ohne Vorwarnung?«

Papa nickte. »Jeder soll so viel wie möglich in einen Koffer packen. Die Wachen bringen uns dann zum Sammelplatz am Bahnhof.«

Eine Weile herrschte vollkommene Stille.

Dann sagte Rina leise: »Ich gehe hier nicht weg.«

»Ach, na komm«, sagte Mama. »Vielleicht gibt es dort Arbeit. Überleg doch mal, wenn es dort wirklich ein besseres Leben für uns gibt. Du hast Papa gehört, es kann nicht schlimmer sein als diese zerbrochene Hülle von einem Zuhause.«

Rina schüttelte den Kopf. »Aber wir kennen doch alle die Gerüchte. Papa? Oskar? Keren?« Sie sah jeden von ihnen an. »Ihr müsst doch wissen, dass all diese Menschen in ihren Tod gegangen sind, oder? Und du, Asher.« Sie starrte ihn mit großen, fragenden Augen an. »Du willst dich diesen Leuten einfach ergeben?«

Asher öffnete den Mund, um etwas zu sagen. Ja, er kannte die Gerüchte. Aber darüber sprach man nicht, um niemanden zu beunruhigen.

»Wir sollten bleiben und kämpfen«, sagte Rina. »Asher?«

»Ich … ich weiß nicht«, antwortete er. »Womit kämpfen wir?«

»Überlass das mir«, erwiderte sie. »Ich habe Verbindungen.«

»Du kennst Menschen, die uns mit Waffen versorgen können?«, fragte Papa.

Sie errötete. »Ich … ich kenne Leute, die Munition brauchen.«

Papa warf ihr einen Seitenblick zu und schüttelte dann den Gedanken ab.

»Wir sollten hierbleiben«, wiederholte sie. »Wer ist dabei?«

Asher überlegte einen Moment lang, war zerrissen zwischen der Loyalität zu seinen Eltern und dem Mut seiner Schwester. »Ich«, sagte er leise. Er blickte in die entsetzten Gesichter der anderen und ergänzte dann: »Ich will auch kämpfen.«

»Sehr gut«, sagte Rina. »Und was ist mit Ihnen, Oskar? Wollen Sie kämpfen oder die Stadt verlassen?« Ihre Augen zuckten zu Sala, deren Babybauch nun voll und rund war. »Entschuldigen Sie, ich vergaß.«

»Natürlich«, sagte Oskar. »Wir können unmöglich in Verstecken leben. Davon abgesehen bin ich Pazifist. Ich werde aus Prinzip keine Waffe auf einen Menschen richten.« Er sah Sala an, die seine Hand hielt und zustimmend nickte.

»Das sehe ich genauso«, sagte Mama. »Ich will keine Menschen töten. Und ich will ganz sicher nicht hierbleiben.«

»Ich auch nicht«, sagte Keren.

Mama wandte sich an ihre beiden anderen Kinder. »Rina, Asher, kommt mit uns. Bitte.«

Asher schaute Rina an und spürte ihr beschwörendes Starren.

»Nein«, sagte Rina. »Ich traue denen nicht.«

»Wir wissen nicht, was uns am Ende der Zugreise erwartet«, fuhr Mama fort. »Aber wir wissen, was uns hier erwartet. Es ist gefährlich – äußerst gefährlich. Wir sind hier im Zentrum eines Kriegsgebiets und wir werden erschossen, wenn wir bleiben. Vielleicht bin ich zu optimistisch, wenn ich an Gemüsebeete und Hühnerhaltung denke, aber es ist, wie euer Papa gesagt hat: Wo auch immer sie uns hinbringen, kann es dort wirklich schlimmer sein als hier?«

»Oh ja«, erwiderte Rina. »Das könnte es sehr wohl. Also müssen wir einfach bleiben und kämpfen.«

»Nun, ich nicht«, sagte Mama.

»Hört zu«, ging Papa dazwischen. »All das Zanken bringt uns nicht weiter. Wir haben nur zehn Minuten.« Er nahm die Mütze ab und kratzte sich hastig am Kopf. »Diejenigen, die bleiben wollen, bleiben. Diejenigen, die gehen wollen, gehen. Aber ich gehe dorthin, wo meine Frau hingeht. Und ich werde nicht traurig sein, diesem Rattennest auf Nimmerwiedersehen zu sagen.«

»Nein, Hirsch«, sagte seine Frau tonlos. »Wir können die Familie nicht auseinanderreißen.«

»Was soll ich dann deiner Meinung nach tun?«, entgegnete er. »Wir sind alle erwachsen. Das ist der einzige Weg, um zu einer Entscheidung zu kommen.« Er wandte sich Rina und Asher zu. »Ihr wollt auf jeden Fall hierbleiben?«

Zuerst nickte Rina, dann Asher.

»Also gut.« Papa seufzte und rieb sich das Kinn. »Wenn es das ist, was ihr wollt, müssen wir hier drinnen einen Platz finden, wo ihr euch verstecken könnt.« Er schaute sich im Zimmer um und sah dann Asher und Rina an. »Ihr wisst, dass es gefährlich ist, oder?«

»Das wissen wir«, antwortete Rina.

»Und wenn sie euch finden, werdet ihr wahrscheinlich erschossen.«

»Nein! Nein! Nein!«, rief Mama. Sie brach in Tränen aus, und die anderen sahen schweigend zu. »Ich gehe nicht …« Sie schniefte und atmete hastig ein. »Ich überlasse meine Kinder nicht diesen Hunden.«

Rina wollte etwas sagen, doch Papa hielt die Hand hoch. Er wandte sich zu Mama. »Golda, bitte. Ich weiß, das ist hart, aber … unsere Kinder sind keine Kinder mehr.«

»*Aber für mich sind sie das!*«

Er seufzte schwer. »Dann weiß ich nicht, was ich sonst tun soll.«

»Bitte, Mama«, sagte Rina und trat zu ihr. »Wir haben nicht viel Zeit. Asher und ich wollen unser Glück hier versuchen.«

»Aber wenn sie euch finden, werden sie euch …«

»Wir sorgen dafür, dass sie uns nicht finden.«

Sie umarmten sich. Mama winkte Asher zu sich und umarmte ihn ebenfalls.

»Seid ihr zwei euch absolut sicher?«, fragte Papa.

Asher und Rina nickten.

»In Ordnung. Aber wir müssen uns beeilen.« Er ging ans andere Ende des Zimmers und öffnete den Kleiderschrank. »Wir verstecken euch hier und bedecken euch mit Kleidung.«

»Gut«, sagte Rina.

»Etwas Besseres fällt mir nicht ein«, sagte er mit einem Schulterzucken. »Nehmt euch Wasser und etwas zu essen, vielleicht müsst ihr ein paar Stunden lang da drin ausharren, bis ihr draußen nichts mehr hört.« Er drehte sich um. »Für alle anderen ist es Zeit zu packen.«

Asher beobachtete seine Mama. Ihr Gesicht glänzte vor Tränen, während sie ein paar Kleidungsstücke in einen Koffer packte. Keren tat es ihr gleich.

Es folgten Umarmungen und ein paar Tränen mehr, dann zeigte Papa auf den Schrank. »Rein da, bevor ich es mir anders überlege und euch mit uns zerre.«

Rina und Asher begannen, Bekleidung vom Schrankboden auszuräumen. Sie holten sich etwas Wasser und steckten sich Brot in die Taschen.

»Ich schließe die Tür hinter mir ab«, sagte Papa. »Wenn ihr also hört, wie sie aufgebrochen wird, wisst ihr, dass ihr still und ruhig sein müsst.«

»Papa«, sagte Rina, »glaubst du wirklich, dass ihr zu einem besseren Ort geht?«

Die Stirnfalte über seinen Augenbrauen hielt seine Empfindungen zurück. »Es ist wie die Entscheidung zwischen einer Kugel und dem Strick. Aber wir haben unsere Wahl getroffen. Na los, verstecken wir euch.«

Rina und Asher krochen in den Schrank, jeder auf eine Seite, mit den Gesichtern zueinander und den Wasserbechern bei den Knien. Ihr Papa drückte beiden einen langen Kuss auf die Stirn, warf dann die ausgeräumten Sachen wieder hinein und zupfte sie über ihnen zurecht.

Asher glaubte, er hörte seinen Papa weinen. Dann flüsterte eine gebrochene Stimme: »Rina, sei fröhlich. Asher, sei gesegnet.« Er hörte, wie die Schranktüren knarrend geschlossen wurden, gefolgt von den gedämpften Geräuschen von Menschen, die das Zimmer verließen. Bald vernahm er nichts weiter als entfernte Rufe und seinen eigenen nervösen Atem.

»Es tut mir leid, Asher«, hörte er Rina flüstern. »Ich wollte dich nicht unter Druck setzen. Es ist nur …« Ihre Stimme zitterte und verebbte.

»Ich weiß«, sagte Asher. »Du glaubst, man bringt sie fort, um sie zu erschießen.«

Sie schniefte ein paarmal. »Und ich glaube, das wissen sie auch, aber … es gibt eine Chance, dass sie überleben.«

»Und wir?«

»Wir haben auch eine Chance. Ob sie größer oder kleiner ist … wer weiß?«

»Wir wissen es beide«, sagte Asher. »Wir werden sie wiedersehen.«

Unter dem Kleiderberg spürte Asher, wie sich eine Hand um seinen Knöchel legte und ihn leicht drückte. »Danke«, sagte sie. »Danke, dass du bei mir geblieben bist.«

»Ich war mir nicht sicher«, flüsterte er. »Ich habe Angst.«

»Ich auch.«

»Aber von jetzt an passe ich auf dich auf«, sagte er. »Wir passen aufeinander auf. Mach dir keine Gedanken.«

»Ist gut.«

»Und Rina?«

»Ja?«

»Hast du … hast du Munition geschmuggelt? Hatten wir deswegen mehr zu essen?«

»Das ist jetzt egal.«

»Du hättest es Mama und Papa erzählen sollen.«

»Das werde ich, Asher. Ich erzähle es ihnen, wenn das alles vorbei ist.«

»Glaubst du daran?«

»Natürlich. Du musst stark bleiben. Versuch, dir keine Sorgen zu machen.«

»Das kann ich nicht, es ist vor allem …«

»Izabella?«

»Genau. Ich weiß nicht, was mit ihr geschehen ist. Ich vermisse sie. Ich kann sie mir nicht aus dem Kopf schlagen.«

Asher spürte erneut die Hand seiner Schwester am Fußknöchel. Diesmal drückte sie fest zu.

»Hör zu, Asher. Ich verspreche dir, dass du sie eines Tages wiedersehen wirst. Sie ist am Leben. Das fühle ich bis ins Mark. Und ich weiß, dass Gott euch füreinander vorgesehen hat.«

»Danke«, flüsterte er.

Dann verstummten sie.

* * *

Asher konnte überhaupt nichts hören, außer seinem eigenen Atem und dem vagen Echo seines Ruhepulses. Und in diesem sicheren Kokon hatte er das Zeitgefühl verloren. War er eingeschlafen? Er konnte es nicht sagen.

»Rina?«, flüsterte er.

Nichts. Also tippte er sie mit dem Fuß an.

Ein gedämpftes Quieken erklang, dann sagte Rina. »Tut mir leid. Ich bin eingeschlafen.«

»Ich auch. Es ist so finster und still. Und meine Beine werden steif.«

»Wir können noch nicht raus«, sagte Rina. »Wir sollten mindestens ein paar Stunden hier drinbleiben.«

»Woher wissen wir, wann eine Stunde um ist?«

Und das war eine gute Frage.

»Bleiben wir einfach so lange hier, wie wir es aushalten.«

»In Ordnung«, sagte Asher und sank zurück in den Zustand, in dem er weder wach war noch schlief, doch ihm war intensiv gewahr, dass sich draußen wichtige Dinge ereigneten, denen er früher oder später ausgeliefert sein würde. Er war sich nie ganz sicher, ob seine Augen offen oder geschlossen waren. Sein Gleichgewicht schien ebenfalls keinen Anhaltspunkt zu finden, und nicht nur einmal hatte er das Gefühl, in ein Loch zu fallen, wovon er erschrocken aufwachte.

Dann.

Ein Knacken. Ein einzelnes Knacken, als zerbräche ein Stück Holz.

Vielleicht die Tür?

Seine Sinne begannen zu rotieren. Sollte er Rina fragen, ob sie es auch gehört hatte? *Nein, zu gefährlich. Sei still. Und atme leise, dann kannst du besser lauschen.*

Wieder die Hand an seinem Knöchel. Sie drückte zu. Diesmal so fest, dass es wehtat.

Dann hatte Rina es also auch gehört.

Aber was tun?

Nichts.

Sei still. Nicht rühren. Eine falsche Bewegung und aus dem Schrank könnte ihr Sarg werden.

Noch ein Knacken. Diesmal hörte er es laut und deutlich. Das Geräusch kam nicht von der Tür, sondern von der anderen Seite des Zimmers. Splitterndes Holz.

Ein drittes Knacken und jetzt bewegte sich etwas – wie eine Angel, die einen Tropfen Öl brauchte.

Asher hörte ein Plumpsen und spürte es auch, als wäre jemand gerade auf dem Dielenboden gelandet.

Sind das Schritte?

Es war schwer zu sagen.

Rina griff fester um seinen Knöchel. Ihre Nägel schnitten ihm beinahe die Haut auf und er musste die Zähne zusammenbeißen, um nicht vor Schmerz zu wimmern.

Noch ein Knarren, diesmal leiser.

Die Schranktür?

Als Nächstes wurde das Bündel Kleidung über Asher weggezogen und eine Hand legte sich ihm über den Mund. Sie stank nach Ruß und Schweiß.

»Pssst!«, hörte er.

Die Hand löste sich von seinem Mund, allerdings nur langsam, als traute sie ihm nicht ganz. Doch Asher war zu durcheinander, um zu sprechen.

Dann tauchte im aufflackernden Licht eines Streichholzes das geschwärzte, lauernde Gesicht eines Mannes auf. Asher blinzelte, während der Mann mit der freien Hand flink den Kleiderhaufen von Rina zog und ihr vorsorglich die Hand auf den Mund legte. Dann richtete er sich langsam auf, nahm sie behutsam wieder weg und hielt den Zeigefinger vor den Mund. »Nicht schreien«, flüsterte er. »Du musst Rina sein, richtig?«

Rina konnte weder antworten noch sich rühren.

Der Mann wandte den Kopf. »Und du bist Asher? Ihr seid die beiden Kogans, richtig?«

»Ja, sind wir«, antwortete Asher.

Dann verlosch das winzige Licht flackernd zwischen ihnen, und gleich darauf wurde ein weiteres Streichholz entzündet.

Asher kannte den Mann.

»Ich bin Josef. Ich habe mit dir und deinem Papa in der Ziegelbrennerei gearbeitet.«

Asher wollte etwas erwidern, doch Josef hielt wieder den Zeigefinger an den Mund. »Wir können nachher reden. Jetzt kommt erst mal mit.«

Sie krabbelten aus dem Schrank heraus, streckten langsam und still ihre Gliedmaßen und nahmen sich einen Moment Zeit, den Rücken durchzudrücken.

Durch das aufgebrochene Fenster konnte Asher ein wenig bläuliches Mondlicht sehen, der hölzerne Fensterrahmen hing schief an einer Angel.

»Sagt kein Wort und versucht, keine Geräusche zu machen«, wies Josef sie an. Er hob den Fensterrahmen zu einer Seite und jetzt erkannte Asher im Halbdunkel zwei Holzstümpfe, die außen an der Mauer lehnten.

Rina stupste ihn an.

Einen Moment später lehnte Asher sich zum Fenster hinaus und schaute auf die Straße unter ihnen. Am Fuß der Leiter konnte er noch einen weiteren Mann ausmachen.

»Schnell«, drängte Josef. »Die Wachen patrouillieren bald in diesem Gebiet.«

Asher krabbelte aus dem Fenster und flog die Leiter quasi hinab. Bevor seine Füße den Boden berührten, pochte der Mann dort zweimal mit den Knöcheln an die Leiter. Rina verstand und war kurz darauf neben ihm, musterte prüfend die Straße.

Zwei weitere Klopfer und Josefs Füße tauchten oben am Fenster auf. Er hatte die halbe Strecke geschafft, als sie vom Ende der Straße her Tumult hörten. Sie erkannten nur vage Umrisse in der Ferne, die riefen und winkten.

Josefs Füße kamen auf dem Boden auf. Asher merkte, wie sich alle Muskeln in ihm anspannten, als er Josef eine Pistole ziehen und in Richtung der Gestalten schießen sah.

»Mir nach!«, rief der andere Mann, und sie rannten los. Immer wieder drehte Josef sich um und feuerte.

Die folgenden Minuten waren eine verzweifelte Flucht. Die Männer führten Asher und Rina erst eine, dann eine andere Straße entlang, durch die Vordertür eines Hauses hinein und zur Hintertür hinaus, eine Gasse entlang und von dort auf eine andere Straße. An jeder Ecke wurde auf sie geschossen und sie erwiderten das Feuer. Irgendwann ließ sich der zweite Retter zurückfallen und Josef übernahm die Führung. Er lotste sie in ein Haus und gleich darauf in eine Wohnung.

Dort gab es nicht einmal Mondlicht, also entzündete Josef ein weiteres Streichholz.

Sie befanden sich in einer Küche – einer ganz gewöhnlichen. Bevor Asher Zeit hatte, Fragen zu stellen, öffnete Josef die Ofentür und befahl mit geflüstertem Raunen: »Rein da!«

Asher musterte den Ofen. Er war zwar relativ groß, davon abgesehen jedoch unscheinbar. Sein Blick ging zu Rina und dann zu Josef.

»Ist schon in Ordnung«, sagte Josef. »Kriech einfach rein und hinten durch.«

Draußen fielen Schüsse, und Rina reagierte zuerst. Sie hockte sich hin und zwang sich Kopf voran in den Ofen.

Asher traute kaum seinen Augen, als erst ihr Oberkörper und dann ihre Beine verschwanden.

Das Streichholz erlosch. Die Schüsse kamen näher. Asher drehte sich um und sah den anderen Mann in der Tür stehend die Gasse hinabschießen.

Dann fühlte er einen festen Griff um seinen Arm, und wurde Kopf voran nach unten in die Schwärze gezwungen. Als er gegen die Rückwand des Ofens stieß, gab diese sofort nach.

Er kroch weiter und fiel kurz darauf einige Zentimeter tief auf weiche Erde.

Kaum dass er auf die Knie kam, griff jemand seine Hand und zog ihn zur Seite.

Im Licht einer einzelnen Kerze erkannte er Rina. Er drehte sich um, um zu sehen, woher er eben gekommen war, und erkannte eine Klappe. Sie öffnete sich erneut und Josef fiel zu Boden. Nur einen Wimpernschlag, nachdem er sich aus dem Weg gerollt hatte, tauchte der andere Mann auf. Josef zog rasch an einem Stück Seil. Ein Laut erklang, als sich oben der Riegel der Ofentür schloss. Dann platzierte Josef einen Holzbalken quer über der Klappe, wodurch sie sich nicht mehr öffnen ließ.

»Keinen Mucks!«, wisperte er, spuckte auf Daumen und Zeigefinger und streckte den Arm zur Kerze aus. Asher hörte ein leises Zischen, als das Licht ausging.

In der vollkommenen Dunkelheit waren Ashers Sinne hellwach und er registrierte gedämpfte Geräusche durch die Wand. Obwohl er nichts verstand, wusste er, was drüben geschah: Wachen brüllten und liefen hin und her, jemand fragte etwas, dann wieder ein wütender Wortwechsel, schließlich frustriertes Stöhnen. Sie gaben auf, und die Geräusche entfernten sich.

Etwa eine Minute lang herrschte Stille in der Dunkelheit, und Asher hätte genauso gut allein sein können. Es roch muffig. Ein Streichholz flammte auf und gab seinen Augen ein paar Anhaltspunkte. Eine Kerze wurde angezündet.

Josef zündete zwei weitere Kerzen an. »Jetzt ist es sicher«, sagte er. »Wir können reden.«

»Dann sprich«, sagte Rina. »Sag uns, was hier los ist. Wieso hast du uns gerettet?«

»Das hat er doch schon gesagt«, erwiderte Asher. »Er hat mit Papa in der Ziegelbrennerei gearbeitet.«

»Außerdem engagierte ich mich nebenbei im Widerstand.« Josef zuckte die Schultern. »Seit die Fabrik geschlossen ist, habe ich mehr Zeit für diese Aktivitäten.«

»Aber woher wusstest du, wo wir waren?«, fragte Rina.

»Dein Papa hat eine Nachricht zu mir durchbekommen, während er am Sammelpunkt gewartet hat.«

»Und was werdet ihr mit uns machen?«

»Ihr seid jetzt auch im Widerstand«, antwortete Josef. »Das heißt, wenn ihr das wollt.«

Rina sah Asher an, der nickte. »Ja«, sagte sie. »Ja, wir wollen.«

Josef lächelte. »Gut. Willkommen in unserem Bunker – eurem neuen Zuhause.«

Alle stellten sich hin und Asher blickte sich um.

Es war ein seltsamer Raum, so eng, dass er beide Wände zugleich berühren konnte, aber auch so lang, dass das andere Ende nicht ganz zu erkennen war.

»Es gibt weder Türen noch Fenster«, erklärte Josef. »Die Klappe ist der einzige Weg herein oder hinaus.«

Asher hob den Kopf und entdeckte einige Belüftungsgitter. Hinter sich sah er ein Regal mit Paketen voller Lebensmittel. Zwei Betten – in Wahrheit nicht mehr als schmale Matratzen auf dem Boden – lagen hintereinander an der Mitte der Wand.

Rina beäugte die beiden Betten. »Wir vier werden gemeinsam hier unten leben?«, fragte sie.

Josef schüttelte den Kopf. »Noch einer mehr. Wir können abwechselnd schlafen.«

»Oh.«

»Die meisten Widerstandskämpfer leben in der Kanalisation oder gar in flachen Gruben. Im Vergleich dazu ist es hier wie im Hotel.«

»Natürlich«, sagte Rina. »Entschuldige.«

Josef zeigte zum anderen Ende, wo ein rostiger Eimer auf dem Boden stand. »Und da drüben haben wir einen Wasserhahn.«

Rinas Stirn lag nach wie vor in sorgenvollen Falten, doch sie nickte. »Das ist gut«, sagte sie. »Perfekt. Dann kämpfen wir also von hier aus?«

»Einer von vielen Orten im jüdischen Bezirk.« Er fuchtelte mit dem Finger in ihre Richtung. »Und hört mal, wir brauchen alle Hände, die wir kriegen können. Ihr seid hier sicher – das heißt, so sicher, wie es ein Jude in dieser Stadt sein kann. Die Toilette befindet sich ganz am anderen Ende, hinter dem Eimer. Man, ähm, schüttet Erde darüber.«

Asher und Rina lugten in die Dunkelheit hinter den Behelfsbetten am Ende des Raumes.

»Wenn ihr Privatsphäre braucht, fragt einfach. Aber …«, er stieß ein kleines Lachen aus, »für die Spinnen kann ich keine Garantie übernehmen.« Er schaute zu seinem Kameraden, der zurücklächelte.

»Vergiss die Spinnen«, sagte Rina mit festem Ton. »Habt ihr Pistolen für Asher und mich?«

»Wisst ihr, wie man damit umgeht?«

Sie warf Asher einen Blick zu. »Wir können es lernen.«

»Gut«, sagte Josef. »Das ist gut. Und es tut mir leid, wir brauchen hier ein wenig Humor, um die langen Stunden rumzukriegen.«

»Humor ist gut«, sagte Rina.

»Du magst Humor?« Josef zeigte auf den anderen Mann. »Das ist mein Freund und euer neuer Waffenbruder Adolf.«

Rina setzte ein seltenes Lächeln auf.

»Und ja, bevor du fragst, er spricht ausgezeichnet Deutsch.«

»Wie unterhaltet ihr euch?«, fragte Asher.

Josef beugte sich vor und klopfte dem Mann auf den Rücken. »Adolf spricht gut Deutsch und ein wenig Polnisch.

Ich bin Pole, spreche aber ein wenig Russisch und auch Jiddisch. Und ihr?«

»Wir können beide Polnisch und ein wenig Russisch. Dann noch Jiddisch und Ukrainisch.«

Josef lachte laut auf und fluchte sofort, weil er solch einen Lärm gemacht hatte. »Klingt, als hätten wir alle Sprachen abgedeckt. Wir können als Dolmetscher arbeiten, falls wir als Soldaten versagen.«

»Dann bist du also Jude?«, fragte Rina. »Hast du eine Familie?«

Seine Fröhlichkeit verschwand. »Tja, ich hatte eine.«

»Du *hattest* eine?«

»Jetzt weiß ich es nicht genau. Eine Frau. Drei Kinder. Eine Schwiegermutter. Wir haben bis vor drei Wochen überlebt. Immer wenn sie kamen, um uns zu holen, haben wir uns versteckt. Dann kamen sie ein letztes Mal mit Lautsprechern. Sie sagten, die Deportationen seien vorbei, dass etwaig verbliebene Juden verköstigt und in bessere Unterkünfte gebracht werden würden. Meine Frau … sie …« Josef atmete ein paarmal tief durch. »Sie sagte, sie und ihre Mama hätten genug davon, sich zu verstecken. Wir haben uns gestritten. Ich warnte sie, dass es ein Trick sei. Sie war anderer Meinung, und ich war hin- und hergerissen. Ich wusste nicht, ob ich mit ihnen gehen sollte. Vielleicht bin ich ein Feigling, weil ich im Versteck geblieben bin.«

»Nein«, sagte Rina. »Du bist kein Feigling. Das kann sogar ein Blinder sehen.«

»Danke.«

»Und du hast nichts von ihnen gehört?«, fragte sie.

Er schüttelte untröstlich den Kopf. »Sie wurden deportiert, bleibt mir nur anzunehmen.«

»Oh. Das … das tut mir leid.«

»Weißt du, wohin?«, fragte Asher.

Josef starrte sie nacheinander an. »Ihr habt es doch sicher auch gehört, oder?«

»Die Gerüchte haben alle gehört.«

»Ja, stimmt«, sagte Josef. »Ich weiß auch nichts mit Sicherheit. Einige sagen, sie werden Sklaven, andere sagen, alle werden erschossen. Ich weiß nur, dass man von ihnen nie wieder etwas zu sehen oder zu hören bekommt.«

»Dann ist es also möglich, dass sie noch am Leben sind?«

»Lass es mich so formulieren.« Er holte tief Luft. »Wenn ein Dutzend Menschen die Stadt verlassen und man nie wieder von ihnen hört – na und? Wenn tausend Menschen das Gleiche tun – einfach verschwinden –, ist das verdächtig. Aber *Hunderttausende*? Hier ist etwas ganz furchtbar im Argen.«

Rina runzelte das Gesicht.

»Tut mir leid«, sagte Josef. »Eure Eltern. Eure Schwester. Ich bin unsensibel, aber ich versuche, realistisch zu sein.«

»Schon gut«, sagte Rina und wischte sich eine Träne fort.

»Nun«, Josef setzte ein künstliches Lächeln auf, »wir müssen die Moral hochhalten, damit …«

Ein Geräusch ließ ihn verstummen. Asher erkannte es: Die Ofentür wurde geöffnet. Dann erklang ein deutliches Klopfen an der Luke.

Josef hielt den Zeigefinger an die Lippen und trat einen Schritt zurück. Er hob das Stück Holz an, das die Luke verschlossen hielt, zog die Pistole und richtete sie auf den Eingang.

Ein Körper fiel hindurch – ein junger Mann, nicht viel älter als Asher. Er zog am Seil, um die Ofentür zu schließen.

Josef streckte die Hand aus, um dem Mann aufzuhelfen, und sie wechselten ein paar Worte. Asher verstand nur die Hälfte, aber dies war eindeutig das noch fehlende Mitglied der Gruppe, von dem Josef gesprochen hatte.

»Das ist Anatoli«, stellte Josef vor. »Er ist ein russischer Soldat. Er ist kein Jude, und wenn wir gerade dabei sind, Adolf auch nicht. Aber sie glauben beide an unseren Widerstand. Sie kämpfen lieber für Menschlichkeit als für ihre Länder.« Er schaute die Geschwister an. »Und weil sie Gojim sind, können sie leichter Waffen und Lebensmittel schmuggeln.«

»Und wo sind *unsere* Waffen?«, fragte Rina.

Josef wirkte verlegen. Ein schiefes Lächeln verdarb ein wenig sein revolutionäres Auftreten. »Wir haben nur drei. Aber ihr werdet nicht ausgeschlossen, versprochen.«

Kapitel 18

1943 – Warschau, Polen

In dem dunklen Kokon, in dem sie sich alle versteckten, wusste Asher bald nicht mehr, wie viele Tage und Wochen vergangen waren. Doch Josef hielt sein Versprechen, ihn und seine Schwester in die Missionen einzubinden, mit denen sie die Säuberung Warschaus durch die Nazis sabotieren wollten. Zu Anfang waren Asher und Rina jedoch kaum mehr als Beobachter.

Dann kam ihre erste Schießübung. Josef betonte – wie jedes Mal –, dass Rina und Asher im Versteck bleiben konnten, wenn sie wollten. Und jedes Mal fiel die Entscheidung leicht: Das Versteck war wie eine Gefängniszelle.

Asher und Rina hielten sich im Hintergrund, als die anderen Männer eine versprengte Gruppe aus vier SS-Wachen an einem Wachposten erschossen. Auf dem Rückweg machten sie einen Umweg über eine Art verlassene Halle und Rina und Asher wechselten sich beim Schießen auf die Kritzeleien an der nackten Wand ab. »Ihr müsst schnell lernen«, sagte Josef. »Wir können keine Munition verschwenden.«

Beim nächsten Einsatz wurden sie mehr eingebunden – und soweit es Asher betraf, war es weitaus furchterregender. Sie waren auf das Dach eines Wohnhauses geklettert und schauten über die Kante hinab auf einen Trupp Soldaten – ob SS oder Schutzpolizei war von oben schwer zu erkennen.

Josef bot Asher die Pistole an. Er zögerte, sie zu nehmen.

»Ich will es versuchen«, sagte Rina.

Und das tat sie. Mit beiden Händen an der Pistole drückte sie sacht auf den Abzug, so wie sie es geübt hatten. Unter ihnen färbte sich eine Mütze rot und ihr Träger brach zusammen. Noch bevor er auf dem Boden aufschlug, fielen weitere Schüsse und töteten sechs oder sieben Wachen. Panik brach aus und im allgemeinen Gebrüll blickten einige Wachen hinauf und entdeckten, woher der Angriff kam.

»Mir nach!«, rief Josef.

Ein Sprung auf das Dach des Nebenhauses, Balancieren über ein Stück Rohr auf ein drittes, ein paar Treppen hinab, durch ein Loch in der Wand, weitere Treppen und hinaus auf die Gasse. Hinein in ein Haus und wieder heraus, um die Ecke und dann waren sie endlich dort, wo ihre Ofenattrappe auf die Rückkehr der Helden wartete.

»Gut gemacht«, lobte Josef zwischen zwei schweren Atemzügen Rina, als sie sich wenige Minuten später auf dem Boden ihres Verstecks ausruhten. Er warf Asher einen Blick zu. »Du kannst bei der nächsten Mission schießen.«

Erneut hielt Josef sein Wort.

Er hatte Asher versichert, dass es ein einfacher Einsatz sein würde. Am Boden. Auf dem Weg dahin verschwand Anatoli für ein paar Minuten und schloss sich ihnen mit einer großen Kiste unterm Arm wieder an. Die Gruppe durchquerte ein verlassenes Haus nach dem anderen – so viele, dass Asher den Überblick verlor –, bevor sie sich in einem niederließen. Sie hockten sich unter drei große Löcher in der Wand, was ihnen einen guten Blick auf den kleinen Platz vor dem Haus bot.

»Unsere Kundschafter sagen, dass sie sich oft hier treffen«, flüsterte Josef Asher zu. »Wir brauchen nur auf sie zu warten.«

Der kräftige Wind fegte durch die Ruine. Während Asher in Deckung saß, hatte er Zeit, darüber nachzudenken, wo sie sich befanden – oder was dieser Ort einmal gewesen war. Geschwärzte Objekte standen Reihe über Reihe in ebenso schwarzen Regalschränken. Ein paar Fragmente bedruckten Papiers, formlos und mit braunen Rändern, fielen flatternd neben Asher zu Boden. Das war eine Bibliothek gewesen, ein Ort des Friedens und des Lernens. Jetzt war er nur noch als Barrikade nutze, Kriegsgerät der Partisanen.

Das Geräusch eines herankommenden Fahrzeugs riss Asher aus seinen Gedanken.

Josef reichte ihm eine Pistole, drückte aber Ashers Hand runter. »Warte«, flüsterte er. »Gleich kommen mehr.«

Er hatte recht. Innerhalb von Minuten waren mehrere Fahrzeuge eingetroffen. Wachen unterhielten sich, Helme wurden abgesetzt und Zigaretten herumgereicht. Ein oder zwei Männer öffneten kleine Flachmänner und gönnten sich einen Schluck.

»Okay!«, zischte Josef und deutete auf eins der Löcher in der Wand. Dann drehte er sich zu Adolf und Anatoli um, die beide nickten, und begann flüsternd rückwärts zu zählen.

Asher richtete die Pistole auf den am nächsten stehenden Soldaten, beruhigte seine Atmung und drückte den Abzug. Beinahe im selben Moment fielen mehr Schüsse von Josef und Adolf, und dann zuckte Asher bei einer Explosion zusammen. Er drehte den Kopf und sah, wie Anatoli Handgranaten über die Mauer hinweg lobbte.

Der Soldat, auf den Asher geschossen hatte, lag ausgestreckt und leblos dort, wo er gefallen war. Asher hätte zufrieden mit sich sein sollen, er hätte stolz sein sollen. Für seinen ersten Mord war dies ein ausgezeichneter Schuss gewesen. Ein Nazi weniger.

Aber ihm war schlecht, und ein paar Sekunden lang bekam er keine Luft. Er war stets der Auffassung gewesen, dass ein Leben zu beenden schlicht inakzeptabel sei. Und das empfand er nach wie vor so. Aber für Gefühle war keine Zeit: Das Feuer wurde jetzt erwidert.

»Lasst uns gehen«, sagte Josef, weder panisch noch schreiend, sondern in einem Ton, als legte er ihnen lediglich nahe, dass es Zeit war, die Bibliothek für die Matinee im Theater zu verlassen.

Sie rannten los.

Erneut verlor Asher den Überblick über die Zahl der zerstörten Gebäude, die sie betraten und verließen, und die Zahl der Straßen und Gassen, die sie überquerten. Sie schlugen einen Haken und Anatoli übernahm die Führung. Asher wusste nicht wie, aber er brachte sie zum Versteck zurück, und sie waren durch den Ofen hindurch, bevor die Wachen überhaupt dieselbe Straße erreichten.

Ob es Asher gefiel oder nicht, und auch, wenn es lächerlich klang: Dieser dunkle, stinkende Ort war nun sein und Rinas Zuhause.

Sie verharrten still in der Dunkelheit, während der Lärm draußen kam und wieder ging.

Josef legte den Arm um Asher und drückte ihn. »Du gewöhnst dich daran«, sagte er. »Nicht wahr?«

Asher nickte, obwohl er ahnte, dass es nicht stimmte.

* * *

Die nächste Mission war ein ähnlicher Einsatz: ein Überfall auf SS-Wachen, die eine Pause machten. Die Ruine, in der sie sich befanden, war sogar noch verstörender als die Bibliothek. Früher einmal war dies eine Synagoge gewesen – eine, die Asher besucht hatte, als sie noch voller Pracht und Feierlichkeit war. Heute war sie einfach eine weitere Landmarke auf einem Schlachtfeld.

Asher traf zwei der Wachen. Aufs Neue überkam ihn ein Gefühl der Übelkeit, nicht des Ruhmes, und er war unfähig, noch weiter zu schießen. Josef schnappte sich seine Pistole. Diesmal hatten sie keine Handgranaten und ihre Munition ging rasch zur Neige.

Auch der Rückzug ins Versteck lief diesmal nicht sonderlich gut. Sie schlängelten und duckten sich durch die Häuser und Gassen, während ihnen die Kugeln um die Ohren flogen. Plötzlich jaulte Anatoli vor Schmerz auf. Er hatte wie meistens die Rückendeckung übernommen. Asher blickte zurück. Der Mann hatte eine Kugel in der Schulter. Er herrschte Asher an weiterzulaufen, und zwar schnell.

Die Wachen dicht auf den Fersen erreichten sie ihre Straße, tauchten im Haus unter und krochen in fieberhafter Eile durch den Ofen. Nur wenige Sekunden, nachdem Josef die Ofentür zugezogen hatte, hörten sie das Trappeln von Stiefeln auf dem Küchenboden.

Wie zuvor diskutierten die Wachen, liefen hinaus und wieder hinein. Im Versteck versuchten die Widerstandskämpfer, keuchend wieder zu Atem zu kommen.

Als die Wachen nicht mehr zu hören waren, zündete Josef eine Kerze an, die sein schiefes Lächeln mit den schiefen Zähnen erhellte. Inzwischen hatte Asher jede Menge Respekt vor diesem Mann. Immerhin lebte er wesentlich länger als Asher und Rina unter diesen Bedingungen und es schien ihm nichts auszumachen, die Wachen zu töten. So auch Adolf und Anatoli. Asher dagegen konnte sich einfach nicht daran gewöhnen, jemandes Leben zu beenden.

Und Anatoli zahlte nun den Preis für seinen Mut.

»Anatoli ist angeschossen worden«, sagte Asher zu Josef.

Aber Josef hatte im Moment nur Augen für Adolf, auf dessen Gesicht sich das blanke Entsetzen spiegelte – als wäre er derjenige, der angeschossen worden war.

Josef stellte ihm eine Frage auf Deutsch. Er antwortete nicht. Josef wiederholte sie mit mehr Nachdruck. Jetzt antwortete Adolf. Asher verstand es nicht, aber in der Stimme des Mannes schwang zweifellos Angst.

Josef und Adolf wechselten noch ein paar Worte mehr, woraufhin sich Josefs Stirn in tiefe Falten legte.

»Was ist los?«, fragte Rina. »Sag uns, was Adolf erzählt hat.«

Josef schürzte einen Moment lang die Lippen, bevor er tief einatmete und in gemäßigtem Ton sagte: »Er hat ein wenig von dem verstanden, was die Wachen draußen gesprochen haben. Er sagt, sie hätten immer wieder die Küchenwand erwähnt und dass sie im Vergleich zur Außenwand nicht ganz richtig aussieht.«

Nicht einmal das warme, flackernde Kerzenlicht konnte die Gesichter, in die Asher blickte, mit Selbstbewusstsein einfärben. Alle sahen zu Boden, rieben sich das Kinn und kratzten sich am Kopf. Alles, um das Unaussprechliche nicht aussprechen zu müssen.

»Wir dürfen uns nichts vormachen«, fing Josef nach einigen Minuten an. »Vielleicht sollten wir von hier weg. Es gibt andere Verstecke – Verstecke, die Adolf, Anatoli und ich kennen.«

»Glaubst du, dort werden wir sicherer sein?«, fragte Rina.

Josef sah die anderen Männer an. Er wollte eben etwas zu Adolf sagen, als ihm Anatoli einfiel. »Wie geht es dir?«

Anatoli verzog leicht das Gesicht, schob eine Seite seiner Jacke über die Schulter und brachte ein blutiges Hemd zum Vorschein. »Ich glaube, es ist nur ein Streifschuss«, sagte er.

So viel Blut lässt etwas anderes vermuten, dachte Asher. Ja, das war ein tapferer Mann, allerdings einer, der medizinische Versorgung brauchte.

Josef und Adolf unterhielten sich etwas mehr auf Deutsch. Danach wandte sich Josef an die anderen.

»Adolf schließt aus dem, was er gehört hat, dass sie später wiederkommen und vielleicht Maß nehmen wollen. Er schlägt vor, dass wir alle Lebensmittel zusammenpacken und so schnell wie möglich verschwinden, und ich muss ihm zustimmen. Wenn sie uns finden, bringen sie uns um.«

Die anderen nickten.

»Ich könnte etwas Jod und Binden gebrauchen«, sagte Anatoli. »Wie wär's mit dem Versteck im Keller der Poliklinik?«

Josef nickte und alle anderen stimmten zu.

»Gut«, sagte Josef. »Wir warten zehn Minuten, bis sich draußen alles beruhigt hat, und gehen dann dorthin. In der Zwischenzeit feiern wir. Wir haben heute alle gut gekämpft.« Er sah zu Asher hinüber und sogar im flackernden Kerzenlicht musste sich Ashers Unbehagen übers Töten gezeigt haben. »Es ist hart, ich weiß«, sagte Josef. »Man weiß, dass man jemandem das Leben nimmt – jemandem mit einer Frau, einer Mama und einem Papa, vielleicht Kindern.«

»Ich glaube, es liegt eher daran, dass er Liebeskummer hat«, kommentierte Rina.

Asher sagte, sie solle den Mund halten. Es wurde ein wenig gelacht. Asher lachte mit.

»Hach, er sehnt sich nach seiner Violinistenfreundin.«

»Nein, tu ich nicht«, widersprach Asher. »Vielleicht ein bisschen.«

»Das ist nichts, weswegen man sich schämen müsste«, sagte Josef. »Ich vermisse meine Frau jede Minute und jeden Tag.« Er stieß ein frustriertes Seufzen aus und starrte in die Dunkelheit. Dann zwang er sich ein Lächeln ab. »Deine Violinistenfreundin ist nicht zufällig das schwarzhaarige Mädchen, das täglich im Ostteil des Bezirks gespielt hat, oder?«

»Wie viele schwarzhaarige Violinistinnen kennst du denn im Bezirk?«, entgegnete Asher.

»Asher, sei nicht grob«, belehrte ihn Rina. »Bitte entschuldige meinen Bruder.«

»Nein, nein«, sagte Josef. »Er hat ja recht. Und sie ist eine gute Musikerin, und hübsch noch dazu.«

»Du meinst, sie *war*«, erwiderte Asher mit mehr als nur einem Hauch Verbitterung.

»Sie *war*?«

»Sie … sie verschwand vor ein paar Monaten.«

»Aber doch nur aus dem jüdischen Bezirk.« Josef warf Anatoli einen fragenden Blick zu. »So hast du es mir erzählt, oder?«

Anatoli nickte. »Ich habe gehört, dass die Nonnen sie rausgeschmuggelt haben.«

Asher kroch zu ihm und griff nach seinem Arm. »Was sagst du da?«

»Ich weiß es nicht mit Sicherheit. Ich habe es nur gehört.«

Rina bedachte Asher mit einem finsteren Blick.

»Tut mir leid«, sagte er zu Anatoli. »Aber bitte, erzähl mir, was du weißt.«

»Ich glaube, ihren Namen hat niemand erwähnt.« Er hielt inne und erinnerte sich. »Aber ich glaube, sie spielte früher in irgendeinem Café, das von ihren Eltern betrieben wurde, bevor sie die Mauer hochgezogen haben.«

»Café Baran?«

»Ja.« Anatoli nickte, erst unsicher. »Ja, so hieß es: Café Baran.«

»Und was sind das für Nonnen, die du erwähnt hast?«

»Das sind katholische Nonnen«, erklärte Josef. »Die Behörden trauen ihnen, und sie stehen unserem Ansinnen sozusagen *wohlwollend* gegenüber. Sie haben Hunderte, vielleicht Tausende Kinder aus dem jüdischen Bezirk geschmuggelt und ebenfalls eine ganze Menge Erwachsener. Meistens dann, wenn sie krank waren und medizinische Versorgung brauchten.«

»Und wo ist sie jetzt?«, fragte Asher beide Männer.

Josef und Anatoli zuckten die Schultern. »Keine Ahnung«, antwortete Josef. »Ich nehme an, dieses Mädchen bedeutet dir sehr viel?«

Asher zögerte. Rina sprach für ihn.

»Er hat sie geliebt. So sehr, wie man an diesem Ort eben lieben kann.«

»Es tut mir leid, dass wir nichts weiter wissen«, sagte Josef. »Aber wir haben Verbindungen. Wir können herumfragen.«

»Es braucht dir nicht leidzutun«, sagte Asher. »Du hast mir Hoffnung gegeben.«

»Tja, davon brauchen wir alle ein bisschen«, meinte Josef. »Aber jetzt sollten wir losgehen. Sammeln wir alles Essbare zusammen und brechen dann zur Poliklinik auf.«

Alle standen auf und Josef ging zum Regal mit den Lebensmitteln.

Bevor er es erreichte, hörten sie ein tiefes, bedrohliches Rumpeln von draußen. Alle blieben wie angewurzelt stehen, unsicher und besorgt.

»Was in Gottes Namen ist das?«, zischte Josef.

Der gesamte Raum erbebte und eine Wand brach zusammen, als hätte plötzlich ein Erdbeben eingesetzt. Asher wollte sich hinhocken, doch herumfliegende Ziegelsteine warfen ihn um. Eine Staubwolke wallte durch den Raum. Asher kam auf die Beine. Bis auf ein paar hässliche Schnitte und Prellungen an Armen und Beinen war ihm nichts passiert.

Er sah auf und starrte in helles weißes Licht, der Anblick war beinahe himmlisch. Doch trotzdem konnte er kaum die eigene Hand vor Augen erkennen. Dann wurde das Kribbeln in den Lungen zu viel, und ein Hustenanfall warf ihn auf Hände und Knie.

Er hörte die anderen ebenfalls husten und ein dumpfes Klingeln, aber das Rufen konnte er nicht ignorieren.

Es war wütendes Brüllen.

Auf Deutsch.

Asher blinzelte und versuchte, seine Augen mit den staubigen Fingern sauber zu reiben. Das helle Licht hinter dem Dunstschleier war die Sonne. Einige Sekunden später konnte er auch die Umrisse seiner aufständischen Kameraden erkennen. Alle rangen nach frischer Luft und wischten sich über die Gesichter.

Der Dunst verzog sich und gab den Blick auf einen Haufen Ziegelsteine frei. Hinter dem Schutt fuhr ein gepanzertes Fahrzeug rückwärts, bremste quietschend, als es zum Stehen kam, und raste dann auf der Straße davon.

Nur wenige Meter entfernt konnte er gerade so die Uniformen ausmachen, die er zu hassen und fürchten gelernt hatte. Sie standen in einer Reihe und wirkten sehr selbstzufrieden.

Einer von ihnen kam mit wohlplatzierten Schritten und dem Gewehr im Anschlag auf die Widerstandskämpfer zu und rief dabei etwas.

Da gab es nichts misszuverstehen. »Hände hoch!« – alle Juden hatten diese Worte bereits gehört. Genauso wie »Herkommen!«.

Innerhalb von Sekunden rückten die anderen bewaffneten SS-Wachen nach, und es gab keinen anderen Weg hinaus als über den Schutt und durch das große Loch in der Wand.

Und noch einmal zorniger: »Hände hoch!«

Alle gehorchten. Doch die bereits müden Arme dann auch kontinuierlich hoch zu halten fiel ihnen schwer.

Anatoli stieg als Erster über das Geröll. Gelegentlich ließ er die Hände sinken, wenn er ausbalancieren musste. Jedes Mal zischte eine Kugel nur knapp an seinem Kopf vorbei und erinnerte ihn daran, dass er das nicht tun sollte. Die anderen folgten ihm. Sie stolperten und fielen, hielten aber irgendwie die Arme vom Körper weggestreckt.

Einige Minuten später standen alle fünf mit erhobenen Händen im Freien. Sie waren dick mit Staub bedeckt, der zum Teil blutrot eingefärbt war. Hinter jedem stand in ein paar Schritten Entfernung eine Wache mit Gewehr im Anschlag und zielte auf den Kopf. Im Tageslicht fiel Asher jetzt auch die Wunde über Rinas Auge und die staubverkrustete Blutspur an der Seite ihres Gesichts auf.

Bestimmt eine Minute lang sprach niemand ein Wort – nicht einmal die Wachen. Und in der Stille schweiften Ashers Gedanken vorübergehend zu einem besseren Ort ab. Es hatte einfach zu viel Terror, zu viel Töten gegeben. Wenn sie seinen Körper haben wollten, konnten sie ihn kriegen.

Die Sonne strahlte klar und er genoss ihre Wärme. Was war sonst noch übrig, an dem man sich erfreuen konnte? Ein Geräusch lenkte ihn ab und er warf einen Blick die Straße hinunter, wo das kleine gepanzerte Fahrzeug hingefahren war – zweifellos um weitere Juden wie Kaninchen aus dem Bau zu jagen. Daneben erkannte er einen Mann mit einem Flammenwerfer, der anscheinend alles und jeden in Flammen setzte, der sich ihm in den Weg stellte. Ihr Auftrag schien es zu sein, per Hand alles zu zerstören, was den Bombardements zuvor entgangen war.

Der Befehlshaber des SS-Kommandos, ein bebrillter SS-Offizier in einer makellos gebügelten, feldgrauen Uniform, blaffte einen Soldaten zu seiner Rechten an. Dieser marschierte zu Anatoli, der unbeholfen am Ende der Reihe stand. Er hatte Probleme, einen seiner Arme hochzuhalten – der, in dessen Schulter die Kugel steckte. Der Wachmann schrie ihn deswegen an, und Anatolis Gesicht verzerrte sich, als er versuchte zu gehorchen.

Beim Abtasten seiner Jacke fand der Soldat schließlich die Pistole. Eine Sekunde lang hielt er sie in der Hand, wie um sie zu begutachten oder als versuchte er, ihr Gewicht zu erraten. Dann setzte er den Lauf an Anatolis Schläfe und drückte ab.

Josef trat sofort einen Schritt vor und brüllte den Wachmann an, doch der richtete die Pistole nun auf ihn, also blieb Josef keuchend stehen.

»Hände hoch!«, forderte ihn der SS-Mann auf. Josef trat in die Reihe zurück, starrte auf Anatolis Leichnam und die frischen Blutspritzer auf den Ziegelsteinen.

Der Mann musterte die Pistole erneut, nickte anerkennend und sagte: »Hm, die ist gut.«

Dann ging er zu Adolf und durchsuchte ihn ebenfalls.

Abermals fand er eine Pistole. Doch Adolf büxte aus. Für einen großen Mann bewegte er sich flink und sprintete im Zickzack auf der Straße davon. Der Wachmann lachte kurz, hob beide Pistolen und versenkte vier Kugeln in Adolfs Rücken.

Dann wandte er sich Josef zu.

Sofort fiel Josefs Hand auf seine Tasche, doch der Wachmann riss seinen Arm fort.

Wieder kam eine Pistole zum Vorschein.

Dann sagte der Offizier etwas. Dem Ton nach war es eine Frage und Asher hörte das Wort »Josef« darin.

Der SS-Mann wandte sich wieder Josef zu und fragte: »Bist du Josef Kurowski?«

Josef schluckte schwer und atmete ein paarmal durch, antwortete aber nicht.

»Josef Kurowski?«, wiederholte der Mann, direkt vor seiner Nase. »Ja oder nein?«

Josef spuckte ihm ins Gesicht.

Der Mann lächelte spöttisch, trat einen Schritt zurück, zog ein Taschentuch heraus und säuberte sein Gesicht, wofür er sich alle Zeit der Welt nahm.

Asher beschloss, sich Josef zum Vorbild zu nehmen. Ja, er würde dem Mann ins Gesicht spucken, ihm vielleicht einen Fausthieb verpassen oder ihn gar umstoßen. Man würde sie sowieso alle erschießen, was hatte er also zu verlieren?

Der Wachmann faltete das Taschentuch zusammen – wofür er sich erneut eindeutig mehr Zeit nahm als nötig – und drehte sich zu seinem Offizier zurück. Sie wechselten ein paar Worte, dann rief der Soldat etwas in Richtung des gepanzerten Fahrzeugs die Straße hinab. Er winkte den Mann mit dem Flammenwerfer zu sich.

Josef begann zu sprechen, dann stammelte er und schließlich verfiel er ins Flehen. Während der SS-Mann mit seinem eben eingetroffenen Kameraden sprach, fiel Josef auf die Knie und legte die Hände aneinander. Asher verstand nicht, was er sagte, aber er wusste, dass der Mann, den er so sehr respektierte und bewunderte, nun bettelte.

Der Wachmann trat einen Schritt zurück. »Los!«, blaffte er den anderen an, der seinen Apparat auf den nach wie vor knienden, nach wie vor betenden Josef richtete und in einen wirbelnden, kreischenden Feuerball verwandelte. Seine Arme ruderten wild, sein Körper zuckte am Boden hin und her. Doch der Mann hörte nicht auf, spie noch mehr Feuer, nur um sicherzugehen.

Zeit hatte für Asher keine Bedeutung mehr. War eine Minute vergangen? Josefs zusammengefallene Gestalt bewegte sich nicht mehr, doch die Flamen umzüngelten sie immer noch. Eine Kugel hätte das im Bruchteil einer Sekunde erledigt. Asher spürte Speichel kühl aus dem Mundwinkel rinnen. Er atmete ein paarmal scharf ein, um sich nicht übergeben zu müssen. Als er sich zu Rina drehte, sah er sie reglos und mit geschlossenen Augen am Boden liegen. Eine Sekunde lang suchten seine Augen ihren Mantel nach bluttriefenden Löchern ab, dann verstand er. Während er sich bei der Bestrafung beinahe übergeben hätte, war sie ohnmächtig geworden.

Er wollte ihr aufhelfen, überlegte es sich allerdings anders, als ihm einer der Soldaten ins Gesicht brüllte. Der Schlag eines Gewehrkolbens aufs Jochbein sandte ihn zu Boden. Man befahl ihm, wieder aufzustehen, und er gehorchte ohne Widerrede. Kein Gedanke mehr daran, einen Soldaten zu schlagen oder anzuspucken, solange sich ein Flammenwerfer in der Nähe befand. Dennoch hörte der Mann erst auf zu brüllen, nachdem er Asher einen weiteren Schlag verpasst hatte, diesmal mitten auf die Brust.

Ein anderer Wachmann stand über Rina, öffnete seine Wasserflasche und schüttete ihr etwas davon ins Gesicht. Sie stöhnte. Er ging in die Knie und ohrfeigte sie, dann noch einmal. Sie regte sich, hob schützend die Hände. Der Mann begann ebenfalls zu schreien, und in kürzester Zeit rappelte Rina sich auf, wenn auch stolpernd und schwankend.

Derjenige, der die anderen drei Männer durchsucht hatte, machte nun bei Asher weiter, der nicht in der Lage war, etwas anderes zu tun, als die Luft anzuhalten, sich zu wappnen und zu beten.

Der SS-Mann fand keine Waffe. Er trat zurück und musterte Ashers staubbedeckte Gestalt von Kopf bis Fuß. »Du hast keine Pistole?«, fragte er souverän auf Polnisch.

Asher brachte nicht mehr als ein Husten zustande. Ein paar Sekunden lang starrten sie einander nur an. Dann stieß Asher keuchend Luft aus, als der Soldat die Pistole hob und fest auf seiner Stirn aufsetzte. Einen Moment lang sah er dem Mann in die Augen, registrierte die Stoppeln auf dessen Kinn, den fettigen Schweiß auf seinen Wangen – und schloss die Augen.

»Sie wollten uns keine geben«, hörte er Rina rufen.

Die Wachen diskutierten, ohne den kalten, harten Stahl von Ashers Stirn zu nehmen. Jetzt öffnete er die Augen und hinter dem verschwommenen Bild der Waffe an seinem Kopf sah er, wie ein anderer Wachmann Rina durchsuchte.

»Sie haben uns nicht getraut«, sagte sie. »Wir seien bloß Kinder.«

Der Wachmann fand keine Waffe an ihr.

Und trotzdem hatte Asher noch eine Pistole am Kopf.

Es folgten weitere hitzige Diskussionen unter den Wachen. »Nur Kinder«, wiederholte einer immer wieder. Asher hörte den Soldaten vor ihm seufzen und fühlte warmen Atem in seinem Gesicht. Dann nahm der Mann die Pistole weg.

Asher wurde vorwärts geschubst. Er stolperte und keuchte, als wäre er soeben anderthalb Kilometer gerannt. Nicht lange, und er lief gemeinsam mit Rina und gelegentlich angespornt durch einen Gewehrlauf im Rücken die Straße entlang.

* * *

Einige Minuten später wurden Asher und Rina am Sammelpunkt neben dem Bahnhof abgeliefert. Sie setzten sich nebeneinander auf die Erde. Asher legte den Arm um seine Schwester und schaute sich um. Der Platz war auf allen vier Seiten befestigt, entweder mit Ziegelmauern oder soliden Zäunen. Außerdem bewachten ihn jene bewaffneten Soldaten, von denen die Verwaltung anscheinend einen endlosen Vorrat besaß – sei es SS oder Schutzpolizei.

Über die Zeit hinweg war Asher hin und wieder an diesem Platz vorbeigekommen und stets hatten die Menschen eng gedrängt darauf gewartet, weggebracht zu werden.

Heute war er nicht einmal halb voll.

Sie haben das gesamte Fleisch herausgeschnitten und kratzen nun die Knochen ab.

Aber wo genau brachte man sie überhaupt hin? Ashers Blick blieb an einem Mann neben ihnen hängen, der an einer Kartoffel nagte. *Weiß er vielleicht, was hier passiert?*

Der Mann bemerkte Ashers Starren. Er holte zwei kleine Kartoffeln aus seiner Jackentasche, beugte sich vor und reichte sie Asher.

Asher bedankte sich, doch der Mann reagierte nicht, sondern starrte wieder geradeaus und nagte weiter an seiner Kartoffel.

Ein dunkler Tropfen landete auf Ashers Knie. Dann noch einer. Asher hob das Gesicht und bekam einen in den Mund. Er schmeckte gut. Bald prasselten die Regentropfen auf ihre Köpfe. Asher zupfte Rina am Arm und zeigte auf die Wand an einer Seite des Platzes. Beide standen auf, liefen rasch hinüber und setzten sich mit dem Rücken dagegen. Asher zog seinen Mantel aus und hielt ihn über ihre Köpfe. Er gab Rina eine der Kartoffeln und sie fingen an zu essen.

Kurz überlegte Asher, mithilfe des Regens die Erde von seinem Mahl zu waschen, doch sogar ein wenig Erde würde seinen Magen ein winziges bisschen mehr füllen als das holzartige Fleisch der rohen Kartoffel. Also ließ er sie dran. Und die kleinen Triebe brachten sowohl Abwechslung als auch etwas, woran man die Zähne festhaken konnte.

Der Regen fiel weiter, nachdem sie aufgegessen hatten. Die Tropfen tanzten auf Ashers bereits triefnassem Rücken. Mit dem nassen Ärmel wischte er Rina das Blut vom Gesicht und sie kuschelten sich aneinander. Langsam wurde es kalt.

»Zumindest finden wir vielleicht heraus, was mit Mama, Papa und Keren geschehen ist«, sagte Rina.

Asher erwiderte nichts. Er war sich nicht sicher, ob er das wissen wollte.

Kapitel 19

August 2001 – Verhörraum 3, Allegheny Bezirksgefängnis, Pittsburgh

Diane setzte sich und versuchte, nicht zu lächeln, versuchte, keine Zeichen von Freundschaft zu zeigen. Es war schwer, mit dieser Gewohnheit zu brechen, aber die Sache mit dem »Freund der Familie« würde aufhören müssen. Und wenn es nicht ging, würde Diane zu härteren Mitteln greifen müssen.

»Du hast, was du wolltest«, begann sie, »niemand außer uns beiden. Also erzähl mir, was passiert ist.«

Er nickte und wartete dann, atmete tief und rasselnd ein, bevor er sprach.

»Du hast gesagt, dass du alles wissen willst – alles über mich, alles über deinen Vater und den Grund für seinen bedauerlichen Tod.«

»Den Grund, weshalb du ihn ermordet hast, ja. Aber bitte, nimm dir Zeit. Ich möchte wirklich gern alles erfahren.«

»Also gut. Es gibt eine Menge zu sagen – mehr, als du vielleicht denkst.«

»Gut.«

»Er hat dir erzählt, dass wir im Abstand weniger Tage in der Ukraine auf die Welt kamen, nicht wahr?«

»Ja, und einige Jahre später habt ihr euch aus den Augen verloren. Wie ging es also danach weiter?«

»Ich werde dir alles erzählen, Diane. Das schließt unsere gemeinsame Kindheit mit ein, wie wir Brüder in allem außer im Blut wurden, wie wir uns aus den Augen verloren, was in diesen Jahren mit uns beiden geschah und wie wir uns wieder begegnet sind. Letzteres weißt du wahrscheinlich bereits. Aber ich habe dich gewarnt, dass es eine Menge sein würde, und du musst dir alles anhören, um die Gründe für das, was letzte Woche zwischen uns vorgefallen ist, auch tatsächlich zu verstehen.«

»Ich weiß nicht, ob mir irgendetwas davon helfen wird, es zu verstehen«, sagte Diane. »Mir ist klar, dass ihr euch als Kinder nahestandet und dass du damals ein hartes Leben hattest. Aber für meinen Vater war es auch schwer gewesen.«

»Oh, da stimme ich dir vollkommen zu. Und lange Zeit wurde es auch kein bisschen besser. Wir haben beide schwerwiegende Entscheidungen treffen müssen – Entscheidungen, die uns für den Rest unseres Lebens verfolgten. Aber ich will, dass du weißt, was für ein Mensch dein Vater war.«

Diane starrte ihn an, als wollte sie ihm mit den Augen Löcher ins Gesicht bohren. »Hey, er war mein Vater. Das weiß ich bereits.«

»Bist du dir sicher? Ich meine, wie gut kanntest du deinen Vater in Wirklichkeit?«

»Worauf willst du hinaus?«

»Glaubst du, er war ein guter Mensch?«

Sie nickte sofort, hielt dann aber unsicher inne.

Ja, ihr Vater hatte sie eine Woche lang jeden Abend ins Bett hinaufgetragen, als sie sich den Knöchel verstaucht hatte. Ja, er hatte sie einmal in halsbrecherischem Tempo zur Schule gefahren, damit sie den Ski-Ausflug nicht verpasste, und er ging mit ihr immer zu den Schaukeln im nahen Park. Allerdings war da auch die Art, wie er sich bei diesen Hauspartys verhalten und ihr Liebesleben sabotiert hatte. Als Teenager hatte sie ihn immer General Griesgram genannt, wenn er übellaunig und griesgrämig wurde. Mit zwanzig war ihr klar geworden, dass das Wort »griesgrämig« in diesem Fall nicht ganz zutraf, und der Witz beim »General Griesgram« verlor an Zugkraft. Rückblickend hätte ihr auffallen müssen, dass er sich geradezu zwanghaft mit sich selbst beschäftigte und sich in Unsicherheiten oder Paranoia oder eine Mischung all dieser Dinge hineinsteigern konnte. In Wahrheit wollte sie nicht so über ihn denken, und er hätte es wahrscheinlich auch nicht gewollt.

Bilder von seinem mürrischen Gesicht kamen ihr in den Sinn. Solange sie keinen Freund und er sie ganz für sich allein hatte, war er beinahe ein Vorbild von einem Vater. Kameradschaft, Hilfe im Haus, ein geneigtes Ohr und Ermutigung, wenn sie welche brauchte, jemand, der ihr Gelächter hörte, wenn sie fernsah – er erfüllte all diese Punkte. Aber immer, wenn sie einen Freund mit nach Hause brachte oder auf ein Date ging, verwandelte er sich danach tagelang in General Griesgram. Er brummte, statt zu sprechen, brachte ihr nie einen Kaffee mit, wenn er sich selbst einen holte, und machte Bemerkungen über alles, was sie kochte – gewöhnlich aß er nicht einmal auf. Sie wusste, das alles war auf seine Angst zurückzuführen, dass sie ihn verlassen würde. Diese Angst hatte er ihr an jenem Tag vor vielen Jahren klargemacht, einem Tag, den sie niemals vergessen würde. Später schien er Brad mit größerer Bereitschaft zu akzeptieren – zum Teil, weil er ihn schon gekannt hatte, als er und Diane nur gute Freunde gewesen waren, und zum Teil, weil es nach all den Jahren selbstverständlich zu sein schien, dass Diane niemals vom Hartmann Way wegziehen würde.

Also ja, sie kannte ihren Vater. Sie kannte das Gute, das Schlechte und das Scheußliche. Genauso gut wusste sie, dass das Private auch privat bleiben sollte.

»Ob ich glaube, dass mein Vater ein guter Mensch war?«, wiederholte sie. »Tja … eigentlich ja. Wenn ich mich zwischen ja und nein entscheiden soll, dann ja, ich glaube, mein Vater war ein guter Mensch. Er war nicht perfekt, aber er war perfekt für mich, als ich aufwuchs.«

»Und als sich deine Eltern getrennt haben, wieso hast du dich dafür entschieden, bei deinem Vater zu leben statt bei deiner Mutter?«

Ein paar Sekunden lang versteinerte ihr Gesicht. »Weißt du, das ist eine wirklich furchtbare Frage, die du da stellst.«

»Es tut mir leid. Du hast recht. Aber wenn dein Vater betrunken oder melancholisch war – gewöhnlich beides –, entschlüpften ihm ein, zwei Dinge, die er früher getan hatte. Ich weiß, dass er, was dich betrifft, sehr aufmerksamkeitsbedürftig war, sehr … nun, es fällt mir schwer, noch mehr zu sagen, weil ich seinetwegen gemischte Gefühle habe.«

»Und hattest du gemischte Gefühle für ihn, als du ihn erschossen hast?«

Die Gelassenheit fiel augenblicklich von ihm ab, ein Ausdruck von Entsetzen huschte über sein Gesicht, und seine kleinen Augen öffneten sich ausnahmsweise einmal vollständig. Er fasste sich rasch wieder. »Ich glaube, was furchtbare Fragen angeht, hast du eben mit mir gleichgezogen.«

»Es tut mir leid, aber du scheinst ein anderer Mensch zu sein und nicht so, wie du es all die Jahre gewesen bist.«

»Das stimmt nicht, Diane. Aber ich kann es dir nicht verdenken.«

»Und bitte sei nicht so gönnerhaft. Entschuldige die furchtbare Frage, aber ich versuche zu begreifen, was zum Teufel mein Vater dir angetan hat, dass du ihn dermaßen hasst.«

»Das möchte ich dir ja erklären.«

»Dann *war* es also Hass?«

»Hm … das ist eine schwierige Frage. Wir waren wirklich wie Brüder, also denke ich, es ist in Ordnung, wenn ich sage, dass ich ihn gehasst habe, weil ich ihn ebenfalls geliebt habe. Das tue ich immer noch, wenn ich darüber nachdenke. Und ich vermisse ihn. Das fällt dir vielleicht schwer zu glauben, aber es ist wirklich wahr.«

»Ich erinnere mich daran, wie gut ihr zwei euch verstanden habt, also glaube ich dir irgendwie. Aber du musst mir sagen, was vorgefallen ist.«

»Also gut.« Er trank einen Schluck Wasser.

Dann begann er, Diane von den Petrenkos und den Kogans zu erzählen, dass sie sich ein Bauerngut teilten und dass beide Familien 1923 Söhne in der Welt willkommen hießen; wie Asher und Mikhail als Jungen miteinander spielten und stritten, wie sie ihr Essen miteinander teilten und wie sie Traktoren und Angelausflüge liebten.

Und er fuhr fort damit zu beschreiben, wie sie voneinander getrennt wurden, als Asher nach Warschau zog und beide Jungen ohne ihren besten Freund – den Bruder in allem, außer im Blut – auskommen mussten. Asher litt in Warschau und kämpfte am Ende im Widerstand, wogegen Mikhail in die Rote Armee eintrat und nach seiner Gefangennahme zur Marionette seiner Naziherren wurde.

An diesem Punkt wurden sie von einem Wachmann unterbrochen, der sie informierte, dass sie noch fünf Minuten hatten.

»Wir sind noch nicht fertig«, sagte Diane. »Können wir morgen weitermachen?«

Der Wachmann zuckte die Schultern. »Das hängt voll und ganz vom alten Herrn ab.«

»Natürlich«, antwortete der alte Herr.

Sie erhoben sich und Diane griff nach ihrer Handtasche.

»Wo wohnst du?«, fragte er.

»Momentan bei Brad, bis ich Vaters Haus abgewickelt habe. Dann bleibe ich vielleicht bei Mutter.«

»Du ziehst nicht mit Brad zusammen?«

Sie hielt inne und schüttelte dann den Kopf. »Ich habe eine Menge mit meiner Mutter nachzuholen.«

»Ich würde sagen, du hast eine Menge mit Brad nachzuholen.«

Diane verzog das Gesicht. »Wie bitte?«

»Ich finde einfach, dass du ein wenig Glück verdient hast, das ist alles.«

»Der Mann, der meinen Vater ermordet hat, wünscht mir ein wenig Glück. Manchmal bist du ein echter Mistkerl, weißt du?«

»Ja. Das klingt schlimm, ich verstehe, aber du liegst mir wirklich am Herzen. Ich kann mir gut vorstellen, welche Spielchen dein Vater gespielt hat, damit du ihn nicht verlässt.«

»Hör zu, ich hab jetzt genug. Mir dreht sich der Kopf. Wir sehen uns morgen.«

Beide verließen den Raum. Diane ging zum Parkplatz und rief Brad an, damit er sie abholte.

Kapitel 20

1943 – Warschau, Polen

Asher und Rina befanden sich nun im Zug – wo es hinging, wussten sie nicht.

Dem Aussehen und dem Gefühl nach war es ein Güterwagen und er war dermaßen vollgepackt mit Menschen, dass sich ihre bibbernden Körper langsam aufwärmten und ihre Kleidung nur noch klamm anstatt durchnässt war. Die meisten anderen waren menschliche Wracks, ihre Lumpenkleidung viel zu groß, ihre Gesichter zerfurcht. Asher hatte versucht, den einen oder anderen anzusprechen, zu fragen, ob jemand wusste, wohin sie fuhren, doch niemandem schien der Sinn nach einem Gespräch zu stehen.

Nur Rina wollte reden. »Glaubst du, wir werden herausfinden, was mit Mama, Papa und Keren geschehen ist?«, fragte sie.

Ashers wusste nichts zu sagen. Es war vollkommen unsinnig. *Rina* benahm sich unsinnig. Sie musste wissen, welches Schicksal sie höchstwahrscheinlich heimgesucht hatte. Sicher wusste sie das.

»Ich hoffe, sie haben den Himmel gefunden, von dem Mama gesprochen hat«, fuhr sie fort. »Ein schönes sonniges

Fleckchen Erde auf dem Land, mit genügend Platz für einen Gemüsegarten und ein paar Hühner.«

Asher wollte gerade antworten, dass sie Unsinn redete, sich selbst etwas vormachte, doch dann sah er die Härte in ihren Augen.

Jetzt verstand er es.

»Ich finde, das hört sich gut an«, sagte er nickend. »Ich bin sicher, dass sie in ihrem eigenen Himmel sind.«

Er blinzelte, um die Feuchtigkeit aus den Augen zu bekommen.

Sie schwiegen für den Rest der Fahrt.

Alle schwiegen.

Asher blickte in die Gesichter um sich herum, bar jeder Fülle, aber erfüllt von Furcht. An der Seite lag ein Mann völlig regungslos am Boden. Sein Kopf lag im Schoß einer Frau, die den ersten Teil der Fahrt damit verbracht hatte, ihm sanft über die Stirn zu streicheln. Und dann schloss sie ihm mit ebensolcher Fürsorglichkeit die Augen.

Fast alle hatten sich zusammengerollt wie Kinder, hielten die Augen halb geschlossen und bewegten sich kaum. Gelegentlich suchte jemand nach einer anderen Position. Man urinierte dort, wo man saß.

Aber alle schwiegen.

Asher wusste, dass es schwer war, Hoffnung zu bewahren. Er ignorierte den Gestank nach Krankheit und das verzweifelte Stöhnen. Stattdessen schloss er die Augen und träumte von seinem eigenen Himmel, irgendwo, Diowsta sehr ähnlich, mit reiner Luft und Seen aus goldenem Weizen, der im hellen Sonnenlicht schimmert. Er fühlte sich wärmer, so wie schon lange nicht mehr, und wurde bald darauf vom rhythmischen Rattern der Räder auf den Schienen in den Schlaf geschaukelt.

* * *

Erst als der Zug mit einem Ruck zum Stehen kam, wachte Asher auf. Er rieb sich das verschlafene Gesicht, und als er sich zu Rina drehte, tat sie dasselbe.

Ihre Reisegenossen begannen zu murmeln und zeigten auf die Ritzen rund um die Tür. Das Sonnenlicht strahlte hindurch und erleuchtete die Staubwirbel, die sacht hinauf und davon tanzten, so als wollten sie entkommen. Draußen erklangen laute Geräusche: scharfe Stimmen, marschierende Stiefel, bellende Hunde.

Außerdem war da ein äußerst markanter Geruch.

Asher hob witternd die Nase.

Die Waggontür öffnete sich quietschend und eine Welle ebenjenen Geruchs schwappte herein. Ashers nächster Atemzug ließ es ihm übel werden.

Rina schaute ihn an und verzog das Gesicht. Niemand hätte den Gestank ignorieren können.

Aber mit furchtbaren Gerüchen ließ sich leben. Die bewaffneten Wachen, die sie anbrüllten, bedurften dringender ihrer Aufmerksamkeit.

Die derangierten Gestalten um Asher herum begannen, sich hochzurappeln und aus dem Waggon zu steigen. Einige blieben am Boden sitzen und sahen aus, als würden sie sich nie wieder aus eigener Kraft bewegen. Waffen und zähnefletschende Hunde waren da kaum hilfreich. Rampen, um den Schwachen und Verletzten auf den Bahnsteig zu helfen, wären vielleicht sinnvoller gewesen.

Aber gab es hier *überhaupt* einen Sinn?

Asher und Rina standen gemeinsam auf dem Bahnsteig, hielten einander wie eine tröstende Decke fest und musterten die Umgebung.

Es gab keine nennenswerten Straßen, Geschäfte oder Wohnhäuser, nur ein paar Gebäude, die halb verborgen hinter den Bäumen und Büschen standen. Und das gesamte Gebiet war mit Stacheldraht eingezäunt, obwohl man anscheinend versucht hatte, ihn mit Zweigen zu tarnen. Wollte man hier etwas verbergen? Etwas hübsch aussehen lassen, obwohl es alles andere als das war?

Asher schaute hinter sich und las ein großes Stationsschild, auf dem »Treblinka« stand. Er überlegte kurz, aber nein, von diesem Ort hatte er noch nie zuvor gehört. War das ein Ort, der speziell für die Juden errichtet worden war? Ein neues Dorf auf dem Land? Irgendetwas musste hier sein, wenn es eine eigene Bahnstation gab.

Rina schaute sich in alle Richtungen um und stupste ihn dann an. »Glaubst du, dass Mama, Papa und Keren hierhergekommen sind?«, fragte sie zögernd.

Asher wagte nicht, ihr zu sagen, was er dachte. Der Rest ihrer Familie wurde zusammen mit Hunderttausenden weiteren Juden aus Warschau hierhergebracht? Wenn dem so war, wo hatte man sie dann alle untergebracht? Hier gab es nicht einmal annähernd genug Gebäude. Aber ganz sicher würden sich die Behörden nicht die Mühe machen, diese Massen an Menschen viele Kilometer durchs Land zu fahren, nur um sie zu erschießen, oder?

»Vielleicht steigt man hier nur um«, sagte Rina. »Vielleicht kommt ein anderer Zug, der uns wegbringt, nach …«

Ihre Stimme verklang in einem leisen Wimmern. Asher war klar, dass sie nicht einmal selbst glaubte, was sie sagte.

Rina schluckte schwer, ihr Gesicht verzerrte sich. »Oh, Asher«, stammelte sie. »Ich habe Angst. Was … was passiert hier?«

Asher sah sich erneut um. Vor ihnen befand sich etwas, das wie ein Fahrkartenschalter aussah. An den Wänden klebten große, eng beschriebene Blätter – wie Zeitpläne. Und über ihnen hingen Uhren, so als erwartete man Ankünfte und Abfahrten.

»Das ist … eine Bahnstation«, sagte er zu Rina. »Eine richtige Station. Zumindest … soweit ich das sagen kann. Vielleicht hast du recht, vielleicht steigen wir hier nur in einen anderen Zug um.«

Rufe und Stöße der Wachen zwangen die Menge den Bahnsteig entlang.

»Bleib bei mir«, bat Rina und weinte jetzt ungehemmt. »Bleib bei mir, Asher, bitte. Ich habe Angst.«

»Keine Sorge.« Er legte den Arm um sie und hielt sie eng an sich. »Sie werden uns niemals trennen. Du weißt, dass ich eher sterbe, als das zuzulassen.«

Während sie vom Fluss der Massen weitergetragen wurden, schaute er zu den Gebäuden hinüber. Einige waren Holzhütten, andere sahen irgendwie vertraut aus. Aber wie konnte das sein? Er war definitiv noch nie zuvor hier gewesen. Und dann waren da noch Stimmen. Sie waren … Ja, er hörte Stimmen, die sich in fließendem Ukrainisch unterhielten. Es war surreal. *Träume ich etwa?*

Er suchte nach dem Ursprung der Stimmen. Es waren einige der Wachen. Ja, einige der Wachen sprachen Ukrainisch. Er schob sich schubsend durch die Menge auf sie zu und zog Rina hinter sich her.

»Sind Sie Ukrainer?«, fragte er.

Keiner der Männer antwortete. Sie beäugten ihn misstrauisch, hatten ihn jedoch eindeutig verstanden.

»Wir sind auch aus der Ukraine«, fuhr er fort. »Beide aus Diowsta.«

»Geht in die Reihe zurück!«, rief einer von ihnen.

Nein, das ist definitiv kein Traum.

Die Menge wurde gezwungen, eine Reihe zu bilden, die um die Ecke und eine Rampe hinab zu einem Tisch unter einem

Regendach führte. Asher hielt Rinas Hand, bis sie den Tisch erreichten.

»Namen und Berufe?«, fragte der Mann auf Polnisch.

»Weshalb wollen Sie das wissen?«, erwiderte Asher.

»Weil das ein Arbeitslager ist und wir für euch die am besten passenden Aufgaben finden müssen.«

Asher und Rina sagten dem Mann ihre Namen und erklärten, dass sie bereit seien, alles zu tun. Er kritzelte das in sein Registerbuch.

Dann schaute er auf. »Alle Wertsachen auf den Tisch.«

»Das … möchte ich lieber nicht«, sagte Rina.

»Du hast keine Wahl«, antwortete der Mann. »Geld, Schmuck, Wertgegenstände jeder Art. Legt alles hier hin. Ihr geht erst zur Entlausungsdusche und bekommt danach alles zurück.«

»Sind Sie Ukrainer?«, fragte Asher.

Der Mann lachte schnaubend. »Ja. Ziehst du es vor, auf Ukrainisch befragt zu werden?«

»Aber wir sind auch Ukrainer«, sagte Asher. »Wir sind Landsleute. Können Sie uns die Sachen nicht lassen?«

»Ihr bekommt eine Quittung. Wir bewahren sie nur sicher auf. Bitte, stellt euch nicht an oder es könnte unangenehm für euch werden. Jetzt leert eure Taschen.« Er lachte wieder. »Würde euch ein ukrainischer Landsmann etwa anlügen?«

Asher sah das Widerstreben in Rinas Miene, dennoch zog sie zwei Ringe von ihren Fingern, nahm ein Armkettchen aus der Tasche und legte alles auf den Tisch. Asher holte einige zerknitterte Zlotyscheine aus der Tasche und legte sie neben den Schmuck.

»Seid ihr absolut sicher, dass das alles ist?«, fragte der Mann. »Kein Gold, Brillen, Zahnersatz oder künstliche Gliedmaßen?«

Sie schüttelten die Köpfe.

»Sehr gut, Frauen gehen da lang zur …«

Ein deutscher Befehlshaber unterbrach den ukrainischen Wachmann und sprach mit ihm. So eng beieinanderstehend konnte Asher das Totenkopf-Abzeichen auf seiner Mütze erkennen. Das war ein SS-Mann.

Der Ukrainer nickte zum Deutschen hin und zeigte dann auf Asher. »Du stellst dich dorthin«, sagte er und bedeutete ihm die entgegengesetzte Richtung, wo eine wesentlich kürzere Reihe aus lediglich fünf Männern stand. Alle schienen relativ gesund zu sein.

Asher spürte Rinas Griff um seinen Arm.

»Meine Schwester«, sagte Asher zum Wachmann. »Wir bleiben zusammen.«

»Nein, bleibt ihr nicht«, entgegnete der laut. »Du gehst dorthin und sie da lang. Ihr könnt euch nach der Entlausungsdusche wiedersehen.«

»Aber …«

Da schlug Asher am Boden auf. Er fühlte etwas an seinem Ohr vorbeisickern, wischte es weg und sah Blut.

»Tu, was dir gesagt wird!«, schrie der Wachmann und riss an Ashers Arm. »Scher dich dort rüber!«

Asher rappelte sich auf und gehorchte. Er warf einen Blick zu Rina, die in der Menge stand und ihn mit vor Qual verzerrtem Gesicht anstarrte. Sekunden später war sie nur noch eine weitere Gestalt in der Flut aus Frauen und Mädchen, die langsam davonglitt. Das war seine große Schwester, die Frau, die ihm als kleinem Jungen versprochen hatte, er würde niemals einsam sein, die die Familie mit Essen versorgt und dabei ihr Leben riskiert hatte, die tapfer im Widerstand gekämpft hatte. Nun wirkte sie wie ein kleines Mädchen, dem klar war, dass es ertrinken würde.

Asher redete sich ein, er würde Rina bald wiedersehen, vielleicht etwas später heute oder morgen. Wenn dies ein

Arbeitslager war, mussten sie sich zwangsläufig irgendwann begegnen.

In all der Panik und dem Drama hatte er sich an den merkwürdigen Geruch gewöhnt, der diesen Ort durchdrang, und im Moment war er kaum von Bedeutung. Dagegen beschäftigten ihn die Gebäude viel mehr, sie schienen nach wie vor vertraut.

Einige Minuten später begann eine Wache, Befehle auf Polnisch zu bellen, und winkte die Männer zu sich. Als Asher ihnen folgte, erhielt er einen guten Blick auf die anderen. Es waren alles junge Männer, kräftiger und besser in Form als der durchschnittliche Jude aus Warschau.

Man führte sie durch ein gesichertes Tor in ein mit Stacheldraht eingezäuntes Areal und von dort aus in eine längliche Hütte. Ein großer Brennofen stand in der Mitte und auf jeder Seite eine Reihe Doppelstockbetten. Man wies die Männer an, sich ein Bett auf der linken Seite zu suchen, und erklärte, dass später jemand mit Essen und Wasser vorbeikäme. Der Wachmann ging und schloss die Tür ab.

Asher fragte die anderen Männer, was hier vorging und was das für ein Ort sei. Zur Antwort bekam er Schulterzucken und ein »Woher soll ich das wissen?«.

Jeder suchte sich ein Bett, und Asher legte sich auf seines, versuchte, sich auszuruhen, versuchte, seine Befürchtungen in den Hinterkopf zu verbannen. Er musste positiv bleiben. Das war eine Art Gefängnis, aber zumindest würde er Rina wiedersehen. Wahrscheinlich befand sie sich in einer ähnlichen Hütte.

Viele Stunden vergingen, bevor die Tür wieder geöffnet wurde. Allerdings nicht, um Essen zu verteilen, sondern für mehr Männer, die die Baracke betraten. Asher setzte sich auf und beobachtete, wie sie hereintrotteten und auf ihren Betten auf der gegenüberliegenden Seite kollabierten. Es waren etwa zwanzig – alle jung, aber sehr verschieden von denen auf Ashers Seite der Hütte. Diese Männer waren sehnig, die Brustkörbe eingefallen – sogar spindeldürr – und sie starrten vor Dreck.

Ihre Augen schienen sich nicht nur in die Höhlen zurückgezogen zu haben, sondern waren bar jeder Emotion. Sie unterhielten sich nicht untereinander und keiner von ihnen zeigte Interesse an den Neuankömmlingen.

Der Mann vom Bett unter Asher stand auf und stellte sich vor sie. »Also, was geschieht hier an diesem Ort?«, fragte er. »Sind wir in einer Art Arbeitslager?«

»Das könnte man so sagen«, antwortete einer.

»Und was gibt es hier für uns zu tun?« Der Mann blieb hartnäckig.

»Das findest du schon früh genug heraus«, erwiderte ein anderer. »Aber du solltest dich ausruhen, solange du die Gelegenheit dazu hast.«

Asher lehnte sich einen Moment lang zurück. Er dachte an Rina und wie ihre eigenwillige, selbstbewusste Art Stück für Stück zerschlagen worden war, bis nur noch nackte Angst vor allem und jedem blieb. Er beschloss, dass er um ihretwillen fragen musste, wenn schon nicht um seinetwillen.

Er sprang vom Bett und ging mit langen Schritten zu den anderen.

»Schluss damit«, sagte er. »Warum wollt ihr uns nicht sagen, was uns hier erwartet?«

Niemand antwortete. Ein paar Blicke wurden gewechselt, ein, zwei Männer schüttelten die Köpfe und andere rollten sich einfach in ihren Betten zusammen. Da Asher jetzt so nah bei ihnen stand, konnte er sehen, wie die Knochen aus der fleischlosen Haut herausstachen, wie sich die Umrisse ihrer Zähne durch die Wangen abzeichneten.

Er zeigte auf einen. »Du da«, sagte er. »Wieso seht ihr so krank aus?«

Erneut gingen wissende Blicke hin und her.

»Ruh dich einfach aus«, sagte der Mann. »Ruhe und iss, so viel du kannst.«

»Aber weshalb sind wir hier?«

»Wenn du es wirklich wissen willst«, begann ein anderer, »wir sind die *Totenjuden.*« Das letzte Wort sagte er auf Deutsch.

»Was bedeutet das?«

»Das bedeutet, wir tun alles, was uns befohlen wird.«

Asher zögerte, dankte dem Mann jedoch und kehrte zu seinem Bett zurück.

Der eine oder andere von den Neuzugängen schaute ihn eigentümlich an.

»Was ist?«, fragte er sie.

»Du sprichst kein Deutsch, oder?«, meinte einer.

Asher schüttelte den Kopf.

»Das Wort ›Toten‹ steht für alles, was mit Töten oder Tod zu tun hat.«

Asher streckte sich auf dem Bett aus und fragte sich, was hier vorging.

* * *

Am Abend desselben Tages gab es etwas zu essen. Es war lediglich eine wässrige Kartoffelsuppe und ein Stück trockenes Brot, aber Asher gewöhnte sich daran, mit knurrendem Magen einzuschlafen. Kalt war ihm auch, aber zumindest schlief er in einem Bett. Das war etwas, wofür man dankbar sein konnte. Er verbrachte einige Minuten damit, sich gut zuzureden, dass der Rest seiner Familie in Sicherheit war, dass Rina nicht allzu weit von ihm entfernt ebenfalls schlief, die anderen weiter entfernt, aber ebenfalls sicher. Das war ein tröstlicher Gedanke, und schließlich sank er in einen tiefen Schlaf.

Er wurde von einem dröhnenden metallischen Geklopfe geweckt. Während er den Schlaf abschüttelte, musste er überlegen, wo er war. Der übelkeitserregende Gestank schien stärker denn je zu sein. Und ihm war noch immer kalt. Er befand sich wohl nach wie vor im Lager.

Der Aufseher stand direkt an der Tür und hörte auf, gegen das Metalltablett zu schlagen, um seine Befehle zu brüllen: sofort aufstehen und ihm folgen. Sie wurden aus der Hütte hinaus, entlang eines mit Stacheldraht gesäumten Pfades und an einigen Gebäuden vorbeigeführt – mehr von denen, die Asher so beunruhigend bekannt vorkamen.

Er ermahnte sich, dass das jetzt unwichtig sei. Sie betraten einen Wald mit riesigen Fichten und wurden zu einer kleinen Lichtung gebracht. Dort wurde ihnen befohlen zu warten, und der Aufseher ging mit zwei von ihnen im Schlepptau fort.

Während er wartete, versuchte Asher auszumachen, was sich hinter dem Waldrand befand. Zwischen den Baumstämmen und Zweigen erkannte er eine größere Lichtung als die, auf der sie standen, wie ein Feld, allerdings stieg dort Rauch auf aus einer Vorrichtung, die ein paar Dutzend Zentimeter über der Erde errichtet worden war und auf der oben etwas auflag.

Eine Sekunde lang meinte er, es wären Leichname. Aber er hatte keine Schüsse gehört, also konnten das keine toten Menschen sein – und mit Sicherheit nicht in diesen Massen. Die Vorrichtung war ziemlich lang, vielleicht um die dreißig Meter. Was lag da drauf? Tiere? Nein, das war auch unsinnig.

Während er sich Mühe gab, etwas zu erkennen, kam einer der Aufseher zu ihm, brüllte ihn an und zeigte in die andere Richtung.

Asher wandte den Blick ab, hin zu den hohen Bäumen, zwischen denen soeben die Sonne über den Horizont kletterte. Das erinnerte ihn an seine Kindheit, als er sich um die Felder in Diowsta gekümmert hatte, und an die herrlichen Sonnenaufgänge, die er zur Erntezeit erlebt hatte, als alles Tageslicht für die Arbeit genutzt wurde. Er dachte an Mikhail – an ihre Spiele, ihre Angelausflüge, ihre gemeinsame Begeisterung für Traktoren. Er verfluchte seine Mama, weil sie die Familie von Diowsta weggebracht hatte, und fühlte sich sofort schuldig. Es war nicht ihre Schuld, und nicht einmal in Warschau, hektisch und verstopft wie es war, hatte es diesen drückenden Gestank gegeben. Er war wie ein Leichentuch aus bösartigem Nebel.

Die beiden Häftlinge kehrten mit den Armen voller Äxte zurück und ließen sie zu Boden fallen, damit sich die anderen Männer eine nehmen konnten.

Der Aufseher führte sie tiefer in den Wald zu einer Stelle, an der vor Kurzem Bäume gefällt worden waren. Der Geruch nach Fichten und frischem Holz war eine willkommene Erleichterung. Wenige Minuten später zerhackten sie die gefällten Bäume in besser handhabbare Scheite.

Asher schoss der Gedanke durch den Kopf, dass sie einfach nur Feuerholz für die Hütten schlugen, aber für etwa ein Dutzend Hütten war das ein riesiger Berg Holz.

Anfangs schien es gar nicht so übel zu sein, zumindest wurde ihm etwas wärmer. Doch nach einer halben Stunde war er schweißgebadet und erschöpft. Der Aufseher brachte einen Eimer Wasser, stellte ihn nicht weit weg auf, und alle durften nacheinander daraus trinken.

Eine Stunde später war Asher vollkommen entkräftet. Trotzdem befahl man ihnen, weiter Holz zu hacken. Ein paarmal wurde ihm schwindelig und er fiel beinahe um.

Nichtsdestotrotz mussten sie auch einige Stunden später – die Sonne stand weit über dem Horizont – noch immer weitermachen. Je mehr Holz Asher hackte, desto mehr Scheite mussten zu Haufen geschichtet werden. Inzwischen waren seine

Muskeln taub und er spürte keinen Schmerz. Sogar das unangenehme Gefühl im Hals, erneut klebrig trocken vor Durst, spielte keine Rolle mehr.

Lange Zeit später durften sie endlich in die Baracke zurückkehren. Jetzt verstand er – den Gesichtern nach zu urteilen verstanden es alle –, was der andere Totenjude meinte, als er den Neulingen riet, einfach so viel wie möglich zu ruhen und zu essen. Keiner sagte ein Wort. Sie fielen lediglich in ihre Betten.

Man gab ihnen zehn Minuten. Danach kam wieder ein Aufseher herein und schrie ihnen neue Befehle zu. Asher musste sich anstrengen, die steifen Muskeln zu bewegen, folgte jedoch den anderen wieder hinaus aus der Hütte.

Draußen hörte er ein entferntes Zischen. Er drehte den Kopf und sah Dampfwolken über einem Zug aufsteigen. Einen Augenblick lang blieb er stehen und lauschte aufmerksam. Da war das Klappern von Schuhen auf Beton – Hunderte von ihnen – und vages Stimmengewirr. Ein Brüllen und ein Schlag mit dem Stock auf seine Schulter trieben ihn vorwärts.

Man führte sie zu einem nahe gelegenen Gebäude, an dem einige weitere Wachen leger an den Wänden lehnten, sich unterhielten und Zigaretten rauchten. Wieder hieß es warten.

Drinnen waren Unmengen von Säcken aufeinandergestapelt. Einige halb volle standen geöffnet neben einer Reihe von Stühlen bereit. Asher warf verstohlen einen Blick in den ersten Sack, dann in einen weiteren. Er brauchte einen Moment, um zu begreifen, und schaute rasch in einen dritten. Die Säcke waren voller Haare – ja, *Haare*. Wie merkwürdig. Und es sah wie Menschenhaar aus. Aber wenn das von Menschen stammte, mussten das Tausende gewesen sein.

Der Aufseher holte Scheren aus einem Schrank und verteilte sie unter den Männern.

Es wurde immer merkwürdiger.

Das Klappern von Schuhen und die verschwommenen Stimmen kamen näher. Daraufhin rief der Aufseher Asher und die anderen Totenjuden zur Achtung.

»Eure Aufgabe ist es, allen Frauen und Mädchen, die hier durchkommen, die Haare abzuschneiden.«

Asher musste zweimal hinhören. Hatte der Mann das eben wirklich gesagt? Aber vor allem: War seine Familie auch hier durchgekommen? Er warf erneut einen Blick auf die Säcke. Befanden sich Rinas Locken – frisch geschnitten vom Tag zuvor – irgendwo in diesem Berg an Haaren?

Der Aufseher fuhr fort: »Achtet darauf, dass ihr die Haare so dicht wie möglich am Kopf abschneidet. Verschwendet nichts!«

»Was glaubst du, was sie mit den Haaren machen, die wir abschneiden?«, flüsterte Asher dem Mann neben sich zu.

Dieser zuckte die Schultern. »Ist mir auch egal. Ich hoffe nur, dass meine Hände nach all dem Graben noch funktionieren.«

Asher umfasste seine schmerzenden Hände und wollte gerade zustimmen. Doch bevor er ein Wort herausbekam, füllte sich der Raum. Frauen und Mädchen kamen herein. Männer und Jungen warteten draußen. Eine neue Lieferung Juden, wie Vieh, das zu einem Bauernhof gebracht wird.

Vielleicht würde Asher jetzt herausfinden, was mit dem Rest seiner Familie geschehen war.

Einer der Aufseher sprach nun zu den Neuankömmlingen. »Ihr alle! Seid still und hört zu! Ihr werdet gleich duschen gehen, damit ihr die Läuse loswerdet. Aber vorher müssen wir den Frauen und Mädchen die Haare schneiden, nur für den Fall, dass die Läuse Eier gelegt haben. Das ist auch schon alles. Männer und Jungen warten inzwischen draußen.«

Bevor Asher Zeit hatte nachzudenken, wurde ihm ein Mädchen vor die Nase gesetzt. Sie fing an zu weinen. Asher drückte ihr sacht die Schulter. Alles würde gut werden, er würde aufpassen und ihr nicht wehtun, und es sei doch das Beste, wenn man die Läuse loswerde. Seine eigenen hastig aneinandergereihten Worte hallten ihm im Kopf wider, als er sie dann flüsternd bat stillzuhalten.

Und er begann zu schneiden.

Kapitel 21

1943 – Treblinka, Polen

Im Vergleich zu Holzhacken schien Haareschneiden keine sehr schwere Arbeit zu sein, doch nach einer Weile hatte Asher derart starke Rückenschmerzen, dass es ihm die Tränen in die Augen trieb, und seine Finger fühlten sich an, als hätte er Arthritis – die Gelenke steif und geschwollen.

Doch die Häftlinge hatten sich gemeinsam durch die gesamte Menge gearbeitet, und am Ende sahen sie sich einer Szene wie aus einem Albtraum gegenüber. Ein Raum mit Hunderten Frauen und Mädchen mit dermaßen kurz geschnittenen Haaren, dass sie so gut wie glatzköpfig waren. Asher hatte noch nie zuvor eine glatzköpfige Frau gesehen und er verstand die ängstlichen und angewiderten Gesichter der Frauen nur zu gut.

Die Totenjuden wurden in ihre Baracke zurückbeordert. Während Asher auf den Ausgang zulief, wurden weitere Befehle gebrüllt, diesmal für die Mädchen und Frauen.

»Ausziehen!«, lautete der Befehl. »Sofort!«

Einige der älteren Frauen erhoben Einspruch.

»Macht einfach, was euch befohlen wird«, erwiderte der SS-Mann freundlich und sah sie aufmunternd an. »Eure

Kleidung wird desinfiziert und nach der Entlausungsdusche bekommt ihr sie zurück.«

Eine Frau war mutig genug, weiter zu diskutieren. Ein Aufseher ging auf sie zu.

Bevor er sie erreichte, war Asher bereits aus dem Gebäude raus, wo sich ihm gleich eine neue geschmacklose Szene bot.

Die Totenjuden blieben wie angewurzelt stehen, erschreckt von dem Anblick der Jungen und Männer, die sich nackt und zitternd zusammengedrängten. Ihre Kleidung lag auf einem Haufen an der Wand.

Asher warf einen Blick zurück und sah, dass sich die barhäuptigen Frauen und Mädchen ebenfalls auszogen. Viele duckten sich, aufs Neue beschämt.

Ashers Gedanken waren erneut bei seiner Familie. Hatte man das mit ihnen auch gemacht? Und mit Rina erst am Tag zuvor? Allen wäre das gelinde gesagt sehr unangenehm gewesen – sich vor Fremden auszuziehen. Ein Bild seiner Mama, nackt und frierend, nichts weiter als grobe Stoppeln auf dem Kopf, blitzte in seinen Gedanken auf. Bei der Vorstellung erstarrte er und ging erst weiter, als ihn sein Hintermann schubste und vorwärts zwang.

In der Baracke fiel Asher ins Bett. Körperlich zu entspannen war leicht. Der Gedanke, dass er sich in den Eingeweiden einer Art Hölle auf Erden befand, verhinderte, dass sich sein Geist entspannte. Nichtsdestotrotz schloss er die Augen und versuchte, das Pulsieren in seinen Fingern abzustellen. Es dauerte nicht lange, bis die Erschöpfung ihn überwältigte, und er schlief ein.

Er wurde von einem entfernten Brummen geweckt – tief und gleichmäßig, wie er es noch nie gehört hatte. Das hieß, eigentlich doch. Es klang wie der Motor eines Lastwagens oder Traktors, nur lauter und vom Ton her tiefer. Asher war aus einem Traum gerissen worden, in dem er wieder auf dem

Traktor in Diowsta saß, mit seinem Papa und seinem besten Freund Mikhail die Felder rauf- und runterfuhr. Vielleicht erinnerte ihn deshalb das Geräusch an einen Motor.

Als er sich aufrappelte, trat eine Gruppe Wachen ein und brüllte Befehle. Asher schmerzte der Rücken, und er brauchte ein wenig länger als die anderen, um auf die Beine zu kommen. Sie sollten am Gebäude vom Vortag einen frischen Haufen Kleidung sowie Schuhe aufsammeln und in ein anderes Gebäude bringen.

Dort erhoben sich mannshohe Berge aus Kleidung entlang der Wände. Es gab Hosen, Mäntel, Hemden und Kleider – in allen Größen. Auch Unterwäsche und Schuhe. Im Grunde war es wie in einem Warenlager oder einem riesigen Bekleidungsladen. Einige der Kleidungsstücke lagen ordentlich zusammengelegt übereinander, andere in wüsten Haufen, die noch sortiert werden mussten. Wenn sie heute die Kleidung von Hunderten herbrachten, dann mussten hier bereits die Sachen von vielen Tausenden liegen.

Sie mussten ein paarmal hin- und hergehen, bis alles in die Halle gebracht war, und Asher wollte nicht glauben, was er dachte.

Vielleicht war es besser, einfach nur zu tun, was ihm befohlen wurde, und nicht nachzudenken.

Aber Asher konnte das ungute Gefühl nicht abschütteln – das Gefühl, dem er nicht nachgeben wollte. Bekamen diese Leute später tatsächlich ihre Kleidung zurück? Wenn man sie alle erschossen hätte, hätte er doch die Schüsse sicher gehört. Aber da war nichts, nichts abgesehen von diesem unerträglichen Brummen.

Er fühlte sich schwach und musste sich auf einen der kleineren Kleiderhaufen setzen.

Seine düstersten Gedanken hatten sein Bewusstsein eingeholt, und eine Offenbarung bahnte sich an, ein Eingeständnis dessen, was er eigentlich die ganze Zeit schon hätte wissen sollen. Die Tausende Menschen, die durch dieses Lager gekommen waren – *nein, Hunderttausende* –, waren nirgends zu sehen oder zu hören.

Jetzt wusste Asher es. Nicht die Einzelheiten, nicht genau wie, aber er wusste es.

Als er sich nach rechts lehnte, griff seine Hand in etwas Weiches. Er hob es auf.

Es war eine Babymütze, aus blauer Wolle gestrickt und mit gelben Blumen an den Rändern verziert. Er sah hinab und entdeckte eine passende blaue Decke, nicht viel größer als ein Herrentaschentuch. In einer Ecke prangte der Davidstern.

Ein Aufseher brüllte, doch Asher ignorierte ihn und warf die Babymütze wieder hin, als wäre sie verflucht. Plötzlich wurde ihm schlecht und er fiel nach vorn auf die Knie.

Es dauerte nur wenige Sekunden und ein Paar glänzender schwarzer Stiefel tauchte vor ihm auf. Er schaute nicht hoch.

»Ich sagte, du sollst hier weggehen!«, sagte der Aufseher. »Beweg dich!«

Ashers Beine wollten sich nicht rühren und er starrte weiter zu Boden. Der Aufseher wiederholte den Befehl, diesmal auf Ukrainisch. Und da hob Asher den Kopf.

»Jetzt verstehst du also?«, höhnte der Mann.

»Sie sind Ukrainer? Ich auch. Aus …«

»Schnauze! Ist mir egal. Steh auf oder du stirbst. Drei Sekunden.«

»Sie würden einen Lands…«

»Drei!«

Die Mündung eines Gewehrs tauchte einen Zentimeter vor Ashers Stirn auf.

»Zwei!«

Dem Geruch nach war es vor Kurzem abgefeuert worden. Asher stand auf.

Asher sah es kommen, konnte jedoch nichts tun, um es zu verhindern. Ein Schlag gegen die Schläfe und die Welt stellte sich auf den Kopf. Eine Sekunde lang fühlte er sich still und ruhig, sein Kopf lag auf dem Boden. Dann kamen die Schläge auf den Rücken. Er schrie und rollte sich zusammen, doch die Schläge hörten nicht auf. Einer traf sein Schulterblatt und er spürte, wie die Haut aufplatzte. Er schaute auf, nur um gleich darauf den Gewehrkolben ins Gesicht zu bekommen. Das war wie ein Schuss Ammoniak, der ihn wieder vollkommen wach machte, ein elektrischer Schock fürs Gehirn.

»Nächstes Mal befolgst du sofort den Befehl!«

Asher hustete und spuckte Blut.

»Du hast eine Sekunde, um aufzustehen!«

Irgendwie kam Asher in den Stand. Wahrscheinlich dauerte es länger als eine Sekunde. Vielleicht war der Aufseher kulant.

Es gab keine Atempause, nicht einmal einen Moment, um sich das Blut aus dem Gesicht zu wischen oder die Wunde seitlich am Kopf zu begutachten. Er musste den anderen aus dem Gebäude hinaus folgen.

Nun war dieses rhythmisch brummende Geräusch lauter – so laut, dass er fühlte, wie sich das brummende Vibrieren von den Füßen in seinen Kopf hinauf fortpflanzte.

Und gerade, als er dachte, er würde es nicht länger aushalten, hörte der Lärm auf.

Wieder führte man sie einen Pfad entlang, der mit noch mehr Stacheldraht eingezäunt war. Auf dem Weg hörte er einen der Aufseher etwas auf Deutsch sagen. Die anderen Aufseher lachten.

»Was haben sie gesagt?«, hörte Asher einen Totenjuden zum anderen flüstern.

»Sie nennen das die Himmelsstraße«, lautete die Antwort.

»Was heißt das?«

»Das ist Deutsch für den ›Weg in den Himmel‹. Das ist ein Witz.«

Asher stolperte bei dem Gedanken, fing sich jedoch wieder.

Am Ende des Pfades erreichten sie ein großes Gebäude – halb in den Boden gegraben, wie es schien. Aufs Neue grübelte er, warum ihm der Anblick so bekannt vorkam. Drei große Flügeltüren befanden sich an der Vorderseite, vor denen bereits andere Totenjuden warteten. Es herrschte eine unangenehme Atmosphäre, stillschweigende Hinnahme. Asher dachte an all die Menschen, die sich nackt ausgezogen hatten, und ihm wurde aufs Neue übel.

Vor den Flügeltüren lagen verstreute Exkremente. Normalerweise wäre der Gestank unerträglich gewesen, aber dieser Ort konnte dadurch kaum schlimmer riechen.

Ein Aufseher drückte einem der Totenjuden einen Besen in die Hand und hieß ihn, den Dreck vor den Türen wegzukehren. Asher drehte sich mit einem verwirrten Stirnrunzeln um.

»Das ist von den Frauen«, wisperte ein Mann. »Zuerst behandeln sie die Männer und lassen die Frauen und Kinder draußen warten, damit sie wissen, was ihnen bevorsteht.«

»Behandeln?«, fragte Asher. »Was meinst du mit ›behandeln‹?«

Bevor der Mann antworten konnte, wurden die Türen geöffnet und rußige Rauchwolken quollen heraus. Was Asher dann sah, beantwortete seine Frage.

Kurz wurde ihm schwarz vor Augen und er strauchelte, als er versuchte, sich auf den Beinen zu halten. Er brauchte einige Momente, um die Fassung wiederzuerlangen. Er musste sich zwingen zu glauben, was er vor Augen hatte – was sich aus dem Raum ergoss –, und es hinzunehmen, um seines Lebens willen.

Einige seiner Mithäftlinge, Sklaven, um genau zu sein, drehten sich um und würgten. Andere wandten ein paar Sekunden lang den Blick ab, rissen sich zusammen und fingen dann zu arbeiten an.

Der Raum war ein Meer aus nackten Toten. Es waren so viele, dass sie zur Tür herausquollen. Einige der Leichen hatten die Hand über dem Mund, andere waren in der Haltung erstarrt, in der sie ihre letzten, tödlichen Atemzüge nahmen. Manche hatten sogar versucht, auf den Menschenberg zu klettern, um an frische Luft zu kommen. Alle hatten von Schmerz und Verzweiflung gezeichnete Gesichter.

Und Asher erkannte den ölig-rußigen Geruch, der aus dem Raum kam. Er kannte ihn gut von den Tagen, als er damals in der Ukraine an Traktoren gearbeitet hatte.

Er wusste, was diese Menschen getötet hatte: die Abgase eines Motors.

Ein Aufseher stellte sich mit dem Gewehr in der Hand neben ihn, sagte etwas und zeigte in den Raum voller Leichen. Asher nickte und hielt eine Hand hoch, er war unfähig zu sprechen. Der Mann musste Ashers Schock gespürt haben. Immerhin konnte das kaum ungewöhnlich sein. Er wandte sich ab und sagte einem anderen, was zu tun war.

Langsam und mit vor Abscheu verzerrtem Gesicht schloss er sich den anderen an. Jeder bekam einen Lederriemen und man zeigte ihnen, wie sie ihn am Fußgelenk eines Leichnams befestigten und ihn daran aus dem Raum ziehen sollten.

An einem Punkt drehte Asher sich um und wollte gehen, weil er es nicht mit ansehen konnte.

Ein Aufseher zwang ihn zurück. »Tu es«, sagte er leise, aber fest. »Du gewöhnst dich daran, das garantiere ich dir.«

Asher wollte sich nicht daran gewöhnen, doch sein Verstand war inzwischen ein Kessel aus Ekel und Angst. Er konnte nichts anderes tun, als zu gehorchen. Also schluckte er schwer und griff langsam hinab nach den Beinen einer Frau, deren Augen noch offen standen.

»Halt mal kurz«, verlangte ein anderer Häftling. Er beugte sich zum Kopf der Frau hinab. An einem Haken an seinem kleinen Finger baumelte eine Zange. Mit beiden Händen öffnete er den Mund der Frau und schaute hinein. »Die kannst du mitnehmen«, sagte er. »Hier ist kein Gold.«

Asher versuchte, sich zu beherrschen. Aber es nutzte nichts. Waren die Münder seiner Mama und seines Papas auf die gleiche Weise untersucht worden? Die seiner Schwestern auch? Hatte man ihre leblosen, nackten Gestalten an einem Lederriemen hinter sich hergezogen wie Kadaver in einem Schlachthaus? Die Frau zu Ashers Füßen war jemandes Frau, jemandes Mama.

Er wollte den Gedanken ausblenden, aber er ging ihm nicht aus dem Kopf. Und er konnte nicht weitermachen.

Das Gebrüll eines Aufsehers machte keinen Unterschied.

Der Lauf eines Gewehrs brachte ihn zu Verstand.

Ja, es wahr anzunehmen, dass diese Frau einmal stolz auf ihr Aussehen gewesen war und sich bemühte, ihre Kinder gut aufzuziehen, und sie hatte hart gearbeitet, um ihr Haus sauber zu halten.

Diese Zeiten waren vorbei. Asher sagte sich immer wieder, dass dies nun nichts weiter als eine Leiche war. Die Frau war fort.

Er band ein Ende des Lederriemens um ihre Knöchel, lehnte sich rückwärts und zog daran. Nach ein paar Metern blieb er stehen, beugte sich hinab und drückte die leblosen Augen zu. Dann machte er weiter, stemmte die Fersen in den Boden. Der Leichnam wog kaum etwas, aber Asher hatte kaum Kraft.

Er zerrte den Leichnam an der Seite des Gebäudes entlang, folgte einfach den anderen. Und es waren viele, denn dieses eine Gebäude hatte viele Türen, jede mit ihrem eigenen Trupp Totenjuden, jede mit ihren eigenen Familien und vergessenen Leben.

Als Asher um die Ecke kam, ließ ihn der Anblick auf die Knie fallen.

Dort standen zwei Konstruktionen, eine zu seiner linken, eine zur rechten. Es waren lange Metallstreben, bestimmt dreißig Meter, wie Zugschienen, nur dass etwa ein halbes Dutzend dieser Streben parallel auf Betonsockeln über der Erde lag. Unter je einem Paar Streben lag brennendes Holz und eine Masse an Toten darauf.

Ja. Tote. Menschenleichen, die geröstet wurden wie billiges Fleisch.

Hier war die Quelle des allgegenwärtigen Gestanks, allerdings um ein Hundertfaches verstärkt, sodass einige zusammenbrachen und würgten. Aber in diesem Moment wetteiferten Ekel und Scham um Ashers Gefühle.

Tote. Tausende und Abertausende davon.

Asher hörte ein Knacken. Das Geräusch berstender Knochen oder einfach nur Holzscheite, die in der Hitze Risse bekamen? *Ist das wichtig?*

Er war so dumm gewesen, hatte seine Instinkte ignoriert und sich auf bequemen Ausreden ausgeruht. Selbstverständlich hatte er keine Schüsse gehört. Vielleicht sahen die Nazis das als Munitionsverschwendung an.

Auf dem Verbrennungsrost zu seiner Rechten mussten sich die Toten in mehreren Lagen übereinanderstapeln. Bei den ineinander verwickelten Knäueln aus Gliedmaßen und Torsos, alle in unterschiedlichen Phasen der Verbrennung, war Genaueres schwer zu sagen.

Und seit wann ging das bereits so? Womöglich hatten inzwischen Hunderttausende diese »Behandlung« durchlaufen.

Der andere Scheiterhaufen war schon weiter heruntergebrannt, einzelne Gliedmaßen, verkohltes Fleisch und Asche lagen auf einem Haufen.

Einer der Aufseher dirigierte die Totenjuden dorthin. Aber sie rührten sich nicht. Einer von ihnen ließ seinen Riemen fallen und rannte los – er rannte und schrie lauthals. Zwei Aufseher verfolgten ihn. Zwei Schüsse knallten.

Der Befehl wurde wiederholt.

Die Häftlinge sahen erst einander an und dann zu Boden.

Was konnte Asher anderes tun?

Alle zerrten ihre Leichen zum Rost, einschließlich Asher.

Nach ein paar Schritten ertönte das Brummen eines Motors und verschaffte kostbare Erleichterung, da es die Geräusche der knackenden Knochen und platzenden Haut übertönte.

Ein riesiges Gefährt tauchte hinter den Verbrennungsrosten auf. So etwas hatte Asher noch nie gesehen: ein Gerät, das Erde in einer großen Schaufel vor sich hielt, wie ein Traktor, nur viel größer. Allerdings hielt es nicht nur Erde. Seine Fracht waren Leichen – verwesende, mit Erde bedeckte Leichen, die vor ihren Augen auf den Verbrennungsrost geworfen wurden.

»In Ordnung«, sagte der Aufseher, nachdem das Gefährt weg war. »Hier drauf mit dem Rest.«

Niemand machte einen Schritt. Der Aufseher schaute erst die Häftlinge an und dann den Verbrennungsrost. Daraufhin setzte er sich und hielt sich den Bauch. Er winkte zwei weitere Aufseher heran, die am Sicherheitszaun postiert waren. Als sie kamen, erbrach er sich zwischen seine Stiefel. Worte wurden gewechselt und er ging beklommen fort.

»Was ist los?«, fragte einer der Totenjuden.

»Er hat genug«, erklärte ein anderer. »Sogar einige der Aufseher halten es nicht aus.«

Sie machten weiter, jeder spielte seinen Part, holte mehr Leichen und zerrte sie zu den Verbrennungsrosten oder sammelte eine gelegentlich davon runtergefallene Leiche – oder Leichenteile – auf.

Nun wusste Asher, weshalb sie so große Mengen Holz gehackt hatten.

Nachdem alle Toten auf die brennenden Gestelle geworfen worden waren, wurden sie in die Baracke zurückbeordert. Nur wenige Worte wurden gesprochen, keines davon von Asher. Ihm drehte sich der Kopf mit Bildern von der Hölle auf Erden und seinen Mithäftlingen ging es eindeutig genauso. Man bot ihnen Kartoffelsuppe mit ungekochtem Reis an, aber nur wenige hatten Appetit.

Asher rollte sich auf seinem Bett zusammen und schloss die Augen, hatte aber Mühe einzuschlafen. Bilder von Gliedmaßen und leblosen Gesichtern – Hunderte Tote, entsorgt wie Abfall – schwirrten ihm im Kopf herum.

Jetzt wusste er, was mit Rina geschehen war und mit dem Rest seiner Familie wahrscheinlich auch. Ja, er hatte begonnen, das Inakzeptable zu akzeptieren.

Seine Gedanken schweiften zu den guten alten Zeiten, als sein Papa auf dem Hof in Diowsta herumspazierte und sich über den Traktor lustig machte – ein derart neumodisches Ding werde Pferde niemals ersetzen. Er dachte an seinen Papa in Warschau, müde vom Verladen der Ziegel und sein Gesicht merklich gealtert von der endlosen körperlichen Arbeit.

Da setzte sich Asher bestürzt in seinem Bett auf.

»Ziegelsteine«, flüsterte er. Er wischte sich kalten Schweiß vom Gesicht und wiederholte das Wort.

Jetzt wusste er, weshalb ihm die Gebäude an diesem miserablen Ort derart bekannt vorkamen. Es lag weniger an den Gebäuden und mehr an den Ziegelsteinen, mit denen sie gebaut worden waren. Asher hatte sie in den eigenen Händen gehalten, frisch aus dem Ofen und noch warm. Noch warm, wie die Leichen, die er eben zu ihrer gottlosen Verbrennung gezerrt hatte. Ja. Diese Ziegelsteine waren in Warschau hergestellt und von ihm und seinem Papa auf Lastwagen verladen worden.

Gibt es denn keine Grausamkeit, die ihnen zu weit geht?

Dieser Ort – dieser Ort, vor dem Gott eindeutig die Augen verschloss – war das »wichtige Bauvorhaben im Osten«, wofür man dringend all die Ziegelsteine gebraucht hatte.

Asher versuchte zu schlafen und ein Teil von ihm hoffte, nie wieder aufzuwachen.

* * *

Doch Asher wachte auf, gestört von einem hartnäckigen Knarzen. Im Halbdunkel sah er, wie sich etwas mit dem Geräusch bewegte. Es schwang von links nach rechts. Es schwang am Ende eines Lederriemens und hing von einem hohen Holzbalken. Offensichtlich waren es nicht nur deutsche Aufseher, die genug hatten.

Der Tote wanderte zum Rest auf den Scheiterhaufen.

An diesem zweiten Tag war Asher nach wie vor davon schockiert, was er tat – schockiert, beschämt, schuldbewusst. Sein Geist wand sich in Selbstverachtung.

Am dritten Tag fühlte er sich taub, es begann, einfach nur eine Arbeit zu sein.

Am vierten Tag passierte etwas. Seine Gruppe Totenjuden schnitt wie an den Tagen zuvor Haare ab und räumte Kleidung fort, doch als sie die Kleidung zum Lagerhaus trugen, hörten sie Schüsse. Alle hielten kurz inne, gingen dann jedoch weiter, als hätten sie nichts gehört.

Danach waren wieder die Leichen dran, sie zerrten sie aus dem Vergasungsgebäude und warfen sie auf die Verbrennungsroste. Heute wurde eine Flüssigkeit über die Toten geschüttet. Sie fingen schneller Feuer und brannten intensiver. Als sie fertig waren, führte sie der Aufseher einen der mit Stacheldraht umzäunten Korridore entlang und hinter ein Gebüsch, wo sie einige Tote am Boden vorfanden.

Noch mehr Tote. Als hätte Asher nicht schon genug gesehen. Aber diese waren vollständig bekleidet und hatten Schusslöcher in den Schädeln.

Das würde die Schüsse erklären, die Asher früher gehört hatte.

Auf Befehl des Aufsehers nahm sich jeder der zwanzig Totenjuden eine Leiche. Asher war einer der ersten und zerrte den ihm zugewiesenen Toten ordnungsgemäß zu den schwelenden Plattformen.

»Wer ist das?«, fragte er einen seiner Kameraden.

Der Mann stieß ein lahmes Lachen aus. »Hast du's nicht gehört? Das sind *wir.*«

Asher runzelte die Stirn. »Ich verstehe nicht.«

»In drei oder vier Wochen werden wir diese Männer sein.«

Asher brauchte noch einen Moment. Dann schüttelte er langsam den Kopf. »Lieber Gott, nein«, sagte er.

»Was glaubst du, wie lange wir durchhalten, wenn die uns wie Hunde schuften lassen? Das sind die Totenjuden von vor drei oder vier Wochen. Die Zeit vergeht. In ein paar Wochen werden *wir* die Leichen mit den Kugeln im Kopf sein und ein anderer, frischerer Trupp Roboter wird uns zum Feuer zerren. Einen Monat später werden auch sie tot sein.«

Und so sehr Asher widersprechen wollte, dass es nicht wahr sein konnte – plötzlich sah er etwas, das ihn zum Schweigen brachte.

Erst war er sich nicht sicher. Aber dann untersuchte er nochmals genau das Bild aus Blut, Fleisch und Erde vor ihm. Und da war es. Die Leiche des Mannes war groß und spindeldürr. Sie hatte ein rotes Geburtsmal auf der Wange und an der Seite des Halses.

Der Mann hatte einmal Oskar geheißen. Oskar, der Pazifist, der fürsorgliche Ehemann und zukünftige Vater, der Mann, der den Kogans so dankbar gewesen war.

Je länger Asher starrte, desto schwächer fühlte er sich. Er war erleichtert, als die Leiche auf den Haufen geworfen wurde, wo er sie nicht länger sehen konnte.

* * *

Die folgenden Tage bestanden aus schonungsloser Schinderei – Stunde um Stunde knochenbrecherische körperliche Arbeit, dazu Bilder und Geräusche, die sich wie scharfe Splitter in Ashers Gehirn festsetzten.

Aber er musste seine Gefühle ignorieren. So lautete der Plan. *Nutz den Körper als Werkzeug, denk an nichts anderes als an diesen Körper. Denke überhaupt nicht. Lass keine Erinnerungen zu. Tu einfach, was getan werden muss. Halt dich an diesen Plan oder stirb.*

Das Brummen des grausigen Motors, der Gestank von verkohltem Fleisch.

Tun.

Nicht nachdenken.

Und wieder von vorn.

Genau wie die anderen.

Kapitel 22

1943 – Treblinka, Polen

Während der ersten paar Tage in Treblinka hatte Asher die Hoffnung nie ganz aufgegeben, dass von seiner Familie eventuell noch jemand am Leben war.

Dieser Gedanke war inzwischen lange verloschen, zusammen mit seiner Menschlichkeit. Nun hatte er es einfach tagein, tagaus mit Fleisch zu tun. Er ignorierte die vor Schmerz verzerrten Gesichter und die in unnatürlichem Winkel verdrehten Gliedmaßen, zerrte sie zu den Feuergruben, warf sie auf den Haufen, schüttete Benzin darüber und sah der Haut beim Platzen und dem Fleisch beim Braten zu. All das war lediglich eine Arbeit und diese Toten waren nie Menschen mit ihrer eigenen Liebe, eigenen Interessen, Meinungen und Ansichten gewesen. Selbsterhaltung war alles, was zählte, und jeder Gedanke, der das bedrohte, wurde verbannt.

Aufopferung war für andere und sie kam regelmäßig vor. Der Anblick eines am Balken baumelnden Toten beim Aufwachen erschreckte Asher nicht länger. Ein Mitgefangener, der in einem Anfall von Wahnsinn einen Aufseher angreift und niedergeschossen wird, war nichts, das anzusehen sich lohnte.

Tun.

Nicht denken.

Und wieder von vorn.

Zu Beginn des Sommers 1943 erschien für die Männer, die es geschafft hatten, den Horror auszublenden und den Körper – wenn auch nicht den Geist – am Leben zu halten, ein Hoffnungsschimmer am Horizont.

In den ersten Tagen im Lager hatte Asher Angst gehabt, sich zu rühren oder zu sprechen, es sei denn auf Befehl. Wie die anderen hatte er panische Angst vor den Konsequenzen.

Doch nun wurde es im Lager ruhiger. Die Züge trafen seltener ein, waren auch nur halb so voll und brachten mehr Roma-Zigeuner als Juden mit. Die Totenjuden durften sich im Lager freier bewegen und sprechen.

Man unterhielt sich über ein anderes Lager etwa anderthalb Kilometer entfernt – kein Vernichtungslager wie dieses, sondern ein Zwangsarbeitslager für Juden, Treblinka I. Gelegentlich kamen Häftlinge von dort nach Treblinka II und dann wurden im Geheimen Informationen ausgetauscht. Die Neuigkeiten klangen ermutigend: Die deutsche Kriegsmaschinerie hatte nicht nur die entscheidende Schlacht um Stalingrad verloren, es hatte auch große deutsche Verluste in Nordafrika gegeben.

Das bedeutete, dass die Nazis und ihre Kollaborateure doch nicht unbesiegbar waren. Sie waren Menschen und konnten geschlagen werden. Diese Vorstellung, die so lange unwahrscheinlich erschienen war, ließ die Gefangenen plötzlich aktiv werden. Doch vorerst blieb es bei Gerüchten ohne Substanz, bis Asher eines Nachts spät im Juli wachgerüttelt wurde und im Kerzenlicht Stefans Gesicht sah, einer der Totenjuden.

»Psst!«, flüsterte er. »Komm aus dem Bett und geh zum hinteren Ende.«

Im Halbdunkel sah er, wie sich einige Männer mit ihren geschundenen Körpern dorthin schleppten, und Stefan zog weiter, um andere aufzuwecken. Als sie sich alle versammelt hatten, begann er mit leiser Stimme zu sprechen.

»Ein Treffen wie dieses findet in diesem Moment auch in anderen Hütten statt. Es gibt einen Fluchtplan. Und wir kennen die Risiken. Wissen alle, was passiert, wenn die Flucht scheitert?«

»Nicht genau«, antwortete ein Mann.

»Vielleicht hast du es nicht gehört«, erklärte Stefan, »aber es gab früher schon Fluchtversuche: Zwei Männer wollten durch den Zaun, einige gruben einen Tunnel darunter. Als Vergeltung für jeden Häftling, der zu fliehen versucht, werden zehn weitere hingerichtet. Und deshalb gehen wir es diesmal anders an. Wir planen einen totalen Aufstand gegen die Lagerverwaltung. Ich bitte jeden, der nichts damit zu tun haben will, jetzt ins Bett zurückzugehen.«

Er wartete. Niemand rührte sich.

»Gut. Ich habe nichts anderes erwartet, aber das ist gut. Ich habe mich mit den Komiteemitgliedern getroffen. Wie ihr wisst, gab es bisher einen starken und gleichmäßigen Strom von Juden aus polnischen Dörfern und Städten hierher, und von ein paar Roma aus anderen Teilen Europas. Und wir wissen alle, weshalb wir hier sind: Unsere Aufgabe ist es, sie, sagen wir mal, zu *verarbeiten*. Aber mittlerweile gibt es kaum noch Juden in Polen. Wir müssen uns fragen, was mit uns, den Totenjuden, geschehen wird, wenn diese Quelle vollständig versiegt.«

»Wir werden erschossen«, sagte jemand.

»Dessen können wir uns absolut sicher sein«, erwiderte Stefan. »Aber es ist auch vernünftig, davon auszugehen, dass der Lagerverwaltung klar ist, dass wir uns das ausgerechnet haben, und sie dementsprechend Maßnahmen ergreifen wird. Aus diesem Grund müssen wir möglichst bald fliehen.«

»Du hast recht«, sagte ein anderer Totenjude. »Wenn wir noch länger warten, werden nicht genug von uns übrig sein, um zu rebellieren.«

»Ganz genau«, sagte Stefan. »Deswegen wurde ein Datum festgesetzt.«

»Wann ist es?«

Alle hielten die Luft an, doch Stefan schüttelte langsam den Kopf. »Das kann ich euch nicht sagen.«

»*Was?*«

Asher sah verwirrte Gesichter im trüben Licht und einige stöhnten auf.

»Psst!«, zischte Stefan. »Hört bitte zu. Das ist wichtig. Vergesst nicht, dass wir nur einen Versuch dafür haben. Wenn es schiefgeht, werden wir ohne Frage erschossen. Die Sache wurde auf höherer Ebene geplant, und darum kenne nicht einmal ich das Datum. Jedem wird an diesem Tag oder am Abend zuvor Bescheid gesagt. Ich möchte euch daran erinnern, dass Geheimhaltung unsere stärkste Waffe ist. Je mehr Leute das Datum kennen, desto größer ist die Wahrscheinlichkeit, dass die Verwaltung es herausfindet. Und ich wiederhole: Falls es schiefgeht, stirbt jeder Einzelne von uns.«

Stefan drehte den Kopf nach links und rechts, um allen Männern ins Gesicht zu sehen. Als sich sein Blick auf Asher richtete, war die eiserne Entschlossenheit darin deutlich zu erkennen.

»Ich bin dabei«, sagte jemand.

»Ich auch«, bekräftigte ein anderer. »Du hast recht, Stefan, so ist es am besten.«

Kurz darauf hatten alle Männer zugestimmt.

»Eine Frage noch«, meldete sich einer. »Du sagst, Geheimhaltung sei unsere stärkste Waffe. Aber wir brauchen doch ganz sicher schlagkräftigere Waffen, oder?«

»Das stimmt«, antwortete Stefan. »Und ich verspreche, dass ihr welche haben sollt. Nicht unbedingt eine Pistole für jeden, aber irgendetwas. Bitte denkt daran, dass dieser Aufstand mit Präzision geplant wird. Und unser Plan ist, das Lager zu zerstören und jeden Häftling aus diesem elenden Drecksloch herauszuholen. *Bis auf den letzten Mann.* Noch Fragen?«

»Was machen wir in der Zwischenzeit?«, wollte jemand wissen.

»Ich sage euch, was ihr macht. Ihr geht wieder ins Bett. Ihr wart niemals wach. Ich habe nie mit euch gesprochen. Ihr wisst nichts von einem Plan. Ihr tut, was die Aufseher euch sagen. Alles ist wie immer.«

Alle nickten und kehrten in ihre Betten zurück.

* * *

Seit Tagen herrschte Ruhe – eine entnervende Ruhe, und sogar die Aufseher wirkten entspannter. Neue Opfer kamen kaum noch und die Totenjuden waren zusammengerufen und darüber informiert worden, dass ein Drill zum Rückbau der Anlage folgen würde.

Sie haben es tatsächlich geschafft, dachte Asher. *Sie haben Europa ausgeblutet, abgesehen von vereinzelten Tröpfchen wie den Totenjuden. Und was wird geschehen, wenn diese Tröpfchen ihren Zweck erfüllt haben?*

Das war kein müßiger Gedanke. Asher wusste – alle wussten es –, dass die Gefahr für ihre Leben jetzt größer war als je zuvor. War dieser Plan, das Lager aufzulösen, nichts weiter als ein Trick? Würde man sie einfach zu einer Grube führen und beseitigen?

Und dann war da noch der Aufstand. Ein Plan, über den niemand sprach, der aber zugleich jedermanns Gedanken den ganzen Tag lang beherrschte, wenn man von Ashers eigenen

Gedanken ausgehen konnte. Alle warteten und erwarteten etwas. Asher war eines klar: Je länger er im Lager blieb, desto wahrscheinlicher war es, dass er getötet wurde. Wenn er fliehen konnte, würde man ihn entweder fangen und töten oder er würde der Gefangennahme entgehen und müsste sich dann in ein sicheres Land durchschlagen.

Zwischen der Auflösung des Lagers und dem Aufstand stand sein Leben auf Messers Schneide.

* * *

Aus Respekt vor Stefans Bitte gab es keine heimlichen Spekulationen darüber, wann die Meuterei wohl stattfinden würde; kein geflüstertes Raten in stillen Ecken. In der Baracke wurde überhaupt kaum ein Wort gesagt. Die Tage waren heiß, die Stimmung ruhig, die Unterströmung angespannt. Der Juli neigte sich dem Ende und noch immer keine Nachricht von Stefan.

Und dann wurde Asher eines Nachts spät für ein weiteres Treffen geweckt.

»Es ist für morgen angesetzt«, informierte Stefan die versammelten Männer. »Ich weiß, dass ihr schon seit Langem bereit seid, und es tut mir leid. Aber jetzt sieht es gut aus. Soweit wir wissen, hegt die Verwaltung keinerlei Verdacht. Angedacht ist der späte Nachmittag, damit wir größtenteils in der Dunkelheit fliehen können.«

»Was ist mit Waffen?«, fragte ein Mann.

»Ist alles organisiert. Am Nachmittag werden wir Geld, Waffen und Granaten an verschiedene Leute verteilen. Jedem wird einzeln gesagt, wo ihr eure findet – vielleicht in einem Eimer, in einem Sack oder unter einem Haufen Kartoffeln. Jeder bekommt Bereiche zugewiesen, zu denen ihr dann einzeln oder zu zweit geht und die Wachen ausschaltet, wie auch immer ihr könnt, aber so leise wie möglich. Wenn ihr eine Explosion hört, ist das das Signal, das Tor zu stürmen. Hat das jeder verstanden?«

Alle nickten.

»Dann schlaft gut«, sagte Stefan. »Schlaft gut mit der Gewissheit, dass diese Nacht auf die eine oder andere Weise die letzte sein wird, die ihr in dieser Baracke verbringt.«

Alle Männer schüttelten sich die Hände, wünschten einander Glück.

Asher schlief gut.

* * *

Asher gab sein Bestes, den nächsten Tag wie jeden anderen zu behandeln. Als er kurz nach Sonnenaufgang mit dem Holzhacken anfing, kam es ihm vor, als würde der Morgen ein Leben lang andauern. Immer wieder ging sein Blick hinter den Zaun, er träumte, stellte sich vor, wie er durch den Wald sprintete und mühelos dem Gewehrfeuer von den Wachtürmen auswich.

Irgendwann bemerkte er, dass ein Aufseher in seine Richtung schaute. Der Mann kam herüber, blieb einige Meter von Asher entfernt stehen und starrte suchend durch den Wald dorthin, wo Asher hingeschaut hatte.

Asher schwor sich, besser aufzupassen. Was geschehen würde, würde geschehen. Damit würde er sich beschäftigen, wenn es so weit war.

Und der Morgen flog vorbei.

Brot und Käse wurden als Mittagessen gebracht und sie sollten mit dem Holzhacken aufhören. Es gab andere Arbeit zu erledigen und Asher fand sich beim Auskehren von Lagerbaracken wieder.

Es war erst früher Nachmittag, aber es gab keine Uhren und er konnte nichts weiter tun, als abzuwarten. Seine Sinne waren gespitzt und registrierten jede Stimme und jeden Fußfall.

Ein Aufseher schlenderte zu ihm, begutachtete den Bereich, den Asher gekehrt hatte, und nickte billigend. Dann schluckte Asher schwer. In der Tür auf der anderen Seite erkannte er hinter dem Aufseher Stefan. Er war aufgeregt und blickte sich hektisch um. Als der Aufseher davonging, kam Stefan hereingerannt.

»Es ist jetzt!«, sagte er. »Komm mit!«

Asher folgte ihm wortlos und einen Wimpernschlag später betraten sie ihre Baracke, wo vier andere Männer aus ihrem Versteck hinter dem letzten Bett hervorkamen. »Was ist los?«, fragte einer von ihnen. »Du sagtest später Nachmittag.«

Stefan schüttelte den Kopf. »Es gab eine Änderung. Die Wachen haben bei einem der Häftlinge Geld gefunden und reden jetzt mit ihm.«

»Reden?«

»Dreimal darfst du raten. Aber wenn sie es zu diesem Zeitpunkt herausfinden, macht das alles zunichte. Also schlagen wir jetzt los. Die anderen wurden informiert und wissen, wo ihre Waffen sind. Ich hole eure.«

Er kletterte aufs oberste Bett, hob die Arme zum Balken und zog sich hinauf. Nach den vergangenen Wochen erschien Asher dies als ein übermenschlicher Kraftakt, doch langsam spürte auch er, wie das Adrenalin seinem Körper Kraft gab. Von der Oberseite des Balkens ließ Stefan zwei Messer und vier Pistolen aufs Bett fallen. Dann kam er herunter.

»Ihr zwei zum Küchenblock. Ihr zwei ins Bekleidungslager. Asher, du kommst mit mir. Denkt daran, was euch gesagt wurde. Tötet Aufseher nur, wenn keine anderen Aufseher in der Nähe sind. Und möglichst leise. Wenn ihr statt der Pistole das Messer benutzen könnt, umso besser. Dann schafft sie außer

Sichtweite. Wenn ihr die erste Handgranatenexplosion hört, lauft zum Haupttor und tötet jede Wache, die ihr seht.«

Er verteilte die Waffen, steckte eine der Pistolen am Rücken in den Hosengürtel und gab Asher auch eine. »Seid vorsichtig. Die Pistolen sind geladen. Los jetzt.«

Wenige Minuten später erreichten Asher und Stefan eins der Gebäude, in dem säckeweise Haare und Brillen gelagert wurden. Sie versteckten sich in der Ecke und Stefan wagte gelegentlich einen Blick hinaus.

»Wir warten hier, bis Aufseher vorbeikommen«, sagte er. »Aber halte deine Pistole bereit.«

Asher holte seine Pistole heraus und wog sie in der Hand. »Wo kommen die Pistolen her?«

Stefan zeigte ein rares Lächeln. »Aus Lagerbeständen, wurde mir gesagt. Jemand hat erzählt, man habe sie von Kindern besorgen lassen, aber wen interessiert's? Wir sollten still und bereit sein.«

Asher sagte nichts mehr und versuchte stattdessen abzuschätzen, wie viel Munition er in der Tasche hatte.

»In Ordnung«, sagte Stefan einige Minuten später. »Mir nach. Leg die Hände auf den Rücken. Entspann dich. Sei normal.«

Sie gingen hinaus und riefen zwei Aufseher herüber, die dann auf sie zu spazierten. Beide hatten Milchgesichter, waren vielleicht siebzehn oder achtzehn.

»Wieso seid ihr nicht in eurer Baracke?«, fragte einer von ihnen.

Stefan zeigte mit dem Daumen auf Asher. »Mein Freund hier möchte eine von diesen Brillen haben. Ist das in Ordnung?«

Beide Wachen lachten.

»Aber ohne sie kann er nichts erkennen«, protestierte Stefan. »Vielleicht eine von den schönen mit silbernem Rahmen, ja?«

Jetzt hörte einer der Wachmänner auf zu lachen und warf Asher und Stefan einen Seitenblick zu. Bald ging auch dem anderen auf, dass irgendetwas nicht stimmte, und er wurde wieder ernst.

Beide Wachen griffen nach ihren Gewehren, doch im selben Augenblick wurde jedem von ihnen eine Pistole fest an den Oberkörper gepresst, kurz unter den Rippen. Während sich die Mündungen der Pistolen tief ins Fleisch versenkten, wurden die Abzüge gedrückt. Die kurze Distanz löschte den Schall ebenso effizient aus wie die Wachen.

»Schnell!«, zischte Stefan. Sie zerrten die Leichen in den rückwärtigen Teil des Raumes hinter einige Säcke.

»Jetzt machen wir dasselbe einfach noch mal«, ergänzte er, »bis die Granate detoniert.«

Sie stellten sich erneut in Position, doch schon nach wenigen Minuten hörten sie einen dumpfen Knall. »Das ist es«, sagte Stefan. »Viel Glück, mein Freund.«

»Vielleicht werden wir das eines Tages feiern«, sagte Asher und schlug Stefan auf den Rücken.

»Das hoffe ich«, erwiderte er. »Aber erst müssen wir aus dieser Hölle rauskommen.«

Sie verließen das Lagerhaus und der Knall einer weiteren Granatenexplosion ließ sie zusammenzucken. Doch sie rannten los und feuerten beide, wenn sie aus der Deckung eines Gebäudes kamen.

Mit durch Angst und Entschlossenheit geschärftem Verstand schlugen sie sich zum Lagertor durch. Noch eine Explosion – eine weitaus größere – riss beide Männer von den Beinen. Eine Seite von Ashers Gesicht fühlte sich schmerzhaft heiß an und er konnte sein versengtes Haar riechen. Das war der Treibstofftank des Lagers, der einst das Benzin für die Verbrennungsroste bereitgehalten hatte und nun in wild flackerndem gelbem Feuer und dunklem Rauch verborgen lag. Das brachte Asher zum

Grinsen – nicht Lächeln, sondern Grinsen. Wenn er jetzt starb, würde sich ein Teil von ihm freuen.

Als Asher gestürzt war, hatte er die Pistole verloren und tastete jetzt danach. Doch Stefan zog ihn auf die Beine und fort.

»Keine Zeit!«, rief Stefan. »Zum Tor!«

Asher bemerkte, dass auch andere Gebäude in Flammen standen und die Luft vor Kugeln nur so schwirrte. Sie rannten weiter, duckten sich vor Feuerbällen und Gewehrkugeln, bis sie das Tor erreichten.

»Jemand ist schon drüber geklettert!«, rief Asher und zeigte zum Zaun, über dem ein Stück schwerer Stoff lag und den Stacheldraht bedeckte.

Beide Männer begannen zu klettern. Asher war als Erster oben und schwang beide Beine hinüber. Er hörte Stefan schmerzerfüllt aufschreien und schaute hinab. Wo Stefans Ellbogen sein sollte, hing eine Masse aus Blut und Fleisch. Asher sah ein scharfes Stück Knochen aus dem Jackenärmel ragen.

Er hob den Blick zum nächsten Wachturm, wo ein Maschinengewehr wahllos Feuer spuckte. Für eine Sekunde vergaß er Stefan und betete, dass ihn der Wachmann da oben verschonen würde.

»Hilf mir!«, schrie Stefan und brachte Asher wieder zu Verstand.

Asher streckte die Hand aus und griff nach Stefans unversehrtem Arm. Er versuchte zu ziehen, konnte Stefan jedoch nur an Ort und Stelle halten. Als er kurz den Blick hob, sah er einen Aufseher aufs Tor zu rennen. Asher stöhnte von der Anstrengung, Stefan heraufzuziehen. Dann hörte er eine Kugel an seinem Ohr vorbeipfeifen.

Das war der Moment, als er Stefan losließ und sich selbst rückwärts fallen ließ. Beide Männer schlugen gleichzeitig am Boden auf. Asher draußen vor dem Tor, Stefan drinnen. Blut schwappte aus Stefans Mund, dennoch sah er Asher nach wie vor mit ausgestreckter Hand an.

Rette dich selbst, sagte Asher zu sich, *rette dich selbst*, und er sprintete los in die Wälder, schlug Haken nach links und nach rechts, während hinter ihm weiter Schüsse fielen.

* * *

Feuer loderten an jeder Ecke des Lagers. Nur die Ziegelsteinhäuser blieben unangetastet. Die Häftlinge hatten ihr Bestes gegeben, den massiven Gaskammerblock zu zerstören, aber die Holztüren zu verbrennen und mit Handgranaten ein paar Ziegelsteine herauszulösen war kaum ein Ausgleich für die tödlichen Verbrechen gegen den menschlichen Anstand, die hier begangen worden waren.

Alle wussten, dass sich hinter der Metalltür das Geheimnis verbarg – die Quelle der tödlichen Gase –, und sie wurde bombardiert und zerbeult. Doch die eigene Freiheit war wichtiger und bald waren die Rächer entweder geflüchtet oder von den Wachen erschossen worden.

Im Maschinenhaus kauerte in einer dunklen Ecke hinter der öligen Masse des Motors ein gewisser Mikhail Petrenko. Er hegte keinerlei Zweifel daran, was draußen geschah und was mit ihm passieren würde, falls sie durchbrechen sollten. Als die Kämpfe begannen, hatte er eben das letzte Opfer aus der Kammer gezerrt und war zurück in die Sicherheit des Maschinenraums gerannt, bevor die Feuer und die großen Explosionen einsetzten. Er hatte alles Bewegliche – Tische, Werkzeuge, Treibstoffkanister – vor die Tür geschoben, um sich zu verbarrikadieren. Er hatte Wachen gehört, die ihm befahlen aufzumachen, dann Gewehrfeuer und anschließend den Mob, der versuchte, die Tür niederzureißen.

Wie ein in die Ecke getriebenes Tier saß Mikhail mit den Knien an der Brust in seiner eigenen persönlichen Dunkelheit, wiegte zitternd und mit aufgerissenen Augen seine einsame Gestalt hin und her und murmelte Unsinn vor sich hin.

Inzwischen war der Mob fort und er konnte das Prasseln und Brüllen eines Infernos hören, doch in seinem Kopf hörte Mikhail nach wie vor die Stimmen, die nach Rache verlangten, die forderten, er solle die Tür öffnen, die schrien, sie würden sie niederreißen und jeden töten, der im Inneren war.

Diese Stimmen sollte er noch lange Zeit hören.

Kapitel 23

August 2001 – Parkplatz, Allegheny Bezirksgefängnis, Pittsburgh

Diane sank auf ihren Sitz und sackte noch etwas mehr zusammen, bevor sie nach dem Sicherheitsgurt griff. »Danke«, sagte sie.

»Wie lief es diesmal?«, fragte Brad.

»Lass uns einfach von hier verschwinden«, sagte sie und zeigte zur Ausfahrt.

Sie fuhren anderthalb Kilometer, bevor wieder ein Wort fiel.

»Ist alles in Ordnung?«, fragte Brad.

Er klang mitfühlend, wie immer, wenn sie ihn mit Schweigen bedachte, doch sie fühlte sich machtlos, daran etwas zu ändern. Wie immer akzeptierte er es und es schien zu funktionieren, ohne dass es den einen oder den anderen aufbrachte. Er würde einfach warten und sie würde schließlich nachgeben.

Sie hielten an einer Ampel. Sie gab nach.

»Ich werde für eine Weile bei meiner Mutter in Baltimore leben«, sagte sie. »Das heißt, in ein paar Tagen, wenn ich alles gehört habe, was der Mörder dort zu sagen hat, und alles mit Vaters Haus arrangiert habe.«

»Okay.«

Sie warf ihm einen Blick zu. »Was bedeutet ›okay‹?

»Das heißt … es ist in Ordnung für mich.« Die Ampel schaltete um und er fuhr wieder los. »Es ist nur … ich dachte nur, du würdest etwas länger bei mir bleiben, vielleicht sogar auf Dauer.«

»Ich brauche ein Bett in Pittsburgh, während ich Vaters Nachlass regle, und ich bin wirklich dankbar, dass es deins ist, aber danach werde ich zu meiner Mutter ziehen.«

»Und ihrem neuen Mann.«

»Sie hat wieder geheiratet. Na und?«

»Nur so. Aber du weißt, dass ich dich gerne für immer bei mir hätte – das heißt, wenn du willst. Und außerdem hast du auch einen Job hier.«

»Scheiß auf den Job.«

»In Ordnung. Das Angebot steht. Versprich mir einfach, dass du darüber nachdenkst.«

»Ich *denke* darüber nach – jetzt gerade. Und ich habe dir eben gesagt, ich …« Sie stieß einen langen frustrierten Atemzug aus. »Entschuldige, Brad. Ich versuche nicht, dir das Leben schwer zu machen. Ich bin dir für alles dankbar, was du getan hast, ganz ehrlich, aber ich glaube, dass ich es meiner Mutter schuldig bin.« Sie fuhren ein paar Hundert Meter, bis sie weitersprach: »Ich erwarte nicht, dass du das verstehst, aber wir haben viel Zeit versäumt wegen Vater. Und was den Einzug bei dir angeht, vielleicht irgendwann mal. Ich weiß nicht. Im Moment bin ich ein Wrack. Ist dir vielleicht aufgefallen.«

»Wie es für dich am besten ist. Das ist kein Jetzt-oder-nie-Angebot. Ich könnte dich bei deiner Mutter in Baltimore besuchen, wenn du das möchtest.«

Sie legte ihm die Hand auf den Arm. »Hey, das wäre wundervoll. Und entschuldige, dass ich gerade so ein Kotzbrocken bin.«

»Hör schon auf. Du hast eine Menge durchgemacht. Tu einfach das, was sich für dich richtig anfühlt. Wenn du wirklich bei deiner Mutter einziehen willst, dann zieh bei ihr ein. Das wird mich nicht umbringen.« Er verzog das Gesicht. »Tut mir leid, unglückliche Wortwahl.«

Diane musste kurz darüber nachdenken, doch dann brachte es ein Lächeln auf ihre Lippen, was auch ihn zum Lächeln brachte.

»Ich nehme an, du möchtest wissen, was dort eben passiert ist, oder?«, fragte sie.

Sie hielten an einer weiteren Ampel und er warf ihr einen Blick zu. »Du musst mir keine Details erzählen, nur, ob es das wert war.«

»Ob es das wert war?«

»Hat er dir gesagt, was du wissen wolltest?«

»Hm …« Sie schürzte die Lippen.

»Ich schätze, das hat er nicht, stimmt's?« Trotzdem bekam er keine Antwort, also sagte er: »Wenn du es mir lieber nicht erzählen möchtest …«

»Nein, nein, das ist es nicht«, antwortete sie. »Ich überlege bloß. Er hat geredet. Er hat eine Menge geredet. Aber es ging nur darum, wie er und Vater zusammen in der Ukraine aufgewachsen sind und wie es ihnen während des Krieges erging. Mir war nie bewusst gewesen, dass es so eine schwere Zeit für Vater war. Man vergisst so leicht, dass die Eltern ein Leben hatten, bevor man zur Welt kam. Ich glaube, das geht wohl allen so.«

»So weit, so gut«, sagte Brad. »Dann hat er dir also nicht gesagt, weshalb er deinen Vater getötet hat?«

»Noch nicht.«

»Oh, dann willst du also noch einmal zu ihm?«

Diane nickte. »Ich muss es wissen und es klingt so, als sei es ihm ein Bedürfnis, es mir zu sagen. Aber es ist gut. Es lief ziemlich freundlich ab, wenn man bedenkt, was er getan hat. Und wir haben darüber gesprochen, was Vater für ein Mensch war.«

»Was für ein Mensch er war? Inwiefern?«

»Ob ich ihn wirklich kannte.«

»Und?«

»Und langsam glaube ich … na ja, vielleicht kannte ich ihn nicht. Zumindest nicht so gut, wie ich dachte. Und ich muss zugeben, dass er erstaunlich viel über das Leben meines Vaters weiß, zumal sie sich so lange Zeit nicht gesehen haben – über sechzig Jahre lang.«

»Mir hast du immer gesagt, dass dein Vater nicht gern über die alten Zeiten gesprochen hat. Du nahmst an, dass es zu schmerzhaft für ihn war und er alles hinter sich lassen wollte.«

»Das dachte ich auch. Einmal hatte ich ihn gefragt, was während des Krieges geschehen war und weshalb er nach Amerika gekommen ist. Er sagte nur, dass die ganze Sache schrecklich gewesen sei und ich das gar nicht wissen wolle. Auf meinen Protest hin wurde er wütend, als bekäme er gleich eine Art Anfall oder Zusammenbruch. Also ließ ich davon ab, sagte ihm, er soll es vergessen, und brachte das Thema nie wieder zur Sprache.«

Brad warf ihr einen Blick zu. »Davon hast du mir noch nie erzählt.«

»Tut mir leid.« Selbst nach all der gemeinsamen Zeit wusste sie nicht genau, weshalb sie noch immer nicht fähig war, Brad die ganze Wahrheit über ihren Vater zu sagen.

Wieder vergingen einige Minuten ohne ein Wort. Diane grübelte über die Dinge nach, die sie Brad *nicht* über ihren Vater erzählt hatte. Da war dieser Trick, den er abzog, wenn sie andeutete, mit Brad zusammenziehen zu wollen – was sie vor einigen Jahren ein-, zweimal getan hatte. Da war diese Müdigkeit, die mit seinen täglichen kilometerweiten Spaziergängen im

Widerspruch zu stehen schien. Da waren die wiederholten Versicherungen – mit schwacher, kehliger Stimme verkündet –, dass er allein klarkommen würde, weil er seine eigene Gesellschaft mochte und sich von der Welt sowieso nicht länger erwünscht fühlte. Aber vor allem waren da auch die Nächte, jede Woche etwa drei, wenn er im Schlaf redete und mit tiefer und drohender Stimme scheinbar beliebige Worte auf Ukrainisch ausspie. Diane hatte vage Erinnerungen daran, wie sie ihn als kleines Mädchen gefragt hatte, warum er im Schlaf redete, und er ihr verbot, je wieder ein Wort über seine »Episoden« zu sagen, zu niemandem – nicht einmal ihm. Als sich ihre Eltern trennten, dachte sie gar, dass das ein Grund dafür war. Erst als sie bei ihrer Mutter lebte, fand sie die Wahrheit heraus, die viel schlimmer war. Noch viele Jahre später fragte sie sich, ob sie mit dem Einzug bei ihm schlicht verhindern wollte, dass er wirklich einen Zusammenbruch erlitt, verhindern, dass diese Wahrheit ans Licht kam. Vielleicht nutzte er ihre Angst auch ganz bewusst aus. War es ihr Bedürfnis nach Frieden um jeden Preis oder seine emotionale Erpressung? Sie konnte sich frei entscheiden: Beides traf zu einem gewissen Grad zu.

Wieder in Brads Haus angelangt kochte er, und sie unterhielten sich den ganzen Abend. Sie sprachen über die Firma, bei der sie beide gearbeitet hatten, und über frühere und aktuelle Kollegen. Sie sprachen über Ferien, die sie zusammen verbracht hatten. Sie sprachen, während sie durch Brads Blumengarten spazierten – der, den Diane geplant und größtenteils allein gepflanzt hatte.

Sie sprachen nicht über Dianes Eltern oder Baltimore oder den Mordfall oder was sie am nächsten Tag im Bezirksgefängnis sagen und tun würde. Das war gut.

Kapitel 24

1943 – Treblinka, Polen

Seit Ashers Flucht aus Treblinka war vielleicht eine Stunde vergangen oder vielleicht auch drei. Jedenfalls blieb er stehen und ließ sich erschöpft auf den Waldboden fallen. Hin und wieder hatte er Schüsse, Pferde und Fahrzeuge gehört, war ihnen aber allen entgangen. Er war gerannt, wenn er die Energie hatte, und gelaufen, wenn nicht.

Jetzt war er vollkommen erledigt und die Sonne ging unter. In der nahenden Dunkelheit kletterte er auf einen Baum und band zur Sicherheit seine Jacke an einem Ast fest. Gott sei Dank war es keine dieser bitterkalten Nächte. Er schlief sofort ein und wurde vor Sonnenaufgang von einem Regenschauer geweckt. Asher freute sich darüber und sammelte und trank das Wasser, so gut er konnte. Bevor der Tag anbrach, kletterte er hinab und lief wieder los.

Schwach und steif konnte er nun allerdings kaum mehr, als zwischen den Bäumen entlang zu taumeln, bis er schließlich einen Fluss erreichte. Lange und eindringlich starrte er auf den rauschenden Strom, lauschte seinem hypnotischen Donner und zog den Schluss, dass er ihn wahrscheinlich umbringen würde und demzufolge der letzte Ausweg war. Er kehrte ins Dickicht des Waldes zurück und schlug einen Weg entlang des Wassers ein.

Nicht lange, und er entdeckte zwischen dem Vorhang aus Baumstämmen ein Haus. Er verlangsamte seine Schritte zu einem Schleichen. Am Waldrand stand ein Bauernhaus mit einer kleinen Weide dahinter. Sein Blick wurde von den Rindern auf der Weide und den Hühnern rechts neben dem Bauernhaus angezogen, am meisten jedoch vom kleinen Obstgarten neben der Holzscheune links vom Haus, denn er grenzte direkt an den Wald.

Innerhalb von Minuten stand Asher mitten im Obstgarten und pflückte Pflaumen, Birnen und kleine Äpfel. Er stopfte sich so viel er konnte in den Mund, verstaute noch mehr in den Taschen und in der Armbeuge. Er hörte, wie sich eine Tür öffnete, und rannte in die Scheune. Auf einer Seite stand eine Leiter, die zum Heuboden hinaufführte. Er kletterte hinauf und steuerte auf die dunkelste Ecke zu, wo er sich still hinsetzte. Da er nichts weiter hörte, aß er, schlug sich den Bauch mit süßem Obst voll. Danach schlief er vollgefressen wie ein mittelalterlicher König ein.

* * *

Ashers Schlummer war gespickt mit Träumen von Feuer und Albträumen vom Sterben, doch sie verblassten, als etwas Schweres über seine ausgestreckten Beine kroch. Langsam wachte er auf, fühlte einen Druck auf der Brust und den ranzigen Atem eines Hundes im Gesicht. Er keuchte, griff das Ding bei seinem drahtigen Fell und wollte es gerade wegschieben, als sein Blick auf etwas gleich hinter dem Tier fiel – die Mündung einer Flinte.

Es dauerte einen Moment, bis er ans andere Ende der Flinte schaute, wo eine ältere Frau in schmutziggrauen Kleidern und einem Kopftuch stand. Sie starrte ihm direkt in die Augen, den Finger am Abzug bereit. Sie pfiff und der Hund sprang Asher von der Burst, trottete hinüber und setzte sich zu ihren Füßen hin.

»Pole?«, fragte sie.

»Ukrainer«, antwortete Asher mit krächzender Stimme.

Sie fragte, ob er ein Jude sei. Die schwarzen Löcher der Flinte zwangen die Antwort in seinen Mund zurück. *Soll ich lügen, um mich zu retten?*

Während er über seine Antwort nachdachte, fiel ihr Blick auf sein Bein, wo sich ein dunkelroter Streifen an seiner Hose gebildet hatte.

»Treblinka?«, fragte sie.

Asher nickte kurz und hielt die Luft an. Die Mündung der Flinte blieb, wo sie war. Asher schloss die Augen und betete. Er betete darum, dass was auch immer geschehen würde schnell geschah.

Er konnte nicht lange genug den Atem anhalten und öffnete schnaufend und unter Tränen die Augen.

Die Mündung war noch da, und ihr Blick ruhte noch auf ihm.

Dann bewegten sich ihre Augen zur Seite, wo er die Pflaumenkerne hingeworfen hatte.

»Entschuldigen Sie bitte«, sagte er so höflich er konnte auf Polnisch. »Ich hatte so großen Hunger.«

Ihre Nasenflügel zuckten, ihre Zungenspitze kam zwischen den eingerissenen Lippen hervor und blieb in einem Mundwinkel sitzen. Langsam und gleichmäßig zog sie sich zurück. »Bleib, wo du bist«, sagte sie und kletterte hinab in die Scheune.

Asher kroch hinüber, wohl wissend, dass er nicht gehorchte, doch widerstehen konnte er auch nicht. Er streckte den Kopf weit genug über die Kante, um die Frau in der Tür unter ihm stehen zu sehen.

Sie rief etwas zum Haus und gleich darauf trat ein Mann zu ihr. Sie sprach mit ihm, während er sich die Hände an einem Tuch abwischte. Irgendwann zeigte sie mit der Hand in Ashers Richtung. Es folgten erhobene Stimmen und Handgesten, nach denen der Mann an ihr vorbei zur Leiter marschierte.

Asher warf sich hastig dorthin zurück, wo er hatte warten sollen, und Sekunden später tauchte der Kopf des Mannes auf. Er kletterte herauf und ging auf Asher zu.

»Du bist Jude?«, fragte er. »Aus dem Lager geflohen?«

Asher nickte, ohne den Blick von dem Mann abzuwenden. »Ich bin aus der Ukraine. Ich war in Warschau, dann in Treblinka. Ich bin von dort entkommen. Ich will Ihnen nichts Böses. Ich bin nur verzweifelt.«

Die Frau erschien ebenfalls wieder ganz oben auf der Leiter.

Der Mann sah sie über die Schulter hinweg kurz an und sagte zu Asher: »Wir sind die Malinowskis.«

»Asher Kogan.«

»Ganz allein?«

Asher nickte.

»Du kannst bei uns bleiben«, sagte er. »Aber nicht hier.«

»Vielen Dank«, sagte Asher. Ein tiefer Seufzer. »Ich werde mich für Ihre Güte erkenntlich zeigen.«

Die Frau stand nun neben dem Mann. Er legte den Arm um sie. »Entschuldige den Empfang«, sagte er. »Das Haus gehörte unserem Sohn und seiner Frau. Vor zwei Jahren haben sie eine jüdische Familie aufgenommen und sie versteckt. Die Nazis fanden es heraus und haben sie alle erschossen. Wir sollten uns glücklich schätzen, dass sie uns den Hof lassen.«

Die Augen des Mannes wurden schwer und er blinzelte, um die Tränen zurückzuhalten.

Asher sah die Frau an. »Das tut mir leid«, sagte er. »Wirklich.«

Sie nickte. »Mir auch, aber vielen Dank.«

»Wie dem auch sei«, fuhr der Mann fort, »wir sind jetzt alt. Es macht keinen Unterschied mehr. Wir werden dich beschützen, auch wenn wir dabei sterben … dann ist es eben so.« Er zuckte die Schultern. »Was nicht heißt, dass wir nicht kämpfen werden.«

* * *

Im Lager hatte Mikhail in seinem Kokon zugehört, wie sich die Feuer von allein ausbrannten und Geschrei zu Gesprächen wurde. Wahrscheinlich war er eingeschlafen, er konnte es aber nicht mit Sicherheit sagen. Sein Geist war von der Realität zu Albträumen und allen möglichen Zwischenstufen gesprungen. Aber wenn er im Maschinenraum blieb, würde er irgendwann verhungern.

Er räumte die Barrikade weg und öffnete die Tür. Gewehre im Anschlag erwarteten ihn. Während ein Aufseher ihn nach Waffen durchsuchte, flog Mikhails Blick über die Szenen des Häftlingsaufstands. Überall lagen Tote verstreut – Aufseher, Gefangene und auch einige seiner Trawniki-Gefährten. Ringsum befleckte Blut den Boden. Die meisten Gebäude schwelten noch und Rauch stieg gemächlich aus ihnen auf. Verglichen mit der Geräuschkulisse noch vor ein paar Stunden war es unglaublich still.

»Wusstest du etwas von den Plänen der Häftlinge?«, fragte ihn der Aufseher.

Mikhail schüttelte den Kopf.

Der Mann sprach kurz mit seinem Vorgesetzten und kehrte zu Mikhail zurück. »Du hilfst beim Aufräumen«, befahl er.

Mikhail nickte. Ob er es verstanden hatte, zustimmte oder einfach nur froh war, nicht erschossen zu werden, konnte er selbst nicht ganz sagen.

Die darauffolgenden Tage arbeitete er, solange es Tageslicht gab. Die toten SS-Aufseher wurden für ein ordentliches Begräbnis weggebracht, die Häftlinge einfach den Leichenbergen hinzugefügt. Ohne sie blieb die Drecksarbeit an den Trawnikis und den SS-Männern hängen. Erschossene Häftlinge, vor Kurzem vergaste und exhumierte Leichen mussten alle weggeschleppt und auf die enormen Verbrennungsroste geladen werden. Die entstehende Asche verstreuten die Männer weit und breit, vergruben sie in den Sand und in den ehemaligen Massengräbern der exhumierten Opfer. Niemand sprach aus, weshalb sie das taten, aber alle wussten es, denn es hatte sich längst rumgesprochen: Die sowjetischen Truppen rückten vor und die Deutschen wollten vertuschen, was sie getan hatten. Man befahl den im Lager Verbliebenen sogar, alles abzubauen und zu zerstören, was von den Lagergebäuden übrig war, gewissermaßen alle Spuren auszulöschen, dass Treblinka II jemals existiert hatte – Leichen, Gebäude, Dokumente, alles.

Schließlich hatten sie den Ort wieder in nichts weiter als eine Waldlichtung verwandelt. Die einzigen Hinweise darauf, was hier geschehen war, lagen einige Zentimeter unter der Erde.

* * *

Auf dem Hof einige Kilometer entfernt nahm sich Asher ein paar Wochen, um nichts weiter zu tun, als sich zu erholen und zu essen. Es stellte sich heraus, dass er entlang der Außenseite eines Beines einen langen Schnitt hatte. Der Schmerz war vom Adrenalin und der Erschöpfung verdeckt worden. Doch Frau Malinowski verband die Wunde täglich frisch und das Bein kam wieder in Ordnung, genau wie sein Körpergewicht.

Herr Malinowski baute in der Speisekammer direkt neben der Küche ein kompaktes Versteck hinter dem Stapel aus Holzscheiten. Immer wenn es an der Tür klopfte, ging Asher dort hinein und war bereit, in das Loch zu schlüpfen, falls er die Parole hörte, die für die Anwesenheit von Nazipatrouillen stand. Zusätzlich sorgte Frau Malinowski stets dafür, dass es keine verräterischen Zeichen wie einen dritten Teller oder Becher auf dem Tisch gab. Täglich rollte sie Ashers Behelfsbett zusammen und verstaute es. Ihre Effizienz beunruhigte Asher manchmal ein wenig – aber er war ungeheuer dankbar.

Sie verlangten nichts im Gegenzug. Einmal, nachdem die Nazis ihnen einen Besuch abgestattet und wieder gegangen waren, fragte Asher Frau Malinowski, wieso sie ihm half und ihr Leben riskierte, wenn es weit einfachere Optionen gab. »Unser Sohn hätte das so gewollt«, war ihre Antwort.

In den ersten paar Wochen sprach Asher nur wenig und wurde bei jedem Klopfen an der Haustür steif vor Angst. Doch die Malinowskis gaben ihm das Gefühl, dass es doch noch Gutes in der Welt gab. Er blieb ein Jahr lang bei ihnen, sicher und versorgt, und sowohl Körper als auch Geist heilten nach und nach.

Gemeinsam hörten sie die Nachrichten ausländischer Sender im Radio und die verlässlichen Gerüchte von den Nachbarhöfen. Jeden Monat kamen neue Berichte von weiteren Verlusten der Deutschen und der Achse im Westen, jede Woche gab es Neuigkeiten über weiteren gewonnenen Boden durch die Sowjets im Osten. Allerdings gab es auch unangenehme Gerüchte darüber, was die Deutschen den Dörfern und Städten antaten, aus denen sie sich zurückzogen.

Eines Tages im Sommer 1944, als der Aufstand in Treblinka nur noch eine Erinnerung und die Suche nach den Geflohenen bereits lange aufgegeben worden war, kam Herr Malinowski ins Haus gelaufen, rasch gefolgt von einem Mann und einer

Frau, beide jünger, beide an Händen und Füßen mit Schlamm beschmiert und triefend nass.

Herr Malinowski rief nach Asher und seiner Frau. Die holte Handtücher für das Paar. Dann setzten sich alle fünf in die Küche, wo Herr Malinowski ihnen eröffnete, dass sie in Gefahr waren.

»Die Gerüchte sind wahr«, erklärte er. »Asher, das sind unsere Nichte und ihr Mann. Sie haben einen Hof auf der anderen Seite des Flusses bewirtschaftet.«

»*Haben?*«, fragte Frau Malinowski verwirrt.

»Er ist jetzt nur noch eine brennende Ruine«, berichtete ihre junge Nichte unter Tränen. »Sie haben alles angezündet, unser Vieh und die Schweine getötet. Wir konnten nur entkommen, weil wir durch den Fluss geschwommen sind. Wir haben Glück, dass wir noch am Leben sind.«

»Ihr müsst furchtbare Angst haben«, sagte Frau Malinowski.

Ihre Nichte und deren Mann nickten. »Aber nicht so sehr, dass wir uns vor einem Kampf fürchten würden.«

»Das freut mich zu hören«, sagte Herr Malinowski. »Hier wird so etwas nicht passieren. Erst müssen sie uns umbringen.« Er sah sie alle nacheinander an. »Wir laufen nicht weg. Einverstanden?«

Asher nickte gemeinsam mit den anderen.

Herr Malinowski holte einen Schlüssel aus dem hinteren Teil einer Küchenschublade hervor und nahm ihn in den Keller mit, wo er ein kleines Kabinett aufschloss. Asher konnte nicht genau sagen, wie viele Flinten und Gewehre sich darin befanden.

»Ich wusste, dass dieser Tag einmal kommen würde«, sagte der alte Mann. »Oben haben wir auf allen Seiten je ein Fenster, nach vorn hinaus zwei. Jeder übernimmt eins, und ihr schießt auf alles, das wie ein Deutscher aussieht, in Ordnung?«

Sie mussten zwei endlose Tage und Nächte warten. Dann kamen kurz nach Sonnenuntergang zwei deutsche Soldaten an die Haustür, klopften und legten die Gewehre an. Niemand öffnete, also machte sich einer bereit, die Tür einzutreten. Bevor er auch nur den Fuß heben konnte, wurden beide Männer von oben erschossen.

Zügig trafen weitere Soldaten ein, schossen und zerstörten die Fenster. Obwohl die Scheune angezündet und das Vieh getötet wurde, ging die Schlacht um das Bauernhaus weiter. Soldaten griffen es nun von allen Seiten her an, wurden jedoch ebenfalls von den Fenstern im Obergeschoss aus beschossen.

Ein paar Dutzend Tote lagen um das Haus verteilt. Schließlich gab es nichts mehr, worauf man schießen konnte. Asher und die Malinowskis warteten, hielten Ausschau und lauschten, hörten aber nur Stimmen und Fahrzeuge immer leiser werden.

»Sie haben aufgegeben!«, rief Frau Malinowski schließlich aus.

»Sie sind zum nächsten Hof weitergezogen«, erwiderte Herr Malinowski. »Gott helfe den Besitzern.«

Die fünf beteten für sie und hielten noch einen weiteren Tag und eine Nacht lang Wache. Doch die einzigen Geräusche, die sie vernahmen, kamen tagsüber von zwitschernden Vögeln und nachts von rufenden Eulen und heulenden Wölfen.

Aber zum Entspannen blieb keine Zeit. Niemand konnte wissen, ob die Nazis aufgegeben hatten oder es erneut versuchen würden. Je zwei von ihnen hielten Tag und Nacht Wache und die Waffen lagen stets geladen in Reichweite.

Früh an einem Morgen, als Asher Wache hielt und Mühe hatte, wach zu bleiben, hörte er Herrn Malinowski, der die Wache mit ihm teilte, von der anderen Seite des Hauses rufen.

»Asher! Asher! Es kommt wer!«

Asher schüttelte die Schläfrigkeit ab und eilte zu ihm.

»Sieh mal«, sagte Herr Malinowski und zeigte zum Wald. »Da bewegt sich was. Das sind zweifellos Menschen.«

Und ja, Asher konnte ein paar Gestalten ausmachen, die durch den dunklen Wald schlichen.

Näher kamen.

Er und Herr Malinowski legten die Gewehre an und richteten den Blick auf den Waldrand.

Drei Figuren traten ins schwache Licht des Sonnenaufgangs hinaus.

»Schau!«, sagte Herr Malinowski. »Gewehre. Definitiv Soldaten.«

Dann waren es sechs, zehn und bald konnte man sie nicht mehr zählen.

Herr Malinowski schluckte schwer. »Mein Gott, es sind so viele. Eröffnen wir das Feuer?«

Seine Frage drang zu Asher durch, doch der konnte kaum einen klaren Gedanken fassen, geschweige denn antworten. Es schien zu gut, um wahr zu sein. Er wartete, bis er es deutlicher erkannte, und ja, er hatte recht. »Sieh mal!«, sagte er und zeigte auf den nächsten Soldaten. »Kannst du es nicht sehen?«

»Was denn?«

»Die Uniformen!«

Herr Malinowski kniff die Augen zu grauen Schlitzen zusammen und starrte die Männer an. Dann keuchte er und Tränen traten ihm in die Augen.

»Das sind *sowjetische* Truppen«, sagte Asher.

Herr Malinowski konnte nichts anderes tun, als zu lächeln.

* * *

Da alle sichtbaren Spuren des Vernichtungslagers Treblinka zerstört waren, hatte man Mikhail ins Trawniki-Lager zurückversetzt, wo er andere Männer ausbildete. Aber am Ende wurde auch dieses Lager aufgegeben. Grund war die heranrückende Rote Armee.

Von da an wurde aus Mikhail eine Waffe. Nichts weiter. Nicht einmal ein bezahlter Mörder, sondern eine Waffe, die man herumkommandierte. Mit dem Rest der stetig schwindenden Gruppe der Trawnikis wurde er an einen Ort gebracht, bekam den Befehl, Menschen zu erschießen, wurde danach woanders hingebracht und erhielt denselben Befehl.

Er versuchte, nicht darüber nachzudenken, wer die Opfer waren. Er schaltete sein Gewissen aus. Die Entschuldigung, die er sich zurechtlegte, war Hoffnung – Hoffnung, dass die Deutschen eines Tages Russland beherrschten und der Ukraine ihre Unabhängigkeit gaben. Hinter dieser Ausrede war er ein Roboter. In seinem Kopf war das nicht er, der die Morde verübte: Es war die Waffe, die man ihm in die Hand gedrückt hatte. Wenn er schoss, lenkte er seine Gedanken zu einem besseren Ort. Einigen der anderen Trawniki schien das, was sie taten, Freude zu bereiten. Mikhail nicht. Aber genauso wenig hasste er es. Er tat es einfach. Er zielte und drückte ab, als wäre er wieder auf dem Hof in Diowsta und vernichtete Schädlinge. Er verstand sich als einen Nicht-Menschen.

Selbsterhaltung war alles.

Kapitel 25

1944 – Warschau, Polen

Nachdem Asher und die Malinowskis die vorrückenden sowjetischen Truppen begrüßt hatten, freuten sie sich, dass das Land wieder polnisch war. Asher blieb noch ein paar Tage lang auf dem Hof, wurde aber bald in die Rote Armee eingezogen.

Im Sommer 1944 lagen sowohl der Krieg in Polen als auch die deutsche Kriegsmaschinerie in den letzten Zügen. Ja, es gab Schlachten zu kämpfen, doch Asher schaffte es, dieser Pflicht aus dem Weg zu gehen. Einige Monate später nahmen die Sowjets Warschau ein und bald darauf den Rest des Landes.

Asher wagte nicht zu glauben, dass der Krieg zu Ende sein sollte. Fünfeinhalb Jahre war es her, als er zum ersten Mal Bomben auf Warschau hatte fallen sehen. Der Krieg hatte ihn seine Familie gekostet und ihn doppelt obdachlos gemacht – ohne Zuhause und zugleich ohne Heimat.

War er bereit dafür zu glauben, dass dies das Ende war?

Er las Zeitungen, hörte Radio und erhielt seine Entlassungspapiere von der Roten Armee. Es war also tatsächlich vorbei. Und bevor er wusste, wie ihm geschah, hatte man ihn nach Kiew zurückgebracht.

Immerhin war Kiew die Hauptstadt von Ashers Geburtsland und deshalb als Zuhause genauso gut geeignet wie jeder andere Ort – allerdings nur vorübergehend. Es verlockte ihn, nach Diowsta zurückzukehren, eine brennende Nostalgie. Aber würden Mikhail und seine Eltern nach neun turbulenten Jahren noch dort sein? Und wenn ja, würden sie Asher willkommen heißen? Würden sie ihn überhaupt erkennen? Und wie sollte er sich dort ohne Arbeit oder Eigentum niederlassen?

Nein. Er hatte so viele glückliche Erinnerungen an Diowsta und Mikhail, vielleicht war es besser, es dabei zu belassen. Und er hatte ein anderes Zuhause – eins mit sogar noch glücklicheren Erinnerungen, allerdings auch mit bitteren. In Warschau hatte es eine Zeit gegeben, in der er zufrieden gewesen war. Vor dem Bau der Mauer. Und er verspürte einen unwiderstehlichen Drang herauszubekommen, was aus Izabella geworden war. Wenn er sie fand, würde er schließlich erfahren, ob sie ihn heiraten wollte. Jetzt war der Krieg vorbei und es gab nichts mehr, das sie am Zusammensein hinderte. Das würde allerdings bedeuten, dass er nicht länger mit den Träumen von ihr leben konnte. Aber dann würde er eben herausfinden, ob diese Träume realistisch gewesen waren.

Asher fand eine Arbeit in Kiew und reparierte Traktoren. Im Sommer 1946 hatte er genug Geld gespart, um in einen Zug nach Warschau zu steigen.

Doch als er im Zug saß, kamen ihm Zweifel. Vielleicht verschwendete er seine Zeit. Hatten sie sich tatsächlich geliebt? Oder war das vielleicht bloß das der Liebe ähnlichste Gefühl, das sie finden konnten? War es ihr ernst damit gewesen, ihnen nach dem Krieg eine zweite Chance zu geben? Inzwischen konnte sie ein vollkommen anderer Mensch sein. Es konnte sein, dass sie nicht einmal mehr am Leben war.

Alle Variationen jeder Möglichkeit wirbelten ihm durch den Kopf. Den einen Moment drängte es ihn, im Zug zu bleiben und es herauszufinden, im nächsten auszusteigen – seine süßen Erinnerungen an Izabella so zu belassen, damit er sie in künftigen Jahren wie einen guten Wein genießen konnte.

Der Ruck des anfahrenden Zuges nahm ihm die Entscheidung ab, und für den Bruchteil einer Sekunde war er wieder in jenem anderen Zug, dessen Fahrt in Warschau begonnen hatte.

Ein alter Mann fing ein Gespräch an, und innerhalb weniger Minuten schwatzten sie darüber, womit sie ihren Lebensunterhalt verdienten, ob Traktoren tatsächlich besser waren als Pferde, und gingen dazu über, wie hart der nächste Winter sein und was wohl mit dem Preis für Wodka geschehen würde. Und Ashers Bedenken waren wie weggeblasen. Er war auf dem Weg nach Warschau.

* * *

Die Reise dauerte einen Tag und eine Nacht, eine schlaflose Nacht für Asher, und an einem ruhigen Samstagmorgen verließ er den Zug und betrat Warschauer Boden. Unwillkürlich sog er tief die Luft ein – unerwartet frisch und kühl –, als seine Erinnerungen ihn überrollten. Die ersten paar Schritte ging er wankend.

»Aufgepasst!«, rief der alte Mann grinsend und zeigte Asher aufs Neue alle acht seiner braunen Zahnstummel. »Ich bin nicht kräftig genug, um Sie aufrecht zu halten. Geht es Ihnen gut?«

»Entschuldigen Sie. Ja, alles in Ordnung, danke.«

»Sie sehen nicht so aus.« Der Mann folgte Ashers Blick, mit dem er die Stadtszene in sich aufnahm. »Sie haben mir gestern Abend erzählt, dass Sie schon einmal hier waren – in weniger angenehmen Zeiten und unter gefährlichen Umständen.«

Asher nickte. »Wenn ich ehrlich bin, fürchte ich mich ein wenig.«

»Hören Sie auf mich«, sagte der Mann. »Laufen Sie zügig. Gehen Sie dorthin, wo Sie hinwollen. Verweilen Sie nicht, halten Sie nicht inne, um nachzudenken, bleiben Sie nicht stehen, um etwas zu bewundern. Das verleitet Sie bloß zu Erinnerungen. Sie sind noch ein junger Mann und müssen an Ihre Zukunft denken. Konzentrieren Sie sich darauf, wohin Sie gehen, und nicht, woher Sie gekommen sind.«

»Vielen Dank. Das werde ich versuchen. Es war … schön, Sie kennenzulernen.«

»Viel Glück.«

Asher marschierte los und warf nur einen kurzen Blick auf den Platz, der vor nicht allzu langer Zeit der Sammelpunkt für die Deportationen gewesen war. Er schüttelte die Erinnerung daran ab, wie er mit Rina im Regen saß und an rohen Kartoffeln kaute, und steuerte die Straße an, in der das Café Baran sich einst befunden hatte. Die furchtbare Zeit in dieser Stadt zu vergessen war allerdings leichter gesagt als getan. Überall lauerten Erinnerungen. Sogar die Mauer stand noch zum größten Teil. Man hatte in regelmäßigen Abständen Durchgänge hineingeschlagen, um den ungehinderten Zutritt zum Rest der Stadt zu ermöglichen. Vor wenigen Jahren waren viele bei dem Versuch gestorben, das zu erreichen.

Beim Gehen gestattete er sich den Gedanken daran, wo Izabella und er zusammenleben könnten. Was, wenn sie in Warschau bleiben wollte? Konnte er es ertragen, an diesem Ort zu wohnen, wo ihn so viele Bilder heimsuchten? Was, wenn sie sich deswegen stritten?

Nach zwanzig Minuten bog er um die letzte Ecke und beim Anblick des Cafés fühlte er sich plötzlich ganz schwach. Es sah jetzt anders aus, mit einer neuen Markise, anderen Tischen und Stühlen davor, anderen Menütafeln. Aber es hieß nach wie vor Café Baran.

Mit einem leichten Schwindelgefühl spazierte er langsam auf den Eingang zu und betrat das Lokal. Als Erstes sah er zu der Ecke, in der Izabella immer Violine gespielt und ihn so sehr verzaubert hatte. Auf ihrem Platz stand einfach ein weiterer Tisch mit Stühlen.

Er atmete auf und schaute sich um. Der Gastraum hatte sich kaum verändert. Wie auch, schließlich war er erst vor sechs Jahren, unter anderem mit seiner Hände Arbeit, restauriert worden.

»Einen Tisch für eine Person, der Herr?«

Etwas erschrocken drehte Asher sich um und räusperte sich. »Ist der Besitzer des Cafés hier?«

Der junge Mann zuckte die Schultern und wischte sich die Hände an seiner Schürze ab. Asher reagierte nicht, was dem Kellner wohl verriet, dass seine Antwort nicht genügte. »Sie könnten den Geschäftsführer fragen.« Er zeigte auf einen anderen, etwas älteren Mann, der Teller hinter den Tresen trug.

Das war besser. Der Mann kam ihm irgendwie bekannt vor.

»Hallo«, grüßte Asher. »Ich suche nach Izabella.«

»Was für eine Izabella?«

»Izabella Baran. Sie spielte hier früher die Violine.« Asher blickte in die Ecke. »Gleich dort drüben.«

Der Mann stellte die Teller ab und starrte einen Moment lang vor sich hin. Langsam begann er zu nicken, und ein trauriges Lächeln breitete sich auf seinem Gesicht aus. »Ach, ja. Izabella.«

»Sie erinnern sich an sie?«

»Aber natürlich, da Sie sie jetzt erwähnen. Das waren glückliche Tage. Ich war gerade fünfzehn und das Café gehörte Herrn und Frau Baran.«

»Wissen Sie, wo ich Izabella finden kann?«

Der Mann schüttelte den Kopf. »Neue Eigentümer. Sie hat jetzt nichts mehr mit dem Lokal zu tun.« Er drehte sich zur

Seite. »Magda!«, rief er zum anderen Ende des Tresens. Eine Frau mittleren Alters hob den Kopf. Er winkte sie zu sich. »Du erinnerst dich doch bestimmt an Izabella, die Violinistin?«

»Ja, natürlich erinnere ich mich, so wunderhübsch.«

»Wissen Sie, wo sie wohnt?«, fragte Asher.

Sie schüttelte den Kopf. »Tut mir leid.«

»Oh.«

»Aber gelegentlich sehe ich sie im Banacha für ihre Familie einkaufen. Wissen Sie, wo das ist?«

»Der Markt? Ja. Ich … ich habe früher in Warschau gelebt.«

»Versuchen Sie es dort. Er findet immer Samstag- und Sonntagmorgen statt.«

* * *

Drei Stunden später gab Asher die Suche auf dem Markt auf, jedoch nur vorerst. Er machte eine Pause und aß in einem Café, allerdings nicht im Café Baran. Sein kurzer Besuch dort hatte ihn schon genug verstört und in die Zeit zurückversetzt, als es kaum mehr als eine Ruine gewesen war. Und er dachte nach. Etwas nagte an ihm, etwas, das Magda oder der Mann im Café gesagt hatten.

Nein, das war unwichtig. Er tat den Gedanken ab.

Er kehrte zum Markt zurück und mischte sich unter die Menge. Er suchte, fand aber dennoch keine Izabella. Schon zog er es in Betracht, ob vielleicht der Gemeinderat ihre Adresse kannte. Aber es war unwahrscheinlich, dass man einem fremden Mann irgendwelche Details verriet. Davon abgesehen war dort bis Montag geschlossen.

Er stieg in einer billigen Herberge ab, schlief fest und wollte dort am Sonntagmorgen darauf warten, dass der Markt öffnete. Aber er war zu ungeduldig, also lief er in Richtung der Wohnung, in die er 1936 eingezogen war, entschied sich jedoch auf halber Strecke gegen die Idee. Er kaufte eine Pastete bei einem Straßenverkäufer, setzte sich auf eine Bank und aß sie. Dann machte er sich auf den Weg zum Markt und schaute unterwegs auf jede Uhr.

Es war noch früh und auf dem Markt nicht viel los. Die Hälfte der Verkäufer baute noch ihre Stände auf. Sie unterhielten sich und arrangierten Obst, Gemüse, Brot und Fleisch.

Und da war sie.

Ihre Schönheit war unverwechselbar. Das lange, rabenschwarze Haar hob sich vor der reinen hellen Haut ab, die warmen braunen Augen, der zierliche Erdbeermund und die markante Nase. Asher wollte weg- und wieder hinschauen, um sicherzugehen, dass er nicht träumte. Doch er hatte die Macht über seine Sinne verloren.

Ohne den Blick von ihr zu wenden, ging er auf sie zu. Das war Izabella. Sie war am Leben und er hatte sie gefunden. Endlich konnte er sie wieder küssen wie damals. Sie war am Leben und er würde reden und sie würde reden und sie würden ihre Liebe erneuern und sie würden auf traurige Zeiten zurückblicken und vielleicht – nur vielleicht – vorausblicken auf bessere gemeinsame Zeiten.

Doch dann senkte Izabella den Blick auf den Kinderwagen, auf dem ihre Hand lag. Sie beugte sich nach vorn, holte das Baby heraus und drückte es sich an die Brust. Sie küsste den Kopf des Kindes und wiegte das kostbare Bündel langsam hin und her.

Dann erschien ein Mann hinter Izabella und legte ihr den Arm um die Schultern. Mit der anderen Hand streichelte er dem Baby über die Stirn und schob ihm eine Locke aus dem Gesicht. Er beugte sich vor und küsste es.

Asher blieb wie angewurzelt stehen.

Natürlich. Jetzt fiel es ihm wieder ein. Die Frau im Café, Magda. Sie sagte, sie hatte Izabella für ihre Familie einkaufen sehen. *Ihre Familie.*

Asher fühlte sich ganz schwach und drehte Izabella sofort den Rücken zu, damit sie sein Gesicht nicht erkannte, falls er umfiel. Er strauchelte, holte einige Male tief Luft und rannte dann kopflos davon. Auf dem Weg stieß er gegen Stände und ließ sie schief zurück.

Zwanzig Minuten später stand er auf dem Bahnsteig und wartete auf den Zug zurück nach Kiew. Gedanken an Izabella wirbelten ihm durch den Kopf. Er hätte mit ihr reden können, er hätte fragen können, wie es ihr ging und wie sie aus dem eingemauerten Bezirk entkommen war, aber dann hätte er ihr zweifellos gestanden, dass er sie noch immer liebte. Und was hätte sie darauf geantwortet? Was hätte sie sagen *können*, wenn ihr Mann danebenstand? Nein, es war besser, die Erinnerungen zu bewahren und den Zauber nicht zu brechen.

Auf der Rückreise verfluchte Asher sich und seine Dummheit. Er hätte mit ihr reden können, zumindest ein paar freundliche Worte wechseln. Er hätte mit ihr reden *sollen*. Aber nein, er war auf dem Weg zurück nach Kiew.

Er würde sich mit den Erinnerungen an Izabella begnügen müssen.

Kapitel 26

1997 – Pittsburgh und Detroit, USA

Pittsburghs Troy-Hill-Viertel auf der Nordseite des Allegheny River konnte Häuser in den verschiedensten Stilen und Farben vorweisen. Sie standen so nah beieinander, als vertrauten sie sich gegenseitig ihr Leben an. Eingerahmt von einer Handvoll klug gewählter Bäume hätte es beinahe ein hübsches Dorf irgendwo in einer verborgenen Ecke Europas sein können.

Ein Auto fuhr in die Einfahrt der Nummer 38 im Hartmann Way, ein bescheidenes, aber hübsch erhaltenes Haus.

Michael Peterson schwang die Beine aus der Autotür. Für seine vierundsiebzig Jahre war er recht rüstig und doch stöhnte er ein wenig, als er den Türholm umfasste und sich daran in den Stand zog.

Er ging zur Haustür hinauf und nahm den Schlüssel aus der Tasche, doch da öffnete sich die Tür schon. Vor Überraschung zuckte er mit dem Kopf zurück. Kurz ging ihm auf, dass er im Alter ein wenig schreckhaft wurde, schließlich lebte er nicht allein hier.

»Hallo, Diane«, grüßte er in seinem besten, fast akzentfreien Amerikanisch. Fast. Er trat einen Schritt auf sie zu, blieb dann aber stehen. »Diane? Was ist los?«

»Vater, ich wollte nicht, dass du einfach hereinkommst und … ich hielt es für das Beste … Hör zu, hier sind ein paar Leute, die dich sprechen möchten.« Sie trat beiseite.

Er warf einen prüfenden Blick die Straße hinauf und hinab. Wonach er Ausschau hielt, wusste er selbst nicht genau, wohl einfach nach etwas Ungewöhnlichem, etwas, das den besorgten Ausdruck seiner Tochter erklären konnte.

Als er das Wohnzimmer betrat, erhoben sich zwei Männer in dunkelgrauen Anzügen. Er schluckte schwer und trat einen Schritt zurück, aber sie taten nichts weiter, als ihn anzulächeln.

»Michael Peterson?«, fragte einer von ihnen.

Er nickte.

»Lieutenant Schneider und Lieutenant Gomez, Amt für Sonderermittlungen.«

»Amt für *was*?«

Beide Männer holten ihre Ausweise hervor und zeigten sie ihm. »Das ist eine Abteilung des Justizministeriums. Wir müssen mit Ihnen reden.«

Er zuckte die Schultern. »Dann reden Sie.«

»Ähm, auf dem Polizeirevier.«

»Was? Jetzt?«

»Ja, Sir. Sobald Sie es sich einrichten können.«

»Worum geht es?«

Schneider warf Diane einen Blick zu. »Das sagen wir Ihnen besser auf dem Revier.«

»Das ist in Ordnung«, erwiderte Michael. »Sie ist meine Tochter. Mein Ein und Alles. Reden Sie ruhig, ich habe nichts zu verbergen.«

»Wie Sie wünschen«, sagte Schneider etwas unsicher. »Wir müssen Sie offiziell vernehmen. Ihnen werden Kriegsverbrechen zur Last gelegt.«

Peterson fiel fast die Einkaufstasche aus der Hand und er stellte sie auf die Couch. »Wiederholen Sie das noch mal.«

Schneider setzte ein peinlich berührtes Lächeln auf. »Es wäre wirklich für alle besser, wenn wir auf dem Polizeirevier mit Ihnen sprechen.«

»Sie sagten ›Kriegsverbrechen‹. Das haben Sie doch, oder?«

»Ja, Sir.«

»Aber …« Er sank zusammen, setzte sich direkt auf die Tasche, die er eben abgestellt hatte. »Kriegsverbrechen? Ich? Das ist doch Wahnsinn.«

»Wir müssen Ihnen nur ein paar Fragen stellen, sonst nichts. Wir sind hier, damit wir darüber reden können und damit Sie zu den Vorwürfen Stellung nehmen können.«

»Er hat in seinem ganzen Leben nie jemandem etwas getan«, warf Diane ein.

»Ich werfe sogar den Fang zurück ins Wasser, wenn ich angeln gehe«, sagte Michael und wandte sich an seine Tochter. »Nicht wahr, Diane?«

»Da muss eine Verwechslung vorliegen«, sagte sie zu den grau gekleideten Männern.

Aber diese erwiderten nichts und stellten sich einfach neben ihren Vater.

»Also gut«, lenkte Michael ein und mühte sich wieder auf die Beine. »Wie lange wird das dauern?«

»Ich schätze, das hängt vom Ergebnis ab«, antwortete Schneider.

* * *

Dreihundertzwanzig Kilometer entfernt, auf der anderen Seite des Eriesees, wo Asher Kogan in Detroit zu Hause war, begann dieser seine gut eingeübte Morgenroutine. Er hörte Radio und machte sich dabei Frühstück aus Haferbrei mit einem Stich Butter, gefolgt von einer Handvoll Heidelbeeren. Dann bereitete er die Kartoffeln für seine Kartoffelsuppe zum Mittag vor – nur eine Portion –, griff sich seine Lesebrille, zog Jacke und Mütze an und verließ das Haus.

Er schloss die Tür und schnappte das Vorhängeschloss an der Kette zu, die die Tür am Türrahmen seiner Bretterbude von einem Haus fixierte. Als gäbe es irgendetwas, das es wert wäre, gestohlen zu werden.

Asher hatte die letzten fünfzehn seiner vierundsiebzig Lebensjahre mehr oder weniger auf diese Weise gelebt. An die fünf Jahre davor wollte er nicht einmal denken, geschweige denn darüber reden. Sein Leben war jetzt so, wie er es mochte: einfach, schnörkellos, unkompliziert. Wie Haferbrei.

Er lief los.

Wie üblich ging er montagmorgens in die örtliche Bibliothek, um die Wochenendzeitungen zu lesen. Auf diese Weise war es viel günstiger.

Seine Route führte ihn durch den zwielichtigeren Teil des Parkes, wo sich die Obdachlosen, ihre Habseligkeiten mit einer Plane bedeckt, herumtrieben. An diesem Bereich humpelte er so zügig vorbei, wie es ihm die verschlissenen Knie erlaubten.

Bald war er in der Bibliothek.

Dort gefiel es ihm. Es war ruhig, friedvoll und warm. Er hatte sich mit ein paar Leuten angefreundet, aber um sich zu unterhalten, gingen sie immer in ein Café in der Nähe. Er hatte sie alle getestet und kannte die günstigsten. Er ging stets mit nur einem Freund. Mehr bedeutete einfach zu viele, mit denen man sprechen, und zu viel, das man aufnehmen musste.

Heute war es Arnie, der genau wie Asher bei Ford in Dearborn gearbeitet hatte. Begegnet waren sie sich allerdings nie. Die Fabrik uferte wie eine Stadt aus. Nach dem Krieg hatte sie jegliche Arbeitskräfte, die sie bekommen konnte, aufgesaugt und in den folgenden Jahrzehnten wieder ausgespuckt.

Sie sprachen über die alten Zeiten, als Henry Fords blaues Oval eher wie eine Nationalflagge war. Danach ging Asher in die Bibliothek zurück, um noch etwas mehr zu lesen.

Mittags machte er sich auf den Weg zur Suppenküche im Marist Center, auch als Katholischer Klub bekannt. Dort übernahm er wie an den meisten Tagen eine Schicht, bediente Obdachlose und räumte danach auf. Der Katholische Klub hatte ihn in jenen fünf Jahren, über die er nie sprach, am Leben gehalten. Es war ihm ein Anliegen, sich dafür zu revanchieren. Dann ging er nach Hause, schnell vorbei an den Obdachlosen im Park. Wieder sicher hinter dem Vorhängeschloss schaltete er das Radio ein und wärmte seine Kartoffelsuppe auf.

* * *

Später am selben Tag schaltete Lieutenant Schneider im Polizeirevier des Bereichs Eins in Pittsburgh das Tonbandgerät aus und sagte: »Sie können gehen, Mr Peterson.«

»Das war's?«, fragte Michael.

»Vorerst ja. Wir melden uns.«

»Aber ich habe Ihnen alles gesagt. Sie haben meine gottverdammte Lebensgeschichte hier.«

Schneider hüstelte nur und sah zu Gomez.

»Ich meine, werden Sie mich anklagen oder nicht?«

»Ähm … Ganz so funktioniert das nicht – nicht bei Vorwürfen dieser Art. Wir müssen die aufgezeichnete Vernehmung mit unseren Spezialisten besprechen.«

»Und wann darf ich deren Urteil erfahren?«

»Das kann ich Ihnen nicht sagen, Sir.«

»Und wann bekomme ich meinen Pass zurück?«

»Ich fürchte, damit kann ich Ihnen auch nicht behilflich sein.«

Michael stieß ein langes Seufzen aus. »Können Sie mir dann wenigstens sagen, wer diese Vorwürfe erhoben hat?«

»Nein, tut mir leid.«

»Sie sind wirklich ein Ass. Hat man Ihnen das schon mal gesagt?«

Alle erhoben sich.

»Ich bringe Sie hinaus, Mr Peterson.«

»Zu viel der Güte.«

»Und vergessen Sie nicht, es uns persönlich mitzuteilen, falls Sie aus irgendeinem Grund nicht zu Hause übernachten.«

»Wie wär's, wenn ich Sie jedes Mal anrufe, wenn ich aufs Klo gehe?«

»Nein, Sir. Nur, wenn Sie …«

»Ja, ja. Ich hab's begriffen. Lassen Sie mich jetzt raus oder was?«

Eine Unterschrift und zwei Sicherheitstüren später sagte man zu ihm: »Wenn Sie möchten, können Sie jetzt gehen, Sir.«

»Und wenn Sie möchten, können Sie zur Hölle fahren«, brummelte er, aber erst, nachdem er sich umgedreht und ein paar Schritte zur Tür gegangen war.

Draußen wurde es langsam dunkel und der plötzlich aufflammende Blitz ließ ihn aufschreien und schützend die Arme heben.

»Hey! Was zum Teufel …«

Noch ein Blitz zuckte und er kniff die Augen zu. Seine Reaktionen waren auch nicht mehr wie früher.

Als er alle Sinne wieder beisammenhatte, war der Mann mit der Kamera fünfzig Meter weit weg. Michael konnte nichts weiter tun, als ihm ein paar Flüche hinterherzuschicken.

* * *

Auch den folgenden Montag begann Asher mit seiner üblichen Routine. Haferbrei gefolgt von einer Handvoll Heidelbeeren zum Frühstück. Mittagessen vorbereiten: Kartoffelsuppe für eine Person. Dann hinaus in die große böse Welt und ein langsamer Spaziergang zur Bibliothek mit einer Sprinteinlage im Park.

In der Bibliothek ging er direkt zu den Zeitungen und setzte seine Lesebrille auf.

Er las immer die *New York Times* vom Vortag – Nachrichten aus dem In- und Ausland, Gesundheit, Essen, Wetter und das Feuilleton. Aber Sport, Showbusiness-Tratsch, Mode und der Rest? *Ach, wen kümmert das?* Früher hatte er sich noch für Wissenschaft und Technik interessiert, um auf dem neuesten Stand zu bleiben. Jetzt aber nicht mehr, weil …

Verdammt! Er lachte vor sich hin, weil es sinnlos war, sich aufzuregen. Jemand war schneller gewesen. Es gab keine *New York Times*. Er schlich auf und ab, schaute den Leuten über die Schultern, um den Schuldigen auszumachen.

Aber diese Person hatte ihre Schuld eindeutig mit nach Hause genommen – zusammen mit der gottverdammten *New York Times*.

Weshalb stahlen die Leute Zeitungen? Das war eine öffentliche Bibliothek. Das heißt, *für die Öffentlichkeit*.

Er seufzte leise und kehrte zum Zeitungsständer zurück. Drei Stunden musste er irgendwie herumbekommen. Aber so war das Leben der Mittellosen.

Er ging die verschiedenen anderen Zeitungen und Magazine durch, über Computer und Musik und …

Die *Detroit News*. Die hatte er schon länger nicht mehr gelesen. Die würde genügen. Aber dann sprang ihm etwas anderes ins Auge. Es war die *Detroit Jewish News*. Seit er die gelesen hatte, war es sogar noch länger her. Und wann hatte er eigentlich zuletzt von sich selbst als Jude gedacht?

Einen Augenblick lang war Asher wieder ein kleiner Junge, sein Spielplatz die weiten Prärien der Ukraine, mit Seen aus schimmerndem Weizen und dazwischen vereinzelte weiß getünchte Bauernhäuser. Aber seither schienen drei oder vier Lebzeiten vergangen und nicht lediglich eine. Damals, in den 1930ern, hatte er nicht einmal Englisch gesprochen. Die Hälfte der Zeit sprach er Jiddisch, die andere Russisch und Ukrainisch.

Ha!

Tja, in den Dreißigern war es lustig gewesen.

Er setzte sich mit der *Detroit Jewish News* in der Hand hin, seiner Aufwärmlektüre.

Gott, hatte er den Bezug verloren! Viel Zeit war ins Land gegangen. Pläne für eine neue Synagoge. Ein Interview mit irgendeinem jungen Popstar.

Er blätterte um. Ein Politiker bekam antisemitische Beleidigungen ab. Atomwaffen im Mittleren Osten.

Noch mal umblättern. Da hielt er inne. Augenblicklich wurde sein Mund trocken, sein Gesicht brannte und die Härchen im Nacken stellten sich auf. Er schluckte schwer, vergaß beinahe das Atmen und hielt die Zeitung näher ans Licht.

Die künstliche Helligkeit unterstrich perfekt den Ausdruck des Mannes auf dem Foto. Er sah verängstigt aus, zuckte ganz eindeutig vor Schreck zusammen.

Asher starrte das Foto fünf Minuten lang an. Das war eine lange Zeit, um ein Bild anzustarren, aber andererseits *war* es auch eine lange Zeit her.

Und der Name? Der Name war …

Eine Minute später steckte die Zeitung zusammengefaltet in Ashers Jacke. Er ging lässig am Tresen vorbei, lächelte und nickte auf dem Weg zum Ausgang höflich.

Draußen an der frischen Luft brach er vor Angst fast zusammen. Er war stets ein guter Junge gewesen. In seinem ganzen Leben hatte er noch nie etwas gestohlen. Bis jetzt.

Er ging am Park vorbei zu seinem Haus, öffnete das Vorhängeschloss und schlüpfte hinein. Sicherer Hafen. Heute würde der Katholische Klub ohne ihn auskommen müssen. Das fühlte sich wie ein schlimmeres Vergehen an, als die Zeitung zu stehlen.

Hastig setzte er sich die Lesebrille wieder auf, nahm am Küchentisch Platz und faltete die Zeitung auseinander. Er strich sie auf dem Tisch glatt und schaute erneut auf das Foto. Es war nach wie vor dasselbe Bild, doch nun hatte er Heimvorteil und sein Verstand arbeitete ein wenig besser. Jetzt konnte er ordentlich lesen und denken.

Er las den Artikel, bis der Name genannt wurde, derselbe Name wie in der Bildunterschrift. Michael Peterson. Allerdings stand da »Michael Peterson, der am Montag wegen historischen Kriegsverbrechen vernommen wurde«.

»Michael Peterson«, sagte Asher zur kalten Kartoffelsuppe. »Michael Peterson … Mikhail Petrenko.«

Er las den gesamten Artikel dreimal von Anfang bis Ende und starrte dann das Foto an. Das Gesicht als solches kam ihm nur vage bekannt vor, aber es hatte etwas absolut Charakteristisches, von dem Asher kaum den Blick lösen konnte. Irrtum ausgeschlossen. Unter dem linken Auge des Mannes befand sich eine markante senkrechte Narbe. Sie schnitt mitten durch den Tränensack.

»Pittsburgh«, murmelte er. »Hm …«

Nach nur wenigen Minuten hatte er einen Beschluss gefasst.

Er schnappte sich das Schälmesser, ging ins Schlafzimmer hinauf und schob den Wäscheschrank von der Wand fort. Das Messer steckte er zwischen zwei Dielen, und ein Stück davon sprang auf.

Dann hielt er die alte Bonbondose in den Händen.

Der Inhalt war kaum des Wortes *Lebensersparnisse* würdig, aber es war alles, was er besaß. Und worauf wollte er es sonst verwenden – mehr Kartoffeln? Nein, es war nicht viel, aber mit Sicherheit würde es für ein Busticket nach Pittsburgh und eine oder zwei Übernachtungen dort reichen.

Er hatte es in den Kinofilmen gesehen. Wenn er dort hinfuhr, konnte er in jeder Telefonzelle ein örtliches Telefonbuch finden. Und wie viele Menschen namens Michael Peterson konnte es schon in Pittsburgh geben?

Er verließ das Haus, kaufte sich ein Hähnchensandwich für die Reise und machte sich auf den Weg zum Busbahnhof.

* * *

Die Fahrt war lang, und als das Tageslicht verlosch, schweiften seine Gedanken zu einer besseren Welt ab – eine einfachere Welt aus Bauernhöfen und Pferden und Ernten und Angeln im nahen Fluss. Und es *war* eine bessere Welt gewesen. Vielleicht hatten sie wenig zu essen gehabt, aber sie hatten genug. Sie hatten so wenig besessen, und dennoch so viel. Und damals war das Leben so viel einfacher gewesen, bevor …

Es schüttelte ihn, als er an jene abartige Welt dachte, in der Blitzkrieg, Völkermord und eine Industrie zur Vernichtung von Menschen die Norm waren.

Er schaltete das Licht über sich ein und richtete es sich direkt ins Gesicht. Das würde ihn wachhalten.

Als er in Pittsburgh eintraf, war Asher zu nichts weiter fähig, als eine günstige Herberge zu finden und sich schlafen zu legen.

* * *

Am nächsten Morgen bat Asher nach einem schnellen Frühstück um ein Telefonbuch. Das war viel sinnvoller, als sich in Telefonzellen herumzutreiben. Er kehrte in sein Zimmer zurück und suchte jeden »M. Peterson« im Buch heraus.

Im Zeitungsbericht stand, dass dieser Mr Peterson in Pittsburgh-Stadt wohnte, nicht im umgebenden Stadtgebiet. Das reduzierte die Zahl auf vierzehn. Davon waren sechs weiblich und einer wurde Martyn buchstabiert.

Sieben Nummern, die anzurufen waren.

Er wählte die erste und hörte, dass er den Anrufbeantworter von Matthew und Gillian Peterson erreicht habe.

Er probierte die zweite. Malcolm war nicht sehr erfreut darüber, dermaßen früh geweckt zu werden.

Asher prüfte die dritte Nummer, doch seine Finger hielten über dem Telefon inne.

Was würde er sagen, wenn jemand bestätigte, Michael zu sein? Verdammt, darüber dachte er jetzt erst nach.

Hallihallo, heißen Sie in Wahrheit zufällig Mikhail?

Was, wenn man ihn seit ein paar Jahrzehnten nicht mehr so genannt hatte? Würde er den Hörer auf die Gabel krachen, wenn er seinen echten Namen hörte? Würde er wütend oder ängstlich sein, weil er dachte, jemand wollte ihn über diese Kriegsverbrechen ausfragen? Wenn ja, könnte es sein, dass Asher ihn niemals wiederfinden würde.

Und Asher wollte ihn nicht verschrecken, er kam auf der Suche nach einer alten Freundschaft. Sicher, vor seiner Tür aufzutauchen würde vielleicht schockierender sein als ein Anruf, aber von Angesicht zu Angesicht konnte er alles besser erklären.

Er notierte die fünf verbliebenen Adressen und checkte aus.

Er kaufte sich einen kleinen Stadtplan von Pittsburgh und kreiste seine Ziele ein. Zwei befanden sich weit im Süden und ihm erschien es sinnvoll, zuerst die nächstgelegenen anzusteuern. Also nahm er ein Taxi zum Hill District.

Er stand vor der Tür und auf einmal fühlte sich der Hemdkragen zu eng an. Er atmete ein paarmal tief durch. Seine Hand zitterte, als er anklopfte.

Die Tür öffnete sich, Asher hielt die Luft an und war dann ein wenig perplex, als ein schwarzer Mann auftauchte. Ein sehr großer.

»Ja?«

Ashers Brustkorb wurde enger, sein klebriger Hals verschloss sich.

Der Mann schaute an Asher vorbei die Straße rauf und runter.

»Sag mal, willst du was, Kumpel?«

In seiner Stimme schwang nichts Aggressives mit, nur dass mit ihm nicht zu spaßen war. Aber Asher nahm an, dass sich das schnell ändern konnte.

»Ich suche nach jemandem namens Michael Peterson.«

»Du hast ihn gefunden.«

»Oh.«

Der Mann zuckte die Achseln. »Und?«

Im nächsten Moment spürte er, wie der Mann ihn an der Schulter festhielt.

»Alles okay, alter Kumpel?«, fragte er. »Du scheinst nicht so gut auf den Beinen zu sein.«

Der Mann hatte recht. Asher war etwas schwindelig. Er musterte den Mann genauer. In seinen Augen stand keine Verärgerung, lediglich Sorge.

Asher musste das tun. Er musste einfach. Und je schneller, desto besser. Er atmete noch einmal tief durch. »Das wird schon wieder«, sagte er. »Vielen Dank für Ihre Hilfe. Ich habe … mich geirrt. Entschuldigen Sie bitte die Störung.«

Zehn Minuten später hatte Asher es geschafft, ein anderes Taxi heranzuwinken.

»Können Sie mich bitte ins Troy-Hill-Viertel bringen?«

Kapitel 27

1997 – Pittsburgh, USA

Michael Peterson war lange mit dem Frühstück fertig. Von jeher ein Frühaufsteher, kehrte er soeben von seinem Morgenspaziergang zurück und wollte es sich mit dem Angelmagazin im Wintergarten an der Rückseite des Hauses gemütlich machen.

Er setzte sich, fand jedoch keine Ruhe. Er versuchte im Magazin zu lesen, doch sein Blick flog über die Zeilen, ohne dass etwas hängen blieb. Also nahm er sich stattdessen die Zeitung. Filmkritiken, Spielstände oder was irgendein Politiker laut einer »Quelle« gesagt oder nicht gesagt hatte, all das war ihm egal. Es trat in den Hintergrund, wenn man einer Sache beschuldigt wurde, die das eigene Leben ruinieren und alles vernichten konnte, was man fünfzig Jahre lang aufgebaut hatte.

Okay, dann hatte er eben den Namen gewechselt, als er vor langer Zeit in dieses Land gekommen war. Na und? Dadurch vermied er das ständige »Wie schreibt man das?« und den »Ist das russisch?«-Mist. Es war einfacher, verdammt noch mal, bloß EINFACHER. Leichter zu buchstabieren, auszusprechen, zu merken, aufzuschreiben. Wenn für Kirk Douglas und Tony Curtis eine Namensänderung aus Assimilationsgründen gut genug war, dann galt das auch für ihn. Aber wenn man kein Star war, hatte man wohl automatisch etwas aus der eigenen Vergangenheit zu verbergen.

Nach der Vernehmung bei der Polizei hatte er sich rechtlich beraten lassen. Man sagte ihm, dass Zeugenaussagen, die über Dinge vor so langer Zeit gemacht worden waren, von jedem halbwegs fähigen Anwalt vor Gericht zerpflückt werden würden, und das auch nur, falls es überhaupt zur Verhandlung kam. Solange es keine handfesten Beweise gab, wie beispielsweise Fotos oder offizielle Aufzeichnungen, würde es ihnen unmöglich sein, ihn einzusperren oder für eine Verhandlung in einem anderen Land auszuliefern. Dazu kam die Tatsache, dass die angeführten Gesetze relativ neu waren, es wenig Präzedenzfälle, dafür aber hundertundeine juristische Hürde gab, die man ihnen in den Weg legen konnte.

So sah es aus.

Aber war diesen Juristenleuten zu trauen?

Etwas Musik könnte ihn auf andere Gedanken bringen. André Rieu vielleicht.

Er stöhnte, als er sich aus dem Sessel drückte, und stöhnte nochmals, als es an der Tür klingelte, bevor er seinen Kassettenrekorder in der Küche erreicht hatte.

Die Presse?, überlegte er. Seit sein Foto in den Zeitungen aufgetaucht war, hatten ihn ein oder zwei dieser verfluchten Parasiten besucht. Andererseits könnte es der Postmann mit einem dieser Einschreibedinger sein, die man quittieren musste. In den vergangenen Tagen hatte er ein paar davon erhalten: eins vom Gericht, einige von seinem Anwalt.

Er erstarrte.

Egal, wer du bist, es ist niemand zu Hause.

Es klingelte erneut. Er verharrte, kaute nur auf einem Fingernagel herum. Ein drittes Mal läutete es. Er holte tief Luft und ermahnte sich, nicht so verdammt paranoid zu sein.

Jahrzehnte hatte er in Sorge über jedes Klopfen an der Tür und jeden Anruf verbracht. Zu diesen düsteren Tagen wollte er nicht zurückkehren.

Er öffnete die Haustür und sah sich einem alten Mann gegenüber. In etwa so alt wie er selbst.

»Ja, bitte?«, sagte er, doch schon während er sprach, wurde ihm übel und er fühlte sich schwach. Der Mann kam ihm bekannt vor. Sein Gedächtnis rotierte auf Hochtouren und versagte kläglich.

»Mikhail«, sagte der Mann. Und das war keine Frage.

Vor Angst, der Tag der Rache sei gekommen, zuckte Mikhails Blick auf der Suche nach Gefahr zu den Händen des Mannes, fand jedoch nichts. Und als er ihm erneut ins Gesicht sah, las er etwas ganz anderes darin, dessen er sich aber nicht ganz sicher war.

* * *

Kaum dass sich die Tür öffnete, war sich Asher sicher. Die Zeit machte das Haar dünner und grau oder ließ es gar komplett ausfallen, sie machte Haut schlaff und fahl, doch sie wirkte sich kaum aus auf das, was darunterlag. Oder auf Narben. Asher konnte nicht den Blick abwenden von dem Mann, den er seit über sechzig Jahren nicht gesehen hatte.

Und dieser Mann stand da und sagte kein Wort. Nach all der Zeit war das verständlich.

»Mikhail«, wiederholte er. »Ich bin es, Asher.« Während er sprach, spürte er eine Träne im Augenwinkel und er wischte sie weg, bevor er die Hand ausstreckte.

Mikhail, der es jetzt vorzog, Michael genannt zu werden, wich bei der Geste kaum merklich zurück. Das musste der Schock sein. Doch schließlich streckte er ebenfalls die Hand aus und nahm Ashers.

»Es tut so gut, dich zu sehen, mein Freund«, sagte Asher lächelnd.

Mikhail blinzelte, sein Unterkiefer bewegte sich unkontrolliert. »Asher?«, fragte er unsicher. »Aber … *Asher*?« Es schien, als bliebe ihm die Luft weg. Dann musterte er sein Gegenüber von Kopf bis Fuß. »Bist du es wirklich?«

»Ich hoffe, du hast nichts dagegen, dass ich einfach so auftauche«, erwiderte Asher.

Mikhail schien in einer Art Trance zu sein, bis ein lautes Motorrad hinter Asher den Bann brach. Er trat beiseite und sagte: »Dann … komm besser mal rein.«

* * *

Zehn Minuten später setzten sich Asher und Mikhail mit einer Tasse Kaffee in den Wintergarten. Asher hatte berichtet, wie er durch absoluten Zufall über das Foto in der Zeitung gestolpert war, und Mikhail hatte erklärt, warum er nicht länger seinen richtigen Namen trug.

Asher lachte. »Für mich wirst du immer Mikhail Petrenko bleiben, aber ich schätze, dass es dem durchschnittlichen Amerikaner nicht leicht über die Lippen geht. Asher Kogan ist nicht so schwer.«

»Okay, für dich mache ich eine Ausnahme. Du kannst mich Mikhail nennen.«

»Ich bin mir sicher, dass ich gar nicht anders könnte.«

»Also …«, begann Mikhail und sein Gesicht verdunkelte sich kurz. »Ein Foto in der Zeitung, sagst du? Ich weiß noch zu gut, wie es gemacht wurde.«

»Ich habe dich sofort wiedererkannt und konnte mich nicht bremsen. Ist das nicht ein unglaublicher Zufall?«

Mikhail nickte nachdenklich.

»Nachdem ich den Artikel gelesen hatte, brauchte es nur ein wenig Detektivarbeit. Stell dir vor, ich habe an der Tür eines riesigen …«

»Das sind alles Lügen, weißt du?«

»Was?«

Mikhail verzog die Lippen und entblößte gelbliche Zähne. »Diese Vorwürfe. Die Zeitungsgeschichte. Das ist Mumpitz.«

»Oh, aber natürlich.«

»Ich habe Juristenleute, die daran arbeiten, nicht, dass ich die wirklich brauchen würde.«

Asher stellte seine Tasse ab und legte die Hände wie zum Gebet aneinander. »Mikhail. Wir haben uns über sechzig Jahre nicht gesehen, aber niemand verändert sich so sehr, nicht tief im Inneren, nicht der wahre Mensch. Du warst ein gutes Kind, also bist du zu einem guten Mann herangewachsen. Wahrscheinlich liegt eine Verwechslung vor.«

»Genau das hat meine Tochter auch gesagt.«

»Du hast eine Familie?«

Michael lächelte verlegen. »Ich habe eine Tochter, Diane.«

»Oh, ich verstehe.«

»Nein, nein. Ich bin nicht verwitwet. Jenny hat mich verlassen.«

Ashers Gesichtsausdruck wechselte zwischen einer Reihe Emotionen. »Das tut mir leid zu hören«, sagte er.

»Das ist okay. Sie ist Vergangenheit. Ich habe sie sehr lange nicht mehr gesehen. Diane blieb erst bei ihr, dann wollte sie aber lieber bei mir leben.«

»Und sie lebt noch immer hier?«

»Ein-, zweimal hatte sie überlegt auszuziehen, aber das wollte sie nicht ernsthaft. Sie ist hier glücklich. Ich glaube, sie braucht mich noch, obwohl sie das nie zugeben würde.«

»Es muss schön sein, eine Familie zu haben.«

Mikhail trank einen Schluck Kaffee. »Oh, ich weiß nicht, was ich ohne Diane tun würde. Das heißt, doch, ich weiß es, aber das willst du nicht hören. Was ist mit dir, Asher? Bist du verheiratet?«

Asher schüttelte den Kopf. »Als ich jünger war, habe ich in Dearborn gearbeitet und hatte dort einen Freundeskreis. Ich … ähm … ich hatte vor ein paar Jahren eine schwierige Zeit. Jetzt halte ich es gern einfach.« Er lachte und musterte Mikhail erneut von Kopf bis Fuß. »Ich kann es einfach nicht glauben. Nach all diesen Jahren.«

Mikhail lächelte und sah Asher in die Augen. »Ich weiß. Ich dachte, ich würde dich diesseits des Himmels nie wiedersehen.«

»Wir haben uns eine Menge über die alten Zeiten zu erzählen.«

Mikhail nickte. »Falls wir uns daran erinnern können.« Er lachte. »Sag, was hast du in den kommenden Tagen vor?«

»Ich habe in einer Herberge übernachtet und …« Asher holte tief Luft. »Ich dachte, wir könnten über die alten Zeiten reden. In Diowsta.«

»Hm … die alten Zeiten.« Mikhail überlegte kurz und lächelte dann breit. »Na sicher. Selbstverständlich.«

»Gut.«

Asher ließ den Blick durch den Wintergarten schweifen und schaute kurz hinter sich ins Wohnzimmer. Die Tapeten waren sauber und ordentlich, Fotos und Nippes standen gleichmäßig ausgerichtet in Regalen und Vitrinen. All das ein großer Kontrast zu Ashers Haus. »Du hast dich schön eingerichtet«, sagte er.

»Na ja, *Diane* hat das. Du hast ein Haus in … war das Detroit?«

Asher nickte. »Nicht so schön wie das hier. In Wahrheit kaum mehr als eine Hütte.«

»Bist du hergefahren?«

»Im Bus. Letzte Nacht. Die meiste Zeit brauche ich kein Auto. Wie gesagt, ich versuche, es möglichst einfach zu halten.«

»Wem sagst du das, dieser ganze Fortschritt macht mich fertig. Ich bin zufrieden mit dem, was ich kenne.«

Asher kicherte. »Weißt du, mir scheint, nach all den Jahren sind wir uns immer noch ziemlich ähnlich.«

»Wie Brüder.«

»Und noch dazu eng verbundene.« Asher wurde ernst. »Weißt du, ich habe mich immer gefragt, wie es dir ergangen ist, nachdem ich Diowsta verlassen habe.«

»Tja, nun, ich habe jede Menge Zeit damit verbracht zu überlegen, wie es dir in Warschau erging. Es … es *war* doch Warschau, oder?«

Asher nickte. »Es gibt so viel zu erzählen.«

»Wie gesagt, ich habe vieles von damals vergessen, aber … wie lange hast du vor, in der Stadt zu bleiben?«

»Bis du meiner überdrüssig wirst, schätze ich. Ich habe keine Verpflichtungen.«

»Wieso bleibst du nicht hier?«

»Im Ernst?«

»Wir haben ein freies Zimmer. Voller Gerümpel, aber ich glaube, da steht auch irgendwo ein Bett.«

»Das … das ist sehr freundlich von dir.«

»Wie du schon sagtest, es gibt viel zu erzählen.«

»Dann sag mir«, begann Asher, »was hast du im Krieg gemacht? Wie bist du hier gelandet?«

»Also …« Mikhail rieb sich nachdenklich über den haarlosen Kopf. »Nein, du zuerst. Ich habe mich noch nicht von dem Schock erholt, die Tür aufzumachen und dort meinen ältesten Kumpel vorzufinden. Was hast du in den vergangenen sechzig Jahren getrieben?«

Asher zuckte die Schultern. »Wie du willst.«

Und so berichtete Asher über die schwierigen ersten Jahre in Warschau, wie er Izabella im Café Baran fand, über die furchtbaren Tage im Getto und seine Zeit als Widerstandskämpfer, beendet, weil er gefangen genommen und nach Treblinka gebracht wurde.

An diesem Punkt hielt er inne und warf seinem alten Freund einen verdutzten Blick zu. »Mikhail? Geht's dir gut?«

Mikhail stieß einen langen Atemzug aus und nickte dann langsam.

»Das sieht mir aber nicht danach aus. Möchtest du ein Glas Wasser?«

»Nein«, krächzte Mikhail. »Entschuldige. Es ist nur … dieser Ort.«

»Treblinka?«

Mikhail nickte. »Ich war nie dort, musst du wissen, aber ich habe von den Grausamkeiten gehört.«

»Gehört?« Asher stieß ein kurzes Lachen aus. »Wenn du nur dort gewesen wärst, mein Freund. Es war *mehr* als grausam. Tausende von Toten, wahrscheinlich Hunderttausende. Unschuldige. Wahrscheinlich auch ein paar Schuldige. Aber kein Mensch verdient es …«

»Bitte, du kannst mir die Details ersparen. Ich habe seither viel darüber gelesen.«

Asher nickte. »Vielleicht hast du recht. Es ist besser, sich nicht mit den Einzelheiten zu beschäftigen.«

»Warum erzählst du mir nicht, wie es dir nach dem Krieg ergangen ist?«

»Okay.« Asher atmete tief ein und laut wieder aus. »Tja, ich war eine etwas verlorene Seele. Ich ging nach Warschau zurück, zu Izabella, aber …«

»Sie war tot?«

»Hm … sagen wir, es hat nicht ganz geklappt.«

»Das tut mir leid, Asher.«

»Sie sagte, sie würde mich heiraten, wenn der Krieg vorbei ist, weißt du?«

»Wirklich? Das hat sie zu dir gesagt? War das nicht ein wenig direkt für jene Zeiten?«

»Oh, *sie* hat mir nichts gesagt. Das war Rina. Izabella hatte sich ihr einmal anvertraut.«

»Ich kann deine Enttäuschung verstehen.«

»Ich bin darüber hinweg – seit etwa fünfzig Jahren.« Er lächelte traurig. »In Warschau konnte ich danach einfach nicht bleiben. Und mir war klar, dass es in Diowsta nichts mehr für mich gab. Ich war als Dreizehnjähriger zum letzten Mal dort gewesen. Also ließ ich mich in Kiew nieder, zumindest versuchte ich es. Ich kehrte zu meiner Lieblingsbeschäftigung zurück, Traktoren, und fand eine Arbeit in der Fabrik. Oh, ich hatte große Pläne, dort ein neues Leben anzufangen und die Dämonen und furchtbaren Erinnerungen aus meinem Kopf hinauszuwerfen. Aber das Leben war hart und ich fühlte mich nie zugehörig. Ich kannte die Stadt kaum. Sie war von Armeen unter verschiedensten Flaggen überrannt worden und erholte sich noch immer davon. Zu viel Zerstörung über einen zu langen Zeitraum hinweg. Es boten sich nur wenige Möglichkeiten und zu viele Dinge erinnerten an die schlechten Zeiten.«

»Und wann bist du ins Land der unbegrenzten Möglichkeiten gekommen?«

»Oh, wenn ich mich recht erinnere, war das etwa zwei Jahre nach Kriegsende. In Kiew hatte ich nach wie vor kaum Freunde, aber eine Menge gelesen und war über einen Bericht von einer riesigen Fabrik hier drüben gestolpert. Dort begann man, Tausende von Traktoren herzustellen, und brauchte dafür so viele Arbeitskräfte, wie Amerika hergeben konnte, und noch viel mehr. Die Vorstellung gefiel mir nach wie vor, meine Tage in den Eingeweiden dieser Biester zu verbringen. Außerdem lag Amerika auf der anderen Seite der Welt, deshalb würde der Weg zurück nicht leicht sein. Das gefiel mir auch. Es kostete mich jeden gesparten Rubel, um dorthin zu gelangen.«

»Du sprichst von Dearborn, nehme ich an?«

Asher nickte. »Meine Karriere entwickelte sich nicht so gut, wie ich es mir gewünscht hätte. Anfangs wollte ich Ingenieur oder Wissenschaftler werden, aber ich glaube, jeglicher Ehrgeiz, den ich mal besaß, war in Warschau zurückgeblieben. Jedenfalls genügte mir das einfache Leben eines Fließbandarbeiters. Das heißt, es war genug, bis ich in den Siebzigern entlassen wurde.«

»Was hast du danach gemacht?«

»Ich habe überlebt. Das ist die Hauptsache. Und jetzt komme ich für meinen Lebensunterhalt auf, habe ein paar Freunde, gönne mir hier und da einen kleinen Luxus und arbeite ein wenig ehrenamtlich, wenn ich die Zeit habe.«

»Solange du damit glücklich bist.«

»Oh, das ist ein fortlaufender Prozess. Wenn man Treblinka überlebt hat, sollte man niemals undankbar sein, also versuche ich das auch.« Er atmete tief durch. »Damit sind wir also mit mir durch«, schloss er. »Und jetzt erzähl mir von *deinem* Weg hierher.«

Mikhail versuchte, die Fassung zu bewahren, sprach aber länger kein Wort. Stattdessen blinzelte er immer wieder und sein Atem ging schwer.

»Mikhail? Du zitterst ja. Was ist los?«

»Nichts. Nichts ist los. Weißt du was, ich glaube, ein Glas Wasser wäre doch ganz gut.«

»Natürlich, alter Freund. Wo stehen die Gläser in dieser Küche?«

Einige Minuten später und mit halb ausgetrunkenem Glas begann Mikhail zu berichten, erst langsam, doch dann kam er in Schwung.

»Mit deiner Geschichte kann ich unmöglich mithalten«, sagte er. »Das kann ich dir gleich sagen.«

»Das ist kein Wettbewerb.«

»Oh, selbstverständlich nicht. Tja, wie du dir vielleicht vorstellen kannst, führten wir unser Leben auf dem Hof so gut wir konnten weiter, nachdem ihr gegangen wart. Es war hart, aber wir fuhren Jahr für Jahr größere Ernten ein. Dann kam natürlich die deutsche Besetzung.«

»Man nannte es den Blitzkrieg, oder?«

»Mein Gott, es war erschreckend, mit welchem Tempo sie auf uns zukamen.«

»Und was geschah, als sie Diowsta erreichten?«

»Man hatte mich bereits lange davor in die Rote Armee eingezogen. Ich habe viele Kämpfe erlebt, doch wir wurden immer weiter zurückgedrängt, schließlich bis nach Kiew, wo wir uns ergeben mussten. Ich landete in einem Kriegsgefangenenlager. Was für ein furchtbarer Ort, Asher. Ich ertrage es nicht, dir die Bedingungen dort zu beschreiben.«

»Das kann ich verstehen. Ich kann es mir auch so vorstellen.«

»Stimmt, ja, also.« Mikhail trank einen weiteren großen Schluck Wasser.

Asher wartete, doch Mikhail schaute zur Uhr hinauf.

»Und dann?«, fragte Asher.

»Weißt du, dass wir schon über eine Stunde lang reden?«

»So lange?«, erwiderte Asher.

»Hast du Hunger? Ich habe wahrscheinlich was im Kühlschrank.«

»Also, wenn du nichts dagegen hast.«

* * *

Zwanzig Minuten später saßen sie beide am Küchentisch und genossen den in der Mikrowelle aufgewärmten Rindergulasch.

»Das war köstlich«, sagte Asher und kratzte den Rest der Soße vom Teller. »Hast du das gekocht?«

»Diane.«

»Ah.« Er legte den Löffel hin und trank vom Wasser. »Wo waren wir stehen geblieben?«, fragte er.

»Wie bitte?«

»Du warst im Kriegsgefangenenlager in Kiew.«

»Asher, habe ich dich schon gefragt, ob du je verheiratet warst?«

»Hast du.«

»Oh.« Mikhail nickte und hörte dann auf, als wäre ihm soeben etwas eingefallen. »Aber du hast nicht gesagt, *weshalb* du nicht geheiratet hast.«

»Du willst, dass ich es begründe?«

Mikhail runzelte verwirrt die Stirn. »Ähm …«

»Ich habe dir doch von Izabella erzählt.«

»Tatsächlich? Sie ist der Grund, weshalb du nicht geheiratet hast?«

Asher beugte sich vor und senkte die Stimme. »Mikhail, alter Freund, ich kann dir doch vertrauen, nicht wahr?«

»Na sicher kannst du das.«

»Ich kann ehrlich sein?«

»So ehrlich, wie du willst. Es … es interessiert mich. Wirklich.«

Ashers Wangen schienen ein wenig einzufallen. »Ich weiß nicht, ob ich das überhaupt schon mal jemandem erzählt habe, aber …«

»Ja?«

»Tja, ich habe mir viele Jahre lang etwas vorgemacht. Nach all dieser Zeit klingt das merkwürdig, aber ich fand es irgendwie respektlos, sogar unfair, eine Frau und Familie zu haben, wenn so viele andere nicht einmal mehr ihr Leben hatten.« Er starrte in die Luft, die Muskeln an seinem Kiefer arbeiteten. »Sogar älter zu werden fühlt sich manchmal verkehrt an, wenn so viele ewig jung sein werden.«

»Du sagst, du hattest dir etwas vorgemacht?«

Asher riss sich aus seiner Trance. »Ja, das habe ich. Sieh mal, das ist schon alles wahr, dass ich mich schuldig fühle, überlebt zu haben, aber mit dem Alter ist mir klar geworden ... weshalb ich nie eine Frau gefunden habe. Weil ich Izabella verloren habe. Ich dachte immer, dass ich sie mit den Jahren vergessen würde, aber irgendwie bin ich darüber alt geworden.«

»Ich weiß, was du meinst, alter Freund.«

»Weißt du, es tut gut, das auszusprechen, es sich von der Seele zu reden.« Asher hielt inne, zwang sich ein Lächeln ins Gesicht und sagte: »Wie dem auch sei, komm schon, erzähl mir, wie du aus dem Gefangenenlager in Kiew herausgekommen bist.«

Mikhail zögerte. »Tja, da gibt's nicht viel zu erzählen.«

»Ich weiß, dass es schwer ist, darüber zu sprechen, aber erzähl mir zumindest, was zwischen dem Lager und Pittsburgh geschah.«

»Oh, das ist langweilig. Das willst du nicht wissen.«

»Nicht wissen? *Machst du Witze?* Mikhail, sag mir, wie du aus dem Lager gekommen bist, wie du nach Amerika gelangtest, weshalb du dich in Pittsburgh niedergelassen hast.«

»Na ja, wenn ich ehrlich bin, weiß ich nicht, ob ich mich erinnern kann.«

»Es fällt dir schon wieder ein. Fang einfach an, als du im Lager warst.«

Mikhail schnaufte ein paarmal. Er stand vom Tisch auf. »Noch einen Kaffee?«

»Schindest du etwa Zeit?«, fragte Asher lachend. »Musst du dir deine Geschichte erst zurechtlegen?«

Mikhail lachte mit. »Mein Freund, manchmal braucht es ein Weilchen, vergrabene Erinnerungen wieder hochzuholen.«

»Natürlich. Ich mache bloß Spaß. Nimm dir so viel Zeit, wie du brauchst. Und ja, ich hätte gern einen Kaffee.«

Mikhail kochte schweigend den Kaffee und sie kehrten in den Wintergarten zurück.

»Also?«, fragte Asher.

Mikhail blies auf seinen heißen Kaffee und schlürfte vorsichtig. »Nun«, begann er, »da gibt's wirklich nicht viel zu sagen. Es war ein unglaublich grauenvoller Ort. Ich weiß nicht genau, wie ich darin zwei Winter überlebt habe. Glück, schätze ich. Erst viel später habe ich das ganze Ausmaß herausgefunden. Weißt du, dass die Deutschen in all ihren Lagern etwa sechs Millionen Gefangene der Roten Armee hatten? Etwa die Hälfte ist dort verendet. Das sind jede Menge Menschen. Wie auch immer, irgendwann wurden wir von der Roten Armee befreit. Ich war nach wie vor diensttauglich, also musste ich nach meiner Erholung wieder mitkämpfen. Aber ich habe den Kopf eingezogen und es geschafft, mich von der Front und aus Schwierigkeiten fernzuhalten. Das war nicht allzu schwer, da sich die Deutschen bereits auf dem Rückzug befanden.«

»Dann warst du also in keine Kämpfe mehr verwickelt?«

»Keine erwähnenswerten. Ich kehrte nach Diowsta zurück, aber meine Eltern waren in einem deutschen Konzentrationslager umgekommen. Ich schätze, ich war das, was man einen gebrochenen Mann nennt. Ich hatte so viele Gräuel gesehen, dass ich nicht in der Ukraine bleiben wollte, vor allem nicht unter Sowjetherrschaft. Ich wollte ein besseres Leben für mich, und alle sagten, dieses Land sei das Land der unbegrenzten Möglichkeiten, also peilte ich New York an.«

»Wann war das?«

»Oh, das weiß ich nicht mehr. Es ist zu lange her, aber kurz nach dem Krieg. Ich erinnere mich noch, dass ich auf der Überfahrt ein paar Leute kennenlernte, die mir einige Worte Englisch beibrachten und mehr über Amerika erzählten. Auch dass es unter Immigranten verbreitet sei, bei ihrer Ankunft den Namen zu ändern, damit man sie leichter buchstabieren und aussprechen kann. *Michael Peterson* lag nahe.«

»Und Pittsburgh?«

»Tja, wie man so sagt, jeder muss irgendwo wohnen. Ich lebte ein Jahr lang in New York, machte eine Ausbildung zum Automechaniker und lernte Englisch. Ich glaube, ich hatte gehört, Pittsburgh sei eine Stahlhochburg, und dachte mir, dass es dort eine Menge Autos geben würde. Ich hatte überlegt, meine eigene Werkstatt aufzumachen, nichts Besonderes oder Ambitioniertes, bloß Reparatur und Service, aber dazu kam es nie. Ich blieb einfach weiter ein Schmiermaxe. Aber ich habe Jenny geheiratet, die mir eine Tochter geschenkt und sich von mir scheiden lassen hat. Danach habe ich … ähm … weitergearbeitet. Als ich damit aufgehört habe, ging ich in Rente. Und das ist der Punkt, an dem du in die Geschichte trittst, indem du an meiner Tür geklingelt und mir die Überraschung meines Lebens bereitet hast.« Er stieß einen langen Seufzer aus und hob den Kaffee an die Lippen.

»Du hast recht«, sagte Asher.

Mikhail runzelte beim Trinken die Stirn. »Womit?«

»Das ist tatsächlich langweilig.«

Beide Männer starrten sich einige Sekunden lang mit versteinerten Gesichtern an.

Dann prusteten sie lachend los.

»Es ist eine Schande«, sagte Asher, als ihr Lachen verklang.

»Dass ich so überrascht war?«

»Nein. Es ist eine Schande, wenn eine Ehe … ich meine …« Asher schüttelte den Kopf.

»Sprich es aus. Was ist?«

»Wenn die Frage nicht zu persönlich ist … was zum Teufel ist passiert?«

Mikhail zuckte die Schultern. »Ich schätze, wir haben uns einfach auseinandergelebt.«

»Das höre ich sehr oft. Was ist damit gemeint?«

»Keine große Sache«, sagte Mikhail und wartete dann, als wäre das eine vollständige Antwort. Aber Asher starrte ihn weiter an, also fuhr er fort. »Am Anfang war alles gut. Wir waren ein paar Jahre lang glücklich. Aber mit der Zeit wollten wir unterschiedliche Dinge, also begannen wir, unterschiedliche Leben zu führen. Sie hatte ihren Freundeskreis und ich meinen und dann war da nichts mehr zwischen uns. Also ich schätze, wir … wir hörten auf, einander wichtig zu sein.«

Asher nickte bedächtig. »Ich verstehe.«

»Gut, denn eine bessere Erklärung wirst du nicht bekommen. Wie dem auch sei, am Ende war alles ziemlich einvernehmlich. Wie gesagt, keine große Sache.«

Sie tranken ihren Kaffee aus und das Gespräch drehte sich nun darum, welchen Sport sie verfolgten, wie sie ihre Ferien verbracht hatten und was ihre Traumautos über die Zeit hinweg waren. Das waren vor allem Mikhails Themen.

Schließlich sah Asher auf die Uhr und atmete geräuschvoll ein. »Hör zu, mein Bus fährt in vierzig Minuten ab. Bist du absolut sicher, dass ich hierbleiben kann?«

»Das sagte ich doch, oder? Und wir haben uns immer noch eine Menge zu erzählen.«

»Also, nochmals vielen Dank«, sagte Asher mit einer angedeuteten dankbaren Verbeugung. »Du bist wirklich sehr gastfreundlich.«

»Ach, nicht doch. Du bist ein alter Kumpel.«

»Mikhail, ich bin so froh, dass ich dir wieder über den Weg gelaufen bin.«

»Ich auch.«

»Und ist es nicht toll, dass wir so reden können, sogar über unsere Liebesleben, obwohl wir uns eben erst wiedergetroffen haben?«

»Was hast du sonst erwartet?«, fragte Mikhail. »Wir sind Brüder in allem, außer im Blut.«

Kapitel 28

August 2001 – Pittsburgh, USA

Diane hatte den zweiten Tag damit verbracht, Asher zuzuhören. Er hatte ihr von den furchtbaren Dingen berichtet, die sowohl er als auch ihr Vater in den Kriegsjahren erlebt hatten, und auch alles, was sich in ihren Leben ereignet und wovon sie nichts gewusst hatte, bis zu der Zeit, als sie sich 1997 wiedergefunden hatten.

»Von da an weiß ich Bescheid«, hatte Diane geblafft, als er anfing, die Ereignisse dieses Jahres im Detail nachzuerzählen. »Das Foto in der Zeitung. Die Anschuldigungen.«

»Das stimmt. Allerdings wusstest du nicht, dass Michael Peterson nicht sein echter Name war.«

»Richtig.«

»Ich nehme an, er hat dir auch nicht von seiner Zeit in Treblinka erzählt, oder?«

Auf diese Frage konnte Diane nichts antworten. Die Eröffnung – oder zumindest Ashers Beschuldigung –, dass ihr Vater geholfen hatte, die Gaskammern in Treblinka zu betreiben, hatte sie betäubt. Sie war derart taub, dass Ashers Nacherzählung, wie er ihren Vater 1997 ausfindig gemacht hatte, wie Hintergrundrauschen über sie hinwegstrich. Kein einziges Mal kam es ihr in den Sinn, ihn zu unterbrechen oder Fragen zu stellen oder gar für die Unschuld ihres Vaters einzutreten. Immerhin war er damals nach der Untersuchung nicht angeklagt worden.

Und so nahm sie es ebenfalls schweigend hin, als man sie und Asher unterbrach und ihnen mitteilte, dass das heutige Treffen enden müsse.

»Diane«, sagte Asher, als er aufstand, »du hast keine Vorstellung, wie sehr es mir leidtut, dass du das alles hören musstest. Ich hoffe, du verstehst, warum dein Vater so gehandelt hat.«

Diane sagte auch jetzt nichts.

»Morgen erzähle ich dir, was Anfang dieses Jahres zwischen mir und deinem Vater vorgefallen ist, weshalb wir uns überworfen haben.«

Asher schaute hinab auf Dianes verlorene Gestalt am Tisch, bis ihn ein Wachmann abführte. Sie blieb sitzen, versuchte noch immer, das eben Gehörte zu verarbeiten, bis ein anderer Wachmann ihr nahelegte zu gehen.

»Natürlich«, sagte sie und verließ schweigend das Gebäude.

Sie rief Brad an, damit er sie abholte, und wartete in der Kälte des Parkplatzes. Ihr Verstand lief heiß von widerstreitenden Gedanken.

Jetzt konnte sie sich vorstellen, was der Grund für den Bruch zwischen Asher Kogan und ihrem Vater gewesen war, und möglicherweise auch der Grund, weshalb Asher ihn ermordet hatte. Das war es, was sie hatte hören wollen, aber ein Teil von ihr wünschte, sie hätte sich mit harmloser Unwissenheit zufriedengegeben.

Ihr fiel auf, dass Asher diese ernste Anschuldigung ganz ohne jeden Beweis gemacht hatte. Ja, er hatte ihr erzählt, was geschehen war, aber war das die Wahrheit? Wie konnte sie sich sicher sein, dass er sich das alles nicht nur ausdachte?

Als Brad eintraf, um sie abzuholen, fluchte sie noch immer. Er beugte sich rüber und öffnete die Tür. Sie sprang hinein. Er fuhr los. Er sprach auf dem Weg, doch Diane hörte nur einzelne, unzusammenhängende Worte. Nichts von Bedeutung kam bei ihr an. Zu sehr war sie damit beschäftigt, Ashers Geschichte in Gedanken durchzugehen, sie sacht zu drehen und zu wenden, zu akzeptieren, dass er vielleicht recht haben könnte. Doch sogar, wenn sie seine Version der Wahrheit annahm, beschäftigte sie noch etwas anderes: Ungeachtet des Geständnisses schien ihr Asher nach wie vor nicht der Typ zu sein, der einen Mord begeht.

* * *

Erst als sie wieder zu Hause waren – Brads Zuhause –, ging ihr auf, dass sie kaum mehr als ein paar Silben hatte fallen lassen, seit er sie abgeholte hatte. Und weil Brad eben Brad war, hatte er nichts weiter als das verlangt.

Aber in der Stille des Wohnzimmers fühlte sie sich gezwungen, etwas zu sagen, um die Gedankenspiralen aus dem Kopf zu bekommen, die ihren Verstand zu Knoten verdrehten.

»Brad?«

»Ja?«

»Ich … ähm … kann ich bitte was zu trinken haben?«

»Sicher.«

»Einfach eine Limo, bitte.«

»Na klar.«

Sie ließen sich auf der Couch nieder, er an einem Ende, sie am anderen.

»Ich weiß nicht, wie ich das erklären soll«, begann sie. »Es ist zu …« Sie trank nervös einen Schluck.

»Sag es einfach, wie es kommt.« Er wartete, aber nichts kam. »Oder lass es einfach, erzähl es mir, wenn du dich danach …«

»Nein«, unterbrach sie ihn. »Ich muss darüber reden. Ich komme sonst nicht zur Ruhe.«

»Okay. Hast du nun herausgefunden, weshalb er deinen Vater ermordet hat?«

»Nicht genau, aber ich habe eine ganz gute Vorstellung davon. Morgen gehe ich wieder hin.«

»Ernsthaft?«

»Das ist auf jeden Fall das letzte Mal.«

»Wenn er dir nicht erzählt hat, wieso er deinen Vater umgebracht hat, was hat er *dann* gesagt?«

Dianes Blick war ernst und resolut. »Er hat mir einiges über meinen Vater erzählt, das ich nur schwer glauben kann.«

Brad wartete wortlos eine halbe Minute lang, traute sich nicht einmal zu trinken, weil er nichts verpassen wollte. »Du musst es mir nicht sagen«, kam er ihr entgegen. »Mir ist klar, dass einige Dinge privat sind oder ein Geheimnis bleiben müssen. Er war *dein* Vater und du bist es, die das erfahren musste, nicht ich.«

»Ein Teil von mir möchte es dir sagen, aber ich schätze, es muss noch sacken, und ich versuche einen Weg zu finden, das alles zu begreifen. Würde es dir wirklich nichts ausmachen, wenn ich es dir nicht sage?«

Er stellte sein Glas ab und nahm sich einige Sekunden Zeit, um es sich bequem zu machen. Das sah nach einer seiner längeren Antworten aus, die fast zu einer Rede ausuferten. Normalerweise mochte sie das, er konnte gut mit Worten umgehen. Aber in letzter Zeit war einfach nichts mehr gut.

»Diane, du weißt, was ich für dich empfinde. Seit diese ganze hässliche Angelegenheit über dich hereingebrochen ist, hast du bei mir gewohnt und ich habe jede Minute davon geliebt, trotz der Umstände. Von Urlaubsreisen abgesehen haben wir noch nie so viel Zeit an einem Stück miteinander verbracht, obwohl ich seit 1995 mit dir zusammen bin.«

»Sechs Jahre. Ich weiß.«

»Die sechs besten Jahre meines Lebens. Nach drei Jahren habe ich dich gefragt, ob du bei mir einziehen möchtest. Für dich war es nicht der richtige Zeitpunkt. Also wartete ich und fragte dich später noch ein paarmal. Und ich erinnere mich an den Jahrtausendwechsel, als ich dich und deinen Vater und Asher zu einer großen Party in ein piekfeines französisches Restaurant ausgeführt hatte, als ich …«

»Nicht, Brad. Ich erinnere mich ganz sicher besser daran als du. Du hast mich gefragt, ob ich dich heiraten will, und ich habe abgelehnt. Ich erinnere mich daran, weil ich aus den vollkommen falschen Gründen geweint habe.«

»Der Punkt ist, dass ich von da an nicht mehr gefragt habe, ob du zu mir ziehst. Ich könnte sagen, dass es seither zwanzig wirklich harte Monate waren, aber das stimmt nicht. Es war einfach großartig. Ich kenne dich seit insgesamt fünfzehn Jahren und bilde mir ein, dass ich weiß, was in dir vorgeht. Aber nach all der Zeit verstehe ich immer noch nicht den rätselhaften Bann, in dem dein Vater dich hielt. Jetzt ist er tot und das muss furchtbar für dich sein. Aber wenn das bedeutet, dass es nun wieder eine Chance gibt, dass wir eines Tages zusammenwohnen, wieso sollte es mich kümmern, wenn du mir lieber nicht sagen willst, weshalb Asher den Abzug gedrückt hat?«

»Das ist ja mehr oder weniger das Problem.«

Brad überlegte einen Moment. »Ich … ich weiß nicht, wie du das meinst.«

»Nun, genau wie du glaubst, mich zu kennen, kenne ich Asher seit einigen Jahren. Wir drei haben alles Mögliche zusammen unternommen und Asher war oft bei uns zu Hause. Wenn ich alleine mit ihm war, erzählte er mir hin und wieder aus seiner Vergangenheit. Die Zeit nach der Kündigung war sehr schwer für ihn. Er ging nicht ins Detail, aber ich denke, ich weiß, wie es in ihm aussieht, kann einschätzen, wie er reagiert.

Und diese Woche, als er mir seine Lebensgeschichte erzählt hat, lernte ich ihn sogar noch besser kennen, und …«

»Und was?«

»Na ja, es fällt mir einfach schwer zu glauben, dass er abgedrückt hat.«

»Wie bitte?« Brads Gesicht versteinerte, die Nasenflügel zuckten vor unterdrücktem Ärger.

»Ich kenne den Mann. Ich weiß, es klingt unlogisch, aber ich habe ernste Zweifel.«

»Aber du hast mir gesagt, es gibt ein Geständnis.«

»Das stimmt. Und Beweise. Sein Blut an der Türscheibe, die zerschlagen wurde, um einzubrechen. Sein Blut und Vaters Blut auf dem Griff der Pistole, die man im Garten gefunden hat. Farbe an den Schuhen. Und es gibt Augenzeugen.«

»Und ist das abgesehen vom Motiv nicht alles, was man braucht?«

»Alles ist eindeutig, aber dann auch wieder nicht. Einige Dinge, die Asher mir erzählt hat, passen nicht dazu.«

»Wie zum Beispiel was?«

»Als er jünger war, hat er ein paar Nazis erschossen.«

»Ui, wirklich?«

Diane zuckte die Schultern. »Es war Krieg. Ich schätze, so war das Leben.«

»Hm … ja, stimmt wohl.«

»Aber er hat es gehasst. Es war für ihn nie akzeptabel, ein Leben zu beenden, nicht einmal das eines Feindes. Und meinen Vater hat er vergöttert, sah ihn als seinen Bruder an. Es fällt mir schwer zu begreifen, dass er niemanden töten würde, aber Vater ermordet er?« Sie schüttelte tieftraurig den Kopf.

»Es sei denn, er belügt dich. Es sei denn, es hat ihm Riesenspaß gemacht, Nazis umzubringen. So würde es den meisten gehen.«

»Weshalb sollte er mich anlügen, wie schwer es ihm fiel zu töten? Was hätte er überhaupt davon?«

»Um sich nicht wie ein Monster anzuhören.«

»Er stellt sich also als mitfühlend und eine Art Pazifist dar und marschiert dann freiwillig in ein Polizeirevier, um einen Mord zu gestehen? Wäre er an dem Abend einfach in einen Bus nach Detroit gestiegen, wäre er vielleicht ganz problemlos damit durchgekommen. Das ist dir doch klar, oder?«

Brad antwortete nicht, überlegte nur.

»Dir fällt doch sicher auch auf, dass hier etwas nicht zusammenpasst, nicht wahr?«

»Ja. Und mir fällt auf, dass dich die ganze Sache zerreißt. Du hast seit Tagen nicht ordentlich geschlafen.«

Diane spürte, wie ihr bei dieser Feststellung die Lider schwer wurden, fast in selbsterfüllender Prophezeiung.

»Warum legst du keine Pause ein? Du solltest versuchen, zumindest ein wenig zu deinem normalen Tagesablauf zurückzufinden. Entspann dich ein bisschen und ich koche uns was.«

Sie stieß einen tiefen Seufzer aus. »Klar. Danke. Vielleicht tut mir ein wenig Normalität jetzt ganz gut.«

* * *

Brad kochte Pasta, während Diane sich den Gefängnisgeruch abduschte. Sie aßen mit Easy Hits FM im Hintergrund, versuchten dann, einen Film zu sehen, mussten jedoch die Segel streichen, als Diane die Augen nicht mehr offen halten konnte.

»Das waren ein paar harte Tage für dich«, sagte Brad, als er einige Minuten später das Licht im Schlafzimmer ausmachte.

Diane erwiderte nichts, legte sich einfach lang und verschloss die Augen vor dem Chaos der Welt da draußen. Eine Hand streichelte ihre Schulter, und sie drehte sich zu ihm, ließ ihn den Arm um sie legen, legte den Kopf an seine Brust und streichelte gedankenverloren über seinen Bauch.

Dann brach sie in Tränen aus. Sie wusste nicht so recht warum, denn wegen dieser ganzen verdammten Sache hatte sie bisher nicht ein einziges Mal geweint. Vielleicht weil sie heute mehr über das Leben ihres Vaters erfahren hatte als je zuvor.

Brad war verständnisvoll – Brad war stets verständnisvoll –, also blieb die Nachttischlampe aus, sein Mund geschlossen und eine Box Taschentücher erschien. Aber am wichtigsten war: Sein Arm lag nach wie vor um ihre Schultern.

Nach einer guten Weile des Schniefens und Tränentrocknens sagte Diane als Erste wieder etwas. »Kennst du diesen einen Bibelspruch? Den über die Sünden des Vaters, die an folgende Generationen weitergegeben werden?«

»Das ist Schwachsinn«, sagte er mit einem für ihn seltenen Schimpfwort. »Und was auch immer dein Vater getan hat, was auch immer Asher dazu provoziert hat, ihn zu töten …«

»Falls er ihn getötet hat«, warf Diane ein, als Brad innehielt, um Luft zu holen.

»Wie du willst, *falls er es getan hat.* Aber welche Sünden oder Verbrechen dein Vater auch immer begangen hat, ist mir egal. Das waren seine. Nicht deine.«

»So einfach ist das nicht.«

»Wieso?«

»Ich verstehe jetzt vieles an meinem Vater besser. Und an Mutter. Wie es sich auf mich ausgewirkt hat.«

»Meinst du die Trennung?«

Diane antwortete nicht und Brad sorgte sich, dass sie das Thema erneut aufwühlen würde.

»Mir geht's gut«, antwortete sie. »Aber danke der Nachfrage.«

»Ich schätze, du hast recht. Einfach ist so etwas nie. Vielleicht kannst du mir statt der anderen Sache von der Trennung deiner Eltern erzählen?«

»Weißt du was? Ich glaube, das sollte ich.«

Diane schaltete die Lampe auf dem Nachttisch ein und setzte sich auf ihrer Seite in den Schneidersitz. Brad drehte sich zu ihr und wollte etwas sagen, aber sie bedeutete ihm zu schweigen: »Hör einfach zu.«

Sie sammelte nochmals ihre Gedanken, bevor sie anfing.

»Damals wusste ich gar nicht, was los war. Ich schätze, so geht es vielen Kindern. Und obwohl ich sechzehn war, bin ich doch genau das gewesen: ein Kind. Das war mir nur nicht bewusst. Genau wie unsere Nachbarn hatte ich sie streiten hören, aber als es sich zuspitzte, war es ein richtiger Schock für mich. Ich wundere mich heute noch, dass meine Haare nicht weiß geworden sind. Ich bin bei meiner Mutter geblieben und sie erzählte mir alles. Es entwickelte sich allmählich über etwa zehn Jahre hinweg, so langsam, dass sie es kaum hatte kommen sehen, geschweige denn kontrollieren konnte. Bei jedem Streit gab sie letztlich stets ein wenig mehr nach. Er wollte haargenau wissen, wo sie wann hinging und wer noch dort sein würde. Er wollte die Namen und Einzelheiten jedes Mannes, mit dem sie zusammenarbeitete. Aber sie hatte gute Freunde und mit der Zeit wehrte sie sich. Am Ende wurde sie stärker und keiner von beiden gab nach. Ich erinnere mich noch, wie Vater mich ins Ferienlager schickte, und als ich zurückkam, war Mutter weg.«

»Aber … war das nicht etwas Gutes? Dich vor den Nachwehen zu schützen?«

Diane schüttelte den Kopf. »Ich habe erst später erfahren, was vorgefallen war. Sie wollte mit einem Kollegen ins Kino gehen, aber er erlaubte es nicht. Sie schickte ihn zum Teufel und sagte, sie würde ausgehen, ob es ihm gefiel oder nicht. Und als sie zurückkam, schloss er sie drei Tage lang im Haus ein.«

Brad starrte sie mit offenem Mund an.

»Ja«, meinte Diane, »da wäre meine Anwesenheit etwas ungelegen gewesen.«

Brad setzte zum Sprechen an, doch es dauerte eine Weile, bis die Worte kamen. »Jetzt bin ich verwirrt. Ich kannte deinen Vater sehr lange, das heißt, ich *dachte*, ich kannte ihn. Er wirkte nie so auf mich.«

»Das war alles vor langer Zeit. Und er kann einem gut etwas vormachen.«

»Aber …, ohne respektlos gegenüber deiner Mutter zu sein, diese Dinge haben es an sich, dass man etwas übertreibt. Ich meine, im Haus einschließen? Wirklich?«

»Ich war da, als ein paar Wochen später die Polizei kam und ihn deswegen verwarnte.«

Brad nickte. »Das tut mir leid. Oh Mann. Warum zum Teufel bist du dann bei ihm geblieben? Warum nicht bei deiner Mutter?«

»Das habe ich versucht, Gott, ich hab's versucht. Nach der Trennung zog ich bei meiner Mutter ein, versprach aber meinem Vater, auch Zeit bei ihm zu verbringen. Und als ich das tat, hat er …«

»Was, Diane? Was hat er?«

»Er sagte, er könne nicht alleine leben, dass alle anderen ihn verlassen haben, und wenn ich das auch tue, würde er …«

»Was?«

»Er würde … sich erschießen.«

»Aber das macht es nur noch schlimmer, nicht besser. Ein Grund mehr auszuziehen.«

»Brad, ich war sechzehn, als er das sagte. *Sechzehn*. Und gottverdammt, ich liebte meinen Vater. Abgesehen davon war er mir ein guter Vater und ich wollte ihn nicht verlieren. Ich redete mir ein, dass er mit der Zeit darüber hinwegkommen würde, schwor mir, dass ich noch vor meinem zwanzigsten Geburtstag ausziehen würde. Aber ein paar Jahre mehr vergingen. Er machte es mir leicht zu bleiben und ich genoss das Leben. Dann war ich auf einmal fast dreißig und die Zeit zu handeln war an mir vorbeigezogen. Und es ist nicht so, als hätte ich es nicht ein paarmal probiert, doch dafür habe ich die Quittung bekommen. Und unterm Strich hatte ich es gut dort. Wir verbrachten gern Zeit miteinander, sahen dieselben Fernsehsendungen und er hielt mich nie davon ab, Freunde zu haben und auszugehen. Es schien nur eine unausgesprochene Abmachung zu existieren, dass ich ihn nie verlassen würde.«

»Das schockiert mich«, erwiderte Brad. »Ich scheue mich nicht, es zuzugeben, aber ich schätze, ich stamme auch aus einer …«

»Normalen Familie?«

»Hey. Sag so was nicht.«

»Das ist okay«, sagte Diane. »Sei nicht so höflich.« Sie beugte sich vor und küsste sacht seine Lippen. »Und ich danke dir.«

»Wofür?

»Für die Frage, ob ich mit dir zusammenziehen will. Aber ich brauche noch etwas mehr Zeit.«

»Natürlich.«

»Nur ein wenig. So, und jetzt lass uns schlafen.«

Sie schaltete das Licht aus und sie legten sich Seite an Seite hin.

»Ich werde es versuchen«, sagte Brad. »Aber nach dem, was ich eben gehört habe, wird es nicht leicht sein zu schlafen.«

»Jetzt ist alles ausgesprochen. Ich habe alles auf den Tisch gelegt. Entspann dich.«

Brads Arm legte sich einen Hauch enger um sie. Das war eine willkommene Unterstützung in den schlaflosen Stunden, die sie in dieser Nacht ertrug.

Sie versuchte, sie zu verbannen, doch die Auseinandersetzungen, die sie mit ihrem Vater gehabt hatte – und von denen Brad nichts wusste –, wollten nicht aufhören, in ihrem Kopf zu kreiseln.

»Ich weiß, was du Mutter angetan hast.«

»Das ist schon lange her.«

»Sie hat mich davor gewarnt, wie du bist.«

»Bei dir bin ich nicht so. Ich liebe dich, Diane.«

»Was du liebst, ist, dass ich noch zu Hause lebe. Das ist nicht dasselbe. Es ist alles wieder ganz genauso wie bei Mutter.«

»Öffne ich deine Post?«

»Nein, aber …«

»Habe ich dich je davon abgehalten, Freunde zu haben?«

»Du weißt, wovon ich rede. Ich wollte ausziehen, meine eigenen vier Wände haben, eine gewisse Unabhängigkeit. Dafür brauchte ich, bis ich dreißig war. Du sagtest, dass ich mit der Miete abgezockt würde, dass es so eng sei, dass du nicht einmal ein Kaninchen dort einquartieren würdest.«

»Und ich hatte recht.«

»Und ich habe nachgegeben. Und beim nächsten Mal, als das Geld nicht so knapp war und nachdem ich Monate damit verbracht hatte, mich dafür zu wappnen, da konntest du nichts weiter tun, als mich zu fragen, weshalb ich dich so sehr hasse.«

»Und, wieso hasst du mich? Wir verstehen uns doch gut, nicht wahr? Bereust du es wirklich, dass du all die Jahre bei mir geblieben bist?«

»Ich bereue, dass ich mir nicht mehr Mühe gegeben habe.«

»Und habe ich dich je davon abgehalten, mit Männern auszugehen?«

»Nein, aber nur, solange nichts daraus wurde, solange ich am Ende hierbleibe.«

»Nimm Brad, zum Beispiel. Habe ich dich je davon abgebracht, ihn zu sehen? Oder einen anderen Mann?«

»Du begreifst es nicht, oder? Ich bin eine Frau mittleren Alters, die noch bei ihrem Vater lebt. Du brauchst mich nicht von Männern abzuschrecken.«

»Tja, es tut mir leid.«

»Nicht so sehr wie mir.«

Als Brad auf der Bildfläche erschien, lag die Drohung, die Dianes Vater ausgesprochen hatte – die finale Drohung –, längst in der Vergangenheit. Und egal, worüber sie sich stritten, welche harten Worte zwischen ihnen fielen, Diane würde die Drohung, die er ausgesprochen hatte, nie und nimmer erwähnen. Immer wieder gab sie sich selbst das Versprechen, dass sie eines Tages seinen Bluff auf die Probe stellen würde, aber sie wusste, dass sie nicht mit den Konsequenzen leben könnte, wenn sie dieses spezielle Duell der Willenskräfte verlor.

Da diese Drohung nun von ganz allein verpufft war, würde Diane vielleicht eines Tages in der Lage sein, Brad die ganze Wahrheit darüber zu sagen.

Oder noch besser, vielleicht würden ihr die Erinnerungen eines Tages entgleiten und dann müsste sie das gar nicht mehr tun.

Kapitel 29

Juni 2001 – Detroit, USA

Nachdem sich Asher und Mikhail wiedergefunden hatten, verstanden sie sich so gut wie die lange verloren geglaubten Brüder, als die sie sich selbst ansahen. Gegen Mikhail wurde nie Anklage erhoben, die Behörden urteilten, dass es dafür nicht genügend Beweise gab. Darüber waren beide Männer erleichtert, aber länger damit beschäftigen wollten sie sich nicht. Es kam einfach nicht zur Sprache. Also telefonierten sie alle zwei Wochen, und einmal im Monat fuhr Asher nach Pittsburgh, wo er für ein Wochenende in der Vergangenheit schwelgte, die aktuelle Politik diskutierte und im freien Zimmer übernachtete.

So behielten sie es vier Jahre lang bei.

Und dann, eines Morgens, als Asher sich in Detroit bereit machte, in die Bibliothek zu gehen, bekam er einen Hustenanfall. Trotz verschiedener Medikamente litt er seit Wochen unter einem hartnäckigen Husten. Doch an diesem Morgen schien er ein Eigenleben anzunehmen und Asher klappte von Krämpfen geschüttelt zusammen. Er erholte sich so weit, dass er das Haus verlassen konnte, schaffte allerdings nur ein paar Schritte, bevor er fiel und sich an die Brust griff.

Ein Nachbar, der in seinem Vorgarten am Auto schraubte, war in Sekunden bei ihm. »Alles in Ordnung, Kumpel?«, erkundigte sich der Mann.

Asher blickte mit rotem Gesicht und kurz vorm Zerbersten zu ihm auf. Seine Lungen fühlten sich bereits zerborsten an, und der Druck presste ihm Tränen aus den Augen.

Der Mann wischte sich die Hände an einem Tuch ab und musterte ihn genauer. »Haben Sie Schmerzen in der Brust?«

Asher schaffte es, ein paarmal zu nicken, woraufhin der Mann aktiv wurde, und zwei Stunden später lag Asher im Krankenhaus mit Drähten und piependen Geräten als einzige Gesellschaft. Aber über den Nachbarn konnte er seinem alten Freund drüben in Pittsburgh Bescheid geben. Und der konnte nicht schnell genug losfahren, mit Diane im Schlepptau.

* * *

Asher saß halb aufgerichtet im Bett, als sie eintraten. Da Mikhail über den großen Parkplatz und durch das Labyrinth der Krankenhauskorridore gehastet war, musste er sich setzen und einen Moment lang ausruhen, bevor er sprechen konnte. Diane nutzte die Gelegenheit, Asher eine schnelle Genesung zu wünschen und ihm einige kleine Geschenke zu geben, die sie mitgebracht hatten. Dann überließ sie ihrem Vater das Zepter.

Inzwischen war Mikhail so gut wie fertig mit Husten und räusperte sich. »Himmel, sieh uns an«, sagte er. »Wir haben beide Köpfe so glatt wie Bowlingkugeln, haben beide Lungenprobleme … Genauso gut könnten wir echte Brüder sein.«

»So ist's richtig, wer den Schaden hat, braucht für den Spott nicht zu sorgen.«

»Das trifft ja dann auf uns beide zu. Wie auch immer, was ist der neueste Stand?«

Asher zögerte kurz und antwortete dann: »Möglicherweise habe ich dich unter Vortäuschung falscher Tatsachen hergelotst.«

»Du bist also nicht krank?« Mikhail sah betont auffällig auf die Überwachungsgeräte, die mit Ashers Körper verbunden waren.

»Sie haben mein Herz untersucht und für mein Alter ist es gut.«

»Und, was ist es dann? Hat man dir das gesagt?«

»Oh ja, sicher«, antwortete Asher. »Aber ich kann es nicht einmal aussprechen, geschweige denn mich daran erinnern. Es ist eine Infektion, aber keine Tuberkulose, was eine große Erleichterung ist.«

»Tuberkulose?« Mikhail verzog das Gesicht. »Was zum Teufel hat dich auf den Gedanken gebracht, dass es Tuberkulose sein könnte?« Dann nahm sein Gesicht einen düsteren Ausdruck an. »Oh, entschuldige. Treblinka, richtig?«

Asher lachte leise.

»Was? Was ist so lustig?«

»Das wäre eine bequeme Ausrede. Aber ich habe keine Ausrede.« Die Falten auf seiner Stirn wurden tiefer. »Mein Freund, als wir uns vor vier Jahren wiedertrafen, gab es etwas, wovon ich dir nichts erzählt habe.«

»Ach so?«

»Es ist etwas, dessen ich mich immer geschämt habe, aber jetzt ist es sinnlos, es weiter verbergen zu wollen.«

Mikhail schüttelte verwirrt den Kopf. »Ich habe ganz ehrlich keine Ahnung, wovon du sprichst.«

»Tja, jetzt ist es Zeit, dass du es erfährst. Wie du weißt, hat Ford mich in den Siebzigern entlassen.«

»Ja, das muss hart gewesen sein.«

»Das Wort beschreibt es nicht einmal annähernd. Wie auch immer, damals zerbrach etwas in mir. Ich kam damit nicht zurecht. Und ich …«

»Ja?« Mikhail lehnte sich vor.

»Ich hatte keine Familie und alle meine Freunde waren Kollegen aus Dearborn. Als ich meine Arbeit verlor, fing ich an, ähm, zu viel zu trinken. Damals wusste ich nicht genau warum, aber mir war nach nichts anderem mehr zumute. Es dauerte nicht lange und ich hatte meine Abfindungszahlung vertrunken. Trotzdem trank ich weiter und wenig später wurde ich ein Vagabund, lebte auf der Straße.«

»Du meinst, was man heutzutage einen Obdachlosen nennt?«

»Ganz richtig, ein dreckiger Penner, lungerte im Park herum, schlief unter einer Plane und trank alles Alkoholische, das ich in meine siffigen Finger bekommen konnte.«

Mikhail verzog das Gesicht. »Das tut mir leid, Asher. Aber das kommt nicht selten vor, weißt du? Arbeitslosigkeit bringt die Leute manchmal dazu.«

Asher schüttelte bereits den Kopf.

»Was? Ich verstehe nicht.«

»Nun, es war nicht wirklich die Arbeitslosigkeit, deswegen schäme ich mich nicht.«

»Ich begreife es nicht. Du sprichst in Rätseln, mein Freund.«

»Schließ die Tür«, bat Asher.

Mikhail zögerte, erfüllte dann aber die Bitte seines Freundes und setzte sich wieder.

»Du hattest niemals Geschwister, Mikhail, nicht wahr?«

»Hey, danke, dass du mich daran erinnerst.«

»Entschuldige.«

»War nur ein Witz. Was ist damit?«

»Ich habe dir von Rina erzählt, richtig?«

»Dass sie in … an diesem Ort gestorben ist, zusammen mit dem Rest deiner Familie. Klar, das hast du mir erzählt.«

»Ermordet, Mikhail, sie wurde *ermordet*. Das ist ein wichtiger Unterschied.«

»Ja. Entschuldige. Sprich weiter.«

»Siehst du? Inzwischen fällt es mir leicht, das auszusprechen. *Sie wurde ermordet.* Aber 1946 konnte ich das nicht einmal denken. Ich wusste, was den anderen in meiner Familie widerfahren war, aber bei Rina war das anders. Sogar heute noch schweifen meine Gedanken zu dem Moment ab, als ich sie zum letzten Mal sah, kurz nachdem wir in Treblinka ankamen. Wir wurden wie Vieh vorwärtsgetrieben und ich kann noch immer hören, wie sie mich anfleht, und ich höre noch meine eigene Stimme, die ihr versichert, dass ich nicht erlauben werde, dass sie uns trennen, dass ich eher sterbe, als das zuzulassen … Der SS-Mann, der sagt, wir würden uns nach der Entlausungsprozedur wiedersehen, und Rina, die mit ihnen mitgeht. Und ich sehe zu, wie sie weggebracht wird, bloß ein wertloses Stück Treibholz, das die Gezeiten mit sich reißen. Bald werde ich sie wiedersehen. Aber das tue ich nicht. Nie wieder.«

Mikhail blieb still, holte ein paar Taschentücher aus dem Spender und reichte sie Asher, der etwas länger brauchte, um sich das Gesicht zu trocknen.

»Und obwohl der Krieg vorbei und das Lager geräumt war, glomm immer noch das kleinste bisschen Hoffnung, dass meine arme Schwester doch nicht tot war. Natürlich wollte ich es nicht wahrhaben. Ich stellte mir Szenarien vor, in denen sie entweder entkommen oder befreit worden und irgendwie nach Warschau zurückgekehrt war. Ich träumte davon, sie eines Tages zu finden, aber nicht jetzt. Sogar als ich in Kiew war, dachte ich, ich würde sie eines fernen Tages kontaktieren, aber nicht jetzt. Jetzt noch nicht. Das war natürlich alles Unsinn, denn die Einzigen, die diese Brutstätte des Bösen überlebt haben, waren Aufseher und einige geflüchtete Helfer wie ich. Das war mir klar, aber ich wollte nicht daran glauben, also redete ich mir ein, dass ich zu sehr damit beschäftigt war, Traktoren und Autos zu bauen, um nach ihr zu suchen. Ich redete mir ein, dass ich eines Tages die Zeit haben würde, sie ausfindig zu machen. Und als meine Stelle im Werk abgebaut wurde, ging mir auf, dass ich jetzt die Zeit hatte zu tun, was ich mir stets geschworen hatte. Ich hätte ein wenig Recherche über Treblinka betreiben können, aber ich konnte mich nicht dazu überwinden, weil das den Bann gebrochen hätte, weil ich genau wusste, was ich dabei herausfinden würde. Also musste ich eine andere Beschäftigung finden.« Asher sah in Mikhails Richtung, starrte aber durch ihn hindurch. »Und ich fand etwas anderes. Ich trank.«

»O Gott, Asher. Warum hast du mir das nicht schon früher erzählt?«

»Weißt du, was mir schwerer als alles andere auf dem Herzen liegt?«

»Was?«

»Was mich nach wie vor aufwühlt, ist, dass ich nie gedacht hätte, dass Rina so enden würde. Sie war eine so starke Frau. Sie hätte noch vor dem Rest meiner Familie – mich eingeschlossen – etwas wirklich Bedeutendes in ihrem Leben bewirken können. Ja, ich habe aufgehört, um sie zu weinen, als ich in den Siebzigern trocken wurde. Aber das Gefühl ist immer noch da. Es ist wie ein Riss in der Wand, der mit Tapete abgedeckt wurde.«

»Das ist furchtbar. Aber … du hast dich erholt, stimmt's? Du hast es von der Straße weg geschafft?«

»In Detroit gibt es eine Suppenküche – den Katholischen Klub. Dort hat man mich jahrelang durchgefüttert. Sonst wäre ich mit Sicherheit tot. Ich traf einen anderen Veteranen, einer aus den Vietnamzeiten, der dort ab und zu ehrenamtlich arbeitete. Es dauerte ein Weilchen, aber er holte mich von der Parkbank weg und brachte mich in ein Haus. Aber ich weiß, dass einige der Obdachlosen Tuberkulose hatten. Nenn es irrational, aber das hat mir seither Sorgen bereitet.« Er holte tief Luft, was in einem Hustenanfall resultierte.

Mikhail schwieg, während er sich wieder fing, und sagte dann: »Hey, Kumpel. Das ist keine große Sache. Nicht für mich. Ich bin einfach nur froh, dass man dir helfen kann. Wie wird diese Infektion denn behandelt?«

»Starke Antibiotika. In ein paar Monaten, wenn nicht gar Wochen, sollte ich wieder wohlauf sein.«

»Na, das ist doch gut.«

»Mikhail, ich muss dir noch etwas anderes sagen.«

»Noch etwas?« Mikhail fing an zu lachen, ließ es aber gleich wieder sein. »Natürlich. Was ist es?«

»Erinnerst du dich an die Party zur Jahrtausendwende?«

Mikhail zuckte die Schultern. »Ähm, ja. Wieso?«

»Und daran, was ich damals gesagt habe?«

»Um ehrlich zu sein, war ich ein wenig damit beschäftigt, Diane und diesen Freund, den sie hat, im Auge zu behalten. Weißt du, dass er ihr einen Antrag gemacht hat? Ist das zu fassen?«

»Das machen die Leute nun mal.«

»Gott sei Dank hatte sie Verstand genug, ihm einen Korb zu geben.«

»Du solltest ihr mehr Freiheit lassen, Mikhail. Du kannst sie nicht für immer behalten.«

»Hör mal, du brauchst mir nicht zu sagen, was ich tun soll. Worauf willst du hinaus?«

»Damals habe ich einen Schwur geleistet. Ich schätze, zwischendrin hatte ich mal den Mut verloren und die Idee ganz weit weggeschoben. Aber diese Infektion ist ein Weckruf. Ich werde alt. Mir bleibt nicht mehr viel Zeit.«

»Wem erzählst du das.« Mikhail hob die Hände mit den geschwollenen Knöcheln und verkrümmten Fingern. »Die Dinger sind nutzlos. Ich kann kaum einen Stift halten, geschweige denn schreiben. Wir werden beide älter.«

»So meinte ich das nicht. Ich meinte, mir läuft die Zeit davon, um Dinge zu erledigen.«

Mikhail beäugte ihn eigenartig. »Wie meinst du das?«

»Ich gehe nach Hause zurück.«

»Nach Hause?«

»Diowsta – oder was noch davon übrig ist.«

»Machst du Witze?« Mikhail hatte einige Sekunden lang Mühe, mehr als ein Krächzen herauszubringen. »All die Jahre beschwerst du dich übers Reisen, wurdest eben wegen Brustschmerzen mit Blaulicht ins Krankenhaus gebracht und …«

»Es gab kein Blaulicht und mir geht's gut.«

»Dir geht's nicht gut. Du bist nach wie vor sehr krank. Solltest du dich nicht lieber darauf konzentrieren, gesund zu werden, statt Ferien in Europa zu planen?«

Asher strengte sich an, sich in eine aufrechtere Sitzposition zu ziehen. »Mikhail. Dieser kleine gesundheitliche Zwischenfall hat nur dazu beigetragen, dass ich jetzt entschlossen bin. Du weißt, dass wir über die Jahre mehr als genug darüber gesprochen haben, wir wollten zurückkehren und nachsehen, was vom alten Hof und dem Dorf übrig ist.«

»Nein, Asher. *Du* hast hin und wieder gejammert, aber dann immer akzeptiert, dass du es dir niemals leisten kannst. Und *ich* habe immer gesagt, dass es ein anderes Leben war, an das ich gute Erinnerungen habe – Erinnerungen, die ich mir nicht verderben will.«

»Bist du nicht einmal neugierig?«

»Ein bisschen. Aber nur ein bisschen. Sieh es ein, Asher, wir sind achtundsiebzig. Wir sind alt und unser Leben ist hier. Der Stress, dorthin zurückzukehren, würde uns umbringen, vor allem dich, ganz besonders nach *dem hier.*« Mikhail nickte in Richtung der medizinischen Ausrüstung, die Ashers Bett umgab.

»Aber das ist es ja gerade«, widersprach Asher. »Jetzt ist es dringender denn je, dass ich hinfahre.«

»Was?«

»Mir wurde meine Sterblichkeit verdeutlicht. Meine besten Jahre liegen weit hinter mir, und ob es meine Lunge, mein Herz oder etwas anderes ist, ich werde irgendwann sterben. Genauso gut kann ich sterben, während ich etwas tue, das mir wichtig ist.«

»Kannst du es dir leisten?«

Asher schüttelte den Kopf. »Aber darüber habe ich nachgedacht. Ich brauche ein paar Wochen, um mich zu erholen. Danach kann ich mir einen Job besorgen, an der Kasse im Supermarkt oder so etwas. Ich gebe nicht viel aus. In ein paar Monaten kann ich genug verdienen, um einen billigen Flug zu buchen, und die Übernachtung sollte da drüben nicht allzu viel kosten.«

»Asher, bitte, mein Freund. Hör auf damit. Das wird dir überhaupt nichts bringen.«

Asher starrte ihn direkt an. »Ich tue das nicht für mich.«

»Aber du solltest dich ausruhen. Du hast dir eine ernste Erkrankung der Lunge eingefangen, gottverdammt noch mal, und nicht bloß einen Zahn verloren! Du kannst doch nicht *arbeiten*!«

»Mikhail, ich muss das tun. Und das werde ich auch.«

Mikhail schürzte die Lippen. »Ich bezahle es dir«, sagte er leise.

»Das wirst du nicht, du gottverdammter Idiot!«

»*Du* nennst *mich* einen Idioten?«

»Ich war einmal ein Bettler, Mikhail. Nie wieder.«

»Du bittest mich nicht, ich biete es an, auch wenn ich glaube, dass dich die Reise und der Stress überfordern werden.«

»Das wird sich zeigen.«

»Okay, okay. Versprich mir nur, dass du über mein Angebot nachdenkst. Ich will wirklich nicht, dass du dahin zurückfährst. Aber sprich erst mit mir, bevor du beschließt, dir einen Job zu besorgen, um es dir leisten zu können. Ich bezahle es dir. Und die Hotels auch. Ohne Wenn und Aber, einfach eine Geste unter alten Freunden.«

»Ich brauche keine Almosen.«

»Hältst du endlich die Klappe? Ich habe ein paar Cents beiseitegeschafft. Ich kann es mir leisten. Werde nur erst mal wieder gesund.«

Asher senkte den Kopf, musterte die Geräte, die an seinen verfallenden Körper angeschlossen waren, und warf Mikhail einen Seitenblick zu. »Ich denke darüber nach.«

Mikhail lächelte und streckte ihm die Hand entgegen. »Brüder in allem, außer im Blut, erinnerst du dich?«

Asher nahm die Hand und schüttelte sie kraftvoll. »In allem, außer im Blut.«

* * *

Nach vielen Wochen der Behandlung und Erholung – nicht zu sprechen von einer Menge Selbstreflexion – nahm Asher Mikhails Angebot an und flog im Juli nach Kiew. Dort überbrückte er ein wenig Zeit mit Recherchen in der Bibliothek und nahm dann den Zug und ein Taxi nach Diowsta.

Er streifte durch das Dorf, dessen Straßen nun mit Autos verstopft waren. Der ländliche Charme war mit Geschäften und Werbeanzeigen für Dinge überkleistert, die 1936 noch nicht einmal erfunden waren. Er trank einen Kaffee, um sich zu wappnen, und ging dann den Pfad entlang, der zu seinem alten Bauernhaus führte.

Als er später wieder in sein Hotel zurückkehrte, rief er Mikhail an, der ihn sofort nach dem Hof fragte.

»Es ist nichts übrig«, antwortete Asher.

»Wovon ist nichts übrig?«

»Na ja, es ist von nichts etwas übrig. Die Häuser, in denen wir aufgewachsen sind, die Nebengebäude, sie sind einfach nicht mehr da. Dort befindet sich ein enormes Feld – viel größer als die Felder, die wir in den Dreißigern hatten.«

»Wirklich? Nichts?«

»Nicht ein Stein.«

»Mein Gott.«

»Im Dorf ist der Uhrenturm so ziemlich das Einzige, was von den alten Tagen übrig ist. Es gibt mehr Geschäfte, mehr Häuser und mehr Menschen.« Er seufzte ins Telefon. »Es ist … es ist ein wenig enttäuschend.«

»Hast du erfahren, was während des Krieges mit den Leuten im Dorf passiert ist?«

»Das war nicht enttäuschend. Eher traurig als enttäuschend.« Seine Stimme brach und fing sich wieder. »Kaum jemand hat überlebt.«

»Wirklich?«

»Als die Deutschen alles übernommen hatten, wurden alle, die faul oder schwierig waren, in Konzentrationslager geschickt. Die meisten anderen starben an Hunger oder Krankheit.«

»Du meinst, die Ernten fielen aus?«

»Oh, die Erträge waren Berichten zufolge gut, aber die Deutschen gaben sie ihren eigenen Leuten und ließen die Ukrainer hungern.«

Mikhail fluchte leise. »Das ist furchtbar. Grauenhaft. Und ich nehme nicht an, dass du … dass du erfahren hast, was mit meinen Eltern geschehen ist?«

»Also, das war interessant.«

»Sprich weiter.«

»Das ist nicht leicht, Mikhail.« Kurz herrschte Schweigen in der Leitung. »Ich hätte schwören können, dass du mir erzählt hast, du hättest direkt nach dem Krieg recherchiert und herausgefunden, dass sie im Konzentrationslager gestorben sind.«

»Oh, ja. Natürlich. Ich meine … ich war mir nicht ganz sicher. Das war unglaublich lange her, und ich könnte alles falsch verstanden haben.«

»Hrrrm …«

»Asher? Bist du noch dran?«

»Ich bin da. Es ist nur … du hast es tatsächlich falsch verstanden. Ja, man hatte sie in ein Konzentrationslager deportiert. Und es ist wahr, dass Millionen Ukrainer – nicht jüdische – darin umgekommen sind. Aber nicht deine Eltern. Sie haben überlebt. Dein Vater starb 1958, deine Mutter drei Jahre später.«

Mikhail keuchte schwer, sagte jedoch nichts.

»Mikhail?«

Aber es kam nichts.

»Bist du noch da, Mikhail?«

Einige Sekunden später kam ein dünnes »Ja«.

»Es tut mir leid. Es muss schwer für dich sein, das zu hören. Wie es aussieht, verbrachten sie den Rest ihres Lebens auf dem Hof, eine ziemlich friedliche Existenz, soweit ich das verstanden habe.«

Mikhail brauchte noch etwas länger, um sich zu fangen. »Oh, das ist … das ist gut. Und danke, dass du es nachgeprüft hast. Vielen Dank, mein Freund.«

»Keine Ursache.«

Mikhail schniefte und atmete ein paarmal tief durch. »Und, was gibt es dort sonst noch zu tun?«

»Nicht viel. Deshalb habe ich beschlossen, nach Treblinka zu fahren.«

Erneut herrschte Schweigen in der Leitung.

»Mikhail? Bist du noch dran?«

»Was?«

»Geht's dir gut?«

»Davon hast du mir nichts gesagt.«

»Ich habe mich eben erst entschlossen.«

»Aber das war nicht Teil der Abmachung.«

»Was? Was für eine Abmachung?«, stammelte Asher.

»Als ich dir anbot, den Flug zu bezahlen.«

»Oh, Mikhail. Weshalb benimmst du dich so?«

»Ich denke nur an dich, Asher. Ich mache mir Sorgen, dass dein Herz die Anstrengung vielleicht nicht aushält. Warum bleibst du nicht einfach in der guten alten Ukraine?«

»Weil von der alten Ukraine nicht viel übrig ist. Du würdest sie nicht wiedererkennen.«

»Oder noch besser, fahr stattdessen nach Warschau. Ja, das wäre besser. Besuche Warschau. Alles, nur nicht Treblinka.«

»Mikhail, ich habe schlechte Erinnerungen an Warschau. Das weißt du.«

»Aber du hast doch sicher weit schlimmere Erinnerungen an Treblinka, oder?«

»Oh, das stimmt, aber Treblinka ... das ist, wo meine Familie ist. Ich weiß, das klingt seltsam, aber ich höre sie nach mir rufen. Ich muss sie wirklich besuchen.«

»Zumindest hast du an Warschau sowohl gute als auch schlechte Erinnerungen. Du hast dort viele frohe Tage verbracht, bevor sie die Mauer hochgezogen haben – abends mit den Eltern ausgehen, gemeinsame Mahlzeiten zu Hause, da war sogar dieses Café und das Mädchen mit der Violine.«

»Oh, ich habe meine Erinnerungen, das stimmt, aber ...«

»Gut, dann fahr stattdessen dorthin. Ein Besuch in Treblinka wird dich nur aufwühlen. Und außerdem könntest du das Mädchen mit der Violine ausfindig machen. Wie war ihr Name?«

»Izabella.«

»Genau, Izabella. Wenn du nach Warschau fährst, kannst du sie wiedersehen.«

»Und mit eigenen Augen sehen, was ich all die Jahre hätte genießen können?«

»Nein, nein. Um in euren gemeinsamen fröhlichen Zeiten zu schwelgen, um sich mit den besseren Teilen deiner Geschichte in Verbindung zu setzen. Wenn du nach Treblinka fährst … also, wie ich gehört habe, ist dort kaum etwas geblieben. Du wirst alleine sein.«

»Ich werde nicht alleine sein, Mikhail. Der Rest meiner Familie ist dort und ich habe das Gefühl, dass ich ihnen meinen Respekt zollen sollte. Das siehst du doch sicher ein, oder?«

Asher wartete auf eine Antwort, aber er konnte nur schweres Atmen hören. Je länger keiner von beiden sprach, desto mehr begann er einzusehen, dass Mikhail vielleicht recht hatte. »Na ja …«, sagte er langsam. »Vielleicht wäre es gar nicht so schlecht, wenn ich mir ansehe, was man aus meinem alten Viertel in Warschau gemacht hat.«

»Und du würdest sehen, wo deine Familie zuletzt gelebt hat, nicht wo sie …«

»Hm … Aber jetzt bin ich müde. Die Reise steckt mir noch in den Knochen.«

»Guter Mann, Asher. Hör auf mich, fahr nach Warschau und belass es dabei.«

»In Ordnung. Und ich verspreche, dass ich dich besuchen komme, sobald ich zurück bin, okay?«

»Ich freue mich schon darauf.«

»Ich auch«, sagte Asher.

Kapitel 30

Juli 2001 – Warschau, Polen

Beim Frühstück mit Orangensaft, Frischkäsebagel und einer Schüssel Haferbrei, die er extra bestellen musste, freundete sich Asher mit der Idee an, nach Warschau zu reisen. Mikhail hatte ein schlagendes Argument: Mit dem Besuch des KZ-Geländes würde er sich nur quälen. Damit hatte er bereits die besten Jahre seines Lebens verbracht. Nein, damit hatte er die besten Jahre seines Lebens *verschwendet.*

Warschau musste sich seit dem Krieg sehr verändert haben. So wie überall war dort wahrscheinlich auch alles viel heller, fröhlicher und zwangloser – was die Marketingleute heutzutage »pulsierend« nannten. Das wäre interessant zu sehen. Und um unnötigen Stress zu vermeiden, sollte er das Viertel mit dem Café Baran umgehen. Das wäre gut.

Als er das Frühstück mit einer Tasse Kaffee hinunterspülte, freute er sich tatsächlich auf die Reise.

* * *

Er war angenehm überrascht, dass die Fahrt wesentlich kürzer war als kurz nach dem Krieg. Heutzutage nahmen die meisten ein Flugzeug für diese Distanz, aber Asher wollte wieder aus dem Zug auf den Bahnsteig treten. Vielleicht konnte das diese Dämonen verbannen. Dennoch war es ein Nachtzug, und dieses Mal gönnte Asher seinen alten Knochen einen Schlafplatz.

Als er am nächsten Morgen aufwachte, befand er sich ein weiteres Mal in Warschau. Er war positiv überrascht von den Farben, der Musik, der Anzahl der Geschäfte und der Vielfalt an Lebensmitteln im Angebot. Das hätte genauso gut eine andere Stadt sein können, also wurde er nicht gerade von Erinnerungen überflutet. Aber nach und nach entdeckte er Dinge – eine uralte Kirche hier, ein altes Verwaltungsgebäude dort, ein paar Statuen woanders –, die ihn verorteten. Das fühlte sich gut an. Das war nach wie vor Warschau, aber es hatte die Vergangenheit abgelegt. Das weckte den Gedanken, dass er das womöglich auch tun sollte, vergessen sollte, was hätte sein können.

Den Morgen verbrachte er damit, die Wohnung aufzusuchen, in die seine Familie 1936 eingezogen war. Aber sie war nicht mehr da. An der Stelle des Hauses befand sich ein Baumarkt. Er zog weiter zu dem anderen Haus innerhalb des Gettos, wo sie in einem einzigen Zimmer gelebt hatten. Man hatte es abgerissen und durch einen Büroblock mit glatter Fassade ersetzt. Das brachte ihn zum Lächeln. Ja, Warschau hatte die Vergangenheit mit Sicherheit hinter sich gelassen.

Er spazierte weiter zu den Straßen, in denen Izabella früher Violine gespielt und um Kleingeld gebettelt, im Grunde genommen um ihr Leben gebettelt hatte. Zumindest war diese Straße noch da, auch wenn die Mauer dahinter schon lange verschwunden war. Wenn er aufmerksam genug lauschte, konnte er sogar noch ihre süße Musik hören. Und sie verzauberte ihn nach wie vor.

Was den Besuch des Cafés betraf, war er sich unsicher. Beinahe fürchtete er, was für eine Reaktion es in ihm auslösen würde. Und er war sehr müde, obwohl es erst früher Nachmittag war. Er nahm sich ein Zimmer in einem Hotel und legte sich für ein Nickerchen hin, das so lange dauerte, bis es Zeit war, sich fürs Abendbrot frisch zu machen.

* * *

Beim Frühstück, diesmal mit Eierkuchen und Kaffee, entschied Asher, dass es verrückt wäre, das Café nicht zu besuchen. Er war den ganzen Weg hierhergekommen, dort vorbeizugehen würde nicht schaden und ihn vielleicht sogar aufmuntern. Warschau hatte sich so sehr verändert, und alles zum Besseren. Er hatte das Gefühl, je mehr er davon sah, desto besser.

Diesmal ging er langsamer – am Vortag hatte er sich verausgabt –, und trotz seiner Müdigkeit dauerte es nicht lange, bis er den Stadtteil erreichte, in dem sich das Café Baran einst befunden hatte. Und als Erstes fiel ihm auf, dass auf dem Schild darüber nach wie vor der Name »Café Baran« stand – wenngleich auch als moderner Schriftzug.

Man hatte den alten Namen beibehalten. Asher war gerührt. Ein stolzes Lächeln breitete sich auf seinem Gesicht aus.

Natürlich hatte sich alles andere verändert. Die Straße davor war nun eine Fußgängerzone. Es gab keine Markise mehr, die auf dem Gehweg drei bis vier Tische schützte, sondern ein riesiges Zeltdach, das etwa ein Dutzend Bistrotische und Stühle beschattete. Alles war entweder aus Mattglas oder gebürstetem Stahl oder weißem Plastik und überzogen mit Werbeslogans.

Er versuchte, sein Lächeln zu zügeln, und ging hinein.

Dort begrüßte ihn noch mehr Mattglas und gebürsteter Stahl, aber er bemerkte auch andere Dinge: elektrische Kaffeemaschinen, eine große Auswahl an Kuchen und anderem Gebäck, merkwürdige vegetarische Optionen und hundert verschiedene Kaffeesorten, alle mit exotischen Namen.

Eigentlich, nein. Nein, nichts davon war merkwürdig. Es sah wie in jedem anderen Kaffeeladen in Detroit oder Pittsburgh aus. Es *fühlte* sich nur merkwürdig an – merkwürdig, weil es das Café Baran war. Sein Blick wurde von der Ecke angezogen, in der Izabella früher Violine gespielt hatte. Doch wie bei seinem ersten Besuch nach dem Krieg standen dort lediglich ein weiterer Tisch und Stühle. Er setzte sich, fand heraus, dass die Kellnerin ganz passabel Englisch sprach – viel besser, als Asher derzeit Polnisch –, und bestellte einen Kaffee. Dann nahm er sich einige Minuten Zeit, um sich ins Gedächtnis zu rufen, wie es hier gewesen war, als er als Junge zum ersten Mal einen Fuß ins Café gesetzt hatte. Er erinnerte sich, wie er während des Wiederaufbaus Mörtel auf die Hände bekommen und sein Papa ihm gesagt hatte, er solle es schnell abwaschen. Er erinnerte sich daran, wie sich Herr und Frau Baran stritten, das taten sie häufig. Als er sich an die große Wiedereröffnung erinnerte und daran, dass es ihm beinahe schlecht geworden war, weil er zu viel Kuchen gegessen hatte, musste er einfach lächeln. Doch insbesondere erinnerte er sich an das erste Mal, als er diese zauberhafte Musik der Violine hörte. Ja, Mikhail hatte recht gehabt – er hatte *tatsächlich* gute Zeiten hier erlebt. Bevor …

Er trank einen Schluck Kaffee und wischte sich eine einzelne Träne weg.

Aus dem Augenwinkel sah er die Kellnerin den Tisch abräumen und eine Sekunde innehalten. Sie warf ihm einen Blick zu. Dann verschwamm sie. Er beeilte sich, ein Taschentuch aus der Tasche zu holen und tupfte damit über die Augen.

»Geht es Ihnen gut?«, fragte die Kellnerin.

Er lächelte sie an. »Alles bestens, danke.« Er atmete tief durch und merkte dann, dass sie ihn nach wie vor ansah. »Es ist nur, dass ich dieses Café vor langer Zeit schon besucht habe«, fuhr er fort. »Als es tatsächlich der Familie Baran gehörte. Herr und Frau Baran backten die Kuchen und bedienten. Ihre

Tochter spielte Violine, um dem Lokal das gewisse Etwas zu verleihen.«

Die Kellnerin runzelte die Stirn und warf einen Blick zum Tresen, wo eine Frau bediente.

»Was ist?«, fragte Asher. »Was ist los?«

»Diese Frau dort ist Katarina Baran. Sie ist die Besitzerin.«

Asher spürte, wie sein Gesicht erstarrte. Er konnte sich keinen Reim auf das Gesagte machen und brummte statt einer Antwort, woraufhin die Kellnerin es noch einmal wiederholte. Er sah abwechselnd beide Frauen an und verengte die Augen.

»Ich habe noch zu tun. Aber ich werde Frau Baran bitten, zu Ihnen zu kommen.«

Asher sagte nichts.

Als aus dem Strom der Kunden ein Tröpfeln wurde und die Frau vom Tresen zu Asher herüberkam, war er noch immer verwirrt. Sie setzte sich ihm gegenüber und lächelte warm.

»Katarina Baran«, stellte sie sich vor und schüttelte Asher die Hand.

»Asher Kogan.«

»Wie ich höre, kennen Sie meine Mutter und meinen Vater?«

Ihr Gesicht kam ihm bekannt vor. Sie war etwa dreißig, schätzte Asher, und hatte kleine, aber volle Lippen und kurz geschnittenes schwarzes Haar.

»Ich bin mir nicht sicher«, erwiderte Asher. »Ich weiß es nicht. Im Moment bin ich ein wenig durcheinander. Wie heißt Ihr Vater?«

»Marek.«

Asher wiederholte den Namen. »Das sagt mir nichts. Aber ich bin tatsächlich immer hergekommen, schon vor dem Krieg und auch noch während der Besatzung. Da war ein junges Mädchen namens Izabella, das dort drüben Violine spielte.« Er nickte in Richtung der Ecke.

Sie runzelte die Stirn. »Izabella?« Ihre Augen leuchteten auf. »Ach ja! Ich habe eine Großtante namens Izabella.«

Asher keuchte und dann blieb ihm die Luft weg. »Was würden Sie sagen, wie alt ist sie?«

»Ich bin mir nicht sicher. Hm … sie muss inzwischen Mitte siebzig sein. Sie lebt nicht allzu weit von hier entfernt.«

»Gütiger Gott!«, sagte Asher und war eine gute Minute lang unfähig, dem etwas hinzuzufügen.

»Geht's Ihnen gut?«, fragte sie. »Möchten Sie etwas trinken?«

Asher brauchte dringender denn je einen Wodka, am besten einen doppelten. Aber er war nach wie vor wie vom Donner gerührt.

»Hat sie ihr ganzes Leben lang in Warschau gelebt?«, fragte er schließlich.

»Ich bin neunundzwanzig. Ich weiß es nicht.«

Erneut wusste Asher nicht, was er sagen sollte.

»Sind Sie ein alter Freund von ihr?«

»Das könnte man so ausdrücken. Sagen Sie, ist sie verheiratet?«

»Das war sie. Ihr Mann ist gestorben.«

»Oh, das tut mir leid zu hören. Und … Kinder?«

»Keine Kinder.«

»Keine? Tatsächlich? Sind Sie sicher?«

Katarina schaute zum Tresen zurück. »Ich habe Kundschaft. Möchten Sie meine Großtante treffen?« Sie trat einen Schritt zurück.

Asher schnürte sich der Hals zu. Er konnte nur nicken.

Katarina nickte auch. »Gut. Wenn ich Zeit habe, rufe ich sie an und sage ihr, dass Sie hier sind. Asher Kogan sagten Sie?«

»Nein«, sagte Asher heftiger als beabsichtigt und einige Gäste drehten die Köpfe. Er senkte die Stimme. »Bitte rufen Sie sie an, aber erwähnen Sie nicht meinen Namen. Sagen Sie einfach, ich bin ein alter Freund.«

Katarina sah ihn eigentümlich an. »Ich soll sie bitten, Sie zu treffen, aber Sie wollen ihr nicht sagen, wer Sie sind? Das kommt mir unfair vor.«

Sie hatte recht. Asher zog den »alten Freund« vor, weil Izabella dann vielleicht nicht ablehnen würde. Aber das war kaum gerecht. Und falls sie ihn wirklich nicht sehen wollte, sollte er sie nicht austricksen.

»Es tut mir leid. Ja, bitte sagen Sie ihr meinen Namen. Gut möglich, dass sie sich nicht einmal an mich erinnert.«

Katarina rief ihren Vater kurz wegen der Telefonnummer an und wählte sie dann, während Asher danebenstand.

Sie sprach Polnisch, doch Asher erfasste, um was es ging.

»Tante Izabella. Hier ist Katarina. Ja, Katarina … ich habe einen deiner Freunde hier im Café … ja, namens Asher Kogan … ja, genau.« Eine lange Pause trat ein und Asher hielt die Luft an. »Oh, verstehe … ähm … in Ordnung … bist du sicher? In Ordnung … wie du willst.«

»Sie möchte mich nicht sehen?«, fragte Asher, als sie auflegte.

»Doch, sie will Sie sehen. Aber sie glaubt mir kein Wort. Sie setzt sich sofort in die Straßenbahn.« Katarina schlenkerte die Serviette in Ashers Richtung. »Sie sind besser der, für den Sie sich ausgeben, Mister.«

* * *

Als die schlanke Gestalt in dem langen kirschroten Mantel vor dem Fenster des Cafés auftauchte und ihn anstarrte, hatte Asher alle Möglichkeiten durchgespielt. Würde sie sich an ihn erinnern? Würde sie glauben, dass er es wirklich war? Würde sie verärgert sein, dass jemand ihre Vergangenheit wieder ans Licht holte? Oder misstrauisch, was er damit bezweckte, nach so langer Zeit hierherzukommen? Die Papierservietten auf dem

Tisch waren ihm gerade recht gekommen, um sich damit den Schweiß von der Stirn zu tupfen.

Und als sie durch die Tür trat und auf ihn zukam, hämmerte sein Herz in einem Tempo, das die Ärzte in Detroit als »nicht empfehlenswert« bezeichnen würden.

Und dann lächelte sie. Es war kein großes, breites Lächeln, nicht mit diesem zierlichen Mund, doch ihre Augen lächelten mit, um das auszugleichen. Das war etwas, was ihm vor all den Jahren nicht aufgefallen war: Ihre Augen lächelten genauso sehr wie der Mund.

Sie setzte sich ihm gegenüber und schien jeden Millimeter seines Gesichts in Augenschein nehmen zu wollen. Allerdings tat er dasselbe mit ihr. Und ja, ihr Haar war noch immer vom schwärzesten Schwarz. Fast augenblicklich wurden zwei frische Tassen Kaffee an ihren Tisch gebracht.

Izabella sprach ein paar Worte auf Polnisch. Asher gab sich Mühe zu antworten, doch es ging nur langsam, und bald gab er mit einem frustrierten Brummen auf. Also kehrte er ins Englische zurück. Ohne mit der Wimper zu zucken wechselte Izabella ebenfalls zu Englisch. Ashers Augen weiteten sich bei dieser angenehmen Überraschung.

»Ich habe viele Jahre lang Sprachen unterrichtet. Es ist leicht, auf dem Laufenden zu bleiben. Überall wird Englisch gesprochen. Lebst du jetzt in Großbritannien?«

»Amerika. Seit dem Krieg.«

Sie lächelte ihr warmes Lächeln. »Oh, Asher. Ich konnte es nicht glauben, als Katarina mich vorhin anrief. Aber du bist es, du bist es wirklich. Und du hast dich kaum verändert. Da heißt …« Sie schaute demonstrativ auf seinen nicht mehr vorhandenen Scheitel und schmunzelte.

Asher schmunzelte auch und fuhr sich mit der Hand über den glänzenden Kopf. »Ich muss sagen, ich hätte nicht gedacht, dass deine Haare noch genauso dunkel sein würden.«

Sie beugte sich vor und flüsterte leise: »Inzwischen muss ich etwas nachhelfen – aber verrate das niemandem.«

»Was auch immer du tust, es funktioniert.«

»Weißt du, auf dem Weg hierher rasten mir die Gedanken nur so durch den Kopf. Ich fragte mich, ob du es wirklich sein kannst, und überlegte, weshalb du nach all den Jahren zurückkommen solltest, wie du jetzt sein würdest, und … und … nun, mir scheint, wir verstehen uns so gut, als hätten wir uns nie aus den Augen verloren.«

Ashers Gesicht wurde ein wenig länger bei ihren Worten. »Ich war mir auch nicht sicher, ob wir uns treffen sollten. Aber es tut so gut, dich zu sehen. Wir haben uns eine Menge zu erzählen.«

»Das stimmt. Also, wie ist es dir ergangen, nachdem ich Warschau verlassen hatte?«

Asher atmete tief ein. »Als Erstes habe ich dich überall gesucht. Ich hatte eine Vorstellung davon, was dir passiert war, wollte das aber nicht glauben. Wie bist du rausgekommen? Den einen Moment hast du bei deiner Tante und ihrer Familie gelebt und im nächsten warst du verschwunden.«

Sie überlegte einen Moment. »Ach ja, jetzt fällt es mir wieder ein. Das hatte ich dir erzählt, nicht wahr? Du musstest immer nach der halben Strecke umkehren, wenn du mich unbedingt nach Hause bringen wolltest.«

»Das stimmt. Und ich hasste das.«

Ihre Hand driftete zu seiner hinüber, legte sich über sie und drückte sie einen Wimpernschlag lang. »Das tut mir leid, Asher. Die Wahrheit ist, dass ich auf der Straße gelebt habe. Es gab keine Tante.«

»*Auf der Straße?* Mein Gott, wieso hast du nichts gesagt?«

»Ist das jetzt von Belang?«

»Nein, nein. Natürlich nicht. Entschuldige. Aber ich schätze, das erklärt ein, zwei Dinge.«

»In meinen schwarzen Haaren sah man den Schmutz nicht so sehr. Aber viele Menschen lebten dort auf der Straße, schliefen nachts in Torbögen und bettelten am Tag. Nicht viele mit Violine, das gebe ich gern zu.«

»Ah, die Violine. Wie sollte ich dein Violinspiel vergessen? So habe ich dich im Getto überhaupt erst gefunden. Ich hörte die Musik und erkannte sie von genau diesem Café hier. Spielst du noch?«

Izabella schüttelte bestimmt den Kopf. »Seither habe ich nie wieder eine Violine angerührt. Es ist einfach mit zu viel …«

»… mit zu viel schmerzlichen Erinnerungen verbunden?«

»Ja. Klingt das wie eine Schande?«

»Du und ich, Izabella, wir sind zwei der wenigen Menschen, die noch leben und das verstehen. Wie dem auch sei, du wolltest mir erzählen, wie du aus dem Getto rausgekommen bist.«

»Oh, ja. Nun, an einem Tag ging ich wie üblich betteln, an eine Stelle, wo ich ein paar Freunde hatte, denen ich vertrauen konnte. Als ich um die letzte Ecke bog, sah ich, wie die SS den Bereich säuberte. Jeder dort, sowohl in den Häusern als auch draußen auf der Straße, wurde abgeführt. Ich hatte keine Ahnung, was geschah. Jetzt weiß ich es natürlich.«

»Hat jemand von deinen Freunden überlebt?«

Izabellas Gesicht wurde länger. »Es ist traurig, aber nein.«

»Oh, das tut mir leid, Izabella.«

»Einige wenige von Millionen. Über die Jahre hinweg dachte ich oft daran, was aus ihnen hätte werden können, genau wie aus meiner Familie.« Sie lächelte traurig und fuhr dann fort: »Von da an hatte ich zu viel Angst, um zu betteln, und versteckte mich in den Hinterhöfen. Ich wurde sehr krank und einige katholische Nonnen hatten Mitleid mit mir. Sie kleideten mich wie eine der Ihren. Ich ging direkt durch den Kontrollpunkt und so verließ ich für immer den jüdischen Bezirk. Ich erinnere mich kaum an das, was danach geschah, aber ich kam in ein Krankenhaus und war erst einige Zeit nach Ende des Krieges in der Lage, mir ein neues Leben aufzubauen. Ich habe an dich gedacht, Asher, ich schwöre, das habe ich. Aber ich hatte keine Möglichkeit, in Erfahrung zu bringen, was aus dir und deiner Familie geworden war. Ich ging davon aus … du weißt, Treblinka.«

Asher nickte. »Ja, sie haben uns alle dorthin gebracht.«

Sie stieß Luft aus und hielt sich die Hand über den offenen Mund. »*Du hast Treblinka überlebt?* Wie?«

»Es war reiner Zufall, nichts weiter. Der Rest meiner Familie … sie hatten nicht so viel Glück.«

»Oh, Asher. Das tut mir so sehr leid. Ich habe die Kogans nie vergessen – besonders Rina nicht, eine so starke Frau. Aber was ist mit dir? Ich meine, kaum jemand hat diesen Ort lebend verlassen. Haben sie dich verschont? Bist du entkommen?«

»Ich war … tja … bitte, Izabella. Vielleicht mit der Zeit, aber jetzt kann ich noch nicht darüber sprechen, zumindest nicht in aller Öffentlichkeit.«

»Natürlich. Entschuldige.« Sie beugte sich vor und legte wieder ihre Hand auf seine.

»Und ich weiß, dass es unfair ist«, sagte er, »ich will nämlich alles über dich wissen.«

»Oh, nach der Flucht aus dem Getto verlief mein Leben äußerst ereignislos. Und wenn ich ehrlich bin, gefällt mir das so. Während ich mich im Krankenhaus erholte, kehrten meine Geschwister zurück. Nach dem Krieg lebten wir alle ein paar Jahre lang zusammen in Warschau. Wir dachten, dass unsere Eltern das so wollen würden, und es machte die verlorene Zeit wieder gut.«

»Du hast geheiratet, wie ich höre?«

Asher sah kurz auf ihre Hand. Die Finger waren noch schlank und elegant, und an einem steckte ein Ring mit einem einzelnen klaren Edelstein.

»Das hier?« Sie hielt ihn hoch. »Ja, ich trage ihn zur Erinnerung. Ich habe Paul 1952 geheiratet. Er starb im März vor drei Jahren.«

»Es tut mir leid, das zu hören«, sagte Asher. Dann verengten sich seine Augen zu Schlitzen. »Sagtest du 1952?«

»Ja.«

»Hm … und … Kinder?«

»Oh, wir versuchten es viele Jahre lang, aber es klappte einfach nicht. Natürlich hatten wir damals nicht die Technik, also kann ich den Grund nicht mit Sicherheit sagen. Aber ich vermutete immer, dass mir das Hungern hinter dieser Mauer, während einer Zeit, in der sich der Körper entwickelt, irgendwie geschadet hat. Wie auch immer, das ist alles Vergangenheit. Damit halte ich mich nicht auf.«

»Gut«, sagte Asher. »Ich meine, es ist gut, dass du dem nicht nachhängst. Und es tut mir leid. Aber …« Asher ließ den Mund offen stehen, hatte Mühe zu sprechen, lehnte sich in den Stuhl zurück und dann wieder vor.

»Was?«, fragte Izabella. »Aber was?«

»Na ja …« Er trank einen Schluck Milchkaffee, um seinem trockenen Hals zu helfen. »Ich habe mir geschworen, dir das nicht zu erzählen, aber ich war früher schon einmal hier. Das muss 1946 gewesen sein.«

»Ach ja?«

»Ich habe dich gesucht.«

»Oh, Asher. Ich fange gleich an zu weinen.«

»Es tut mir leid, aber ich muss es dir sagen. Ich kam her und ging zu dem Markt, zum Banacha. Dort habe ich dich gesehen … und …«

»Asher, ich verstehe nicht. Daran kann ich mich überhaupt nicht erinnern.«

Er schüttelte energisch den Kopf. »Heute komme ich mir deswegen so dumm vor. Und ich weiß nicht, wieso, denn es ist schon so lange her. Ich sah dich auf dem Markt. Ich war nur noch ein paar Meter entfernt, gleich hätte ich dich in meine Arme genommen und dir gesagt, was ich für dich empfinde, aber …«

Izabella tupfte sich mit der Papierserviette die Augen trocken.

»… ich konnte fast die Hand nach dir ausstrecken, doch dann nahmst du ein Baby hoch und hieltst es fest. Hinter dir tauchte ein Mann auf. Er legte den Arm um dich und … und ich nahm an …«

»Oh, Asher.« Izabellas Gesicht verzerrte sich gequält und die Tränen strömten. »An diese Zeit erinnere ich mich gut. Es tut mir so leid, Asher. Das war nicht mein Kind und es war nicht mein Mann.«

Asher schwieg etwas länger und atmete einfach tief durch. »Und wer waren sie?«, fragte er. »Nein, entschuldige, das ist Privatsache, das sollte ich nicht fragen.«

»Nein, nein. Bitte. Ich glaube, wir sind beide ein wenig zu alt, um die eifersüchtigen Geliebten zu spielen, meinst du nicht auch?«

Asher erwiderte nichts, wartete einfach, während sie die Tränen wegwischte.

»Sieh mal, der Mann war einer meiner Brüder, Marek. Das war zu der Zeit, als er, mein anderer Bruder und meine Schwester alle gemeinsam hier wohnten. Marek heiratete 1945. Anfang des folgenden Jahres brachte seine Frau Marek Junior zur Welt, verstarb jedoch bei der Geburt. Ich half, Marek Junior aufzuziehen.« Sie ließ den Blick durchs Café schweifen. »Es war Marek Junior, der diesen Ort vor vielen Jahren für die Familie Baran zurückgekauft hat. Inzwischen ist er natürlich nicht mehr der Junior. Die Frau dort drüben, die mich angerufen hat, ist seine Tochter.«

Ashers Blick sprang ein paarmal zwischen Katarina und Izabella hin und her, während die Neuigkeiten langsam sackten. »O Gott«, sagte er mit zitternder Stimme. »Ich fühle mich wie ein absoluter Idiot.«

»Quäl dich nicht. Das konntest du nicht wissen.«

»Aber wenn ich einfach nur ein wenig mehr Mut gehabt hätte, wenn ich nicht so schwach gewesen wäre, wer weiß, was dann geschehen wäre?«

»Aber das ist es ja gerade, Asher: Wer weiß? Vielleicht hätten wir beide ein besseres Leben gehabt, wenn wir damals miteinander gesprochen hätten, vielleicht aber auch nicht. Manchmal hängen die Entscheidungen im Leben davon ab, was für ein Mensch man ist. Und du warst immer ein schüchterner Junge. Das war dein Charme.«

»Charme? So nennst du das also?«

»Ja, tu ich. Du hast mir immer wortlos beim Violine Spielen zugesehen. Das klingt, als hätte das seltsam sein müssen, aber damals dachte ich das nicht und heute auch nicht. Im Gegenteil, es war sehr liebenswert.«

»Seltsam?« Asher lachte auf. »Das klingt eher nach mir. Aber verzeih, ich bade nur in Selbstmitleid.«

»Tja, dann hör auf damit. Erzähl mir einfach, was das Leben für dich bereitgehalten hat.«

»Nicht der Rede wert.«

»Das war's?«

»Da gibt's nicht viel zu erzählen.«

»Da ist wieder diese Schüchternheit. Na komm, Asher. Hast du geheiratet? Hast du Kinder?«

Izabella hielt inne, doch Asher antwortete nicht.

»Entschuldige, ist das zu direkt, wenn ich über Ehe spreche?«

Darüber musste Asher lachen.

»Was?«, fragte Izabella und lachte mit. »Was habe ich gesagt?«

»Nichts. Es ist nur … Ich weiß, dass du Rina gesagt hast, du würdest mich heiraten wollen, wenn der Krieg vorbei ist.«

Izabella sah ihn skeptisch an. »So was habe ich nie gesagt. Ich dachte es. *Natürlich* dachte ich das. Aber gesagt habe ich es niemandem. Allerdings hat Rina mir erzählt, *du* würdest *mich* heiraten wollen. Du hättest dich ihr einmal anvertraut, als ihr alleine zu Hause wart.«

Asher überlegte einen Moment. Eine Träne löste sich und lief ihm über die Wange. »Rina«, sagte er, und ein Schmunzeln brach durch die Traurigkeit. »Meine liebe Rina. Das hat sie zu uns beiden gesagt und uns wie Dummköpfe ausgespielt.«

»Ah, ich verstehe.« Izabella nickte. »Vielleicht wusste sie, dass es die Wahrheit ist?«

»Wie sich soeben herausgestellt hat.«

»Genau.«

Asher hob die Tasse. »Es ist nicht viel, aber ein Hoch auf Rina.«

Ihre Tassen berührten sich. »Auf Rina«, sagte Izabella. Sie tranken und stellten die Tassen wieder hin.

»Hör mal, Asher, ich weiß, dass du über gewisse Dinge nicht sprechen kannst, über den Krieg. Aber in Amerika zu leben muss aufregend sein.«

Asher streichelte ihre Hand. »Es ist schön, dass sich jemand für mich interessiert. Du hast recht und unrecht. Aufregend ist es nicht unbedingt, aber ich sollte dir davon erzählen.«

Also tat er es auch. Als Asher einmal mit Reden angefangen hatte, konnte er nicht mehr aufhören. Alle Einzelheiten darüber, wie er in Detroit gelandet war, seine Arbeit in Dearborn, wie er Mikhail wiedergefunden hatte, dass Mikhail seinen Namen geändert hatte – alles sprudelte ihm schneller aus dem Mund, als er denken konnte. Izabella erzählte ebenfalls, über ihre glückliche Ehe, ihre Lehrerlaufbahn und die Urlaubsreisen.

Bevor sie es sich versahen, waren fast zwei Stunden vergangen, und sie ermüdeten langsam.

»Ich muss jetzt gehen«, sagte Izabella mit einem Blick auf die Wanduhr.

Bei diesen Worten setzte Ashers Herz kurz aus. »Aber … können wir uns wiedertreffen?«

»Asher, es war ganz wunderbar, mit dir zu reden, und ich wäre enttäuscht, wenn wir uns nicht wiedersehen würden.«

Sie verabredeten sich für den nächsten Tag. Wieder unterhielten sie sich stundenlang, und Izabella führte ihn zum Abendessen in ihr Lieblingsrestaurant aus. Dort unterhielten sie sich sogar noch offener: Izabella sprach über die Gefühle für ihren Mann und wie sehr sie ihn vermisste, Asher über die schwierigen Themen, nachdem er seine Arbeit in Dearborn verloren hatte.

Am dritten Tag trafen sie sich in Izabellas Wohnung und sie besuchten von dort aus die Museen und Kunstgalerien der Stadt. Als sie in ihre Wohnung zurückkehrten, bereitete Izabella ihnen etwas zu essen zu, sie entspannten sich und Asher begann, ihr von seinen Erlebnissen in Treblinka vor all den Jahren zu erzählen.

Am vierten Tag entschieden sie dann beide, dass sie mehr voneinander haben wollten, dass es nicht bei dieser einen Woche bleiben sollte. Asher wusste, dass er sich wegen all der verlorenen Jahre und Chancen furchtbar fühlen sollte, tat es aber irgendwie nicht. Im Gegenteil, er konnte sich nicht erinnern, dass er schon einmal derart glücklich gewesen war.

Mit all den dunklen Erinnerungen, die am vierten Tag in seinen Gedanken kreisten, wurde Asher ebenfalls klar, dass Mikhail unrecht hatte, was die Rückkehr nach Treblinka betraf.

Dementsprechend traf er seine Entscheidung.

Kapitel 31

Juli 2001 – Pittsburgh

Asher drückte auf die Klingel am Haus im Hartmann Way 38. Er fluchte über die Musik, die aus dem Inneren drang, und den Lärm der spielenden Kinder nebenan und ging ums Haus herum in den Garten.

»Hallo, Asher«, grüßte Mikhail. »Ich hatte nicht gedacht, dich so bald zu sehen.« Er saß auf einem Hocker und eine Dose mit Farbe stand auf einem Ziegelstein neben ihm. In der Hand hielt er einen großen Pinsel – so wie man einen Hammer halten würde.

»Ich habe geklingelt«, erwiderte Asher. »Aber …« Er warf einen Blick über die Schulter hinweg zum hohen Drahtzaun, auf dessen anderer Seite Kinder Basketball spielten und dabei anscheinend so viel Lärm wie menschenmöglich machten.

»Meine Musik übertönt das meiste davon«, sagte Mikhail und nickte zur Küche hin. »Seit wann bist du zurück?«

»Oh, ich war nur ein paar Stunden lang zu Hause. Ich habe mein Gepäck abgestellt, mir frische Wäsche geschnappt und mich in den Bus hierher gesetzt.« Er zeigte auf die Holzverzierung des Wintergartens. »Hältst die Holzfäule fern, was?«

Mikhail nickte. »Seit ich hier wohne, streiche ich alle drei Jahre neu. Es ist zu einer Art Messlatte geworden. Jedes Mal ist es ein kleines bisschen anstrengender. Inzwischen fällt es mir schwer zu knien, vom Streichen ganz zu schweigen.«

»Sieht gut aus«, lobte Asher.

»Das sollte es auch lieber, denn ich streiche es heute zum letzten Mal. Diese verdammte Arthritis in den Fingern. Wie war Europa?«

»Genau darüber wollte ich mit dir reden.«

Mikhail beäugte den Pinsel. »Im Moment bin ich ein wenig beschäftigt.«

»Mach du nur weiter.« Er zeigte auf die Küche. »Möchtest du auch einen Kaffee?«

»Etwas Kaltes wäre gut. Im Kühlschrank steht Apfelsaft.«

Asher ging in die Küche und holte unter Orchesterbegleitung die Getränke.

»Hältst dich nach wie vor an die alten Kassetten, was?«, fragte Asher, als er einige Minuten später die Getränke hinausbrachte.

»Oh ja. Diane meint ständig, ich soll mir Zeug auf diesen neuen Scheiben oder gar irgend so ein Ding in einer winzigen Box kaufen. Darauf habe ich keine Lust.« Er trank einen Schluck Apfelsaft. »Also, erzähl mir von der Ukraine.«

»Oh, streich erst zu Ende.«

Mikhail tauchte den Pinsel ein. »Ich kann gleichzeitig streichen und zuhören. Sag, hast du in Diowsta ein paar Fotos schießen können?«

»Mehr oder weniger.«

Mikhail hielt den Blick auf die Linie gerichtet, die er nachzog. »Was soll das heißen?«

»Wie ich dir am Telefon gesagt habe. Die Häuser, in denen wir als Kinder gelebt haben, wurden vor langer Zeit weggerissen.

Das ganze Areal ist nichts weiter als ein kleiner Teil eines enormen Weizenfelds.«

»Und deine Unterkunft?«

»Bequem.«

»Und Warschau?«

»Ich bin hingefahren. Und habe Izabella gefunden.«

Mikhail riss den Kopf herum. »Deine Izabella? Wirklich?«

Asher nickte schweigend.

Ein schiefes Lächeln breitete sich auf Mikhails Gesicht aus. »Und, wie geht's ihr? Hat sie sich gefreut, dich zu sehen?«

»Hat sie. Es war … ganz magisch.«

»Das möchte ich wetten«, erwiderte Mikhail und strich weiter.

»Es war fast so, als wären wir all die Jahre in Verbindung geblieben. Wir schienen so viel gemeinsam zu haben. Es war schön.«

»Ich freue mich wirklich sehr für dich, Asher. Du hast ein wenig Glück verdient.«

»Danke. Wir verbrachten vier wundervolle Tage zusammen. Wir haben Geschichten ausgetauscht. Ich habe ihr erzählt, wie es mir im Krieg erging. Und dabei wurde mir klar, dass ich einfach hinfahren musste.«

»Fahren? Wohin?«

»Nach Treblinka.«

Mikhail hielt mitten in der Bewegung inne und starrte auf den Pinsel. »Oh«, sagte er. »Okay.« Er strich ein paar Sekunden lang schweigend weiter.

»Weshalb fragst du mich nicht, wie es dort war?«

»Sicher. Wie war es?«

Asher schwieg kurz und seine Nasenflügel zuckten. »Bist du jemals dort gewesen?«

Ohne Asher anzusehen schüttelte Mikhail den Kopf.

»Nicht einmal während des Krieges?«

Jetzt drehte sich Mikhail zu Asher. »Worauf willst du hinaus?«

»Vielleicht ist es besser, wenn wir uns in die Küche setzen«, schlug Asher mit bebender Stimme vor.

Mikhail zuckte die Schultern. »Okay.« Er verschloss die Farbdose mit dem Deckel und legte den Pinsel quer darüber. Dann erhob er sich stöhnend und machte eine einladende Geste zur Küche hin.

Dort drückte Mikhail die Stopp-Taste an seinem Kassettenrekorder und brachte André Rieus Orchester zum Schweigen. Ein gequältes Stirnrunzeln erschien auf Ashers Gesicht, als sich die beiden Männer einander gegenübersetzten. Jeder trank noch einen Schluck Apfelsaft.

»Also, worum geht's hier?«, fragte Mikhail mit einem kleinen Schulterzucken.

»Weißt du noch, wie ich dich vor Jahren in diesem Haus hier aufgespürt habe?«

Mikhail nickte.

»Der Artikel in der Zeitung?«

»Ja, aber … ich verstehe immer noch nicht.«

»Der Artikel ging nicht sehr tief ins Detail, nicht wahr?«

»Ich kann nicht behaupten, dass ich mich erinnere. Das ist Jahre her und das war alles Unsinn. Und ich sehe nicht …«

»Ich habe dir wegen der Anschuldigungen gegen dich nie Fragen gestellt. Ich habe dir vertraut.«

Mikhail deutete ein spöttisches Lächeln an, das etwas Gezwungenes an sich hatte. »Wo soll das hinführen, Asher?«

»Ich will einfach nur, dass du mir sagst …«

»Du glaubst, ich habe gelogen? Ist es das? Ich lüge darüber, was ich im Krieg durchgemacht habe?« Mikhails Finger mühten sich, einen Ärmel seines Hemdes hochzukrempeln. Auf seinem Oberarm befand sich ein Stück Haut, das als einziges unbehaart war. Er drückte mit einem Finger gegen die große Narbe und sie wurde runzelig wie die Haut auf einem Pudding. »Sieh hin. Na los, sieh gut hin. Und dann nenn mich einen Lügner.«

Asher wischte sich nervös mit der Hand über den glatten Kopf. »Soll ich dir von meinem Besuch in Treblinka erzählen?«

Mikhail zuckte die Schultern. »Nur, wenn du willst.«

Asher stieß ein langes Seufzen aus, sammelte sich einen Moment lang und dann sprach er.

»Was man aus dem Ort gemacht hat, grenzt an ein Wunder. Es ist dort wirklich schön, obwohl Schönheit unter diesen Umständen nicht ganz richtig ist. Aber es ist ein sehr friedvolles Gebiet inmitten eines Waldes. Es gibt ein Museum mit Ausstellungsstücken, aber dem konnte ich mich anfangs nicht stellen, also bin ich über die Anlage spaziert. Es war so seltsam, roch so frisch und sauber – wie es in einem Fichtenwald immer riechen sollte. Und es waren keine Motoren oder Schreie oder Schüsse oder das Prasseln von den Verbrennungsrosten zu hören. Ein paar Minuten lang war ich vollkommen allein. Ich schloss die Augen und hörte die Vögel hoch oben, die einander riefen.

Natürlich ist von dem ursprünglichen Lager nicht viel geblieben, was Gebäude und Infrastruktur angeht. Dafür haben die Nazis gesorgt. Sie wollten jedes letzte Stückchen Beweis vernichten, damit sie abstreiten konnten, dass es je existiert hat. Aber die Polen haben gute Arbeit geleistet und den Geist des Ortes zurückgeholt. Dort gibt es einen großen Bereich, der mit kleinen, aus dem Boden ragenden Granitblöcken bedeckt ist – es sind Abertausende davon, so was hat man noch nicht gesehen. Ein Meer aus gebrochenen Grabsteinen, die den Ozean an gebrochenen Toten repräsentieren.«

Mikhail starrte teilnahmslos, während Asher tief Luft holte und fortfuhr.

»Jedenfalls ging ich schließlich doch ins Museum. Dort gab es eine Filmvorführung, Karten vom Lager, die auf den

Erinnerungen von Gefangenen und Personal beruhen, und ein paar Artefakte, die einfach nicht vergraben bleiben wollten – oder vielleicht an die Oberfläche stiegen.«

»Das muss beinahe unerträglich für dich gewesen sein.«

»Ich kann gar nicht beschreiben, wie sehr mich diese Erfahrung aufgewühlt hat. Es gab auch einige Fotos.«

»Fotos?«

»Ja, von den Gebäuden, einigen der Häftlinge, den Säcken voller Haare, der Bekleidung. Und ein paar von den Aufsehern.«

Mikhail runzelte verwirrt die Stirn. »Ich hatte angenommen, dass es verboten war, zu fotografieren.«

»Oh, offiziell war es das. Aber ein, zwei Aufseher wollten Erinnerungsstücke für ihre Privatsammlung haben. Wie auch immer, ich habe nicht genau hingeschaut. Ich war nicht in der richtigen Verfassung, um irgendetwas aufzunehmen, da waren zu viele Menschen um mich herum. Also verließ ich das Museum und machte einen Spaziergang.«

»Und … was hast du da gesehen?«

»Was ich gesehen habe? An diesem schönen Ort hörte ich die Klänge meiner Vergangenheit, die Geräusche, die nach wie vor die menschliche Rasse besudeln, mir aber in meinen alten Tagen einen verdrehten Trost spendeten. Ich hörte die Züge zischen, als sie heranfuhren. Ich hörte das Brüllen der Aufseher, die den Leuten befehlen, ihre Koffer zur späteren Abholung stehen zu lassen, und Helfer, die den Unschuldigen und Ahnungslosen erzählten, der erste Schritt nach ihrer beschwerlichen Reise sei eine schöne Dusche, dass sie danach etwas zu essen und ihre Unterkünfte gezeigt bekommen. Der Hauch eines Lachens – Aufseher, die *tatsächlich* lachen –, während sie den Leuten sagen, sie sollen allen anderen die Himmelsstraße entlang folgen. Weißt du, was das heißt?«

Mikhail schüttelte ohne mit der Wimper zu zucken den Kopf.

»Ich hörte Mütter, die ihre verängstigten Kinder trösten, ihnen sagen, sie sollen zu weinen aufhören, versprechen, alles würde gut werden, dass es hier viel schöner war zu wohnen als in Warschau. Doch die Kinder schienen es besser zu wissen als ihre Eltern – oder waren ehrlicher.

Und ich hörte das erste missmutige Murmeln, als man ihnen befahl, die Kleidung auszuziehen. Brillen, Schuhe, Hosen, Kleider – alles auf jeweils einen Haufen, damit das Sortieren leichter war. Jetzt wurde aus dem Murmeln halb unterdrückte Panik. Sie standen ruhig da, waren es aber eindeutig nicht, mit zuckendem Blick, bebenden Gesichtern, zitternden Körpern. Fragen wurden gestellt. Doch die Aufseher hatten dies schon oft erlebt und konnten alles von der Hand weisen, als würden sie unliebsame Motten wegwedeln. Denjenigen, die weiter fragten, wurde von einem Gewehrlauf befohlen, sich zu fügen. Missmut wandelte sich zu blanker Angst, als ihre Köpfe geschoren wurden. Und dann zu starrem Schrecken, als man sie nackt die Himmelsstraße entlangtrieb.

Man befahl ihnen, in die Kammer zu gehen. Und dann brach unverhüllte Panik aus. Oft begriffen die Nachzügler die Botschaft. Sie wehrten sich, doch Bajonette setzten ihren Befürchtungen ein Ende.

Die Türen wurden verschlossen. Das Signal gegeben. Der Motor startete. Die Show war vorbei.«

Mikhail starrte vor sich hin, blickte beinahe durch Asher hindurch. Asher holte tief Luft und fuhr fort.

»Ich stand am Ende der Himmelsstraße und tat ein paar Minuten nichts weiter, als mich umzusehen. Ich wollte die Atmosphäre in mir spüren. Ich schätze, das war ein Weg, um Verbindung aufzunehmen. Ich stand genau an der Stelle, an der mein Papa, meine Mama und meine beiden Schwestern zuletzt am Leben waren, wo ihre Herzen zum letzten Mal schlugen. Ich bilde mir ein, dass an diesem Tag ein wenig von ihnen bei mir war. Das war schön. Es gab mir ein wenig Frieden.

Dann kehrte ich ins Museum zurück, diesmal ein wenig gesammelter in Gedanken und mit ruhigen Nerven, und streifte weiter durch die Ausstellung. Vor einer Sammlung Fotografien blieb ich stehen. Es konnte nur sehr, sehr wenige davon geben. Die Nazis hatten versucht, absolut alles zu tilgen, doch ein paar Menschen mit einem Gewissen – oder vielleicht mit dem Ausblick darauf, Geld zu machen – bewahrten diese seltenen Stücke auf.

Und da sah ich es. Zuerst war es nichts weiter als eine dieser geknitterten braunen Fotografien, die unter anderen Umständen so amüsant sein können. Aber ich war natürlich weit entfernt davon, amüsiert zu sein. Ich fand die gesamte Sammlung sehr traurig. Das waren alles echte Menschen gewesen – Aufseher, Helfer, Häftlinge. Sie hatten einmal geliebt und Träume gehabt. Alle waren lange tot. Das heißt, die meisten von ihnen.

Zu einem Foto kehrte mein Blick immer wieder zurück. Der junge Mann hatte sein Gesicht in die Kamera gedreht. Es schien fast, als posierte er, dennoch konnte man irgendwie erkennen, dass er sich schämte. Ich war sicher, dass ich ihn kannte, und kehrte in Gedanken zu diesen Tagen der Hölle und des Schreckens zurück. Ich ging meine Totenjudengefährten einen nach dem anderen durch und auch ein paar der Aufseher, die mir bekannt waren. Dann hatte ich eine Erkenntnis, die ich nicht haben wollte. Ich wusste es, aber ich wollte es nicht wissen. Mein ganzes Sein wollte, dass ich mich irrte, aber ich wusste, dass ich recht hatte.«

Asher konnte Mikhails Starren von der anderen Seite des Küchentischs spüren, als wollte er ihn beschwören, nicht weiterzusprechen. Er hörte nicht auf. Er konnte nicht aufhören.

»Ich musste meine Lesebrille aufsetzen und genauer hinsehen. Das Foto war klein, alt und sehr verblasst, aber die Narbe unter dem linken Auge war ohne Zweifel zu erkennen. Ich konnte es nicht abstreiten, obwohl ich das wollte. Mein Verstand ging in Flammen auf. Ich brach zusammen und brauchte Hilfe. Man musste einen Rollstuhl holen und brachte mich darin zu einer Art Erste-Hilfe-Zentrum. Dort war man sehr freundlich zu mir, aber ich sagte kein Wort, um den Zwischenfall zu erklären, weil ich nicht konnte. Ich war wie weggetreten.«

Asher beugte sich über den Tisch, griff nach Mikhails Hemdsärmel, zog und zerrte daran. »Deshalb muss ich es wissen und ich verlasse das Haus erst, wenn du es mir gesagt hast.«

»Was soll ich dir sagen?«

»Mikhail, bitte. Hör auf, Zeit zu schinden. Ich muss es einfach hören. Ich muss wissen, weswegen man dich 1997 angeklagt hat.«

Der Tisch ruckelte, als Mikhail seinen Arm aus Ashers Griff riss. Seine Wangen röteten sich ein wenig. »Ich hab's dir doch gesagt«, bellte er. »Ich wurde nie wegen irgendetwas angeklagt.«

»Okay, okay. Dann meine ich *Vorwürfe*. Was wurde dir vorgeworfen?«

»Ist das wichtig? Es war nur das Wort eines Mannes, den mein Anwalt sofort diskreditiert hat. Man entschied sehr schnell, dass die Beweise unzureichend waren, um mit dem Fall fortzufahren.«

»Aber offensichtlich gab es genug Beweise, dass du rechtlichen Beistand beigezogen hast.«

»Asher, bitte. Die ganze Sache war das Fantasiegespinst eines verwirrten Verstands. Es war eine dumme Geschichte voller Unsinn, die sich irgendein alter irregeleiteter Mann ausgedacht hatte.«

Asher hielt inne und atmete zur Beruhigung ein paarmal durch. »Ich muss es wissen. Okay, dann war es eben Unsinn, ich glaube dir. Sag mir nur, was dieser alte irregeleitete Mann gesagt hat.«

»Ist das wichtig?«

»Es ist wichtig für mich.«

»Ernsthaft?«

»Es ist mir wichtig genug, dass ich den verantwortlichen Mann oder den Journalisten ausfindig machen werde oder was auch immer nötig ist, um die Wahrheit herauszufinden.«

Mikhail senkte die Stimme. »So weit würdest du gehen? Ganz im Ernst?«

Asher nickte.

»So wenig vertraust du mir?«

»*Sag es mir*, Mikhail! Um Gottes willen, *sag es mir* einfach!«

Mikhail überlegte kurz und nickte dann. »Okay«, sagte er. »Okay. Wenn du es wirklich wissen musst, der Vorwurf war, ich hätte für die Nazis in einem KZ gearbeitet.«

»In welchem KZ?«

»Ich weiß es nicht.«

»*Was?!*«

»Ist das nicht egal? Ich war sowieso nie dort. Das waren nichts weiter als hässliche Vorwürfe.«

»Aber du musst dich doch an Einzelheiten erinnern, und wenn es nur der Name des KZs war!«

»Das habe ich vergessen.«

»Das ist unmöglich. Sag mir, welches KZ, Mikhail. *Sag es mir einfach!*«

»Wieso ist das wichtig?«

»Sag es mir, Mikhail. *Um Gottes willen*, SAG ES MIR!« Asher warf sein Glas zu Boden und es zerschellte.

»Okay, dann war es eben Treblinka. Aber vergiss nicht, dass man mich niemals wegen irgendetwas angeklagt hat. Man konnte es nicht beweisen, weil es nicht wahr gewesen ist. Bist du jetzt zufrieden?« Mikhail lehnte sich zurück und verschränkte die Arme.

Asher nickte langsam und schien irgendwelche Wahrscheinlichkeiten abzuwägen. Dann hob er den Kopf und beugte sich vor. »Mikhail, ich muss es wissen. Du musst ehrlich mit mir sein.« Er schluckte schwer und bedeutete Mikhail, sich zu ihm zu beugen. »Was ich will, ist … du musst mir in die Augen sehen und mir sagen, dass du nie in Treblinka gewesen bist. Sag mir, dass das nicht du bist auf dem Foto – dem Foto, das man jetzt dort zeigt.«

Mikhail nickte. »Also gut.« Er beugte sich vor, sodass sein Gesicht nur Zentimeter von Ashers entfernt war. »Okay. Ich war noch nie in meinem Leben in Treblinka.« Er lehnte sich zurück und verschränkte erneut die Arme. »Ist das gut genug für dich?«

Ashers Gesicht bebte, die Unterlippe wusste nicht, was sie mit sich anfangen sollte. »O Gott«, murmelte er.

Mikhail schwieg.

»O. Mein. Gott.« Asher verharrte, wie er war, und sein Blick hing an Mikhails Augen.

Die beiden Männer starrten einander an.

»Was?«, verlor Mikhail schließlich die Nerven. »*Was?!*«

»DU LÜGST!«

»Wie kannst du so was sagen?«

Asher stand ruckartig auf und der Stuhl kippte hintenüber. Er trat einen Schritt zurück. »Mikhail Petrenko, ich kenne dich besser als jeder andere, jeder andere auf der Welt, und ich weiß, wenn du lügst.«

»Einen *Scheiß* weißt du!«

»Doch. Ich weiß es.«

»Jetzt kannst du also meine Gedanken lesen?«

»Nicht, Mikhail, lass es einfach. Bitte. Es ist genau wie damals, als wir beide angeln waren und du diesen Männern sagtest, dass wir nichts gefangen hatten. Und genauso war es, als du deinem Papa sagtest, dass du dich gegen sie gewehrt hast. Und noch Hunderte weitere Male. Ich kann es nicht beschreiben, aber ich kenne den Ausdruck in deinem Gesicht. Ich *weiß* es, okay. Also bitte, versuch nicht länger, es abzustreiten.«

Mikhail seufzte und bedeckte das Gesicht mit den Händen, blieb ein paar Minuten lang so sitzen. Dann murmelte er: »Hör zu, es war nicht …«

»LÜG MICH NICHT AN!«, schrie Asher so laut, dass er einen Hustenanfall bekam.

Mikhail schwieg, während Asher sich davon erholte. Dann sprach Asher weiter.

»Weißt du, viele Jahre lang starb meine Seele jedes Mal ein kleines bisschen mehr, wenn die Leute versuchten, die Wahrheit mit erbärmlichen Unwahrheiten zu ersetzen. Aber ich bin milder geworden. Das Feuer in mir ist nur noch eine Handvoll glühender Scheite. Aber bitte, Mikhail, lüg mich nicht an. Zumindest nicht, was das betrifft. Ich weiß mit Sicherheit, dass du über deine Eltern gelogen hast. Du bist nach Kriegsende nie wieder nach Diowsta zurückgekehrt, nicht wahr?«

Mikhail starrte Asher einige Sekunden lang an und wandte dann den Blick ab. »Du kannst dir gar nicht vorstellen, wie sehr das wehtut. Zu wissen, dass ich sie hätte wiedersehen können, wenn die Dinge anders gewesen wären.« Er schüttelte müde den Kopf. »Aber ich konnte nicht zurückgehen. Es war einfach unmöglich.«

»Dann bist das tatsächlich du auf dem Foto.«

Ihre Blicke trafen sich. Dann neigte Mikhail den Kopf zur Seite und zuckte verloren die Schultern. »Was wirst du jetzt tun?«, fragte er leise.

»Tja …« Asher hob den Stuhl auf und setzte sich wieder sacht an den Tisch. »Das Erste, was ich tun werde, ist zuhören.«

Mikhail schaute verwirrt auf. »Zuhören?«

»Ich muss es um meinetwillen wissen, Mikhail. Du musst mir ganz genau erzählen, was geschehen ist.«

»Und was dann?«

»Ich gebe dir mein Wort, dass ich weder zur Polizei noch zur Presse gehen werde. Ich will einfach die Wahrheit wissen. Wie es dazu kam.«

Mikhail senkte den Kopf wieder und schwieg.

»Mikhail, wir sind Brüder in allem, außer im Blut. Du musst mir die Wahrheit sagen.«

»Ich … ich …« Mikhail stöhnte und stand auf. Er ging zur Spüle und spritzte sich ein paarmal kaltes Wasser ins Gesicht.

»Versuchst du, deine Seele reinzuwaschen?«, fragte Asher leise.

Mikhail kam zurück an den Tisch und erwiderte dann: »Du versprichst, dass du die Behörden nicht informieren wirst?«

»Oh, Mikhail. Das ist nicht der Grund, weshalb ich das tue. Du warst mein bester Freund, bis wir uns 1936 trennten, und dann wieder seit 1997, und trotz dieser Sache wirst du mein bester Freund bleiben. Wenn es dir wichtig ist, verspreche ich dir, dass ich nichts tun werde, das zu deiner Verhaftung führen könnte oder dazu, dass dein Name in der Zeitung auftaucht. Abgesehen von allem anderen, würde ich nicht …«

Mikhail sah zu ihm auf, sah seinen Unterkiefer leicht beben.

»Nein«, fuhr Asher fort, »ich würde nicht wollen, dass man dich einsperrt und … ich würde dich vermissen.«

Mikhail atmete lang und hart aus. »Danke«, sagte er. »Also … ich schätze, ich schulde dir eine Erklärung.«

»Mikhail, du schuldest der Welt eine Erklärung.«

»Tja, dann werde ich es dir erzählen. Die ganze Geschichte. Die komplette Wahrheit.«

»Dafür wäre ich dir auf ewig dankbar. Ich will es nur verstehen, sonst nichts.«

Mikhail atmete tief ein. »Alles bis zu meiner Gefangennahme und dem Kriegsgefangenenlager in Kiew stimmt. Jetzt lass mich erzählen, was dort tatsächlich geschah, wie ich rausgekommen bin.«

»Alles, woran du dich erinnern kannst.«

»*Erinnern?*« Er schüttelte den Kopf. »Glaub mir, Asher, das ist eine Tür, die ich all die Jahre fest verschlossen hielt. Das war schwerer, als du dir vorstellen kannst, aber ich wusste immer, was dahinter lauerte, diese furchtbaren Erinnerungen kratzten wie tollwütige Hunde an der anderen Seite.« Einige Sekunden lang bedeckte er das Gesicht mit den Händen. Dann seufzte er und sagte: »In Ordnung. Das ist, was passiert ist. Die Wahrheit.«

Er schluckte die Hälfte seines Apfelsafts in einem Zug hinunter, wappnete sich kurz und begann zu sprechen.

»Mir wurde ein Angebot gemacht. Außer der Tatsache, dass es mich aus dem elenden Lager holen würde, hatte ich keine Ahnung, worum es ging.«

»Ein Angebot?«

»Ich fand erst sehr viel später heraus, worauf ich mich eingelassen hatte. Hat das Wort ›Trawniki‹ eine Bedeutung für dich?«

Asher nickte langsam. »Sprich weiter.«

»Ich hatte so gut wie keine Wahl, glaub mir. Ich wurde hin und her kommandiert und musste tun, was mir befohlen wurde. Und so landete ich in Treblinka.«

»Treblinka. Verstehe. Und … was hast du dort getan?«

»Ich … ich war für eine der Maschinen verantwortlich.«

»Maschinen?«

»Die Maschinen, die die Abgase produzierten.«

Asher glitt langsam mit beiden Händen über den Kopf. »Gütiger Gott«, hauchte er.

»Sieh mal …«

»HALT DEN MUND!«

Eine ganze Weile sprach keiner von beiden ein Wort. Schließlich fuhr Mikhail langsam und leise fort, als könnten seine Worte verletzen.

»Ich bin mir sicher, du weißt, was zu dieser Arbeit dazugehörte. Und später, nachdem sie das Lager geschlossen und die Trawnikis entlassen hatten, waren die Männer frei, zu gehen, wohin sie wollten. Ich lief kilometerweit und fuhr per Anhalter, fand Gelegenheitsarbeit in Berlin. Ich wusste, was Sache war. In die Ukraine konnte ich nicht zurück. Trawnikis wurden als Verräter bezeichnet und entweder hingerichtet oder in Gulags gesteckt. Also kaufte ich mir hier ein neues Leben. Ich hatte keine Ahnung, wie es meinen Eltern ergangen war. Und so furchtbar das klingen mag, ich gab mein Bestes, sie zu vergessen. Sich als Michael Peterson zu registrieren, als ich in New York an Land kam, half dabei.«

Mikhail warf Asher hin und wieder einen Blick zu, konnte ihn jedoch nicht länger ansehen.

Asher räusperte sich. »Entschuldige, wenn ich dem Rest deiner Lügen nicht ganz zugehört habe.«

»Das ist die Wahrheit«, wehrte sich Mikhail. »Beim Leben meiner Tochter.«

»Dann ist die Wahrheit also, dass du mit den Nazis kollaboriert hast«, sagte Asher.

»Ich habe *gegen die Russen* kollaboriert.«

»Aber das heißt doch sicher auch, dass du gegen die Juden kollaboriert hast, oder?«

»Sieh mal, ich wäre in dem Kriegsgefangenenlager jämmerlich verendet, wenn ich kein Trawniki geworden wäre. Und man hätte mich erschossen, wenn ich mich geweigert hätte, es genauso wie die anderen Trawnikis zu machen. Das weißt du und ich weiß das auch. Es war das kleinere von zwei Übeln. Ich dachte, das führt vielleicht zum Sturz der Russen – zur Unabhängigkeit der Ukraine.«

»Das ist deine Verteidigung?«

»Hast du den Holodomor vergessen? Was die Russen getan haben?«

»Das ist wohl kaum eine Entschuldigung. Und es ist …«

»Hast du eine Ahnung, wie viele Ukrainer während des Holodomors gestorben sind? Hast du dich informiert? Es waren sicher eine Million oder mehr. *Eine Million oder mehr* – Anfang der Dreißiger systematisch von Stalin zu Tode gehungert.« Er zeigte mit krummem Finger auf Asher und dann auf sich selbst. »Unsere Eltern haben uns beschützt, aber es hätte genauso leicht uns treffen können, Asher, dich und mich, und unsere Familien hätten Anfang 1930 sterben können, lange bevor Hitler seine schlimmsten Gräuel beging.«

»Wie du schon sagst, all das passierte lange vor Treblinka.«

»Es ist trotzdem wichtig, Asher. Es ist ein Teil dessen, wer ich bin, was mich angetrieben hat. Und … und da ist noch etwas, wovon du nichts weißt.«

»Mehr Lügen?«, fragte Asher stirnrunzelnd. Sein Ausdruck wurde weicher. »Entschuldige. Sprich weiter.«

»Kurz nachdem du Diowsta verlassen hast, als ich etwa vierzehn war, fragte ich Mama, weshalb ich ein Einzelkind war. Sie sagte, sie konnte keine weiteren Kinder bekommen.«

»Und?«

»Jahre später verriet mir Papa mit Tränen in den Augen den wahren Grund. Nach meiner Geburt schob es Mama wegen der Feindseligkeiten mit den Russen auf, weitere Kinder zu bekommen. Sie wartete so lange sie konnte und dann probierten sie es Anfang der Dreißiger. Sie hatte eine Fehlgeburt aufgrund der Mangelernährung während des Holodomor, dieser russischen Abscheulichkeit. Also versuchten sie es im folgenden Jahr noch einmal, mit dem gleichen Ergebnis. Danach war meine Mutter so traumatisiert, dass sie es bleiben ließen. Die Russen haben ein Einzelkind aus mir gemacht, Asher. *Es war, als hätten sie meine ungeborenen Geschwister ermordet.* Stell dir vor, wie ich mich als junger Mann damit gefühlt habe.«

Asher sah ihn skeptisch an. »Okay, das ist traurig und fürchterlich, aber glaubst du, es entschuldigt, dass du dich auf die Seite der Nazis gestellt hast?«

»Du warst damals nicht in der Ukraine, als die Nazis einmarschierten. Wenn man sich auf die Seite der Russen stellte, trat man der Roten Armee bei. Auf der Seite der Deutschen der SS. Wollte man Ukrainer sein, brachten einen entweder die Russen oder die Deutschen um. Die ganze Sache war ein teuflisches Dilemma.«

»Und hast du Babyn Jar bequemerweise vergessen? Zu der Zeit warst du in Kiew. Du musst davon gewusst haben. Wie war das? Über dreiunddreißigtausend unschuldige Juden wurden in der Babyn-Jar-Schlucht zusammengetrieben und von Hitlers Handlangern innerhalb weniger blutiger Stunden des Abschlachtens erschossen?«

»Ja. Zu der Zeit war ich in Kiew. *In einem Kriegsgefangenenlager!*«

»Aber du warst dort.«

»Und du nicht, Asher. *Du warst nicht dort.* Die Welt weiß von Bergen-Belsen und Auschwitz, und das aus gutem Grund, aber das Kriegsgefangenenlager war genauso schrecklich – eine widerliche Eiterbeule im Angesicht der Menschheit. Hunger, Krankheit, willkürliche Schläge und Erschießungen waren vollkommen normal. Die Nazis zeigten uns gegenüber ebenso viel Hass wie jedem Juden. Ein Ozean aus Männern, der sich über den Horizont ausdehnt. In diesem und vielen anderen Gefangenenlagern starben Millionen Ukrainer, alle mit Familien und Hoffnung auf ein normales Leben. Also ja, ich hörte die Gerüchte über Babyn Jar. Aber glaubst du ehrlich, dass mir das zu der Zeit wichtig war? Mir? Verrottend und krank? Auf einem überfüllten Feld mit Hunderttausenden anderer verrottender und kranker Menschen?«

»Also hast du dich freiwillig gemeldet, Menschen zu töten?«

»Ich musste mich für eine Seite entscheiden. Du verstehst doch sicher, dass es ums Überleben ging. Ja, in der heutigen Zeit, in der jeder zu essen im Überfluss und ein Dach über dem Kopf hat, klingt das furchtbar. Aber die Vergangenheit kennt die Zukunft nicht, Asher. *Die Vergangenheit kennt die Zukunft nicht.* Entscheidend sind die Umstände. Dann stellte sich eben heraus, dass ich eine Art der Hölle gegen eine andere eingetauscht hatte. *Ich dachte, ich tue das Richtige.*«

»Das Richtige für dich selbst?«

Mikhail nickte abwehrend. »Natürlich für mich selbst! Vergiss nicht, du warst ein Totenjude. Ich war dort. Ich weiß, was du getan hast. Du hast auch beim Töten geholfen. Ging es da nicht um Selbsterhaltung?«

Asher senkte die Stimme, seine dünnen Lippen zogen sich zurück und entblößten zusammengebissene Zähne. »Es gab einen Unterschied, Mikhail. Mir wurde es mit vorgehaltener Waffe befohlen. Du hast dich freiwillig gemeldet.«

»Glaubst du, ich hätte über die Jahre hinweg nicht mit meinen Erinnerungen gerungen? Glaubst du, mir kreiste nicht Tausende schlaflose Nächte lang die Frage im Kopf, ob ich vielleicht etwas anders hätte machen können?«

»Dann bereust du es also?«

»Darum geht's doch gar nicht, gottverdammt! Wir wissen beide, wer in Wahrheit die Schuld trägt – die Leute, die echte Macht und echte Wahlmöglichkeiten hatten. Es geht darum, dass ich an meinen Taten gelitten habe. Ich leide noch immer und meine arme Tochter teilt etwas von diesem Leid, auch wenn sie es nicht weiß. Aber glaubst du wirklich, dass es mein freier Wille gewesen ist?«

»Das kommt darauf an. Mit dem Wissen, das du jetzt hast, glaubst du nach wie vor, dass du das Richtige getan hast?«

Mikhail zuckte die Schultern und wischte sich über die Augen. »Heute?« Er schüttelte langsam den Kopf. »Heute kann ich nichts daran ändern.«

Beide schwiegen kurz, keiner sah den anderen an.

»Okay«, sagte Asher schließlich. »Ja, natürlich kann ich das bis zu einem gewissen Grad verstehen. Aber ich fühle mich zu einem Teil auch deswegen schlecht, weil du mich die ganze Zeit angelogen hast.«

»Ich habe dir nur nicht die *ganze* Wahrheit erzählt.«

»Du hast gelogen, weshalb du nach Amerika gekommen bist. Du konntest weder nach Russland noch in die Ukraine zurück, weil man dich als Verräter angeklagt hätte.«

»Ich habe dir die Wahrheit gesagt. Ich hätte in Deutschland bleiben können, aber ich ging nach Amerika, weil ich ein besseres Leben haben wollte. Ich wollte weg aus dem Chaos in Europa. Ich ging davon aus, dass niemand aus meiner Familie überlebt hatte, und wollte das Beste für mich – und in ihrem Gedenken – erreichen.«

»Du wolltest nie herausfinden, ob deine Eltern den Krieg überlebt hatten?«

»Natürlich wollte ich das. Aber ich konnte doch unmöglich zurück. Und als ich in dieses Land kam, nun ja, ich schätze, ich vergaß diesen alten Mikhail. Ich bin sicher, dass mir die Namensänderung geholfen hat. Es ist ein anderes Leben, ich bin ein anderer Mensch.«

»Außer, natürlich, dass du es nicht bist, stimmt's?« Asher stand auf.

»Was wirst du tun?«

»Ich weiß nicht.«

»Aber du hast versprochen, die Behörden nicht zu informieren. Du hast es versprochen.«

»Ach, um Gottes willen, Mikhail. Hör endlich auf mit diesen zwanghaften Versuchen, deine eigene Haut zu retten! Ich bin nur angewidert von dir, das ist alles. Die Vergangenheit ist nicht zu ändern, ich weiß, aber das Schlimmste, das *Allerschlimmste*, das du mir angetan hast, war erst vor einem Monat.«

»Vor einem Monat? Wovon redest du zum Teufel noch mal?«

»Ich lag im Krankenhaus. Du warst an meinem Bett. Ich habe dir mein Herz über Rina ausgeschüttet, dir erzählt, wie sehr ich sie mein ganzes Leben lang vermisst habe und dass aus ihr etwas Besonderes hätte werden können, wenn sie nicht ermordet worden wäre. Und du hast einfach dagesessen, hast genickt und mir gesagt, wie schrecklich das alles war. Dabei wusstest du die ganze Zeit, die du zugehört hast, dass *du* einer der Mistkerle warst, die sie umgebracht haben.«

»Glaubst du wirklich, es hätte geholfen, wenn ich es dir in diesem Moment gestanden hätte?«

Asher setzte sich wieder. »Es hätte von ein wenig *Respekt* mir gegenüber gezeugt!«, zischte er mit zusammengebissenen Zähnen und Speichel flog zusammen mit den Worten heraus. »Es hätte von ein wenig Respekt gegenüber meiner *Schwester* gezeugt. Mikhail, ich war all die Jahre lang dein Freund. Wir haben gute Zeiten miteinander erlebt und du wirst immer mein Bruder in allem, außer im Blut, sein und jetzt erfahre ich … Oh, ich weiß einfach nicht, wie ich damit umgehen soll. Aber ich glaube, ich werde dir niemals verzeihen können.«

Mikhails Augen wurden glasig. Er schürzte die Lippen und schluckte schwer. »Asher, ich tue alles, was du willst. Bitte.«

»Tausende von Menschen – Juden und andere – zu ermorden ist nichts, was mir leichtfällt zu vergeben, unabhängig von den Umständen.«

»Asher, ich habe erklärt, was ich getan habe, aber ich kann mich nicht rausreden. Du weißt, wenn ich die Zeit zurückdrehen könnte – ich wünschte, ich könnte dir sagen, dass ich mich dann an jenem Tag im Gefangenenlager dafür entscheiden würde, dortzubleiben und zu verrotten. Aber …«

»Aber was?«

Mikhail stieß einen schweren Seufzer aus. »Wir wissen beide, dass es gelogen wäre. Du bist mein Freund und ich bin ehrlich. Ich tat, was ich tun musste, um zu überleben.«

»Und näher kommst du nicht an eine Entschuldigung heran? An ein Eingeständnis deiner Fehler?«

»Es … es tut mir leid, aber ich fürchte nein. Du wolltest die Wahrheit. Das ist die Wahrheit.«

»Und wenn man davon erfahren würde? Deine Tochter? Deine Freunde und Nachbarn?«

Mikhails Stimme bebte. »Bitte zerstöre nicht mein Leben, Asher. Ich fühle mich schrecklich wegen der Dinge, die ich getan habe. Manchmal hasse ich mich dafür, aber was würde Gutes dabei herauskommen, es öffentlich zu machen?«

»Es würde den Menschen die Wahrheit bringen.«

»Komm schon, Asher. Du weißt, dass die Leute das nicht verstehen würden. Wie kann sich jemand vom Schreibtisch aus ein Urteil darüber bilden? Wenn ich hinterm Schreibtisch gesessen hätte und nicht in einem verkommenen Kriegsgefangenenlager verrottet wäre, hätte ich die gleiche Entscheidung getroffen, die sie treffen werden.«

Asher rieb sich nervös über die Stirn und dachte einen Moment lang nach. »Und das ist dein letztes Wort?«

»Nun … ja, ist es. Ich … ich will nicht mehr darüber reden.«

Da stand Asher wieder auf und warf einen Blick auf die Hintertür. »Also gut.«

»Also gut, und *was*?«, fragte Mikhail. »Was hast du jetzt vor?«

Kapitel 32

August 2001 – Verhörraum 3, Allegheny Bezirksgefängnis, Pittsburgh

Diane musste ein paarmal tief durchatmen. Es war hart gewesen, die Geschichte in sich aufzunehmen. Sie erzählte nicht nur vom Beitrag ihres Vaters an der Maschinerie des Todeslagers in Treblinka, sondern ebenfalls von seinen nachfolgenden Lügen und Täuschungen. Sie starrte abwesend über den Tisch hinweg zu Asher. In Gedanken befand sie sich wieder in der Küche, sah, was der Tod ihres Vaters dort angerichtet hatte. Kühle Luft trug den Geruch von Blut heran, ihr Vater bewegungslos am Tisch, die Hintertür, derart langsam schwingend, dass sie einen Moment hinsehen musste, um sagen zu können, ob das Bild eingefroren oder die Realität war.

»Diane«, fragte Asher. »Alles in Ordnung?«

Sie schluckte schwer und holte ein Taschentuch hervor, um die Tränen wegzuwischen. Erst jetzt war ihr aufgefallen, dass sie ihre Wangen benetzten.

»Ich werde nicht weitererzählen«, sagte er. »Den Rest wirst du dir denken können.«

»Du … du bist zurückgegangen und hast ihn erschossen.«

»Ich habe ein derart lautendes Geständnis unterschrieben. Es wäre wohl kaum höflich von mir, dem jetzt zu widersprechen.«

»Und du glaubst, dass er bekommen hat, was er verdiente?«

Asher überlegte kurz. »Das hängt vom jeweiligen Standpunkt ab.«

»Standpunkt in Bezug auf was?«

»Was als freier Wille zählt und was nicht. Dein Vater sagte, ich habe selbst eine Rolle bei den Morden in Treblinka gespielt, und damit hatte er recht. Er sagte, er wäre in dem Kriegsgefangenenlager mit ziemlicher Gewissheit verendet, wenn er sich nicht freiwillig für die Trawniki gemeldet hätte, und damit hatte er recht.«

»Das klingt nach einem Nein.«

»Hat er es verdient zu sterben? Nein, ich glaube nicht. Beim überwiegenden Teil seiner Entscheidungen kann man frei wählen, aber in diesem Fall?« Er schüttelte den Kopf.

»Weshalb hast du ihn dann getötet?«

»Diane, ich bin nicht in der Lage, diese Frage wahrheitsgemäß zu beantworten. Ich weiß nur, dass das Leben voller Rätsel ist. Wenn dein Vater sich dagegen entschieden hätte, ein Trawniki zu werden, würdest du jetzt nicht vor mir sitzen.«

Diane nickte. »Das stimmt wohl. Aber wenn alles, was du mir erzählt hast, wahr ist …«

»Oh, das ist es«, bekräftigte Asher. »Mag sein, dass ich andere angelogen habe, Diane, aber dich nicht. Darum ging es mir.«

»Aber weshalb hast du der Polizei nicht einfach gesagt, was Vater in Treblinka getan hat?«

»Weil ich ihm versprochen hatte, das nicht zu tun.«

Diane wollte etwas sagen, fand jedoch keine Worte, so oder so führte dieses Argument in eine Sackgasse.

»Er hat dabei an dich gedacht«, fuhr Asher fort. »An das Stigma oder die Scham, die dir bevorsteht, falls die Sache herauskommt.«

»Das leuchtet mir ein. Und was ist, wenn ich der Polizei berichte, was du mir erzählt hast?«

»Ich würde es abstreiten. Sie würde ich anlügen, Diane, aber dich nicht.«

»Okay.«

»Und ich hoffe, du kannst das hinter dir lassen und dein Leben weiterleben. Ich hoffe, du kannst mit Brad glücklich sein.«

»Vielen Dank.«

»Jeder hat es verdient, ein wenig glücklich zu sein, egal wie spät im Leben. Sag, wirst du mit ihm zusammenziehen?«

»Erst werde ich meine Mutter besuchen. Was ich danach mache, weiß ich noch nicht.«

»Ich verstehe. Das muss alles ein großer Schock sein.«

»Eine ganze Menge großer Schocks.«

Asher legte seine Hände geöffnet auf den Tisch. »Tja, das war's«, sagte er. »Ich hoffe, du hast bekommen, was du wolltest.«

»Das habe ich.«

»Gut«, sagte Asher und nickte nachdenklich. »Gut. Ich muss jetzt gehen.«

Diane registrierte die Qual in seinem Gesicht. So hatte sie ihn noch nie erlebt. Seine Wangen bebten, die gerunzelte Stirn warf einen dunklen Schatten über seine Augenhöhlen. Er schniefte die Tränen weg, als der Wachmann ihn hinausführte und Diane allein zurückließ.

Sie rief Brad an, der sie abholte. Den ganzen Abend lang fing sie kein Gespräch an und Brad bedrängte sie nicht deswegen.

* * *

Beim ersten Tageslicht hatte Diane es bereits lange aufgegeben zu schlafen und lag auf der Couch. Die Augen waren geschlossen, ihre Gedanken jedoch ließen sich nicht abstellen. Resignation musste der Trick gewesen sein, denn sie fiel in einen zuckenden Schlaf, aus dem sie immer wieder aufschreckte. Stunden später wachte sie vom Geräusch der Kühlschranktür und zum Aroma von Brads Kaffeemaschine auf.

»Tut mir leid«, sagte er. »Ich habe mir große Mühe gegeben, dich nicht zu wecken.«

»Oh, das ist okay. Heute Nacht dachte ich, ich störe dich, also habe ich mich lieber hier hingelegt.«

»Das ist mir gar nicht aufgefallen, aber wenn du noch schlafen möchtest, hast du jetzt das ganze Bett für dich.«

Sie schüttelte den Kopf. »Nein. Es wird mir besser gehen, wenn ich aufstehe. Ich fühle mich rastlos und glaube nicht, dass sich das ändern wird. Tut mir leid.«

»Du brauchst dich nicht zu entschuldigen. Du hast deinen Vater verloren, und es braucht Zeit, um sich damit abzufinden.«

Sie warf ihm einen Blick zu, und als sie merkte, dass sie auf der Lippe kaute und das Gesicht verzog, war es zu spät.

»Was ist los?«, fragte er. »Verheimlichst du mir da was?«

»Das nicht, Brad. Aber es ist nicht nur, dass ich Vater verloren habe.«

Er sah sie zweifelnd an. »Ach, nein? Um seinen Tod zu überschatten, muss das ziemlich gewichtig sein.«

»Ich hätte es dir gestern schon erzählen sollen und ich kann es sowieso nicht länger für mich behalten.«

»Okay.« Er nickte ernst, typisch Brad. »Gib mir eine Minute und ich hole uns einen Kaffee.«

Diane nutzte die Zeit, um den verspannten Nacken zu lockern und sich aufzurichten. Kurz darauf saßen sie nebeneinander auf der Couch und hielten dampfende Tassen in den Händen.

Diane wollte etwas sagen, atmete jedoch nur aus.

»Wieso versuchst du nicht, es so auszusprechen, wie es dir in den Sinn kommt?«

»Okay. Ich glaube, Vater war, ähm …«

Er wartete. Sie beendete den Satz nicht.

»Du kannst es mir sagen. Was auch immer es ist, du kannst es mir sagen.«

»Also … okay … ich bin mir nicht sicher, ob ich es dir damals erzählt habe. Es geschah zwei Jahre, nachdem du und ich zusammengekommen sind. Da wurde Vater von den Behörden wegen Kriegsverbrechen verhört.«

»*Weswegen?*« Brad verschüttete beinahe seinen Kaffee.

»Offensichtlich habe ich es dir nicht erzählt. Aber das ist ja auch nichts, womit man hausieren geht.«

»Du lieber Himmel! Nein, ich schätze nicht. Aber sprich weiter.«

»Das war 1997. Irgendein alter Mann sagte, er würde Vater von einem der Todeslager wiedererkennen – Treblinka, um genau zu sein. Vater hätte dort geholfen, die Gaskammern zu betreiben. Natürlich verlief der Fall im Sand. Die Vorwürfe seien das Geschwafel eines Wahnsinnigen, Tausende von Ukrainern hätten in diesem Alter wie er ausgesehen, er sei in seinem ganzen Leben nicht einmal in der Nähe dieses Ortes gewesen. Das waren die Kommentare meines Vaters dazu. Und die Polizei – oder wer auch immer die waren – stimmte dem offensichtlich zu, denn sie wiesen die Vorwürfe aufgrund mangelnder Beweise zurück. Aber irgendeine Zeitung druckte Vaters Bild. Asher sah es und machte ihn ausfindig. So kamen sie wieder in Verbindung.«

»Was für ein irrer Zufall. Das wusste ich nicht.«

»Wie gesagt, wahrscheinlich entschied ich mich, es dir nicht zu erzählen.« Diane holte tief Luft. »Wie auch immer, Mitte dieses Jahres fährt Asher nach Treblinka, sieht ein Foto und schlägt sich plötzlich auf die Seite des Mannes, den ich für einen Wahnsinnigen hielt. Er beharrt darauf, dass mein Vater dort gewesen ist, dass die Vorwürfe berechtigt waren. Ich erzählte ihm, dass man den Fall abgewiesen hatte, aber davon will er nichts wissen, sagt, mein Vater habe es ihm gegenüber zugegeben.«

Brad kaute kurz gedankenverloren an einem Nagel. »Rechtlich gesehen ist das bedeutungslos, wenn er nichts auf Band hat. Aber es würde erklären, weshalb Asher deinen Vater getötet hat. Das stellt einen Zusammenhang her und alles ergibt einen Sinn, denn jetzt haben wir ein Motiv.«

»Das heißt auch, dass mein Vater ein Verbrecher war.«

Brad starrte einen Moment lang vor sich hin, sein Gesicht wurde einen Ton heller. Er trank einen Schluck, bevor er sprach. »Hey, tut mir leid, Diane. Ich … ich habe nicht zu Ende gedacht. Das muss schrecklich für dich sein.«

»Es ist nicht gerade eine Party, aber ich muss zugeben, es ist, als stoße man sich den Zeh, nachdem man sich das Bein gebrochen hat.«

»Kein Wunder, dass du kaum geschlafen hast. Er hat dir das alles gestern erzählt?«

»Am Tag davor. Da habe ich es dir nicht erzählt, weil ich mir nicht sicher war, ob ich ihm glaube.«

»Und jetzt?«

Diane schnaufte. »Und jetzt fange ich an, es zu akzeptieren. Ich vertraue Asher. Und ja, ich schätze, gestoßener Zeh hin oder her, ich fühle mich schrecklich, da ich nun weiß, was Vater getan hat.«

»Das ist vollkommen verständlich. Ist das, warum du … die Frage über die Sünden der Väter an dem Abend?«

»Dieser Aspekt geht mir irgendwie im Kopf herum. Ich habe meinen Vater geliebt. Ich liebe ihn auch jetzt noch. Er war nicht perfekt, aber er war gut zu mir. Es ist hart, sich damit abzufinden.«

Brad stand auf und lief ziellos durchs Zimmer. »Dein Vater? Ich meine … ich dachte auch, dass ich ihn kennen würde … aber *so was*?« Er schüttelte den Kopf, als versuchte er, die Verwirrung und den Unglauben loszuwerden. »Und du willst mir sagen, dass du eine Art Schuld oder Verantwortung empfindest?«

»Ich weiß, das ist dumm, aber … ja, das tue ich, wenn ich auf mein Herz höre. Wir reden hier über meinen eigenen Vater. Ich kann nicht akzeptieren, was er getan haben soll. Er war so ein guter Mann. Er *schien* so ein guter Mann zu sein.«

Brad setzte sich wieder und hielt ihre Hand. »Hör bei dieser Sache auf deinen Verstand, nicht dein Herz. Nichts davon ist deine Schuld.«

»Wohl nicht. Danke.«

Sie lehnten sich aneinander, hielten sich, ihre Lippen berührten sich und einige Sekunden lang legte jeder dem anderen den Kopf auf die Schulter.

»Ich bin mir auch nicht sicher, ob mein Vater Schuld hatte.«

Brad zog sich zurück und runzelte die Stirn.

»Nein, im Ernst. Asher hat mir erzählt, was passiert ist. Vater war nur ein Bauernopfer. Er hatte so gut wie keine Wahl. Irgendwann erzähle ich dir das alles. Aber nicht jetzt.«

»Ich … ich weiß nicht«, sagte Brad. »Ich vertraue dir, Diane. Es ist nur so viel auf einmal. Aber ich verstehe, dass es kompliziert ist.«

»Um es milde zu formulieren«, sagte Diane.

»Und, wie geht's jetzt weiter?«

»Gar nicht. Ich habe Asher geschworen, die Behörden nicht zu informieren.«

»Solltest du dich davon aufhalten lassen?«

»Oh, ich kann nicht. Das ist Ashers Geschichte, es liegt an ihm.«

»Okay.« Brad überlegte kurz und das Stirnrunzeln vertiefte sich. »Das verstehe ich nicht«, sagte er schließlich. »Die eine Minute glaube ich, es zu verstehen, und in der nächsten bin ich wieder verwirrt. Weshalb würde Asher nicht wollen, dass so etwas ans Licht kommt? Ich meine, warum sollte ihm dein Vater so sehr am Herzen liegen und dann ermordet er ihn? Irgendwie ergibt das Sinn, aber zugleich ist es völlig abstrus.«

»Du hast recht. Totales Chaos.«

»Es sei denn, er will dich beschützen.«

»Du meinst, vor der Öffentlichkeit?«

»Oh ja. Wenn die Geschichte herauskommt, wirst du es mit Reportern und allem Möglichen zu tun bekommen.«

»Weißt du, im Moment ist mir das wirklich egal.«

»Das verstehe ich. Und es löst immerhin ein Problem.«

»Welches?«

»Du hast gesagt, es würde dir schwerfallen zu glauben, dass Asher deinen Vater ermordet hat. Diese Tatsachen geben ihm einen sehr guten Grund dafür.«

Diane nickte. »Ich schätze, den hatte er.«

Kapitel 33

September 2001 – Pittsburgh

Drei Wochen waren vergangen, seit Diane sich Ashers Version der Ereignisse angehört hatte. Sie und Brad hatten die Geschichte viele Male lang und breit durchgesprochen. Worüber sie nicht gesprochen hatten, war, wo Diane leben würde. Sie hatte den Besuch bei ihrer Mutter in Baltimore arrangiert, was sie danach tun würde, hatte sie noch nicht entschieden. Noch immer fühlte sie sich ihrer Mutter gegenüber auf eine gewisse Weise schuldig.

Und langsam schien sie Gefallen daran zu finden, Pittsburgh insgesamt zu verlassen. Nachdem sie Ashers Geschichte über ihren Vater akzeptiert hatte, war sie anfangs sicher, dass niemand außer Asher und ihr die Wahrheit kannte. Doch jedes Mal, wenn es an der Tür klopfte oder das Telefon klingelte, fragte sie sich den Bruchteil einer Sekunde lang, ob noch jemand Bescheid wusste. Einzelheiten über den Mord an ihrem Vater waren für die Presse freigegeben worden, also hatten Journalisten sie kontaktiert. Das war schlimm genug, aber Diane wusste, dass einige clever waren und sehr hartnäckig. Es war gut möglich, dass einer in dem Fall recherchierte, tiefer grub – insbesondere bei den Vorwürfen von 1997 – und eins und eins zusammenzählte.

Alle diese Sekundenbruchteile waren Samen, die zu einem Gedankenblitz keimten und von da zu einem Gedanken heranwuchsen, lang genug für eine bewusste Prüfung der Risiken. Bald hörte Diane jedes Mal, wenn sie mit Fremden sprach, eine kleine Stimme in ihr Ohr wispern. Sie fragte: »Weiß diese Person Bescheid?« Je länger sie sie ignorierte, desto lauter verschaffte sie sich Gehör.

Sie schob es auf den Stress, den sie damit hatte, den Nachlass ihres Vaters zu regeln. Ja, vielleicht suchte er sie heim und vielleicht würde sich alles in Luft auflösen, sobald das Haus verkauft war. Die Geschichte über den Tod ihres Vaters würde sicher untergehen, je mehr neue Storys sich fanden.

Die praktischen Anforderungen waren nicht weniger stressig. Diane hatte ursprünglich nichts damit zu tun haben wollen, was sich im Haus befand. Also hatte sie der Entrümpelungsfirma die Anweisung gegeben, alles zu entfernen, wertvoll oder nicht. Brad hatte das Offensichtliche aufzeigen müssen: Die meisten ihrer Sachen und persönlichen Gegenstände befanden sich noch dort. Also kehrten sie gemeinsam in den Hartmann Way zurück, bevor die Firma dort auftauchte. Wie sich herausstellte, brachte Diane es nicht über sich, das Haus zu betreten. Nicht nachdem sie sich beim letzten Mal mitten in einer Krimiszene wiedergefunden hatte.

Also ging Brad pflichtbewusst hinein und packte alles in ihrem Zimmer in ein paar Umzugskisten. Als er sie ins Auto lud, bat sie ihn, noch einmal hineinzugehen und ein paar andere Dinge zu holen, denn sie wollte trotz allem ein paar Erinnerungsstücke von ihrem Vater. Was Brad auch tat und kurz darauf mit ein paar weiteren Kisten wiederkam.

Sie verlängerte ihren Urlaub. Mit ein wenig mehr Zeit zur Verfügung und dem Hartmann Way weit weg auf der anderen

Seite der Stadt fand sie es leichter, den Inhalt der Kisten durchzusehen. Am nächsten Tag war sie mitten dabei, als es klingelte.

»Diane Peterson?«, fragte der Mann an der Tür.

Diane zögerte. »Wer will das wissen?«

Der Mann nahm die Baseballmütze ab und rieb sich schmutzigen Schweiß von der Stirn. »Big Steve Entrümpelungsdienst. Wir machen das Haus ihres Vaters im Hartmann Way.« Er deutete mit dickem Daumen hinter sich zu einem Laster auf der anderen Straßenseite.

»Oh, ja.« Diane setzte ein Lächeln auf. »Ja. Tut mir leid. Wir hatten Reporter hier, seit …«

Sein Mund verzog sich leicht. Er wusste Bescheid. Es war verständlich, dass er vielleicht neugierig war. Immerhin räumte er genau das Haus aus, in dem alles geschehen war. Wahrscheinlich hatte er selbst den Großteil des Hausstands in den Laster geladen, sogar den Stuhl, auf dem Dianes Vater gesessen hatte, als die Kugel sein Gehirn demoliert und einen guten Teil davon über die gegenüberliegende Küchenwand verteilt hatte.

»Tja, ich bin kein Reporter«, sagte er. »Aber wir haben das hier gefunden.« Er reichte ihr einen Umschlag. Er war dick und beinhaltete offensichtlich mehr als Papier. »Ich weiß, Sie wollten, dass wir alles aus dem Haus entfernen, und dass Sie mitgenommen haben, was Sie behalten wollen, aber auf dem Umschlag hier steht Ihr Name. Wir haben ihn unter dem Küchenschrank gefunden.«

Diane nahm den Umschlag. »Oh, wahrscheinlich ist das nichts Wichtiges, aber es ist trotzdem nett von Ihnen. Vielen Dank.«

»Gehört zum Service.« Nach einem müden Lächeln und einem Tippen an die Mütze drehte er um und marschierte zum Laster.

Diane schloss die Tür und kehrte zu den Kartons zurück. Ihre Finger tasteten den Umschlag ab und erspürten etwas rechteckiges, kaum zwei Zentimeter dick, allerdings auch fast schwerelos.

Dann kam ihr etwas in den Sinn, woraufhin sie den Umschlag äußerst vorsichtig auf den Flurtisch legte. Sie war die Tochter eines Mannes, der verdächtigt wurde, ein Kriegsverbrecher zu sein. Ja, die Vorwürfe mögen vor vier Jahren erhoben worden sein und es war nie zu einer Anklage gekommen, aber nun war ihr Vater ermordet worden – was war mit denen, die eins und eins zusammenzählen konnten? Hatte ihr Vater Feinde aus der Vergangenheit? Und war der Mann, den sie eben gesehen hatte, tatsächlich von Big Steve? Da draußen gab es einige überaus nachtragende Menschen.

Sie trat vorsichtig ein paar Schritte zurück und wirbelte schnell ins Wohnzimmer davon. Ihre Handtasche lag auf dem Couchtisch. Gut. Aus irgendeinem Grund – wahrscheinlich wegen des kleinen alten Kläffers, den ihr Arzt Unsicherheit nannte, hatte sie die Karte mit Detective Durwoods Durchwahl aufbewahrt.

Sie schnappte sich die Tasche, öffnete sie und kramte in der kleinen Innentasche an der Seite.

Da war sie. Gut. Jetzt noch die Lesebrille. Drei Schritte zur Anrichte, und sie legte die Karte neben das Telefon. Neben die leuchtend rote Karte mit Big Steves Nummer.

Big Steve.

Sie überlegte einen Moment lang. Verhielt sie sich vernünftig?

Sie rief Big Steve an. Und wurde zu seinem Handy umgeleitet.

»Hier ist Miss Peterson.«

»Oh, hallo, Miss Peterson. Ich schätze, wir brauchen hier noch zwei Stunden.«

»Nein, darum geht es nicht. Haben Sie einen Ihrer Männer mit einem Umschlag zu mir geschickt?«

Eine lange Pause entstand, bis er antwortete: »Ist das okay? Wir fanden ihn auf dem Boden hinter dem großen Eichenschrank in der Küche. Es schien mir das Richtige, da Ihr Name darauf stand und so weiter.«

Diane atmete beruhigt auf und verfluchte insgeheim ihren Vater.

»Das ist in Ordnung, Steve. Tut mir leid, dass ich angerufen habe. Das ist kein Problem.«

Sie nahm den Hörer vom Ohr und ließ ihn die letzten paar Zentimeter fallen.

»Blöd, blöd, blöd«, murmelte sie.

Es lag an ihrem Vater. Sein ganzes Leben lang war er angespannt gewesen. Die Türklingel hatte ihn stets zappelig gemacht und in den meisten Fällen bat er Diane hinzugehen. Sie hatte es immer als Faulheit abgetan. Jetzt hatten sie die Umstände eines Besseren belehrt. Sie liebte ihn noch immer. Ihr gefiel nur nicht, dass er seinen Verfolgungswahn an sie weitergegeben hatte.

Selbstverständlich war der Mann von Big Steve gewesen. Der gottverdammte Laster stand auf der Straße. Wenn jemand die Wahrheit kannte und die Absicht hatte, Rache zu üben, gab es weitaus leichtere Methoden, diesen Drang zu befriedigen.

Aber was viel wichtiger war: Ihr Name auf dem Umschlag war in der markanten Handschrift ihres Vaters geschrieben.

Sie schüttelte den Kopf über ihre eigene Dummheit. Dann ging sie zurück in den Flur. Innerhalb von Sekunden war der Umschlag aufgerissen und flatterte zu Boden.

Den Inhalt hielt sie in der Hand.

Es war eine Kassette – eine, auf der ihr Name mit derselben spinnenartigen Handschrift gekritzelt stand. Erst seit den letzten zwei oder drei Jahren hatte ihn seine Arthritis vom Schreiben abgehalten. Er scherzte immer, dass diese gottverdammte

Krankheit mehr Macht über seine Finger hatte als er. Den Namen seiner Tochter schaffte er zu schreiben, vielleicht einen Satz. Mehr als das war einfach nicht möglich.

Diane ging in das freie Zimmer, in dem sie die Kartons durchgesehen hatte, die für ihr altes Leben standen. Sie schob zwei von ihnen beiseite, um an den zu gelangen, den sie suchte. Sie hatte es aufgegeben, ihrem Vater CDs vorzuschlagen. Er zog immer seine Kassetten vor.

Und hier war sein Abspielgerät. Und zugleich sein Rekorder.

Die Angst vor dem Ungewissen trocknete ihr den Hals aus. Sie musste es sich sofort anhören.

Zurück im Wohnzimmer setzte sie sich hin, stellte den Rekorder auf den Couchtisch, steckte die Kassette hinein, drückte auf Play und verschränkte die Finger.

Das Rauschen des Bandes wich einem Husten, dann kurz einem atemlosen Keuchen. Und dann kamen Worte, ausgesprochen mit der bebenden Stimme eines Kindes, das gleich Schläge bekommen würde. Es war unverwechselbar. Das war Vater. Das war Vater in einer Gemütsverfassung, die sie nie an ihm erlebt hatte, aber es war unverwechselbar Vater.

Sie hörte mit starrem Blick auf den Rekorder zu.

* * *

Mein Liebling Diane. Ich habe es im Leben weit gebracht und viele harte Zeiten durchlebt. Aber dir diese Nachricht zu hinterlassen, fällt mir schwerer als alles, was ich je getan habe. Ich wünschte, ich könnte dir das von Angesicht zu Angesicht sagen, aber mein dummer Stolz lässt mich nicht – genau wie meine krummen, nutzlosen Finger mich das nicht aufschreiben lassen. Es tut mir leid.

In meinem vorherigen Leben habe ich viele Dinge getan, derer ich mich schäme. Ich habe dir erzählt, dass ich in einem kleinen

Bauerndorf in der Ukraine geboren und aufgewachsen bin. Mein Name lautete damals Mikhail Petrenko.

So viel ist wahr.

Etwas anderes ist ebenfalls wahr. Ich gebe zu, dass ich ein Feigling bin, weil ich nicht früher reinen Tisch gemacht habe. Ich habe mir eingeredet, dass ich es deinetwegen geheim hielt, damit du ein normales Leben führen konntest. Die Wahrheit ist, dass ich es dir bereits vor Jahren gestehen wollte. Aber jedes Mal stellte ich mir dein Gesicht vor, wenn du meine Worte hörst, und ich brachte es nicht über mich. Ich kann es dir zwar nicht persönlich sagen, aber ich kann die Wahrheit nicht länger vor dir verbergen.

Du wirst dich erinnern, dass man vor vier Jahren Vorwürfe gegen mich erhoben hat. Kriegsverbrechen nannte man sie.

Sie sind alle wahr.

Ich war in Treblinka.

Ich habe eine Maschine bedient. Ich war ein Teil der Maschine der Todesfabrik.

Sogar über diesen Rekorder kann ich mich nicht überwinden, dir Einzelheiten zu erzählen. Aber ich war dort und hatte aktiven Anteil an einigen schrecklichen, unmenschlichen Taten.

Ich habe mein Bestes gegeben, diese Erinnerung wegzuschließen, um nicht wahnsinnig zu werden und um deines Glückes willen. Ich tat so, als wäre das alles in einem anderen Leben geschehen. Ich weiß, dass ich dir nicht der beste Vater gewesen bin. Du wolltest oft von zu Hause ausziehen und ich habe dich davon abgehalten. Das ist keine Entschuldigung, aber als deine Mutter mich verließ, fühlte ich die Leere einer durch die Umstände ausgelöschten Familie, und das schien sich in meiner Seele festzusetzen. Trotz meiner Versuche, meine Gefühle zu verbergen, hast du zweifellos gewusst, wie ich in den darauffolgenden Monaten gelitten habe, und ich konnte mich nicht der Aussicht stellen, dich ebenfalls zu verlieren.

Davon abgesehen glaube ich, dass ich es gut geschafft habe, mich im Griff zu behalten, diese blutroten Erinnerungen wegzuschließen und mich hinter meiner selbstbewussten Fassade zu verstecken.

Doch mein alter Freund Asher hat mich ertappt, also erzählte ich ihm, was ich vor all der Zeit getan habe. Verständlicherweise ist er sehr verärgert über mich und hat soeben dieses Haus äußerst aufgebracht verlassen. Er hat mir versprochen, mich nicht anzuzeigen, aber ich bezweifle, dass er mich jetzt noch als Freund ansieht. Und das ist gewissermaßen die schlimmere Strafe.

Das Telefon hört nicht auf zu klingeln. Ich weiß, dass er es ist. Er neigt zu Gefühlsausbrüchen, aber im Herzen ist er ein guter, sanfter Mann mit strengen Moralvorstellungen. Bitte sei freundlich zu ihm, Diane. Er ist sehr aufgewühlt. Ich kenne ihn gut und weiß, weshalb er anruft: Er will mir für meine Beteiligung an diesen bösartigen Taten vergeben. Das würde er für mich tun, auch wenn ich das nicht verdiene.

Allerdings möchte ich dich um Vergebung bitten für das, was ich gleich tun werde.

Genau wie Asher hast du mir eine Menge zu verzeihen. Ich konnte mich niemals der Möglichkeit stellen, dass du dich von mir lossagst. Das erklärt wahrscheinlich, weshalb ich dein Leben vermasselt habe, genauso wie ich es bei deiner Mutter versucht habe. Das tut mir leid. Es lag nie in meiner Absicht. Das ist, was Schuld den Menschen antut, sie steckt andere mit Leid an.

Du warst eine fürsorgliche Tochter, Diane, viel mehr, als ich es verdiene. Ich weiß, dass du meinetwegen über die Jahre hinweg viele Opfer gebracht hast, also bitte, vergiss nicht, dass ich dich immer lieben werde. In den kommenden Monaten werden die Leute alles unternehmen, damit du dich schämst, meine Tochter zu sein. Lass dich davon nicht vereinnahmen. Glaub mir, wenn ich dir sage, dass es nichts gibt, dessen du dich zu schämen brauchst – überhaupt nichts. Meine Verbrechen habe ich zu verantworten und sonst niemand.

Ich habe so lange den Deckel darüber gehalten, und das hat viel zu viel Schaden angerichtet, viel mehr, als ich wert bin. Aber nun ist die Vergangenheit wieder in mein Leben getreten, und das ist mehr, als ich ertrage.

Es tut mir so sehr leid.

Kapitel 34

Juli 2001 – Pittsburgh

Am Küchentisch im Hartmann Way 38 fiel Mikhails Finger auf die Stopptaste an seinem zuverlässigen alten Kassettenrekorder und zitterte unkontrollierbar, als er sich weiterbewegte, um den Kassettenauswurf zu drücken. Er hatte sich bereits große Mühe gegeben, Dianes Namen auf Kassette und Umschlag zu krakeln. Das war gut. Das war vorausschauend gewesen. Jetzt zitterte er so stark, dass er kaum in der Lage wäre, einen Stift zu halten, geschweige denn zu benutzen.

Und das war Mikhail Petrenko, nicht Michael Peterson. Asher hatte ihn soeben an diese Tatsache erinnert – an die Vergangenheit des Mannes, der er wirklich war. Er kam als Mikhail Petrenko zur Welt, also schien es nur passend, dass er jetzt wieder zu ihm wurde. Passend und ehrlich.

Er atmete zischend ein und nahm die Kassette langsam aus ihrer Halterung. Die Kassette bebte, der Umschlag bebte. Es war, als wollte man in einem fahrenden Auto einen Faden durchs Nadelöhr fädeln. Aber beim vierten Versuch gelang es ihm. Er versuchte, die Gummierung anzufeuchten, aber seine Zunge war viel zu trocken. Also griff er nach seinem Glas Apfelsaft, tauchte den Finger hinein und verschloss den Umschlag. Er legte ihn vor sich hin, neben den Kassettenrekorder und den Saft. Dann rückte er alles zur Seite, mit einer Sorgfalt, die sogar ihm verdreht vorkam, wo sie in Sicherheit sein würden. Sein Blick fiel auf die Überreste des Glases, das Asher zerschlagen hatte, dann geradeaus durch das Fenster der Hintertür. Der Pinsel, der auf der Farbdose balancierte, die auf dem Ziegelstein balancierte, wartete noch auf ihn. Diese drei Dinge waren vielleicht die Einzigen, die ihn vermissen würden, wenn er tot war. Asher hatte den Aufbau fast umgestoßen, als er vor einer Stunde hinausgestürmt war. Seitdem hatte Mikhail jede Menge Zeit zum Nachdenken gehabt, um sich mit dem Unausweichlichen abzufinden. Es war ihm von jeher klar gewesen, was er tun musste. Nachdem Mikhail den Beschluss gefasst hatte, hatte er die Tür für ein wenig Privatsphäre zugezogen und abgeschlossen und sich dann gesammelt, bevor er eine Nachricht für sein Ein und Alles hinterließ.

Er griff nach der Pistole, starrte sie einen Moment lang an. Seltsamerweise verspürte er einen gewissen Frieden, wie er ihn schon lange nicht mehr erlebt hatte.

Er setzte die Mündung der Pistole an seine Schläfe.

Die letzte halbe Stunde war er in Tränen aufgelöst gewesen, was absolut untypisch für ihn war. Doch nun akzeptierte er, dass alles vorbei war.

Mikhails letzte Gedanken galten den ausgelöschten Leben in einer anderen Welt. In einer Kammer. Sie kreischten, sie krallten sich fest, sie klammerten sich an die Hoffnung, dass es nicht das Ende sein würde. Mikhail nicht. Er hatte sein Leben gelebt.

Das war etwas, wofür man dankbar sein konnte.

Die Tränen versiegten. Das ruckartige Atmen auch. Er nahm einen tiefen ruhigen Atemzug. Dann hörte er das Klingeln des Telefons. Es kam gleichmäßig, wie der Kreis des

Lebens. Klingeln, dann still und friedlich, klingeln, dann still und friedlich, klingeln, dann still und friedlich.

Er drückte den Abzug.

* * *

Am Busbahnhof in Pittsburgh flehte Asher darum, dass das Telefon seinen Rhythmus ändern würde. Klingeln, still und friedlich, klingeln, still und friedlich, klingeln, still und friedlich.

Ja, als er im Treblinka-Museum das Foto von Mikhail gesehen hatte, war sein erster Impuls gewesen, seinen alten Freund nie wiedersehen zu wollen, dass er sich von ihm lossagen würde.

Aber als er zu Hause aus dem Flugzeug gestiegen war, hatte er gewusst, dass er Antworten brauchte. Er hatte stundenlang mit seiner Vernunft gerungen, versuchte, sich einzureden, dass das auf dem Foto durch einen Trick nicht Mikhail war. Doch sein Herz kannte die Wahrheit. Er fühlte sich so verraten. Und er musste Mikhail nach seiner Rechtfertigung fragen, wollte wissen, ob er eine Beteiligung zumindest zugab.

Gleich nach seiner Rückkehr nahm er den Bus nach Pittsburgh, und als er eintraf, war er für einen Kampf bereit. Er war darauf eingestellt, dass Mikhail abstritt, abstritt, abstritt.

Mikhail war dabei, die Holzverzierungen an der Fassade des Wintergartens zu streichen, aber er legte den Pinsel beiseite, als Asher auf ein Gespräch drängte. Kurz darauf saßen sie sich am Küchentisch gegenüber. Asher hatte Mühe, seine Wut zu zügeln, als er Mikhail von Treblinka berichtete, von der Fotografie.

Selbstverständlich stritt Mikhail es ab und stritt es ab und stritt es ab, solange er konnte. Sogar als er sagte, er wollte nicht mehr darüber reden und Asher kurz davor stand zu gehen, stritten sich die Männer weiter.

»Du machst mich krank«, sagte Asher zu ihm. »Erst bestreitest du es und dann tust du es ab, als hättest du nur billigen Tand gestohlen.«

»Asher, ich habe doch erklärt, bis ich …«

»Das trifft mich am härtesten. Du hast mich vor vier Jahren betrogen, indem du mir nichts gesagt hast, du hast mich betrogen, als ich im Krankenhaus lag und du wortlos zugehört hast, wie ich über meine arme Schwester sprach, und jetzt betrügst du mich schon wieder, indem du versuchst, die ganze Sache runterzuspielen.«

»Ich spiele nichts herunter. Ich erkläre. Bist du zu blöd, um den Unterschied zu sehen?«

»Jetzt bin ich blöd, was?«

»Wenn du nicht verstehen kannst, was ich sagen will, dann ja. Ich hatte keine Wahl. Wäre ich im Kriegsgefangenenlager geblieben, wäre ich jetzt tot, wir würden nicht diese Unterhaltung führen und es gäbe keine Diane. Ja. Tausendmal ja, ich habe schreckliche Dinge getan, aber das hast du auch, Asher, das hast du auch.«

Als Mikhail aufstand, verstellt Asher ihm den Weg.

»Ich habe keine unschuldigen Menschen getötet, Mikhail. *Das* ist der Unterschied zwischen uns.«

»Hör zu, wir können uns nicht einigen, wir werden uns *niemals* einigen. Aber … was wirst du jetzt tun?«

Asher strich sich mit der Hand über die verschwitzte Stirn und wischte die Feuchtigkeit am Hemd ab. Ein paarmal setzte er zum Sprechen an, aber es kam nichts heraus.

»Bitte, Asher«, flüsterte Mikhail heiser. »Bitte informiere nicht die Behörden.« Er wartete auf eine Antwort, aber es kam keine. »Das würde mich vollkommen zerstören. Denkst du nicht, ich habe genug gelitten?«

»Du glaubst, du hättest gelitten? Du hattest dein ganzes Leben lang einen guten Job.«

»Ich hasste meinen Job. Ich hasste die Leute, mit denen ich gearbeitet habe.«

»Du hast geheiratet.«

»Wir haben einander gehasst.«

»Du hast mir erzählt, die Scheidung sei einvernehmlich gewesen.«

»Ach, *Himmelherrgott* noch mal, Asher! Ich habe gelogen. Das ist, was verkorkste Mistkerle wie ich tun.«

»Du hast immer noch Diane.«

»Sie hasst mich auch.«

»Meinst du? Wirklich?«

»Ich habe ihr Leben versaut und sie das von Brad. Begreifst du es nicht, Asher? Ich hasse mich selbst. Ich verabscheue mich für das, was ich getan habe. Ich versuche, rational zu sein, und analysiere, was geschehen ist, indem ich über Wahlmöglichkeiten rede, aber die Wahrheit ist, dass Angst und Selbsthass immer siegen. Glaubst du ernsthaft, dass diese Dinge sich zur Seite drängen lassen? Nein. Am Ende machen sie jeden irre.«

»Verstehe.« Asher nickte langsam. »Nachdem du es erst abgestritten und dann runtergespielt hast, geht's jetzt um dich, als wärst *du* das Opfer.« Er atmete tief durch und schaute seinen Freund spöttisch von oben bis unten an. »Gott, du bist so ein arroganter Mistkerl. Schuld und Reue müssen Fremdworte für dich sein.«

»So ist das nicht.«

»Von meinem Standpunkt aus schon.«

»Tja, du irrst dich. Bitte. Hör mir zu.« Er machte eine Geste zum Tisch zurück und sie setzten sich.

»Asher, du hast recht, den Großteil meines Lebens war ich der, den du beschreibst. Ich versuchte, meine Taten auszublenden – sie zu verleugnen. Meiner Frau und meiner Tochter sagte ich, dass ich nicht darüber sprechen kann, was mir im Krieg widerfahren ist, dass es einfach zu schrecklich war, um es noch einmal zu erleben. Sie akzeptierten es. Aber als ich älter war, schon lange, bevor du wieder auf der Bildfläche aufgetaucht bist, dämmerte die Erkenntnis, dass es falsch war, was ich getan hatte. Und ich wünschte oft, ich wäre in dem stinkenden Kriegsgefangenenlager geblieben und hätte Treblinka nie zu Gesicht bekommen, sogar um den Preis, dass ich dort gestorben wäre. Mit dieser Erkenntnis kam eine zweite: In Wirklichkeit hatte ich schon immer so gedacht. Aber anstatt es zuzugeben, habe ich es an meiner Frau und meiner Tochter ausgelassen. Anstatt mein eigenes Leben zu versauen, indem ich mich meiner Vergangenheit stellte, habe ich es an ihnen ausgelassen und ihnen das Leben versaut. Also habe ich letzten Endes auch bloß verloren. Kannst du dir vorstellen, wie sehr ich mich für all das hasse?«

Asher musterte Mikhails Gesicht, starrte in seine traurigen Augen, sah die Tränen über sein vom Alter gezeichnetes Gesicht laufen. »Ich glaube dir kein Wort«, sagte er schließlich. »Du versuchst nur, deine Haut zu retten, genau wie damals.«

»Nein!«, kreischte Mikhail. »Das ist die Wahrheit!«

Asher stand auf und trat einen Schritt zurück. Er hätte zufrieden sein sollen, seinen besten Freund so zu sehen, wie er sich vor Qualen wand wegen dem, was er getan hatte. Aber es war kein schöner Anblick. Kein bisschen. Und am schlimmsten war: Er wusste, dass Mikhail ehrlich war. Immerhin bedachte er eine Welt, in der Diane nie existiert hätte. Asher sah die Wahrheit in Mikhails Augen. Er hätte es gewusst, wenn er ihm etwas vorgemacht hätte.

Doch nun war Asher an der Reihe, arrogant zu sein. Er konnte nichts dagegen tun.

Mikhail erhob sich ebenfalls, ging auf Asher zu und griff ihn bei den Jackenaufschlägen. »Willst du, dass ich bettle?«, fragte er und schluchzte ungehemmt. »Also gut, ich bettle.

Bitte, Asher. Wenn nicht meinetwegen, dann für Diane. Bitte behalte das alles für dich. *Bitte!*«

Wut erstickte jeden Gedanken in Ashers Kopf. »Mikhail Petrenko«, sagte er. »Ich will dich niemals wiedersehen. Wir sind nicht länger Freunde.«

Bei diesen Worten stürzte Mikhail den Kopf in die Hände. »Bitte, Asher«, sagte er. »Über die Jahre hinweg habe ich so viel darüber nachgedacht und es hat einen Teil von mir zerstört. Die Geheimnisse, die Täuschung, die Schuld. Es war wie eine schwelende Krankheit und ich wusste, dass sie eines Tages wieder ausbrechen könnte.« Er blickte zu Asher auf. »Und heute, so viele Jahre später, ist es so weit. Du überfällst mich damit und erwartest, dass ich innerhalb ein paar lächerlicher Minuten alle Antworten parat habe. Tja, ich habe dir die Wahrheit gesagt. Mehr kann ich nicht sagen.«

Da brannten Asher die Sicherungen durch. Er wütete und schrie Mikhail an, stand auf, lief mit fuchtelnden Armen auf und ab, setzte sich dann wieder, erlaubte Mikhail jedoch immer noch nicht zu sprechen. Asher war nie aufbrausend gewesen, als hätte er sich alles für diese paar Minuten aufgespart, in denen er Mikhail an den Kopf warf, wie bösartig und abscheulich er war.

Erneut bat Mikhail um Verzeihung und Asher sagte, er solle zur Hölle fahren. Mikhail wiederholte immer wieder, dass es ihm leidtat, inzwischen rotgesichtig und schwer atmend. Wieder und wieder bat er Asher, ihn zu verstehen, es aus seiner Perspektive zu betrachten.

»Da kannst du warten, bis wir uns in der Hölle wiedersehen«, zischte Asher. »Wo du auch hingehörst.« Dann ging er schwankend zur Tür, wo er sich umdrehte und eine letzte Salve abfeuerte. »Ich werde dir niemals verzeihen, Mikhail. Du bist nicht mein Freund und du wirst es nie wieder sein. Ich hoffe nur, dass ich dir nie mehr begegne.«

Er verließ das Haus und ließ die Tür hinter sich schwingen. Er ging wankend bis zum Ende der Straße und winkte ein Taxi heran. Als ihn das Taxi am Busbahnhof absetzte, fühlte er sich krank von all der Aufregung und sehnte sich danach, im Wartebereich auszuruhen. Er beobachtete die zusammengewürfelte Auswahl an Menschen, die an ihm vorbeiging, und fing an, auch über deren Vergangenheit nachzudenken. Welche dunklen Geheimnisse mochte jeder von ihnen verbergen? Unterm Strich ist jeder an etwas schuld, es ist nur eine Frage des Ausmaßes.

Diese Gedanken schienen ihn ein wenig zu beruhigen und im Laufe der nächsten Stunde begann er, sehr viele der Dinge zu bereuen, die er Mikhail an den Kopf geworfen hatte. Er war ungerecht gewesen. Mikhail hatte seine Schuld den Großteil seines Lebens verleugnet und nun erwartete Asher sofortige und vollständige Offenlegung und Reue.

Asher war ebenfalls in Treblinka gewesen, er hatte geholfen, diese Menschen in die Gaskammern zu treiben. Das war nicht so viel anders. Nein, er hatte sich nicht dafür gemeldet. Man hatte ihn ausgesucht und ihm befohlen, es zu tun. Aber wenn er eine Wahl gehabt hätte, hätte er sich stattdessen für den Tod entschieden? Niemand konnte eine solche Frage beantworten.

Mikhail hatte genau das gesagt und er hatte nicht unrecht. Es gab Parallelen, allerdings mit einem wesentlichen Unterschied: Asher hatte in Treblinka nie eine Waffe bekommen. Hätte er das, wollte er gern glauben, sie gegen die Aufseher eingesetzt zu haben. Dagegen war Mikhail ein Trawniki-Aufseher gewesen, einem SS-Mann quasi gleichgestellt und mit Zugang zu Waffen. Hätte Asher es an seiner Stelle genauso wie Mikhail gemacht? Oder wäre er wirklich im Kriegsgefangenenlager geblieben, um sein Glück dort herauszufordern?

Je länger Asher darüber nachdachte, desto mehr verwirrte ihn alles.

Aus den Lautsprechern im Wartebereich des Busbahnhofs plärrte Musik. Asher fühlte sich derart schrecklich, dass er darum betete, die Lautstärke möge sich erhöhen, so weit erhöhen, dass es ihm in den Ohren schmerzte. Er wollte sich in einer Ecke zusammenkauern und nie wieder aufstehen. Wenn ihm doch jemand in diesem Moment das Leben nehmen würde, nur, um die im Kopf umherhuschenden Ameisen aufzuhalten.

Es war schon lange her, dass er solche destruktiven Gedanken hatte.

Er konnte nicht aufhören, an Mikhail zu denken. Sollte er ihm verzeihen? Wollte er es in Betracht ziehen, je wieder mit ihm befreundet zu sein? Sein Verstand glich einem Meer aus Unsicherheit und doch gewann die Sorge um seinen alten Freund. Er hatte überhaupt nicht gut ausgesehen, als Asher hinausgestürmt war.

Und da beschloss Asher, Mikhail anzurufen. Er hatte seine Meinung nicht geändert. Oh nein. Er wollte nur sichergehen, dass er okay war. Er fummelte mit dem Kleingeld herum und zwang seine zitternden Finger, die Nummer zu wählen.

Niemand hob ab. Da war nur der unendliche Kreislauf aus still und friedlich, klingeln, still und friedlich, klingeln, still und friedlich. Er wartete weiter.

Er sollte sich entschuldigen. Für ein paar der schrecklichen Dinge, die er gesagt hatte, sollte er um Verzeihung bitten. Ihre Freundschaft würde nie wieder dieselbe sein, aber sie waren einmal Freunde gewesen und Mikhail war immerhin ein menschliches Wesen.

Er prüfte noch mal die Telefonnummer und wählte erneut. Zweimal.

Dennoch hob Mikhail nicht ab.

Was, wenn er nicht abheben *konnte*?

Asher krachte den Hörer auf die Gabel und verfluchte sich.

Er verließ den Busbahnhof und nahm ein Taxi zurück zum Hartmann Way.

* * *

Fünfzehn Minuten später eilte Asher vom Taxi zur Haustür der Nummer 38. Er keuchte und hustete, nahm sich keine Zeit, um sich zu sammeln, und klingelte sofort. Dann hämmerte er an die Tür. Keine Antwort. Also ging er ums Haus und an jenen Kindern vorbei, die nach wie vor Basketball spielten.

Er trat durch das Tor in den Garten und steuerte auf die Hintertür zu, neben den Holzverzierungen. Dort stand die Farbdose noch auf dem Ziegel und wartete geduldig darauf, dass Mikhail weiterstrich. Asher hob die Hand und wollte eben ans Glas hämmern, als er Mikhail entdeckte. Er saß am Tisch, Kopf und Schultern nach vorn gesackt. Er war still und ruhig.

Asher rief nach ihm, hämmerte an die Tür, doch er rührte sich nicht.

Er presste die Hände ans Glas, schirmte die Augen ab und kniff sie zusammen, um besser sehen zu können. Auf dem Tisch neben Mikhail schien eine dunkle Lache zu sein. Und das Ding neben der Lache, war das eine Pistole?

O nein. Oh, gütiger Gott, nicht das.

Asher drehte sich um und sein Blick blieb an dem Ziegelstein unter der Farbdose hängen. Er zog ihn aus der Erde, warf die Dose um, ohne sich um die auslaufende Farbe zu kümmern, und schlug damit das Glas der Tür ein. Er griff hinein, schloss auf und schnitt sich dabei in den Unterarm. Er zuckte zurück, aber nichts konnte ihn aufhalten. Ein Rütteln am Türknauf und er war drin, fiel beinahe hin, als er zu Mikhail rannte und ihn an den Schultern fasste.

Eine Sekunde lang befand er sich wieder an diesem unseligen Ort, sah Dinge, die kein Mensch jemals sehen sollte, roch diese eigenartige kupfrige Salzigkeit, die niemand riechen sollte. Diese Gestalt – noch warm, wie die Toten, die er vor so vielen Jahren aus den Kammern gezogen hatte – war nicht länger Mikhail, sondern etwas, das früher einmal Mikhail gewesen war. Die Blutlache breitete sich langsam um seinen Kopf aus, Spritzer liefen an der Wand neben ihm hinab. Jeder war mit Fragmenten von Knochen und Fleisch gespickt.

Asher umarmte die leblosen Schultern und rief Mikhails Namen aus. Dann blieben seine Augen an der Pistole neben Mikhails rechter Hand hängen. Er nahm sie hoch, hielt sie kurz und ihm wurde klar, dass er jede Menge Verantwortung trug. Sie hatten viel zusammen durchgemacht. Mikhail war immer der Stärkere gewesen, doch nun hatte Asher ihn in den Schwächeren verwandelt. Er prüfte das Magazin der Waffe. Es war leer.

Er sah sich um, suchte nach Munition. Ja, das war es, was er verdiente. Er suchte fiebrig, durchsuchte Mikhails Taschen und ein paar Küchenschubladen. Er fand keine.

Und wenn er welche gefunden hätte, würde er den Mut dafür haben?

Bei dem Gedanken wurde ihm schlecht, als würde er gleich ohnmächtig werden. Er kehrte zu Mikhails Leiche zurück und stellte sich etwas abseits von ihm an den Tisch, wo Mikhails Saftglas, sein geliebter Kassettenrekorder und ein mit einem Namen bekritzelter Umschlag lagen. In einem Wutanfall schrie er seinen Gott an, schlug mit der Hand auf den Tisch und riss alles mit zu Boden.

Er schrie erneut auf, noch wütender, weil es niemanden gab, der ihn hörte. Er wankte zur Hintertür hinaus und atmete ein paarmal tief die frische Luft ein. Obwohl es zwischen seinem Kopf und den Beinen keine Verbindung zu geben schien, zwang er sich weiterzugehen. Mit einem Fuß trat er in die verschüttete Farbe, ging auf dem Weg ums Haus wieder an den Kindern vorbei. Die ihm am nächsten waren, sahen ihn verängstigt an und wichen zurück. Auch das war Asher egal.

Er winkte ein Taxi heran, kaum dass er die Straße erreichte, und sprang hinein. Anfangs war der Fahrer gesprächig und freundlich, bis er das tiefrote Blut an Ashers Händen bemerkte. Asher nannte ihm den Busbahnhof als Ziel und begann, das Blut an seiner Jacke abzuwischen.

Der Fahrer fragte Asher, ob es ihm gut gehe, und wurde umgehend angewiesen, den Mund zu halten und zu fahren. Am Busbahnhof ging Asher direkt zum WC, um sich zu waschen.

Der Bus zurück nach Detroit wurde erst in zwei Stunden erwartet, also setzte er sich in den Wartebereich, zusammengekauert in einem Wirrwarr aus Reue und Selbsthass. Immer wieder nickte er ein, konnte manchmal kaum sagen, was wirklich und was ein Produkt seiner Fantasie war. Die Blutflecken an seiner Jacke erinnerten ihn immer wieder, dass er versuchte, der schrecklichen Wahrheit zu entkommen.

Er wusste ganz genau, was er getan hatte. Mikhail hatte zwar vor all den Jahren etwas verkehrt gemacht, aber er war auch Ashers Freund, und unter Freunden versteht und vergibt man einander. Den wahren Nazis konnte er niemals vergeben, den Drahtziehern, den Planern, den Antreibern und Motivatoren, denen, die mit kaltem Verstand all die furchtbaren Dinge angezettelt hatten.

Aber die Menschen, denen dieselben Leute keine Wahl gelassen hatten?

Asher wusste aus eigener Erfahrung, dass das Konzept vom freien Willen oft recht kapriziös war.

Er fühlte sich verantwortlich für Mikhails Selbstmord, auch wenn er ihm die Pistole nicht an den Kopf gehalten hatte. Als der Abzug den Hammer löste und das Kügelchen aus Metall durch seinen Schädel zwang, war es nicht Ashers Finger gewesen, der ihn gedrückt hatte. Aber jeder trägt die Schuld an etwas. Asher hatte mit ihm gestritten und ihm so sehr zugesetzt, dass er ihn genauso gut selbst hätte umbringen können.

Lange bevor der Bus nach Detroit eintraf, ging Asher direkt zur Polizei. Er habe soeben einen Mann getötet.

Er teilte ihnen Mikhails Adresse mit und wo und wie genau die Leiche dort lag. Man behielt ihn da, während alles überprüft wurde.

Mit der Zeit häuften sich die Beweise: Mikhails Blut überall an Asher, Ashers blutiger Fingerabdruck auf der Waffe, die man vor der Tür fand, sein Blut am Glas der Hintertür, die Farbe an seinen Schuhen, die Jungen, die ihn mit Blut an den Händen aus dem Haus hatten stürzen sehen, der Bericht des Taxifahrers über einen verstörten alten Mann, der Blut auf seinen Sitzen hinterlassen hatte.

Am nächsten Tag wurde Asher angeklagt. Am Tag darauf diktierte und unterschrieb er ein Geständnis.

Als er die Zelle betrat, war er sich sicher, das Richtige getan zu haben. Obwohl sein Leben hinter diesen Gittern enden würde, fühlte er sich seltsam zu Hause. Immerhin kam er so den Umständen am nächsten, unter denen seine Familie damals gestorben war. Dadurch fühlte er sich in gewissem Sinne mit ihr verbunden und verspürte inneren Frieden.

Kapitel 35

September 2001 – Pittsburgh

Versionen der Geschichte gelangten ins Fernsehen und in die Zeitungen, aber Diane, die die Überprüfung des Falles angestoßen hatte, indem sie der Polizei die Kassette übergab, wurde über jegliche neuen Erkenntnisse sofort informiert.

Die Polizei hatte Ashers Geständnis für bare Münze genommen. Wieso auch nicht? Enge Budgets und knappe Ressourcen waren mit einem unterschriebenen Geständnis und eindeutigen forensischen Beweisen zusammengetroffen. Einen derart sauberen Fall erlebte man selten. Aber nachdem man sich das Band angehört und die Echtheit bestätigt hatte, nahm man die Beweise und Zeitangaben genauer unter die Lupe und verhörte Asher noch einmal. Zuletzt gab er auf und gestand seinen Meineid, gestand, dass er zum Haus zurückgekehrt war, seinen Freund tot über dem Tisch vorgefunden hatte, einbrach, in Panik die Waffe in die Hand nahm und vernebelt vor Schock hinausstolperte.

Aufgrund der juristischen Formalitäten dauerte es ein paar Tage, bis Asher aus dem Gefängnis entlassen und nach Detroit gebracht wurde. Seither hatte Diane einige Male mit ihm telefoniert. Anfangs verlief es etwas steif, aber bald unterhielten sie sich wie alte Freunde oder gar Onkel und Nichte. Ganz nebenbei hatte sie erwähnt, dass sie nicht zu ihrer Mutter nach Baltimore ziehen würde, sondern zu Brad. Und dann würden beide gemeinsam einige Zeit bei ihrer Mutter verbringen.

Wenige Tage vor ihrer Abreise klingelte das Telefon, während Diane und Brad beim Essen saßen. Asher fragte, ob er am nächsten Tag vorbeikommen könne, er müsse etwas mit ihr besprechen. Er entschuldigte sich, dass er so kurzfristig Bescheid gab, und versicherte ihr, dass das nicht zur Gewohnheit werden würde. Ein wenig verwirrt und neugierig antwortete Diane, dass er gern vorbeikommen könne.

Zurück am Esstisch sagte sie plötzlich: »Hey, tut mir leid.«

Brad sah sie verdutzt an. »Was denn?«

»Ich habe dich nicht gefragt. Es ist dein Haus.«

»Das ist *unser* Haus.«

»Es fühlt sich trotzdem nicht richtig an.«

»Du wirst dich daran gewöhnen. Und Asher ist auch hier willkommen. Gibt's einen besonderen Grund für den Besuch?«

»Ich habe ihn nicht gefragt, aber er klang nervös.«

»Meinst du, du wirst ihn fragen? Du weißt schon …«

»Ich glaube nicht, dass er darüber reden will, und ob ich das will, weiß ich auch nicht genau. Vielleicht sollten wir alle einfach damit abschließen.«

»Okay.«

* * *

Als Diane am nächsten Nachmittag Essen kochte, hörte sie draußen ein Auto vorfahren. Sie warf einen Blick hinaus und sah Ashers vertraute gebeugte Gestalt aus einem Taxi steigen.

Sie öffnete die Tür, bevor er sie erreichte. Sie umarmten sich auf die höflich-halbherzige Art, wie es Politiker oder Würdenträger tun, und gingen in die Küche.

»Ich hoffe, es macht dir nichts aus, dass ich vorbeikomme«, sagte Asher und rieb sich das glatt rasierte Kinn.

»Überhaupt nicht.«

»Und Brad? Ich meine, es wäre verständlich, wenn du lieber nicht in Kontakt bleiben möchtest.«

»Sei nicht albern«, erwiderte sie. »Das ist okay. Alles ist gut. Ich freue mich, dich zu sehen.«

Sie kochte Kaffee und sie setzten sich einander gegenüber an den Tisch.

»Wie geht's dir?«, fragte sie.

»Im Moment? Müde.«

»Es ist eine lange Fahrt.«

»Ja, ist es. Aber es ist gut möglich, dass es die letzte Fahrt war.«

»Wirklich?« Diane machte ein langes Gesicht. »Asher, du weißt, dass du hier immer willkommen bist. Auch wenn mein Vater … Also, der springende Punkt ist, du kannst gern zu Besuch kommen. Wie ich schon am Telefon gesagt habe, ich halte dich in keiner Weise für verantwortlich.«

»Das ist sehr lieb von dir, bedenkt man, was passiert ist. Gab es für dich irgendwelche … Nachwirkungen?«

»Nachwirkungen?«

»Ich glaube, man nennt es ›Pressebelagerung‹. Leute, die nichts Besseres zu tun haben, als dir die Schuld an den Dingen zu geben, in die dein Vater verwickelt war.«

Diane schüttelte den Kopf. »Bisher nicht. Mir geht's gut. Ich bin in einer guten Verfassung, um mit all dem umzugehen.«

»Das freut mich zu hören. Dein Vater hatte recht: Es gibt überhaupt nichts, dessen du dich zu schämen brauchst.«

»Danke.«

Asher beugte sich vor und nahm ihre Hand. »Und ich hoffe, dass für dich und Brad alles gut geht.«

»Ich habe ein sehr gutes Gefühl dabei. Ich wünschte nur, ich hätte das vor vielen Jahren getan.«

»Kann ich mir denken.« Asher starrte einen Augenblick konzentriert in die Luft. »Diane, dein Vater hat mir noch etwas anderes erzählt, als ich ihn an jenem Tag konfrontiert habe, als er versuchte, mir seine Taten zu erklären. Damals verstand ich es nicht, aber jetzt schon. Er sagte, manchmal könnten uns die Umstände davon abhalten, die Menschen zu sein, die wir lieber sein würden.«

»Ja«, sagte Diane. »Ja, das verstehe ich.«

Sie lächelten einander an und jeder trank einen Schluck Kaffee.

»Du bist den Bart losgeworden«, stellte Diane fest und nickte ihm zu.

Er lachte. »Das erste Mal seit dreißig Jahren, dass ich mein Kinn sehe.«

»Es steht dir.«

»Danke«, Ashers Blick schweifte durch die Küche. »Ein nettes Zuhause, das Brad hier hat.«

»Tja, jetzt ist es quasi Brads und Dianes Zuhause.«

»Oh ja, natürlich. Und ich freue mich wirklich für dich. Ich weiß, wie dein Vater … nun, ich weiß, wie er war.«

»Ja.«

Asher lächelte wieder und lobte den Kaffee. Da konnte Diane nicht mehr an sich halten. Es war nicht die Art Frage, die man übers Telefon stellte, und vielleicht war es wirklich die letzte Chance, ihn von Angesicht zu Angesicht zu fragen.

»Warum hast du es getan, Asher?«

Na bitte. Die Frage hatte ein Loch in sie gebrannt, und jetzt war sie ausgesprochen. Sie war raus. Als er sich konzentrierte, lag auf einmal ein Schatten über Ashers Gesicht. Langsam und leise fragte er: »Das Geständnis?«

»Ich verstehe es immer noch nicht. Aber das würde ich gern. Wenn du nichts dagegen hast.«

Jetzt wirkte er perplex. »Ich bin mir nicht sicher, ob ich das überhaupt sagen kann. Aber ich weiß, dass ich mich mein ganzes Leben lang schuldig gefühlt habe, und an jenem Abend fühlte ich mich schuldiger denn je. Ich fühle mich nach wie vor für den Tod deines Vaters verantwortlich, auch wenn ich nicht abgedrückt habe. Aber in jeder anderen Hinsicht ist es meine Schuld.«

»Das war es überhaupt nicht, Asher. Ich habe erst im Nachhinein erkannt, dass Vater schon immer diese Tendenz hatte.«

»Vielen Dank. Aber es tut mir dennoch leid. Ich vermisse ihn.«

»Ich weiß. Ich auch.«

»Ist dir klar, dass ich ohne ihn Izabella nicht wiedergetroffen hätte?«

»Nein?«

»Er hatte mir die Reise bezahlt und mich dazu überredet, nach Warschau zurückzukehren, aus den falschen Beweggründen, mag sein, aber nichtsdestotrotz hat er mich überredet.«

»Er war mein Vater. Ich weiß, dass er nicht gänzlich schlecht war.«

»Natürlich nicht. Das weiß ich auch.« Asher hielt inne und atmete tief durch. »Deshalb bin ich hier. Ich muss dich etwas fragen.«

»Na klar. Um was geht's?«

»Sieh mal, als ich in Warschau mit Izabella zusammen war, verstanden wir uns besser, als wir uns je hätten erträumen können.«

»Das hast du mir bereits erzählt.«

»Nein, ich meine *über die Maßen* gut. Es war unheimlich, fast so, als wären wir die ganzen Jahre lang als verheiratetes Paar zusammen gewesen. Wenn überhaupt möglich, war es sogar noch wundervoller als damals während des Krieges.«

»Das glaube ich sofort. Du zeichnest ein so hübsches Bild davon.«

»Und ich habe ihr von meinem Leben in Detroit erzählt, dass ich Freunde habe, mit denen ich mich regelmäßig in der Bibliothek treffe, echte Kumpel, das dachte ich jedenfalls. Wusstest du, dass mich nicht einer von ihnen im Krankenhaus besucht hat? Kein einziger. Nur du und dein Vater seid gekommen.«

»Nein, das wusste ich nicht. Und es tut mir leid.«

»Izabella und ich haben uns alles erzählt. Das fühlte sich so gut an. Und dann, am Tag meiner Abreise, als ich dachte, es könnte unmöglich noch besser werden, bat sie mich, für immer mit ihr in Warschau zu leben.«

»Oh, Asher. Das ist wirklich schön.«

»Tja, das wäre es gewesen. Ich wollte Ja sagen. Ich wollte tausendmal Ja sagen. Aber ich hatte zu große Angst.«

»Das verstehe ich nicht. Wovor denn?«

Asher rieb sich das Kinn und überlegte kurz, bevor er fortfuhr: »Weißt du, ich hatte ein bestimmtes Bild im Kopf. Izabella und ich sind verheiratet, schon seit fünfzig Jahren. Und wir sind glücklich, mehr als das. Wir haben ein hübsches Haus, schön eingerichtet, sauber und ordentlich, frische Blumen auf dem Esstisch. Wir fahren gemeinsam in die Ferien, inzwischen nur noch zu zweit, da unsere Kinder erwachsen sind. Aber wir helfen den Kindern mit Rat und spielen mit unseren Enkeln.« Er zuckte die Schultern. »Schmalzig, ich weiß. Aber diese Bilder und Gedanken bekam ich nicht aus dem Kopf. Ich wusste verdammt gut, dass ich meine Zeit mit Izabella damit verbringen würde, die Vergangenheit zu bereuen, von Gott zu wünschen, wir wären gleich nach dem Krieg zusammengekommen und hätten all die Jahre gemeinsam genossen, hätten eine Familie und das schöne Haus und die Ferien. All diese Reue würde mich wütend machen. Und das wäre ihr gegenüber ungerecht gewesen.«

Diane nickte nachdenklich.

»Die Reue, die Sehnsucht nach einer Vergangenheit, die ich nie hatte – dem konnte ich mich einfach nicht stellen. Mich selbst ins Gefängnis zu bringen bedeutete, dass ich das Izabella nicht erklären musste. Erst jetzt wird mir das klar. Aber ich habe sie angerufen, nachdem man mich entlassen hatte, und ihr alles erklärt. Wir haben stundenlang geredet, genau wie in Warschau, und mit ihrer Hilfe glaube ich, dass ich bereit bin. Sie sagte, ich könne die Gedanken darüber, was hätte sein können, nach wie vor haben. Mit der Zeit würde ich diese verlorene Chance akzeptieren. Und sie hat recht. Ich sehne mich nicht mehr nach diesen Dingen. Gelegentlich *denke* ich daran, aber ich *sehne* mich nicht danach. Ich akzeptiere, dass diese Chance verloren ist.«

»Weißt du, was?«, antwortete Diane. »Das kann ich ganz und gar nachvollziehen.«

Asher lächelte sanft und blickte sie traurig an. »Irgendwie ahnte ich das.«

»Ach, wie schön für dich. Und heißt das, du ziehst hin?«

»M-hm. Das ist meine Abschiedstournee und du hast das einzige Ticket.«

»Ich freue mich so sehr für dich, Asher. Du verdienst ein bisschen Glück.«

»Danke.« Er beugte sich vor. »Du aber auch.«

»Okay, okay.« Sie errötete.

»Wie auch immer«, fuhr er fort, »ich möchte dich um einen großen Gefallen bitten.«

»Na klar. Was du willst.«

»Ich bin ein alter Mann, Diane. Das ist dir vielleicht aufgefallen. Und trotz allem, was ich dir eben erzählt habe, hege ich nach wie vor Bedenken. Ich weiß, dass ich Izabella liebe, aber der Gedanke daran, in meinem Alter umzuziehen, und noch dazu in ein anderes *Land*, na ja, das macht mich nervös, ich kann nicht anders. Würdest du mir versprechen, dass du und Brad uns besuchen kommt?«

Diane musste erst schlucken, bevor sie antwortete: »Weißt du, du hast mir so viel von Izabella erzählt, dass ich sie wirklich gern kennenlernen würde.«

»Oh, vielen Dank, Diane. Ich hatte Angst, dass ich dich nie wiedersehen würde.«

»Tja, das wirst du.«

»Danke.«

Diane trank ihren Kaffee aus und stand auf. »Wir können uns weiter unterhalten, aber ich muss kochen. Wie hungrig bist du?«

* * *

Früh am nächsten Morgen fuhren Diane und Brad Asher nach Pittsburgh – zum Busbahnhof. Brad schüttelte Asher fest die Hand und Diane umarmte ihn lange, diesmal kein bisschen wie Politiker oder Würdenträger, mehr wie sich nahestehende Onkel und Nichten. Asher versprach Diane, sie wegen Warschau auf dem Laufenden zu halten. Dann winkten sie ihm, als er sich auf den Weg zurück nach Detroit machte.

»Was hat er damit gemeint?«, fragte Brad, als sie zum Shoppingcenter gingen.

»Das erzähle ich dir später. Zuerst brauchen wir ein Geschenk für Mutter, wir können nämlich nicht mit leeren Händen hinfahren. Dann brauchen wir ein Frühstück.«

»Aha, okay. Sind bei solchen Gelegenheiten Pralinen nicht quasi Pflicht?«

* * *

Dreißig Minuten später setzten sie sich mit einer pflichtgemäß erworbenen, herzförmigen Schachtel belgischer Pralinen für ein spätes Frühstück hin.

»Wie war es gestern?«, fragte Brad.

Diane nickte. »Es war schön. Es war … lohnenswert.«

»Lohnenswert? Das ist ein recht eigenwilliges Wort. Er hat dir gesagt, weshalb er das Geständnis unterschrieben hat?«

»M-hm … auf indirekte Weise. Ich glaube, ich weiß, warum.«

»Tatsächlich?«

»Ja.«

»Das ist gut.« Brad wartete, während sie einen Bissen von ihrem Hash Brown kaute. Dann wartete er, während sie einen Schluck Kaffee trank. »Verrat es mir doch bei Gelegenheit, okay?«, sagte er.

»Vielleicht mache ich das. Es ist eine lange Geschichte und möglicherweise etwas, das nur Asher und ich verstehen. Ich glaube, wir haben einen Draht zueinander.«

»Einen Draht. Alles klar.« Er lachte. »Wie du willst. Aber was war das eigentlich mit Warschau?«

»Na ja …« Sie warf ihm ein fröhliches Grinsen zu. »Ich muss dich um zwei Gefallen bitten.«

Er schnalzte mit der Zunge.

»Es ist nicht das, was du denkst – auf keinen Fall das, was du denkst.«

»Das lass mich mal beurteilen. Na los. Erlöse mich von meiner Qual.«

»Die Sache mit Warschau. Sieh mal, Asher wird dort hinziehen und mit der Izabella leben, von der ich dir erzählt habe.«

»Die Frau, die er im Krieg kennengelernt hat? Du machst Witze!«

»Sie wollen zusammen sein.«

»Das ist toll. Gott, Asher hat jede Menge Jahre wiedergutzumachen.«

»Ja, hat er. Und, ähm, ich habe versprochen, dass wir sie einmal besuchen werden. Ist das okay?«

»Ferien in Europa? Nichts lieber als das.«

»Gut, damit sind wir also beide glücklich.«

Er lächelte. »Mit Sicherheit.«

Sie aßen eine Weile schweigend.

»Und die andere Sache?«, fragte Brad.

»Hm?«

»Du sagtest, du willst mich um *zwei* Gefallen bitten.«

»Ach, ja. Da war noch eine andere Sache.«

»Schieß los.«

»Diese eine Frage, die du mir gestellt hast.«

Brad runzelte die Stirn und versuchte sich zu erinnern. »Welche Frage?«

»Die, die du mir zum Jahrtausendwechsel gestellt hast.«

Er verschluckte sich an seinem Hash Brown und hustete ein paarmal, bevor er die Fassung wiedererlangte. »Oh«, krächzte er zwischen zwei Hustern. »Oh, ja. *Diese* Frage.«

»Es ist Zeit, dass du noch einen Versuch unternimmst, diesmal mit etwas echtem Vorsatz.«

Brad schluckte und wurde rot. »Meinst du … meinst du das ernst?«

»Asher ist nicht der Einzige, der eine Menge Jahre wiedergutzumachen hat.«

»Wow!«, sagte er. Dann riss er sich zusammen. »Entschuldige. Ich schätze, ich sollte nach all den Jahren, die wir zusammen sind, etwas Besseres zu sagen haben.«

Sie schüttelte den Kopf. »*Wow* ist gut.«

Brad sagte, er würde das »piekfeine französische Restaurant« anrufen und fragen, ob noch ein Tisch frei sei. Dann lächelten sie und aßen und aßen und lächelten – Worte waren unnötig.

Diane wusste, dass sie nie aufhören würde, ihren Vater zu vermissen – ungeachtet seiner Fehler. Doch jetzt konnte sie eine strahlendere Zukunft für sich und Brad sehen und ebenso für Asher und Izabella.

Genau wie Asher würde Diane keinen Moment mehr darauf verschwenden, sich nach einer Vergangenheit zu sehnen, die sie niemals hatte.

Danksagung

Dieser Roman ist in Teamarbeit entstanden, mehr noch als alles, was ich bisher geschrieben habe. Er bescherte mir außerdem unaussprechlichen Gram, weil er sich während seiner langwierigen Reifungsphase nicht wenige Male in eine andere Erzählung verwandelte.

Für seine Entwicklung in den frühen Phasen schulde ich Jill Worth, Delphine Cull, Sarah Manning sowie Lee und Marcus von Frostbite Publishing Dank. Ich bin ebenfalls Sammia Hamer und Victoria Pepe bei Amazon Publishing immens dankbar für ihr vorbehaltloses Vertrauen in diese Geschichte, sogar als sie noch nicht ganz ausgereift war, Celine Kelly für ihre strukturelle Expertise, Gemma Wain für ihre Wortkunst im Lektorat und Ian Bahrami für sein gründliches Korrekturlesen. Besonderen Dank verdient Maria, weil sie mich ermutigte durchzuhalten, obwohl ich die ganze Sache mühelos hätte beiseitelegen können.

15465996R00261

Printed in Germany
by Amazon
Distribution